Hermann Hesse . Eğitim sistemindeki kısıtlamalara ... baskılarına direnerek Maulbronn İlahiyat Okulu'nd... bir süre kitapçılık yaptıktan sonra 1904'te serbest yazarlığa başladı. Birinci Dünya Savaşı'nda tarafsız kalan İsviçre'ye yerleşerek Alman militarizmi ve milliyetçiliğini yeren yazılar yazdı. Savaş tutsakları ve gözaltına alınanlar için bir dergi çıkardı. 1923'te İsviçre uyruğuna geçti.

Savaş ortamının ve kişisel sorunlarının etkisiyle ağır bir bunalım geçiren Hesse, Jung'un öğrencisi Lang'dan psikanaliz tedavisi gördü. Lang ile dostluğu Hesse'nin ruhbilime ve Jung'a duyduğu ilgiyi körükleyerek iç dünyasını zenginleştirdi. 1911'de Hindistan'a yaptığı yolculuk Doğu kültüründen etkilenmesine yol açtı. Yapıtlarında, kişinin uygarlığın yerleşik kalıplarından kurtularak özbenliğini bulmaya çalışmasını işledi, insanları kendi yaşamlarını kurtarmaya çağırdı ve Doğu gizemciliğini yüceltti.

Hesse, Doğu kültürüne yakınlığıyla, özellikle 1960'larda Amerika'da canlanan Budizm ve Zen Budizmi akımları sırasında en çok okunan yazarlar arasına girdi. Romanları, öyküleri, denemeleri, şiirleri, politik makaleleri ve kültür alanındaki eleştirel yazılarıyla tüm dünyada 100 milyonu aşkın okura ulaşan, 1946'da Nobel Edebiyat Ödülü'nü alan Hesse, 1962'de İsviçre'nin Montagnola kasabasında öldü.

Başlıca kitapları: *Peter Camenzind* (Can, 2003), *Unterm Rad* (Çarklar Arasında; Can, 2002), *Gertrud* (YKY, 2003), *Rosshalde* (YKY, 2003), *Demian* (Can, 2003), *Siddharta* (Can, 2002), *Der Steppenwolf* (*Bozkırkurdu*; YKY, 2003), *Narziss und Goldmund* (*Narziss ve Goldmund*; YKY, 2002), *Das Glasperlenspiel* (*Boncuk Oyunu*; YKY, 2002).

Kâmuran Şipal (1926, Adana - 19 Eylül 2019, İstanbul). İÜEF Alman Dili ve Edebiyatı Bölümü'nü bitirdi. TDK'nın açtığı öykü yarışmasında aldığı ödülle adını duyurdu (1953). Çağdaş Alman edebiyatından ve Franz Kafka'dan yaptığı önemli çevirilerle de tanındı; Alfred Adler, Ingeborg Bachmann, Wolfgang Borchert, Heinrich Böll, Alfred Brauchle, Bertolt Brecht, Max Brod, Elias Canetti, Sigmund Freud, Gustav Hans Graber, Günter Grass, C. G. Jung, Thomas Mann, R. M. Rilke, Robert Musil, Bernhard Zeller, Hans Zulliger ve Hermann Hesse'den çeviriler yaptı.

Öykü: *Beyhan* (1962), *Elbiseciler Çarşısı* (1964), *Büyük Yolculuk* (1969), *Buhûrumeryem* (1971), *Köpek İstasyonu* (1988), *Gece Lambalarının Işığında* (Toplu Öyküler, YKY, 2009). **Roman:** *Demir Köprü* (1998), *Sırrımsın Sırdaşımsın* (YKY, 2010). **İnceleme:** *Çağdaş Alman Hikâyesi / 1945'ten Sonra* (1962).

Hermann Hesse'nin
YKY'deki kitapları:

Narziss ve Goldmund (2002)
Boncuk Oyunu (2002)
Bozkırkurdu (2003)
Gertrud (2003)
Rosshalde (2003)
Knulp (2004)
Klingsor'un Son Yazı (2005)
Öldürmeyeceksin - Seçme Denemeler (2012)
İnanç da Sevgi de Aklın Yolunu İzlemez (2016)
Klein ve Wagner (2017)
Hermann Lauscher (2020)

Hermann Hesse / Bernhard Zeller (2011)

HERMANN HESSE

Bozkırkurdu

Çeviren
Kâmuran Şipal

Roman

YAPI KREDİ YAYINLARI

Yapı Kredi Yayınları - 1803
Modern Klasikler - 19

Bozkırkurdu / Hermann Hesse
Özgün adı: **Der Steppenwolf**
Çeviren: **Kâmuran Şipal**

Kitap editörü: **Ayça Sabuncuoğlu**
Düzelti: **İncilay Yılmazyurt**

Kapak tasarımı: **Davut Yücel**
Sayfa tasarımı: **Mehmet Ulusel**
Grafik uygulama: **Merve Çakıroğlu**

Baskı: A4 Ofset Matbaacılık San. ve Tic. A.Ş.
Otosanayi Sitesi Yeşilce Mah. Donanma Sok.
No: 16 Seyrantepe - Kağıthane / İstanbul
Tel: (0212) 281 64 48
Sertifika No: 44739

Çeviriye temel alınan baskı: Suhrkamp Taschenbuch
1. baskı: Yankı, 1973
YKY'de 1. baskı: İstanbul, Mart 2003
31. baskı: İstanbul, Şubat 2020
ISBN 978-975-08-0556-9

Yapı Kredi Kültür Sanat Yayıncılık Ticaret ve Sanayi A.Ş.
İstiklal Caddesi No: 161 Beyoğlu 34433 İstanbul
Telefon: (0 212) 252 47 00 Faks: (0 212) 293 07 23
http://www.ykykultur.com.tr
e-posta: **ykykultur@ykykultur.com.tr**
facebook.com/**YapiKrediKulturSanatYayincilik**
twitter.com/**YKYHaber**
instagram.com/**yapikrediyayinlari**

Yapı Kredi Kültür Sanat Yayıncılık
PEN International Publishers Circle üyesidir.

Bozkırkurdu

Yayıncının Önsözü

Bu kitap, kendisinin sık kullandığı bir nitelemeye dayanarak "Bozkırkurdu" adını verdiğimiz bir adamdan bize kalmış notları içeriyor. Notların bir önsözü gerektirip gerektirmediğini bir yana bırakalım; en azından ben, Bozkırkurdu'na ilişkin anılarımı kaydedeceğim birkaç sayfayı da notlara eklemeyi zorunlu görüyorum. Bozkırkurdu hakkında fazla bilgim yok, özellikle geçmişi ve soyu sopuna ilişkin hiçbir şey öğrenebilmiş değilim. Ne var ki, kişiliği hakkında güçlü ve her şeye karşın sıcak bir izlenim bıraktı üzerimde.

Bozkırkurdu yaklaşık elli yaşlarında bir adamdı; birkaç yıl önce bir gün teyzemin evine çıkıp geldi, mobilyalı bir oda arıyordu. Çatı katındaki salonla bitişiğindeki küçük yatak odasını kiraladı; aradan birkaç gün geçtikten sonra iki bavul ve bir kitap sandığıyla yeniden gelerek dokuz-on ay kadar yanımızda kaldı. Tek başına yaşayan pek sessiz biriydi; yatak odalarımız yan yana olmasaydı da bazen merdiven ve koridorda karşılaşmasaydık, birbirimizi belki hiç tanımayacaktık, sokulgan biri sayılmazdı çünkü, şimdiye kadar kimsede rastlamadığım ölçüde insanlardan kaçan biriydi, bazen kendisi için kullandığı isimle gerçekten bir bozkırkurduydu, benimkinden değişik bir dünyadan çıkıp gelmiş yabancı, vahşi, ürkek, hatta çok ürkek bir yaratıktı. Ne var ki, karakter ve yazgısının kendisini ne derin bir yalnızlığa sürüklediğini ve onun bu yalnızlığı nasıl bilinçli şekilde kendi yazgısı diye görüp benimsediğini ancak burada bırakıp gittiği notlardan öğrenmiştim, ama daha önce bazı önemsiz karşılaşma ve söyleşiler sonucu onu bir ölçüde tanımamış da değildim ve notlarına bakarak hakkında edindiğim izlenim, kişisel tanışmamızdan sonra bende oluşup bazı boşluklar içeren biraz silik izlenime temelde uygun düşmekteydi.

Bozkırkurdu evimizden içeri ilk kez adım atıp teyzemden iki odayı kiraladığında tesadüfen ben de yanlarındaydım. Öğle vaktiydi, sofra kaldırılmamıştı henüz, bürodaki işime gitmeme daha yarım saat vardı. Bu ilk karşılaşmamızda onun üzerimde bıraktığı tuhaf ve hayli çelişik izlenimi anımsıyorum. İpini çekip çıngırağı çalarak cam kapıdan içeri girmiş, teyzem de loş girişte ne istediğini sormuştu. Ama Bozkırkurdu kısa kesilmiş saçlarıyla sivri başını arkaya atarak havayı koklar gibi burnunu hızlı hızlı sağda solda gezdirmiş, teyzemin sorusunu yanıtlamadan ya da ismini söylemeden önce, "Oh, ne güzel kokuyor burası," demişti gülümseyerek. İyi yürekli teyzem de gülümsemişti bunun üzerine. Ama ben böyle bir selamlaşmayı daha çok gülünç bulmuş, adamı pek gözüm tutmamıştı.

"Ha evet," demişti Bozkırkurdu ardından, "kiraya verecek bir odanız varmış, onun için geldim."

Ancak merdiveni tırmanıp çatı katına geldiğimizde ona daha bir alıcı gözüyle baktım. Boylu boslu biri denemezdi, ama gerek yürüyüşü gerek başını havada tutuşuyla öyle biriymiş izlenimini uyandırıyordu. Modaya uygun, rahat bir kışlık palto vardı sırtında; aslında temiz ve düzgün, ama özensiz şekilde giyinmiş, titizlikle tıraş olmuştu. Çok kısa kesilmiş saçında kırlaşmış, parıldayan kimi yerler seçilmekteydi. Yürüyüşünden ilkin hiç hoşlanmadım; belirgin ve sert profiline, ayrıca konuşmasının tonuna ve havasına uygun düşmeyen yorgun, kararsız bir edası vardı. Ancak sonradan anladım ve öğrendim ki hastaymış, yürümekte zorluk çekiyormuş. O zamanlar bana yine hoş görünmeyen acayip bir gülümsemeyle merdiveni, duvarları, pencereleri ve merdiven boşluğundaki eski ve yüksek dolapları gözden geçirdi; hepsini de beğenmiş, öte yandan yine de gülünç bulmuşa benziyordu. Zaten tüm davranışlarıyla insanda öyle bir izlenim bırakıyordu ki, adeta yabancı bir dünyadan, örneğin denizaşırı ülkelerden çıkıp gelmişti, dolayısıyla bizim burada her şey gözüne sevimli, ama biraz komik görünmekteydi. Ne yalan söyleyeyim, nazik, hatta içtenlikli bir adamdı; eve, odaya da hiç kusur bulmamış, kira ve kahvaltı için ödeyeceği parayla diğer bütün koşulları hiç itirazsız kabullenmişti. Ama yine de çevresi tümüyle yadırgatıcı ve bana olumsuz ya da düşmanca gelen bir atmosferle sarılmıştı. Çatı katındaki salonu, ayrıca yanı başındaki küçük yatak odasını kiraladı; ısınma, su ve ev yönetmeliğine ilişkin açıklamaların hepsini dikkatle ve güler yüzle dinledi, karşı çıkmadı hiçbirine, ileride kiradan düşülmek üzere hemen bir pey de ödemeye kalktı, yine de bütün bunlar olurken pek işin içinde değilmiş gibi bir hali vardı, yaptığı işi adeta komik görüp ciddiye almıyor, sanki zihnini gerçekte bambaşka şeyler kurcalarken bir oda kiralamasını ve karşısındakilerle Almanca konuşmasını tuhaf ve alışılmadık bir şey sayıyordu. Bozkırkurdu'yla ilgili izlenimim böyleydi aşağı yukarı; üzerine küçük çapta pek çok çizgi çekilip kimi düzeltmelerden geçirilmeseydi, doğrusu olumlu bir izlenim denemezdi. Bir kez, Bozkırkurdu'nun yüzü başından beri hoşuma gitmişti, yadırgatıcı ifadesine karşın sevmiştim bu yüzü. Belki biraz garip ve üzgün, ama uyanık, pek düşünceli, hayli belirgin hatlarla entelektüel bir yüzdü. Sonra, beni Bozkırkurdu'yla barışık kılan bir başka şey de nezaket ve içtenlikle davranması, kendisine biraz zor geliyor görünse de, davranışında bir büyüklenmeye yer vermemesiydi. Tersine, insanı nerdeyse duygulandıran bir şey, sanki yakaran bir şey vardı davranışında, nereden kaynaklandığını ancak sonradan kestirebildiğim bu özellik beni ona biraz yaklaştırmıştı.

İki odanın gezilmesi ve diğer görüşmeler sürerken, benim öğle paydosu sona ermişti, işimin başına dönmem gerekiyordu. Bozkırkurdu'na veda edip onu teyzemle baş başa bıraktım. Akşam eve döndüğümde, teyzem Bozkırkurdu'nun odaları kiraladığını, önümüzdeki günlerde de eve taşınacağını söyledi. Ne var ki, Bozkırkurdu teyzeme rica etmiş, bizim evde kalacağını polise bildirmemesini istemişti: Gereken formaliteleri yerine getirmek üzere yabancılar bürosunun odalarında dolaşıp durması ve yapılacak diğer işler, kendisi gibi hastalıklı biri için katlanılmaz bir şey olacaktı. O zamanlar bunun beni nasıl işkillendirdiğini ve böyle bir koşulu kabul etmemesi için teyzemi nasıl uyardığımı dün gibi anımsıyorum. Bozkırkurdu'nun ne idüğü belirsiz bir kişi olarak dikkatleri üzerine çekmek istememesi ve polisten korkması, bana hal ve davranışındaki alışılmamış ve yadırgatıcı ifadeye fazlasıyla uygun düşer göründü. Böyle bir isteği asla kabul etmemesini, hiç tanımadığı bir adamın zaten biraz tuhaf olan isteğini yerine getirmesinin kendisi için kötü sonuçlar doğuracağını teyzeme açıkladım. Ama anlaşılan teyzem ricasını yerine getireceği konusunda Bozkırkurdu'na çoktan söz vermiş, yabancı adam genel olarak teyzemin gönlünü kazanıp kendisini büyülemişti; çünkü teyzem şu ya da bu şekilde insanca, dostça ve bir teyzeye özgü, daha doğrusu anaç bir ilişki kuramadığı kimseleri asla evine kiracı almamış, bu da onun bazı kiracılar tarafından hayli sömürülmesine yol açmıştı. Ben ilk haftalar yeni kiracısı Bozkırkurdu'na kimi eleştiriler yöneltirken, teyzem bu söz konusu özelliği yüzünden her defasında ona canla başla arka çıktı.

Yabancılar bürosuna gereken bildirimin yapılmayışı hoşuma gitmediğinden, hiç değilse yabancı adamın soyu sopuna ve niyetlerine ilişkin teyzemin neler bildiğini anlamak istedim. Bozkırkurdu öğleyin ben gittikten sonra evde ancak pek kısa süre kalmış, yine de teyzem onunla ilgili epey şey öğrenmişti. Teyzeme söylediğine göre, birkaç ay bizim kentte kalıp kitaplıklardan yararlanacak, ayrıca kentteki eski eserleri gezip görecekti. Aslında bu kadar kısa bir süre için odaları kiralaması teyzemin işine gelen bir şey değildi; ne var ki, biraz garip hal ve tavrına karşın Bozkırkurdu teyzemin gönlünü çelmişti. Sözün kısası, odalar Bozkırkurdu'na kiralanmış, ben itirazlarımda geç kalmıştım.

"Evin içinin çok güzel koktuğunu neden söyledi acaba?" diye sordum teyzeme.

Bazen sezgilerinde yanılmayan teyzem, "Neden olduğunu ben çok iyi biliyorum," dedi. "Bizim ev temizlik kokuyor, düzen kokuyor çünkü, güler yüzlü ve dürüst bir yaşam kokuyor, bu da onun hoşuna gitti işte. Çoktan beri bunlardan yoksun kalmış belli ki, bunları arayan bir hali var."

"Pekâlâ, öyle olsun," diye geçirdim içimden. "Ama," dedim ardından yüksek sesle, "doğru dürüst, insan gibi yaşamaya alışmamışsa, o zaman nereye varır bunun sonu? Temizliğe dikkat eden biri değilse, her şeyi pisletir ya da geceleri içip içip olmadık saatlerde eve dönerse, ne yaparsın o zaman?"

"Göreceğiz bakalım," diye yanıtladı teyzem gülerek, ben de bu konu üzerinde daha fazla durmadım.

Gerçekten de endişelerimin yersizliği anlaşıldı sonradan. Asla düzenli ve akıllıca bir yaşam sürmemesine karşın kiracımız ne bizi rahatsız etti, ne bize bir zararı dokundu; bugün bile onu seve seve anıyoruz. Ne var ki, bu adam gerek teyzemi, gerek beni bir başka yönden, manen, hayli tedirgin etmiş, huzurumuzu kaçırmıştı; ne yalan söyleyeyim, daha uzun zaman da beni uğraştıracağa benziyor. Bazı geceler kendisini rüyamda görüyorum, onun gibi birinin yalnızca varoluşu bile doğrusu bana rahatsızlık veriyor, tedirgin ediyor beni, oysa epey sevmiştim kendisini.

İki gün sonra bir arabacı, Harry Haller ismindeki yabancı adamın eşyalarını getirdi. Pek güzel deri valiz bende olumlu bir izlenim bıraktı; kocaman yassı bir gardırop bavul ise gerilerde kalmış uzun seyahatleri çağrıştırıyordu, en azından üzerine denizaşırı ülkelerin de aralarında bulunduğu değişik yerlerdeki otellerin ve nakliyat şirketlerinin sararmış etiketleri yapıştırılmıştı.

Sonra da Bozkırkurdu'nun kendisi çıkageldi ve bu antika adamı yavaş yavaş tanımamı sağlayan bir dönem başladı. İlkin bu konuda benim bir katkım olmadı. Haller, kendisini ilk gördüğüm andan başlayarak ilgimi çekmesine karşın, yine de birkaç hafta onunla evde karşılaşmak ya da onunla konuşmak için hiçbir girişimde bulunmadım. Ama itiraf edeyim ki, daha başından beri Bozkırkurdu'nu izledim biraz, kendisi evde yokken zaman zaman odasına girdiğim oldu, kısacası merakımdan biraz casusluk yaptım.

Bozkırkurdu'nun dış görünüşüne ilişkin daha önce bazı açıklamalarda bulunmuştum. İlk bakışta kesinlikle önemli bir kişi, olağanüstü yetenekle donatılmış seyrek rastlanır bir insan izlenimi uyandırıyordu; yüzünden zekâ akmakta, yüz hatlarının hayli narin ve devingen oyunu, son derece çalkantılı, alabildiğine incelik ve duyarlılıkla donatılmış ilginç bir ruh yaşamını yansıtmaktaydı. Adamla konuştunuz da o yabancılığı içinde alışılmışın sınırlarını aşarak kendine özgü, kişisel laflar etti mi, bizim gibi birinin onun etkisi altına girmemesi kolay değildi. Başkalarından çok daha fazla düşüncelerle yoğrulmuştu; ussal sorunlarda nerdeyse serinkanlı bir nesnelliğe, kendinden emin düşüncelere ve bilgilere sahipti, buna da her türlü büyüklük hırsından uzak, parlayıp ün yapmak, karşısındakini ikna etmek ya da haklı çıkmak gibi bir isteğe içlerinde yer vermeyen gerçek aydınlarda rastlanabilirdi ancak.

Böyle bir söz, aslında söz bile değil, yalnızca bir bakıştan oluşan böyle bir dışavurum, Bozkırkurdu'nun burada kalışının son zamanından aklımda henüz. Bir ara ünlü bir tarih filozofu ve kültür eleştirmeni, Avrupa'nın tanınmış isimlerinden biri, kentin konferans salonunda bir konuşma yapacaktı; ilkin pek isteksiz davranan Bozkırkurdu'nu kandırıp benimle konferansa gelmeye razı etmiştim. Birlikte kalkıp gittik ve salonda yan yana oturduk. Kürsüye çıkıp da konuşmaya başlayan profesör, karşılarında bir çeşit peygamber bulacaklarını sanan bazı dinleyicileri şatafatlı giysisi ve kasılgan tavrıyla düş kırıklığına uğratmıştı. Konuşmasının başında dinleyicilere gönül okşayıcı birkaç söz söyleyip konferansa böyle kalabalık geldikleri için teşekkür edince, Bozkırkurdu bana dönüp şöyle bir baktı; konuşmacının sözlerini ve bütün şahsını eleştiren bir bakıştı bu, doğrusu unutulmayacak ve korkunç bir bakıştı, ne anlama geldiği üzerine koca bir kitap yazılabilirdi! Söz konusu bakış yalnızca konuşmacıyı eleştirmiyor, yumuşaklığına karşın içerdiği ezici alayla ünlü adamın işini bitirmekle kalmıyordu, bu daha hiçbir şeydi. Bakış alaycı olmaktan çok hüzünlüydü, hatta dipsiz ve umarsız bir hüznü barındırıyordu içinde; bir bakıma kendinden emin, bir bakıma alışkanlığa dönüşüp belli bir biçim almış sessiz bir umarsızlık bu bakışın içeriğini oluşturmaktaydı. Umarsız ışığı kendini beğenmiş konuşmacının içyüzünü aydınlatmakla, o andaki havayı, dinleyicilerin beklentilerini ve yaşadıkları ruh halini, yapılacağı bildirilen konuşmanın biraz iddialı başlığını alaya alıp temize havale etmekle yetinmiyordu. Hayır, Bozkırkurdu'nun bakışı çağımızın, çağımızdaki bütün o yapmacık işgüzarlıkların, bencil, açgözlü çabaların, kendini beğenmiş, sığ entelektüelliğin yüzeysel oyununun içine sızıyordu... ah, ne yazık ki bu bakış daha da derinlere iniyor, çağımızın, ussallığımızın, uygarlığımızın kusurları ve umarsızlıklarından çok daha ilerilere uzanıyor, tüm insanlığın can evine gidip dayanıyordu. Bir düşünürün, belki bilge bir kişinin insan yaşamının vakar ve anlamından duyduğu kuşkuyu usta bir dille tek bir saniyede açığa vurmaktaydı. Bu bakış diyordu ki: "Görün işte, böyle soytarı kişileriz biz! Görün işte, böyledir insan!" Ve tüm şan ve şöhretler, tüm akıllılıklar, tüm ussal kazanımlar, insanlığın yücelik, büyüklük ve kalıcılığına yönelik tüm atılımlar yıkılıp gidiyor, maskaraca bir oyuna dönüşüyordu!

Bu sözlerimle çok ilerilere uzandım, aslında planıma ve istemime aykırı davranarak Haller hakkında şimdiden en önemli gerçekleri dile getirdim. Oysa başlangıçtaki niyetim, kendisini tanıyışımın aşamalarını öykülerken, bir yandan da onun portresini yavaş yavaş çizmeye çalışmaktı.

Madem bir kez ilerilere uzandım, Haller'in o "bilmecemsi" yabancılığı üzerinde daha fazla konuşmayı, bu yabancılığı, bu olağanüstü ve korkunç yalnızlığın neden ve anlamlarını nasıl giderek sezip kavradığımı ayrıntılara inerek anlatmayı gereksiz görüyorum. Böylesi de daha iyi, kendi şahsımı elden geldiğince arka planda tutmak istiyorum çünkü. Amacım, bildiklerimi dile getirmek ya da öyküler anlatmak ya da psikoloji yapmak değil, yalnızca bir görgü tanığı olarak bu Bozkırkurdu manüskrilerini bize bırakan acayip adamın portresinin çizimine katkıda bulunmaktır.

Daha başta, teyzemin evinin cam kapısından girip başını kuşlar gibi ileri uzatarak evdeki güzel kokuya ilişkin övgü dolu sözlerini işittiğim zaman adamın başkalarına benzemediği dikkatimi çekmiş, buna karşı ilk naif tepkim de nefret olmuştu. Şunu sezmiştim (benim tersime entelektüel biri sayılmayan teyzemde de aşağı yukarı aynı sezgi uyanmıştı) – şunu sezmiştim ki, adam hastaydı, bir çeşit akıl ya da ruh hastasıydı ya da karakterinde bir bozukluk vardı, ben de sağlıklı kişilerin içgüdüsüyle buna karşı kendimi savunmuştum. Ancak söz konusu savunma zaman içinde yerini bir sempatiye bıraktı; yalnızlaşmasına ve içten içe ölüşüne tanık olduğum, sürekli acılar içinde kıvranan Bozkırkurdu'nun bende uyandırdığı geniş çaptaki acıma duygusundan kaynaklanıyordu bu sempati. Söz konusu zaman dilimi içinde giderek daha iyi kavramıştım ki, acı çeken bu kişinin hastalığı doğasındaki bir kusurdan değil, birbirlerine uyum sağlayamamış yetenek ve güçlerinin zenginliğinden ileri gelmektedir. Haller'in acı çekmekte deha sahibi bir kişi olduğunu, Nietzsche'nin bazı özdeyişlerini doğrular nitelikte dâhiyane denecek, sınırsız ve korkunç bir acı çekme yeteneğini kendi içinde geliştirdiğini anlamıştım. Öte yandan şunu da anlamıştım ki, karamsarlığının temelinde dünyayı değil, kendi kendini küçümsemesi yatmaktaydı; çünkü kurum ve kişiler üzerinde ne kadar acımasız ve kıyıcı konuşursa konuşsun, asla kendini dışarıda tutmuyor, eleştiri oklarını yönelttiği, aşağılayıp yadsıdığı ilk kimse her zaman kendisi oluyordu.

Burada psikolojik bir açıklamaya başvurmadan geçemeyeceğim. Her ne kadar Bozkırkurdu'nun yaşamına ilişkin pek az şey biliyorsam da, yine de onun "istem gücünü kırıp atmayı" temel alan bir eğitimle, sevecen ama titiz ve çok sofu bir anne-baba ve öğretmenlerce yetiştirildiğini varsaymam için elimde yeterli neden bulunuyor. Ne var ki, kişiliğinin yok edilip istem gücünün kırılıp atılması bu öğrencide sonuçsuz kalmıştı. Bozkırkurdu böyle bir girişimi başarısız kılacak kadar güçlü ve dayanıklı, mağrur ve akıllı bir çocuktu çünkü. Kişiliği yok edilememiş, ama kendi kendisinden nefret etmesi ona öğretilebilmişti. Bozkırkurdu da bundan böyle ömür boyu hayal gücünün tüm yaratıcılığı, düşün yeteneğinin tüm gücüyle kendi kendisini, bu masum ve soylu nesneyi karşısına almıştı; çünkü her türlü sertliği, eleştiriyi, kötülüğü, duyabileceği her türlü kin ve nefreti herkesten önce kendi üzerinde açığa vuracak kadar koyu bir Hıristiyan, kendini tümüyle din uğrunda feda edebilecek biriydi. Başkalarına, çevresindeki başka insanlara gelince, onları sevmek, onlara haksızlık etmemek, onları incitmemek için alabildiğine yürekli, alabildiğine ciddi çabaları aralıksız sürdürüyordu, "hemcinsini sev" ilkesi kendi kendisinden nefret etmesi gibi kafasına iyice yerleştirilmişti. Dolayısıyla, bütün yaşamı, insanın kendini sevmeden hemcinsini sevemeyeceğini, kendinden nefretin en katıksız bencillikle aynı şey olduğunu, sonunda onun gibi aynı korkunç soyutlanmışlık ve umarsızlığa yol açacağını gösteren güzel bir örnekti.

Ama artık kendi düşüncelerimi geri plana itip gerçeklerden söz etmenin vakti gelmiş bulunuyor. Dediğim gibi, hakkında biraz benim casusluğum, biraz teyzemden dinlediklerime dayanarak ilk öğrendiğim şey, Haller'in yaşam üslubuna ilişkindi. Onun bir düşün ve kitap adamı sayılacağı ve bir işte çalışmadığı çok geçmeden anlaşılmıştı. Gündüzleri uzun süre yataktan çıkmıyor, çoğunlukla öğleye doğru kalkıp sırtında ropdöşambr, aradaki birkaç adımlık yeri yürüyerek salona geçiyordu. İki penceresiyle çatı katında geniş ve iç açıcı bir yer olan salon, daha bir iki gün geçmeden eski kiracılar zamanındakinden pek değişik bir görünüm kazanıp eşyayla dolmaya başlamış ve bu doluluk giderek artmıştı. Duvarlara tablolar asılıp çeşitli resimler iliştirilmişti; bazen dergilerden kesilip çıkarılıyordu resimler ve sık sık yenileriyle yer değiştiriyordu. Güneyle ilgili bir peyzaj, Almanya'da belli ki Haller'in memleketi olan küçük bir taşra kentine ilişkin fotoğraflar asılıydı duvarlarda. İçlerinde, sonradan öğrendiğimize göre kendi yaptığı ışıl ışıl renklerde suluboya resimler de yer almakta, ayrıca sevimli genç bir kadının ya da genç bir kızın fotoğrafı görülmekteydi. Bir süre duvarı Siyamlı Buda'nın resmi süslemiş, sonra onun yerini Michelangelo'nun *Gece* isimli tablosunun röprodüksiyonu almış, derken o da yerini Mahatma Gandhi'nin portresine bırakmıştı. Kitaplar kocaman kitaplığı doldurduğu gibi, dört bir yanda masaların, bu arada o sevimli antika yazı masasının, divanın, sandalyelerin üzerine, ayrıca yerlere saçılmış duruyordu. Sayfalar arasına yerleştirilmiş kâğıt parçalarının sürekli gidip yerlerine yenilerinin geldiği kitaplar. Bozkırkurdu bunları kitaplıklardan paket paket alıp getirdiği gibi, pek sık olarak postayla da kendisine koliler halinde kitap yollanmaktaydı. Böyle bir odada kalan kişinin bilgin biri olduğu düşünülebilirdi. Her şeyi sarıp kuşatan puro dumanlarıyla dört bir yandaki puro artıkları ve kül tablaları da buna uygun bir görünüm sergiliyordu. Ne var ki, kitapların büyük bir bölümü bilimsel içerikli değildi, çoğunluğunu çeşitli dönem ve ulustan edebiyatçının yapıtları oluşturmaktaydı. Bozkırkurdu'nun sık sık bütün günü üzerinde uzanarak geçirdiği divanda *Sophie'nin Memel'den Saksonya'ya Yolculuğu* isimli bir yapıtın altı kalın cildi bir süre sağa sola atılmış olarak durmuştu. Goethe'nin ve Jean Paul'ün toplu yapıtları öyle görülüyor ki en çok okunan kitaplar arasındaydı; Novalis, Lessing, Jacobi ve Lichtenberg de yine bu yazarlar arasında yer almaktaydı. Dostoyevski'nin eserlerinden birkaçı sayfalar arasına yerleştirilmiş notlarla dolup taşıyordu. Büyük masa üzerindeki pek çok kitap ve yazı arasında çoğunlukla bir demet çiçek göze çarpardı; yine aynı masa üzerinde bir suluboya kutusu dolaşıyor, üzeri tozdan geçilmiyordu. Kutunun yanında ise kül tablaları ve açık konuşmak gerekirse çeşit çeşit içki şişeleri bulunmaktaydı. Hasır örgü içindeki bir şişe, çoğunlukla kırmızı İtalyan şarabıyla dolu oluyor, Bozkırkurdu bu şarabı yakındaki küçük bir dükkândan alıp geliyordu. Bazen bir şişe Burgonya ya da Malaga şarabı da eksik olmuyordu odada. Çok kısa sürede boşalmaya yüz tutan kiraz likörüyle dolu bir şişe odanın bir köşesini boylamış, içinde artakalan birazcık likör el sürülmeden tozlanmaya bırakılmıştı. Doğrusu tarafımdan yapılan casusluğu haklı göstermek gibi bir niyetim yok. Öte yandan açıkça itiraf edeyim ki, düşünsel ilgilerle dolup taşsa da pek aylak ve disiplinsiz olan bir yaşamın belirtileri içimde bir tiksinti ve güvensizliğin doğmasına yol açmıştı. Ben düzenli bir hayat süren, çalışmaya alışmış, belli zamanlarda belli işleri yapmaya özen gösteren orta halli biriyim; ayrıca ne içki ne de sigara kullanırım; dolayısıyla, Bay Haller'in odasındaki şişeler, resimlere ilişkin düzensizlikten daha çok hoşnutsuzluk uyandırmıştı bende.

Uyku ve çalışma saatlerinde olduğu gibi yeme içme konusunda da Bozkırkurdu pek düzensiz ve kaprisli bir yaşam sürmüştü. Bazı günler evden dışarı adım atmamış, sabah içtiği kahve dışında ağzına bir şey koymamıştı; bazen yediği öğle yemeğinin tek kalıntısı olarak odasında bir muz kabuğu bulmuştu teyzem, o kadar. Ama bazı günler de Bozkırkurdu yemek için restoranların yolunu tutmakta, bunun için kimi vakit kaliteli ve kibar yerleri, kimi vakit de kenar semtlerdeki küçük meyhaneleri seçmekteydi. Sağlığı iyi görünmüyordu; çoğunlukla merdivenleri hayli zahmetle çıkmasına yol açan bacaklarındaki tutukluk dışında, anlaşılan daha başka birtakım şikâyetler de kendisine rahat vermiyordu. Bir ara yeri gelmiş, yıllardır ne sindirim sisteminin doğru dürüst çalıştığını ne de doğru dürüst uyku uyuduğunu belirtmişti. Ben, bunu her şeyden önce onun içki içmesine verdim. Sonraları kendisiyle kalkıp meyhanelerden birine gittiğim oldu bazen; gelen şarapları Bozkırkurdu'nun nasıl bir solukta, düşüncesizce yuvarladığına tanık oldum; ama ne ben, ne bir başkası kendisini gerçekten sarhoş durumda görmüş değiliz.

Bozkırkurdu'yla ilk kişisel karşılaşmamız hiç aklımdan çıkmıyor. Bir kira evinde oda komşuları birbirlerini ne ölçüde tanırsa, biz de başlangıçta öyle tanıyorduk birbirimizi. Derken bir akşam işten eve döndüğümde kendisini birinci ve ikinci kat arasındaki merdiven sahanlığında otururken bulunca şaşırdım. En üst basamağa çökmüştü, biraz kenara çekilip bana yol vermek istedi. Rahatsız olup olmadığını sordum, yukarıya kadar çıkmasına yardım edebileceğimi söyledim.

Bay Haller bana baktı; kendisini daldığı bir çeşit düşten uyandırdığımı anlamıştım. Yavaş yavaş bir gülümseme belirdi yüzünde, onun pek sık içimi karartan şirin ve yürekler acısı gülümsemesi. Sonra beni de yanına oturmaya çağırdı. Ama ben teşekkür ettim, merdivende başkalarının odaları önünde oturmaya alışık olmadığımı açıkladım.

"Öyle ya," dedi Bozkırkurdu ve gülümsemesi daha da büyüdü. "Haklısınız. Ama bir dakika bekleyin, neden burada biraz oturmadan yapamadığımı size göstermeden içim rahat etmeyecek."

Bozkırkurdu, ilk katta dul bir kadının kaldığı daire önündeki holü gösterdi. Merdiven, pencere ve cam kapı arasındaki parke döşeli küçük holün duvarı önünde, üzerinde eskiden kalmış çinko kaplarla maun ağacından yüksek bir büfe duruyordu; büfe önündeki alçak iki sehpa üzerinde bir açelya çiçeğiyle bir süs çamı seçilmekteydi. Sevimli şeylerdi ikisi de; her zaman da pek temiz tutulur, bakımlarına özen gösterilirdi; bu daha önce benim de dikkatimi çekmiş, hoşuma gitmişti.

"Bakın," diyerek konuşmasını sürdürdü Bay Haller. "Arokarya denen çam bu küçük holü öyle nefis bir kokuyla dolduruyor ki! Bir süre durmadan buradan geçip gitmek çoğunlukla elimden gelmiyor. Teyzenizin odası da burcu burcu kokuyor, derli toplu bir oda, temiz mi temiz. Ama süs çamının yer aldığı bu hol pislikten ve tozdan öylesine arındırılmış, öylesine cilalanıp yıkanmış, öylesine kusursuz şekilde temizlenmiş ki, ışıl ışıl parıldıyor adeta. Bu temiz havayı koklayıp içime çekmeden yapamıyorum. Siz de duymuyor musunuz bu kokuyu? Yer cilası ve hafif terebentin, maun büfe, yıkanmış bitki yaprakları ve diğer bütün şeyler birleşip nasıl da hoş bir rayiha oluşturuyor! Orta sınıf insanlarının üzerine toz kondurulamayacak temizliği, özen ve titizliği, küçük çapta görev duygusu ve vefakârlığı. Odada kim kalıyor bilmiyorum; ama bu cam kapı arkasında bir temizlik cennetinin, pisliklerden arınmış bir küçük burjuva cennetinin kaldığı kuşkusuz; düzenin, kendini küçük alışkanlıklara ve ödevlere titiz-dokunaklı bir adayışın oluşturduğu bir cennet."

Sustuğumu görünce konuşmasını sürdürdü Bay Haller: "Bunları alay olsun diye söylediğimi sanmayın lütfen! Hani, sevgili dostum, bu küçük burjuva toplumunu ve bu düzeni alaya almak aklımın ucundan geçmez. Doğru, kendim bir başka dünyada yaşıyorum, bu dünyanın adamı değilim ve böyle süs çamlarını barındıran bir yerde belki tek bir gün bile oturmaya katlanamazdım. Ama her ne kadar kocamış ve biraz kaba bir bozkırkurdu olsam da, ben de bir annenin evladıyım, benim annem de orta sınıfa mensup bir kadındı, çiçek yetiştirir, odanın, merdivenin, eşyaların ve perdelerin üzerine titrer, evini ve yaşamını temiz ve derli toplu tutmak için elinden gelen çabayı eksik etmezdi. Terebentin kokusu bana bunu anımsatıyor işte, arokarya çamı bunu anımsatıyor; ben de işte zaman zaman basamakta oturuyor, bir düzen havası esen bu küçük, sessiz bahçeye bakıyorum ve böyle bir şeyin hâlâ varoluşu içimi şenlendiriyor."

Bunun üzerine doğrulup kalkacak oldu; zorlandığını görünce yardım etmek istedim, yardımımı geri çevirmedi. Suskunluğumu koruyordum; ama daha önce teyzemin başına geldiği gibi, bu tuhaf adamda bazen varlığı sezilen bir büyüye yenik düşmüştüm. Merdivenleri ağır ağır çıkıp daire kapısının önüne geldik; Bozkırkurdu, anahtarları çoktan çıkarmış, elinde tutuyordu. Dikkatli ve pek dost bir bakışla bir kez daha yüzüme bakarak şöyle dedi: "İşten mi dönüyorsunuz? Ne yaparsınız, benim hiç anlamadığım bir konu; biraz kıyıda köşede, biraz kenarda yaşıyorum ben, anlatabiliyor muyum? Ama sanırım siz de kitaplara ilgi duyuyorsunuzdur, bir ara teyzenizden liseyi bitirdiğinizi duymuştum; Yunancanız iyiymiş. Ne diyecektim, bu sabah Novalis'te bir cümleye rastladım, izin verirseniz göstereyim. Sizin de hoşunuza gidecektir."

Bunun üzerine, keskin bir tütün kokusu sinmiş salondan içeri soktu beni, yığın yığın kitaplar arasından bir tanesini çekip aldı, sayfalarını karıştırıp aramaya koyuldu.

"Bu da güzel, çok güzel," dedi. "Dinleyin şu cümleyi: 'Gerçekte çekilen acılardan gurur duymak gerekir, her acı bize yüksek bir aşamada bulunduğumuzu anımsatır.' Ne ilginç, değil mi! Nietzsche'den seksen yıl önce söylenmiş! Ama benim size göstereceğim cümle bu değil, bekleyin bir dakika – işte buldum. Okuyorum: 'İnsanların büyük çoğunluğu yüzmeyi öğrenmeden yüzmek istemez.' Ne anlamlı bir söz, değil mi? Yüzmek istememeleri doğal, çünkü karada yaşamak için yaratılmışlar, suda değil. Ve düşünmek istememeleri de doğal, çünkü yaşamak için yaratılmışlar, düşünmek için değil! Evet, kim düşünürse, kim düşünmeyi kendisi için temel uğraş yaparsa, bunda ileri bir noktaya ulaşabilir; ne var ki, karayla suyu değiş tokuş etmiştir böyle biri ve bir gün gelir suda boğulur."

Böylece Bozkırkurdu beni avucunun içine almış, benim ilgimi çekmişti. O gün kısa bir süre odasında kaldım; daha sonraları da merdivende ya da sokakta karşılaştık mı, çoğunlukla biraz durup konuştuk birbirimizle. Başlangıçta, tıpkı süs çamında olduğu gibi, benimle eğlendiği duygusu hep içimde yaşadı biraz. Ama bunun doğru olmadığını zamanla anladım. Bozkırkurdu süs çamı gibi bana karşı da derin bir saygı besliyordu; yalnızlığının, suda yüzdüğünün, kökünden koparılmışlığının öylesine bilincindeydi, buna öylesine inanmıştı ki, bazen gündelik, sıradan bir olay, örneğin benim bürodaki işime gitmekte gösterdiğim titizlik ya da bir hizmetçinin, bir uşağın, bir tramvay biletçisinin ağzından çıkan bir söz, onu hiç alay içermeyen bir hayranlığa sürükleyebiliyordu. Bu bana ilkin pek gülünç ve abartılı geldi, aylak bir beyefendi kaprisi, bir duygusallık oyunu gibi göründü. Ama yavaş yavaş anladım ki, o havasız ortamından, yabancılığından ve bozkırkurtluğundan usanan Bozkırkurdu, sağlam ve güvenli bir ortam, kendisine uzak ve erişilmez bir nesne, bir vatan, bir barış ve huzur yurdu gözüyle baktığı, ama bir yol bulup içine giremediği bizim küçük burjuva dünyamıza hayranlık duyuyor, onu seviyordu. Bizim hanım hanımcık bir kadın olan gündelikçimizi her defasında şapkasını çıkarıp gerçek bir saygıyla selamlıyor, teyzem kendisiyle birkaç kelime konuşmaya kalkmasın ya da çamaşırlarında onarılacak bir yere, paltosunda gevşemiş, sarkan bir düğmeye dikkatini çekmesin, büyük bir dikkat ve önemle kulak verip dinliyor, sanki bir aralık bularak bizim huzur dolu, küçük dünyamıza sızıp bir saat için de olsa burada kök salabilmek amacıyla dile gelmez ve umarsız bir çaba harcıyordu.

Daha süs çamına ilişkin o ilk konuşmada kendisi için Bozkırkurdu ismini kullanmış, bu da beni biraz yadırgatıp rahatsız etmişti. Bu ne biçim isimdi böyle?! Ama sonradan yalnızca alıştığım için bu ismi kabullenmekle kalmadım, kendim de düşüncelerimde hep Bozkırkurdu diye niteledim onu, bugün bile kendisini niteleyecek daha yerinde bir sözcük bilmiyorum. Yolunu şaşırıp bizim aramıza düşmüş, kentlerde ve sürü yaşamında soluğu almış bir bozkırkurdu –başka hiçbir benzeti bundan daha çarpıcı niteleyemezdi onu, onun yalnızlığını, vahşiliğini, huzursuzluğunu, ondaki sıla özlemini ve onun yurtsuzluğunu.

Bir defasında bütün bir akşam kendisini izleme fırsatı geçti elime. Bir senfoni konserindeydi, onu yanı başımda otururken bulunca şaşırdım, ama o beni fark etmemişti. Orkestra ilkin Händel'den bir parça çaldı, soylu ve güzel bir eser. Ama Bozkırkurdu kendi içine gömülmüş oturuyor, ne çevresiyle, ne müzikle ilgileniyordu. Salondaki dinleyicilerden biri değilmiş gibi tek başına ve yabancı oturuyor, soğuk ama endişeli bir yüzle önüne bakıyordu. Derken orkestra bir başka eseri, Friedemann Bach'ın küçük bir senfonisini çaldı, koltuğunda yabancı yabancı oturan Bozkırkurdu'nun birkaç mezürden sonra gülümsemeye başladığını, kendini vererek senfoniyi dinlediğini görüp şaşırdım. Düpedüz kendi içine gömülmüştü; mutlulukla öylesine kendinden geçmiş, öylesine güzel düşlere dalmış bir hali vardı ki, dikkatim müzikten çok ona yöneldi. Senfoni sona erince uyanıp kendine geldi Bozkırkurdu, doğrulup daha bir dik oturdu, kalkıp gitmeye davrandı, ama sonra değiştirdi fikrini, son parçayı da dinlemeye koyuldu; pek çok kimsenin biraz uzun ve yorucu bulduğu, Reger'in varyasyonlarıydı. İlkin can kulağıyla ve iyi niyetle eseri dinleyen Bozkırkurdu'nun da bir süre sonra dikkati dağıldı, ellerini ceplerine sokup yeniden kendi içine gömüldü, ama bu kez mutlu ve düşlere dalmış görünmüyordu, hüzünlü bir hali vardı; sonunda da suratını astı, yüzü yine uzaklara kayıp gri ve sönük bir havaya büründü, yaşlanmış, hasta ve hoşnutsuzlukla dolu bir görünüm sergilemeye başladı.

Konserden sonra kendisine sokakta yeniden rastlayıp peşine takıldım; paltosuna sarılmış, bizim semte doğru keyifsiz ve yorgun adımlarla ilerliyordu. Derken eski, küçük bir meyhanenin önünde durdu, kararsızlıkla saatine baktı, ardından girdi içeri. O anda içimdeki bir dürtüye uyup ben de peşinden yürüdüm. Bozkırkurdu masalardan birine oturdu, meyhanenin sahibiyle garson kız anlaşılan kendisini tanıyorlardı, hoş geldiniz diyerek onu selamladılar. Ben de selam verip Bozkırkurdu'nun masasına oturdum. Bir saat kadar meyhanede kaldık; ben iki bardak maden suyu içtim, o ise ilkin küçük bir şişe kırmızı şarap getirtti, sonra bir bardak daha istedi. Konserde ben de vardım dedim, ama o bu konuya girmek istemedi. Önümde duran maden suyu şişesinin etiketini okuduktan sonra şarap içmek isteyip istemediğimi sordu, kendisinin ısmarlayacağını söyledi. Benim ağzıma şarap koymadığımı duyunca, yüzüne yeniden bir çaresizlik ifadesi gelip yuvalandı, ardından da şöyle dedi: "Evet, haklısınız. Ben de yıllar yılı böyle şeylerden uzak yaşadım, hayli zaman içki koymadım ağzıma, ama şu sıra yine kova burcunun etkisi altındayım, bu karanlık ve nemli burcun."

Ben onun bu sözünden yola koyularak özellikle kendisi gibi birinin astrolojiye inanacağını pek sanmadığımı şaka yollu belirtince, beni daha önce sık sık incitmiş aşırı nezaketiyle, "Çok doğru," dedi. "Bu bilime de ne yazık ki inanamıyorum."

Kendisine veda edip meyhaneden ayrıldım. Bozkırkurdu gece geç vakit eve döndü, yine her zamanki gibi hemen gidip yatmadı (oda komşum olduğu için seslerden bunu çok iyi anlıyordum), ışığı yanan odada yaklaşık bir saat kadar daha oyalandı.

Bir başka akşam daha var ki, onu da unutmuş değilim. Evde yalnızdım, teyzem sokağa çıkmıştı. Birden kapı çalındı, gidip açtım. Karşımda pek sevimli genç bir hanımefendi dikiliyordu, Bay Haller'i sorar sormaz anladım kim olduğunu: Bozkırkurdu'nun odasında asılı fotoğraftaki kadındı. Bay Haller'in kapısını gösterip geriye çekildim. Kadın bir süre yukarıda kaldı, çok geçmeden Bozkırkurdu'yla merdivenlerden indiklerini işittim, birbirleriyle şakalaşarak, cıvıl cıvıl ve pek neşeli bir hava içinde evden çıkıp gittiler. Bozkırkurdu gibi münzevi bir insanın bir sevgilisi, genç, şirin ve şık giyimli bir sevgilisi olması pek garibime gitmişti; kendisine ve yaşamına ilişkin tüm varsayımlarım sağlamlığını yitirdi ansızın. Ama aradan bir saat geçmemişti ki Bozkırkurdu yine eve döndü, ağır adımlarla, tek başına ve üzgün, zahmetle merdivenleri tırmandı, salonda tıpkı kafese kapatılmış bir kurt gibi saatler boyu usulcacık gidip geldi, nerdeyse sabaha kadar odasında ışık yandı.

Bozkırkurdu'nun sevgilisiyle ilişkisi konusunda hiçbir bilgim yok; ancak şunu eklemek isterim: onu bir defa da sevgilisiyle birlikte kentin bir caddesinde gördüm. Kol kola yürüyorlardı, ve Bozkırkurdu'nun yüzünde mutlu bir ifade vardı, yalnızlığın yuvalandığı yüzünün zaman zaman nasıl zarif, çocuksu bir çehreye bürünebileceğine ilişkin hayrete kapıldım yine, kadını anlıyor, teyzemin bu adama duyduğu ilgiyi anlıyordum. Ne var ki, Bozkırkurdu o günün akşamında eve yine mahzun ve perişan döndü, kapıda rastladım kendisine. Bazen olduğu gibi paltosunun altında yine bir şişe İtalyan şarabı vardı, yarı geceyi kendi ininde, şişenin başında geçirdi. Bu durumu üzmüştü beni. Ama o da doğrusu ne avuntusuz, yitik ve savunmasız bir hayat yaşıyordu!

Eh, yeter bu kadar boşboğazlık. Bozkırkurdu'nun kendi canına kıyacak biri gibi yaşadığını göstermek için daha fazla açıklama gereksiz. Ama ben yine de onun günün birinde, kimseye veda etmeden, ancak borçlarını tümüyle ödeyip kentimizden ayrılarak kayıplara karıştıktan sonra canına kıymış olduğuna inanamıyorum. Bizim buradan gittikten sonra kendisinden hiç haber alamadık, ona yollanmış birkaç mektup hâlâ bizde duruyor. Burada kaldığı sırada kaleme aldığı notları içeren bir manüskriden başka bir şey bırakmadı geride; birkaç satırla manüskriyi bana armağan etmiş, bunu dilediğim gibi kullanacağımı belirtmişti.

Bay Haller'in manüskrisinde sözü edilen yaşantıları inceleyip gerçeklik derecesini saptamam, benim üstesinden gelemeyeceğim bir şeydi. Bunların büyük bölümüyle kurmaca şeyler sayılacağından, ama keyfi uydurmalar olmayıp derinliğine yaşanmış ruhsal olaylar somut olarak dile getirilmek istendiği için böyle bir nitelik taşıdığından kuşkum yok. Bay Haller'in manüskrisindeki bir bölümüyle fantastik olaylar, belki de burada yaşadığı dönemin son günlerinden kaynaklandı; doğrusu ben bunların bir bölümünün temelinde dış dünyada yaşanmış gerçek olayların yattığına kesin gözüyle bakıyorum. Gerçekten de söz konusu dönemde konuğumuzun gerek davranışlarında, gerek hal ve tavrında bir değişiklik göze çarpmaktaydı; sık sık evden çıkıp giderek bazen bütün gece dönmüyor, kitaplarına el sürmüyordu. O sıralar kendisine bir iki kez rastladım, dikkati çekecek kadar canlı ve gençleşmiş bir hali vardı, hatta bir iki kez de keyfi epey yerindeydi. Ama o günlerin hemen ardından yeni ve ağır bir bunalım geçirmiş, günlerce yatıp kalmış, yemeden içmeden kesilmişti. Yine aynı dönemde tekrar ortaya çıkan sevgilisiyle arasında son derece şiddetli, hatta vahşi bir kavga koparak bütün ev ayağa kalkmış, ertesi gün Bay Haller teyzeme gelerek olup bitenlerden dolayı özür dilemişti.

Hayır, canına kıymadığından kesinlikle eminim. Henüz hayatta; bir yerde yorgun bacaklarıyla yabancı evlerin merdivenlerini inip çıkıyor, bir yerde tertemiz parkelere ve süs çamları arokaryalara bakıyor; gündüzleri kitaplıklarda, geceleri meyhanelerde oturuyor, kiralık odasının divanına uzanmış, pencerelerin dışındaki dünyanın gürültüsünü ve yaşamın sesini dinliyor, kendisini bu dünyadan, bu yaşamdan dışlanmış görmesine karşın tutup canına kıymıyor, çünkü bir inanç kalıntısı, gönlündeki bu azgın acıları son damlasına kadar yudumlayarak ölüp gitmesi gerektiğini söylüyor kendisine. Sık sık onu düşünüyorum; doğrusu hayatımı kolaylaştırmış biri değildi, benim güçlü ve şenlikli yanıma omuz verip onu geliştirecek yetenekten yoksundu; ah ah, bunun tersini yaptı Bozkırkurdu! Ama ben o değilim, onun yaşadığı gibi yaşamıyorum, kendi yaşamımı, kendi orta halli, ama sağlam temellere oturmuş, ödevlerle yüklü küçük yaşamımı sürdürüyorum. Dolayısıyla, ben ve teyzem kendisini huzur ve dostlukla anabiliriz. Teyzemin onun hakkında söyleyeceği benimkinden daha çoktur kuşkusuz, ama hepsini sevecen gönlünde saklı tutuyor.

Bay Haller'in notlarına, bu acayip, bir bölümüyle hastalıklı, bir bölümüyle güzel bir düşünce zenginliğini içeren fantazyalarına gelince, şunu söyleyeyim ki, söz konusu sayfalar kazara elime geçse de yazarını bilmeseydim, hışımla kaldırıp bir kenara atardım. Ne var ki, Bay Haller'i tanımamam onları biraz anlamamı, hatta onaylamamı sağladı. Söz konusu notlara yalnızca bir tek kişinin, zavallı bir ruh hastasının sayrısal fantazyaları gözüyle baksaydım, onları başkalarının bilgisine sunmaktan çekinirdim. Ama gözümde biraz daha fazla değer taşıyor bu notlar, onları çağın bir belgesi sayıyorum, çünkü Bay Haller'in ruh hastalığı –bugün biliyorum artık– tek bir kişide rastlanan bir garabet değil, doğrudan çağın hastalığıdır, Bay Haller'in içinde yer aldığı kuşağın bir saplantısıdır; öyle bir saplantı ki, görüldüğü kadarıyla güçsüz ve yetersiz kişilerde değil, daha çok güçlü, alabildiğine aydın ve yetenekli kişilerde rastlanıyor.

Bu notlar –temelinde ne kadar az ya da çok gerçek yaşantı yer alırsa alsın fark etmez– çağın büyük hastalığını, onunla karşılaşmamaya ya da kötü yanlarını maskelemeye çalışarak yenmeye değil, hastalığın kendisini tanımlamaya yönelik bir girişim oluşturuyor. Kelimenin tam anlamıyla bir cehennem yolculuğu, karanlıklara gömülmüş bir ruh dünyasının karmaşası içinde yapılan bir yolculuk, cehennemden bir geçiş, karmaşanın karşısına dikilerek, kötüyü sonuna kadar yaşama istemiyle yürüyerek cehennemi boydan boya bir arşınlayış anlamı taşıyor.

Bay Haller'in bir sözü beni böyle bir anlayışa ulaştıracak anahtarı elime tutuşturdu. Ortaçağ'daki acımasızlıklara ilişkin bir söyleşinin ardından bana demişti ki: "Bu acımasızlıklar gerçekte acımasızlık değildir. Ortaçağ'ın bir insanı bizim bugünkü yaşam üslubumuzu bambaşka açıdan değerlendirir, tümüyle acımasız, dehşet verici ve barbarca görüp aşağılardı! Her çağ, her uygarlık, her gelenek ve görenek kendine özgü bir üslubu içerir, kendisine yaraşır incelikleri ve sertlikleri, güzellikleri ve acımasızlıkları barındırır kendisinde, kimi acıları pek doğal karşılar, kimi kötülükleri sabırla sineye çeker. Ne zaman ki iki çağ, iki uygarlık ve iki din birbiriyle kesişirse, işte o zaman insan yaşamı gerçek bir acıya, gerçek bir cehenneme dönüşür. Ortaçağ'da yaşayacak antik dünyanın insanı havasızlıktan içler acısı bir şekilde boğulup giderdi, bizim uygarlık ortamında bir ilkelin havasızlıktan boğulup gideceği gibi tıpkı. Öyle çağlar vardır ki, bütün bir kuşağın insanları iki çağ, iki ayrı yaşam üslubu arasında sıkışıp kalır, her türlü doğallık, her türlü gelenek ve görenek, her türlü korunmuşluk ve suçsuzluk duygusu çıkıp gider elden. Kuşkusuz herkes bunun aynı ölçüde ayrımına varamaz. Nietzsche gibi biri bugünkü sefaleti bir kuşaktan çok daha fazla süre önce yaşamak zorunda kaldı; onun tek başına, hiç anlaşılmadan yaşadığını bugün binlerce insan yaşamakta."

Notları okurken Bozkırkurdu'nun bu sözlerini sık sık anımsamaktan kendimi alamadım. Bay Haller iki çağ arasında sıkışıp kalanlardan, tüm korunmuşluk ve suçsuzluklara uzak düşenlerden, insan yaşamının tüm güvensizliğini kişisel acı ve cehenneme dönüştürüp yoğun biçimde yaşamaları alınlarına yazılmışlardan biridir.

Bana göre, notlarının bizim için taşıdığı anlam burada yatıyor; ben de aynı nedenle onları başkalarının bilgisine sunmaya karar verdim. Şunu da unutmadan söyleyeyim ki, niyetim onlara ne arka çıkmak ne de onları yadsımaktır; notları okuyacak herkes buyursun, kendi vicdanına göre karar versin!

Harry Haller'in Notları

Yalnızca kaçıklar için

Günler nasıl geçip giderse o gün de öylece geçip gitmişti. Günü geride bırakmış, ilkel ve ürkek yaşam biçimimle usulcacık işini bitirmiştim. İki saat çalışıp eski kitapları karıştırmış, iki saat de yaşlı insanlara özgü ağrı ve sızılar içinde kıvranmıştım; toz şeklinde bir ilaç alıp ağrıların kaybolduğunu görerek sevinmiş, bir banyo hazırlayıp küvet içine uzanarak o hoş sıcaklığı teneffüs etmiştim; üç kez postacının getirdiği gereksiz mektupları ve diğer basılı şeyleri gözden geçirmiş, her zamanki solunum egzersizlerini yapmış, rahata kaçıp düşünce egzersizlerini bir yana bırakmış, evden çıkıp bir saat kadar gezmiş ve tüysü bulutçukların gökyüzündeki o güzelim, nazlı, değerine paha biçilmez desenlerini seyre dalmıştım. Pek hoş bir şeydi bu da, tıpkı eski kitapları okumak gibi, sıcak bir banyo yapmak gibi bir şeydi. Ama tümüyle ele alındığında insanın içini pek de mutluluk ve kıvançla dolduran büyüleyici, ışıl ışıl bir gün sayılmazdı, epey zamandır alıştığım normal günlerden biriydi işte; halinden memnun olmayan yaşlı bir insanın aşırı rahat sayılmayacak, katlanılabilir, zararsız, ılıman günlerinden biri, olağanüstü ağrı ve kaygılardan uzak, gerçek üzüntülerin yer almadığı, umarsızlıklara kapalı günlerden biri, Adalbert Stifter'i örnek alarak tıraş sırasında kazaya uğrayıp canından olmanın zamanı gelip gelmediği sorusu üzerinde bile insanın telaşa kapılıp korku hissetmeksizin soğukkanlılıkla, sakin sakin düşünebileceği günlerden biriydi.

Kim daha değişik günleri, gut nöbetleriyle ya da göz küreleri ardına sımsıkı yuvalanıp göz ve kulağın algılamalarını şeytani bir büyüyle kıvançtan işkenceye dönüştüren berbat baş ağrılarıyla gemi azıya almış günleri tatmışsa ya da ruhun can çekiştiği günleri, kökü kazınmış ve anonim şirketlerce sömürülmüş yeryüzünün ortasında insanlar dünyasının ve uygarlığının yalancı, bayağı ve tenekeden panayır görkemiyle her adımda kusturucu bir ilaç gibi sırıtarak ve hasta ben'de koyulaşıp çekilmezliğin doruk noktasına ulaşarak karşımıza çıkan günleri, içte boşluk ve umarsızlıkla o rezil, o cehennemsi günleri yaşamışsa, şimdiki gibi sıradan ve yarımlıklarla dolu günleri öpüp de başına koyar. Şükürler olsun deyip sobanın başına geçer, sabah gazetesini okur, bugün de bir savaşın kopmayıp yeni bir diktatörlüğün kurulmadığını, politika ve ekonomi arenasında fazla bir rezaletin gün ışığına çıkarılmadığını görerek şükreder; paslanmış lirinin tellerini akort edip aşırılığa kaçmayan, az buçuk iç açıcı, hatta nerdeyse şen bir şükran ilahisi söyleyerek içindeki sessiz, yumuşak başlı, bromla biraz uyuşturulmuş yarı memnunlukların yarım tanrısının canını sıkar; ve gerek bu memnunluk verici can sıkıntısının, bu pek şükranlık duyulacak ağrısızlığın ağır, ılıman havasında sıkılmış kestiren yarımlıklar tanrısı, gerek kısık sesle ilahiyi okuyan, saçları hafif kırlaşmış yarımlıklar insanı ikiz kardeşler gibi birbirine benzerlik gösterir.

Bu hoşnutluk, bu ağrı ve sızılardan uzaklık, bu katlanılabilecek, bu yılgın günler güzel şeylerdir doğrusu; öyle günler ki, ne ağrı sızılar, ne sevinçler seslerini fazla çıkarmayı göze alabilir, her şey fısıldayarak konuşur ve ayak parmakları üzerinde bir gölge gibi devinir usulcacık. Gelgelelim, ne yazık ki benim tuhaf bir durumum var, özellikle bu hoşnutluk denen şeye hiç mi hiç katlanamıyorum, kısa bir süre sonra çekilmeyecek kadar iğrenç ve tiksindirici buluyorum onu, içim karamsarlıkla doluyor, bazen hazları, ama gerektiğinde ağrı ve sızıları kendime yol yaparak başka iklimlere kaçıp sığınmaktan kendimi alamıyorum. Bir süre neşe ve ağrıdan uzak kalıp o sözde iyi günlerin sölpük ve yavan katlanırlığını solumayayım, çocuksu ruhum kendisini öylesine berbat ve perişan durumda hissediyor ki, paslanmış şükran lirimi uykulu yarı memnunluklar tanrısının yüzüne fırlatıyor, şeytani bir acının içimi yakıp kavurmasını sağlığa yararlı bir oda ısısına üstün tutuyorum. Derken ruhum güçlü duyguları, güçlü heyecanları yaşamaya yönelik şiddetli bir istekle yanıp tutuşuyor, gönlüm bu renksiz, sığ, belli normlara uydurulup sterilize edilmiş yaşama ateş püskürüyor; bir şeyi, örneğin bir mağazayı, bir katedrali ya da kendimi kırıp dökmek, pervasızca aptallıklara kalkışmak, önlerinde el pençe divan durulan saygıdeğer beylerin başlarından peruklarını sıyırıp almak, birkaç asi okul öğrencisinin eline özledikleri Hamburg gezisi için gereken biletleri tutuşturmak, küçük bir kızı baştan çıkarmak ya da burjuva dünya düzeninin kimi temsilcilerinin kafalarını koparmak için çılgınca bir heves duyuyorum. Çünkü her şeyden çok kin beslediğim, nefret edip lanetlediğim buydu: Bu hoşnutluktu, bu sağlıklı durum, bu rahatlık, burjuva sınıfının bu özenli iyimserliği, ortakararlılıkta, normalde, sıradanlıkta bu verimli, bu başarılı disiplindi.

İşte o sıradan günü böyle bir hava içinde noktaladım akşam karanlık çöktüğünde. Onu biraz hastalıklı bir adam için sağlığa yararlı, normal bir biçimde sona erdirmeyip yem olarak sıcak su dolu bir şişeyle donatılmış bekleyen yatağın oltasına yakalanmamış, gündüzki birazcık çalışmadan doyumsuzluk ve tiksinti içinde suratımı asarak ayakkabılarımı giyip paltomu sırtıma geçirmiş, karanlık ve sisli havada kente inip içkicilerin eski bir geleneğe uyarak "bir kadehçik şarap" diye nitelediği o nesneyi içmek için Çelik Miğfer isimli meyhanenin yolunu tutmuştum.

Çatı katındaki odamdan çıkıp bu yabancı konutun insanı yoran merdivenlerini, üç ailenin oturduğu soylu bir evin düpedüz burjuva havası esen, ovulup fırçalanarak pislikten arındırılmış merdivenlerini indim. Bilmiyorum nasıl oluyor, ama yersiz yurtsuz ben Bozkırkurdu, küçük burjuva dünyasından nefret eden ben yalnız insan, her vakit gerçek burjuva evlerinde kalıyorum, benim eski bir duygusallığım bu. Ne saraylarda, ne proletarya evlerinde oturuyor, hep son derece sıkıcı, kusursuz ve alabildiğine bakımlı bu pek soylu küçük burjuva evlerini yeğliyorum; öyle evler ki biraz terebentin, biraz sabun kokuyor; kapıyı bir ara sert kapamasın ya da kirli ayakkabılarla içeri girmesin, irkilmeden duramıyor insan. Söz konusu evlerdeki atmosfere kuşkusuz çocukluk günlerimden kaynaklanan bir sevgi duyuyorum, içimdeki yurt yuva özlemi beni dönüp dolaşıp bu eski, bu sersemce yolları izlemek zorunda bırakıyor. Orası öyle; yalnızlık içinde geçen, sevgiden yoksun, telaşlı ve baştan aşağı dağınık yaşamımla bu aile ve burjuva ortamı arasındaki karşıtlığı seviyor, merdiveni inip çıkarken sessizlik, düzen, temizlik, erdem ve evcilliğin oluşturduğu kokudan hoşlanıyorum; küçük burjuvaziden nefret etmeme karşın bu kokuda beni duygulandıran bir şey saklı, bu kokuyu soluduktan sonra odamın eşiğinden içeri adım atmaya bayılıyorum. Odamda, kitap yığınları arasında puro kalıntıları ve şarap şişeleri görülen, her şeyin dağınık, yuva sıcaklığından yoksun ve bakımsız, sağa sola saçılmış durduğu; her şeyin –kitapların, manüskrilerin, düşüncelerin– yalnızlığın sıkıntısının, insan olmanın sorunsallığının, anlamını yitirmiş yaşamı yeni bir anlama kavuşturma özleminin damgasını taşıdığı, bunlarla doymuş durumdaki odamda her şey sona eriyor.

Süs çamının önünden geçtim. Evin ilk katında merdiven, bir dairenin önündeki küçük holün yanı başından iniyor aşağı. Bu dairenin öbürlerinden daha kusursuz, daha temiz, daha ovulup fırçalanmış olduğu kuşkusuz, çünkü küçük hol insanüstü bir bakımın sonucu olarak ışıl ışıl parıldıyor, düzeni simgeleyen pırıl pırıl bir tapınak adeta; insanın basmaya kıyamadığı parke döşemede iki zarif tabure var, her birinin üzerinde de büyük bir saksı; saksılardan birinde bir açelya büyüyor, ötekisinde epey heybetli bir süs çamı, sağlıklı, dimdik bir küçük ağaç; ağacın en uç dalının en ucundaki bir iğne yaprak bile yeni yıkanmış gibi pırıl pırıl. Kimsenin beni gözetlemediğini bildiğim bazı zamanlar söz konusu yerden bir tapınak olarak yararlanıyorum, süs çamının üstüne rastlayan basamağa oturup merdivende dinleniyorum biraz; ellerimi kavuşturup huşuyla aşağıya, düzenin simgesi bu küçük bahçeye bakıyorum, duygulandırıcı konumu ve tekbaşınalığının gülünçlüğü nasılsa ruhumu etkisi altına alıyor. Bu holün arkasında, adeta çamın kutsal gölgesinde maun ağacından mobilyayla döşenmiş ışıl ışıl bir dairenin yer aldığını, bu dairede erken kalkmalar, belli yükümlülükleri yerine getirmeler, aile içinde ölçüyü aşmayan şenlikler, pazarları kiliseye gitmeler ve erken yatmalarla örülmüş sağlıklı ve saygın bir yaşamın sürdürüldüğünü varsayıyorum.

Sahte bir canlılıkla sokakların nemli asfaltı üzerinde koşturdum sonra. Fenerler, gözlerinden yaşlar akıtarak serin ve nemli bir bulanıklıktan buğulu buğulu bakıyor, ayna gibi parıldayan ıslak zeminde tembel yansımalar oluşturuyordu. Birden unutulmuş çocukluk yıllarım aklıma geldi, güz sonları ve kış mevsimlerinde böyle karanlık ve puslu akşamları ne çok sevmiştim. Nasıl da yiyip yutarcasına, bir esriklik içinde yalnızlık ve hüzün havasını solur, paltoma sarınıp yağmur, fırtına demeden yapraklarını dökmüş düşmanca bir doğa içinde gece yarılarına kadar gezip dolaşırdım daha o zamanlar, tek başıma ama her şeyin yudum yudum tadını çıkararak ve şiir dizeleriyle dolup taşarak; bazen bu dizeleri evde yatağın kenarına oturup mum ışığında not ederdim! Evet, geride kalmıştı hepsi, kadeh içilip boşaltılmış, onu yeniden dolduran çıkmamıştı. Yazıklanılacak bir şey yoktu, geçip gitmiş hiçbir şeye yazıklanmamak gerekiyordu. Yazıklanılacak tek şey şimdi'ydi, bugün'dü, yitirdiğim, sadece edilgen bir tutumla katlandığım, bana ne armağanlar sunmuş, ne beni fazla sarsmış bu sayısız saatler ve günlerdi. Ama Tanrıya şükürler olsun, istisnalar yok değildi; seyrek olarak öyle saatler yaşıyordum ki, beni sarsıntılarla karşı karşıya bırakıyor, bana armağanlar sunuyor, aradaki duvarları yıkıp yolunu şaşırmış ben'i yeniden dünyanın yaşam dolu yüreğine taşıyorlardı. Üzgün, ama ruhumun derinliklerinden gelen bir dürtüyle söz konusu yaşantılardan sonuncusunu anımsamaya çalıştım. Bir konsere gitmiştim, orkestra eski ustalardan birinin olağanüstü güzellikteki bir eserini çaldı, tahta üflemeli sazlar tarafından yavaşçacık icra edilen parçanın iki ölçüsü arasında öbür dünyanın kapısı önümde yeniden aralandı ansızın, gökleri uçarak geçtim. Tanrıyı iş başında gördüm, mutlu acılar çektim, bundan böyle dünyada hiçbir şeye karşı kendimi savunmaz oldum, bundan böyle hiçbir şeyden korkup çekinmedim, peki dedim her şeye, gönlümün kapılarını her şeye açtım. Uzun sürmedi, belki beş on dakika; ama o günün gecesi düşümde hepsi dönüp geldi yeniden, o günden sonra yaşadığım bütün o kasvetli ve yavan günlerde arada bir gizlice parıldadı, bazen birkaç dakika süresince altından tanrısal bir yol gibi yaşamımın içinden uzanıp gittiğini gördüm açıkça, hemen her vakit toz toprakla üstü örtülü kaldı; derken bir an gelip yine altın sarısı kıvılcımlar saçarak parıldadı önümde, bundan böyle asla kaybedilmez göründü, ama çok geçmeden derinliklerde yitip gitti. Geceydi bir defasında, yatakta uyanık yatıyordum, ansızın dizeler dökülmeye başladı ağzımdan, o anda bir yere not etmeyi akıl edemeyeceğim kadar güzel ve şaşılacak dizeler, sabahleyin belleğimden çıkıp giden, ama kabuğu kuruyup çatlamış dolgun bir ceviz gibi içimde bir yere gizlenip kalan dizeler. Ve yine bir ara bir yazarı okurken, Descartes'ın, Pascal'ın bir düşüncesi üzerinde kafa yorarken aynı hal geldi başıma. Yine bir başka sefer sevgilimin yanındayken altın sarısı yol beni peşine takıp göklere çıkardı. Ne yazık, yaşadığımız bu hayatın içinde, halinden öylesine memnun, öylesine küçük burjuva havası esen, öylesine ruhsuz bu zamanın ortasında, bu mimari yapıtlarının, bu mağazaların, bu politikanın, bu insanların manzarası karşısında altından yolu ele geçirmek öylesine zor ki! Amaçlarından hiçbirini paylaşmadığım, sevinçlerinden hiçbiri bana bir şey söylemeyen bir dünyanın ortasında bir bozkırkurdu ve sefil bir münzevi olmayıp ne yapacaktım! Ne bir tiyatroda ne

da uzun süre oturmaya katlanabiliyorum; elime bir
da çağdaş bir kitap alıp okuduğum seyrek oluyor. Tık-
klım trenler ve otellerde, bunaltıcı ve sırnaşık bir müziğin
dığı hınca hınç kafeteryalarda, zarif ve lüks kentlerin barları ve varyetelerinde, dünyayı gezen sergilerde, geçit törenlerinde, bilgiye susamış kimseler için düzenlenen konferanslarda ve kocaman statlarda insanların aradığı nasıl bir haz, nasıl bir neşedir, aklım almıyor bir türlü. İstesem ulaşabileceğim, benim dışımda binlerce kişinin ele geçirmek için itişip kakıştığı, uğraşıp didindiği bu neşe ve sevinçleri anlamam ve paylaşmam olanaksız. Öte yandan, benim o şenlikli saatlerimde yaşadıklarımı, benim için haz, yaşantı, cazibe ve huşu sayılan şeyleri dünya bilemedin sanat yapıtlarından tanıyor, sanat yapıtlarında arayıp seviyor onları. Yaşamın içinde ise hepsini kaçıkça buluyor. Ve doğrusu dünya haklıysa, kafeteryalardaki bu müzik, bu kitlesel eğlenmeler, az şeyle yetinen bu Amerikalılaşmış insanlar haklıysalar, o zaman ben haksızım demektir, o zaman kaçık biriyim ben, o zaman sık sık kendime verdiğim isimle bir bozkırkurduyum, yolunu şaşırıp yabancı ve anlaşılmaz bir dünyada gözünü açan bir hayvanım, eski vatanının havası ve yiyeceği elinden çıkıp gitmiş bir hayvan.

Kafamda bu alışılmış düşüncelerle ıslak yolda, kentin alabildiğine ıssız ve eski semtlerinin birinde seğirtiyordum. Karşıda, yolun öbür yakasındaki karanlıkta gözüme eski, gri bir taş duvar ilişti; her zaman öylesine eski ve umursamaz duruyordu oracıkta, küçük bir kiliseyle eski bir hastane arasında. Gündüzleri pürtüklü yüzünde gözlerimi dinlendirirdim; kentin iç kesimlerinde böyle sessiz, sevimli ve suskun yüzeylere az rastlanır çünkü. Her yarım metrekare başı bir mağaza, bir avukat, bir mucit, bir hekim, bir berber ya da nasır tedavisiyle uğraşan biri karşıdan insanın yüzüne ismini haykırıp durur. Bu kez de duvarı eski dinginliği içinde bulmuştum, yine de duvarda değişen bir şey vardı, orta yerinde sivri kemerli şirin bir kapı gözüme ilişti, şaşırdım; kapı hep orada mıydı, yoksa yeni mi oraya konmuştu, doğrusu bilemedim. Eski, çok eski bir görünüm taşıdığı kuşkusuzdu; belki karanlığa gömülmüş bu küçük ve kapalı ahşap kapı yüzyıllar öncesinde bir manastırın uykulu avlusuna açılıyordu ve manastır artık yerinde durmasa bile kapı bugün de aynı işi görmekteydi. Belki de kapıyı daha önce pek çok kez görmüştüm de dikkat etmemiştim, belki yeni boyandığı için şimdi dikkatimi çekmişti. Öyle ya da böyle, oracıkta dikilip kaldım; dikkatle kapıya bakıyor, ama kalkıp karşıya geçmeyi göze alamıyordum, aradaki yol vıcık vıcık ve ıslaktı; kaldırımda dikiliyor, karşıya bakmakla yetiniyordum. Her şey çoktan koyu bir geceye bürünmüştü; bana öyle geldi ki kapının çevresi bir çelenkle sarılmış ya da renkli bir şeyle örülmüştü. Daha bir dikkatle bakınca üstünde parlak bir tabela ilişti gözüme, sanırım tabelada bir şeyler yazıyordu. Gözlerimi zorlayarak baktım, en sonunda çamura ve su birikintilerine aldırmayarak yürüyüp geçtim karşıya. Kapının yukarısında, duvarın eski ve gri yeşil zemini üzerinde donuk donuk parıldayan bir yer gözüme çarptı; devingen, renkli harfler ileriye uzanıyor, çok geçmeden yine silinip gidiyordu. Bu güzelim eski duvara da yapacaklarını yapmış, onu ışıklı bir reklam panosuna dönüştürmüşler! diye geçirdim içimden. Bu arada şöylece belirip kaybolan sözcüklerden birkaçını söktüm; kolay okunacak gibi değillerdi, yarı sezgiyle çıkarılmaları gerekiyordu. Düzensiz aralıklarla karanlık içinden seğirtip geliyordu harfler, öylesine soluk, öylesine güçsüz. Ve bir anda yine sönüp gidiyorlardı. Bu ışıklı reklamla kendisine kazanç sağlamak isteyen kimse işinin ehli sayılmazdı, bozkırkurduydu, zavallının biriydi bu kişi; ne diye sanki Eski Kentin zifiri karanlık bir sokağındaki bu duvar üzerinde böyle bir harf oyunu düzenlemişti, günün bu saatinde, yolda kimselerin görülmediği bu yağmurlu havada? Neden harfler şöylece yüz gösterip kayboluyordu, gelişigüzel serpilmişlerdi oracığa, kaprisli ve okunaksız? Ama dur bakayım, işte şimdi başarmış, art arda birden çok sözcüğü yakalamıştım; şöyle sıralanıyordu sözcükler:

Sihirli Tiyatro
Herkes giremez
– herkes için değil

Kapıyı açmayı denedim, ne kadar bastırdımsa da kapının ağır, eski mandalı bana mısın demedi. Harf oyunu sona ermiş, ansızın kesilmişti arkası, üzgün, boşunalığının bilincine varmış. Birkaç adım geriye çekildim, ayaklarım iyice çamura saplandı, hiçbir harfin göründüğü yoktu artık, oyun son bulmuştu. Uzun süre çamur içinde dikilip bekledimse de bir şey ele geçiremedim.

Tam işin arkasını bırakmış, geldiğim kaldırıma dönmüştüm ki, rengârenk birkaç ışıklı harf önümde ayna gibi parıldayan asfalta damladı yukarıdan:

Yal-nız-ca – ka-çık-lar – için!

Ayaklarım ıslanmıştı ve üşüyordum; yine de uzunca bir zaman oracıkta öylece dikilmiş, renk renk nazlı harflerden aldatıcı ışıkların hayaletler gibi ıslak duvarın ve siyah siyah ışıldayan asfaltın üzerinde ne güzel kayıp gittiğini içimden geçiriyordum ki, önceki düşüncelerimden biri yine ansızın aklıma geldi: Birden altın gibi parıldayıp yine birden uzaklaşarak kendini kaybettiren izin simgesi.

Üşümüştüm, yeniden yürümeye koyuldum iz üzerinde düşlere dalarak; yalnızca kaçıklar için hazırlanmış sihirli tiyatroya açılan kapı özlemiyle içim dolup taşıyordu. Bu arada gece eğlence yerlerinin eksik olmadığı pazar semtine adım atmıştım; adım başında bir afişle karşılaşılıyor, adım başı bir tabela müşteri çekmeye çalışıyordu: Hanımlar orkestrası – varyete – sinema – danslı gece. Ama bana göre değildi bütün bunlar, "herkes" için, normal kişiler içindi; zaten dört bir yanda söz konusu kişilerin eğlence yerlerinin kapılarından itiş kakış içeri doluştuklarını görüyordum. Yine de hüznüm biraz dağılmıştı, ne de olsa bir başka dünya bana selam verip kucak açmış, birkaç renkli harf ruhumun üzerinde dans ederek gezinmiş, gizli akorları çekip ortaya çıkarmış, altın izden pırıltı yeniden kendini açığa vurmuştu.

O küçük, emektar meyhanenin yolunu tuttum. Yaklaşık yirmi beş yıl önce bu kente ilk geldiğimden beri meyhanede hiçbir şey değişmemişti, sahibi yine yirmi beş yıl önceki kadındı, şimdiki müşterilerden bazısı o zaman da burada, aynı yerlerde, aynı kadehler önünde oturmuştu. Mütevazı meyhaneden içeri girdim, burası bir sığınaktı benim için. Gerçi süs çamının üstündeki merdiven gibi bir sığınaktı sadece, burada da bir yurt, burada da düşüp kalkabileceğim insanlar bulamamış, bir sahnenin önünde sessiz bir koltuk ele geçirebilmiştim, o kadar. Ve sahnede bilmediğim insanlar bilmediğim parçalar çalıyordu; ne var ki, bu sessiz seyirci koltuğu bile az buçuk değer taşıyordu benim için: Ne bir insan kalabalığı, ne bağırıp çağırmalar, ne müzik, yalnızca birkaç sessiz sakin insan, örtüsüz ahşap masalarda oturuyor (ne mermer, ne emaye, ne pelüş, ne pirinç!) ve her birinin önünde bir akşam içkisi, iyisinden, kaliteli bir şarap duruyordu. Hepsiyle göz aşinalığım olan bu birkaç gedikli müşteri belki de gerçek darkafalılardı ve evlerinde o salak yarı memnunluk tanrılarının önünde ruhsuz mihraplar bulunduruyorlardı. Ama belki de benim gibi yalnızlığa düşmüş, yoldan çıkmış kimselerdi; iflas etmiş idealler karşısında seslerini çıkarmayıp düşüncelere dalarak kafayı çekiyorlardı. Benim gibi bozkırkurtları ve zavallı kimseler miydiler, bilemiyordum. Her birini buraya çekip getiren bir nostalji duygusu, bir düş kırıklığı, elden çıkıp gitmiş bir şeyin yerini tutacak bir başka şeyi ele geçirme gereksinimi vardı; evli biri burada bekârlık günlerinin havasını yakalamaya çalışıyor, yaşlı bir memur öğrencilik yıllarını burada anımsamak istiyordu. Hepsi de fazla konuşmayan, hepsi de içki içen kimselerdi; benim gibi yarım litre Alsace şarabı yudumlamayı, hanımlar orkestrasının karşısında oturmaya yeğ tutuyorlardı. İşte buraya o gece gelip demirledim; burası bir, hatta iki saat oturup vakit geçirilebilecek bir yerdi. Alsace şarabından daha bir yudum alır almaz aklıma geldi: Sabahki kahvaltı dışında ağzıma bir şey koymamıştım.

İnsan neleri yutup sineye çekebiliyor, şaşılacak şey! Sanırım on dakika kadar bir gazeteye göz attım, başkalarının sözlerini ağzında uzun uzadıya çiğneyip tükürükle yoğurduktan sonra yutan, ama sindirmeksizin yine kusup çıkaran sorumsuz bir insanın düşüncelerinin gözlerimden geçip varlığımdan içeri girmesine göz yumdum. Başlı başına bir sütun tutan bu düşünceleri içime aktardım. Sonra boğazlanmış bir dananın karnından çıkarılmış ciğerin epeyce bir bölümünü yedim. Hayret! Alsace şarabının üstüne yoktu doğrusu. Pek belirgin özellikler taşıyan, kendilerine özgü pek tanınmış bir tat içeren ele avuca sığmaz, sert şarapları sevmem, en azından normal günlerde canım çekmez bunları; özel isimler taşımayan, kendi halinde, saf ve hafif taşra şaraplarından hoşlanırım. Bunlardan epeyce kaldırabilir insan; ayrıca, bu şarapların kırı, toprağı, gökyüzünü ve ormanı çağrıştıran pek nefis ve iç açıcı bir aroması vardır. Bir kadeh Alsace şarabı ve bir parça leziz ekmek, işte sana yemeklerin en güzeli! Ama artık önümde bir porsiyon ciğer vardı, seyrek et yiyen benim gibi biri için alışılmamış bir yiyecekti. Sonra, getirttiğim ikinci kadeh şarap önümde duruyordu. Öte yandan, dünyanın çeşitli yerlerinde kendilerinden hayli uzakta yaşayan, düş kırıklığına uğramış kimselerin, çaresiz kalmış bozkırkurtlarının önlerindeki kadehlerden sessiz sedasız yudumlayarak moralleri biraz yerine gelsin, biraz neşelensinler diye civardaki yeşil vadilerde bağcılık yapıp şarap üreten sağlıklı ve dürüst insanların olması da şaşılacak şeydi!

Varsın öyle olsun, kabulümdü! Şarap iyi geldi, elimden tuttu benim, havamı buldum. Okuduğum yazıdaki söz salatasına gülmek geldi içimden, hafifledim. Birden o nefesli sazların yavaşçacık çaldığı unutulmuş ezgiyi yeniden anımsadım, bir sabun köpüğü gibi ayağımdan yukarılara çıkıp geldi ezgi, ışıl ışıl parıldadı, bütün dünyayı rengârenk ve küçücük yansıttıktan sonra yumuşacık dağılıp söndü. Bu tanrısal küçük ezgi ruhuma kök saldığına ve gün gelip o göz alıcı renkleriyle nazlı çiçeğini içimde açtırdığına göre, büsbütün mahvolmuş sayılabilir miydim? Yolunu şaşırmış, bulunduğu çevreye akıl erdiremeyen bir hayvan da olsam, içimde bir şey vardı yanıt veren, uzaktaki ve yüksekteki dünyaların yolladığı çağrıları alan bir şey vardı, beynimde binlerce görüntü üst üste yığılmış duruyordu:

Padua'daki bir kilisenin küçük ve mavi kubbesinden bakan Giotto'nun küme küme melekleri, onların yanında Hamlet ve başında çelenkle Ophelia, dünyadaki tüm hüzünlerin ve yanlış anlamaların bu güzelim simgesi; yanan zeplin içinde dikilmiş, borusunu öttüren zeplinin yöneticisi Gianozzo; Attila Schmelzle yeni şapkasını elinde tutuyor, Borobudur'un heykelden dağlarının dorukları başlarını boşlukta yukarılara uzatıyor. Bütün bu güzelim görüntüler diğer binlerce kalpte de yaşasa, bilinmedik daha on binlerce görüntü ve ezgi vardı ki, vatanları, gören gözleri, işiten kulakları bir tek benim içimdeydi. Yağmurda, rüzgârda zamanla yer yer ufalanıp lekelerle örtülmüş yeşiliyle, çatlaklarında ve harap yerlerinde binlerce freskin varlığı sezinlenebilecek emektar hastane duvarı – kim ona yanıt veriyor, kim onun ruhundan içeri girmesini hoş karşılıyor, kim onu seviyor, kim onun nazlı ve narin ölüp giden renklerindeki büyüyü duyumsuyordu? Sessiz sedasız parıldayan minyatürleriyle keşişlerin eski kitapları, yüz yıl öncesinde, iki yüzyıl öncesinde yaşamış Alman yazarların kendi halklarınca unutulmuş yapıtları, bütün o aşınıp yıpranmış ve baştan aşağı lekelerle kaplanmış ciltler, eski müzisyenlerin basılı eserleri ve elyazıları, taş kesilmiş sesten düşleriyle sarımsı ve kalın nota kâğıtları – kim işitti onların özlem yüklü ve esprili, şaklabanca seslerini? Onların ruhundan ve büyüsünden bir yürek dolusunu kendilerine yabancı bir başka zamanın içine kim taşıdı? Gubbio üstündeki dağda yetişen, yukarıdan yuvarlanan bir kayanın belini büküp ikiye ayırdığı, ama yaşama sıkı sıkıya sarılarak kendine geçici bir süre, az buçuk yeni bir doruk oluşturan küçük ve dayanıklı servi ağacı kimin aklına geldi? Evin birinci katındaki hamarat annenin ve onun pırıl pırıl süs çamının hakkını kim teslim etti? Geceleri Ren üzerinden geçip giden sislerin bulutlara çiziktirdiği yazıyı kim okudu? Bozkırkurdu. Kim yaşamının kalıntıları üzerinde uçup gitmekte olan anlamın peşine düştü, saçma görünen şeylere katlandı, kaçıkça görünen şeyleri yaşadı? O en son çılgınca karmaşa içinde bile vahyi ilahiyi ve Tanrı yakınlığını bulacağı umudunu kim gizlice barındırdı içinde?

Meyhaneci kadın kadehimi yeniden dolduracak oldu, kadehe sımsıkı sarıldım ve doğrulup ayağa kalktım. Bu kadar şarap yeterdi. Altın sarısı iz şimşek gibi çakıvermişti içimde; sonsuzluğu aklıma getirmiş, bana Mozart'ı, yıldızları anımsatmıştı. Bir saat gibi bir süre yeniden rahat nefes alabilir, yaşayabilir, var olabilirdim; acılar çekmem, korkulara kapılmam, utanç duymam gerekmezdi.

Sessizliğe gömülmüş sokağa çıktım, soğuk rüzgârın uğultusuna karışan ince yağmur serpintileri fenerlerin çevresinde tıp tıp seslerle dolanıyor, cam gibi parıldıyordu. Şimdi nereye gidecektim peki? O anda bir dilek dile deseler, eli yüzü düzgün birkaç müzisyenin Händel ve Mozart'ın iki üç yapıtını çalacağı, Louis Seize tarzı küçük, şirin bir salon dilerdim. Havam buna uygundu. İnsanın içini serinleten soylu müziği, Tanrıların nektarı içtiği gibi höpürdete höpürdete içerdim. Ah şimdi bir dostum olsaydı, rastgele bir tavan arasında kalan, yanı başında kemanıyla mum ışığında düşünüp duran bir dostum! Gece sessizliğinde nasıl gizlice yanına sokulur, döner merdiveni usulcacık tırmanıp nasıl ansızın karşısına çıkardım ve sonra nasıl söyleşiyle, müzikle eşsiz güzellikteki birkaç saati bir bayram havası içinde birlikte geçirirdik! Söz konusu mutluluğu geçmiş yıllarda sık sık yaşamıştım; o günler işte zamanla benden kopup uzaklaşmış, araya sarı soluk yıllar girmişti.

Duraksaya duraksaya dönüş yolunu tuttum, paltomun yakasını kaldırdım, bastonumu ıslak kaldırıma vura vura yürümeye koyuldum. Ne kadar yavaş yürüsem de, yine çok geçmeden benim tavan arasında, benim küçük, yabancı barınağımda olacaktım; bu barınağı sevmiyor, ama onsuz da yapamıyordum, yağmurlu bir kış gecesini sokakta dolaşarak geçirebileceğim günler geride kalmıştı. Tanrı hakkı için bu güzel akşam keyfini yağmurun, gut hastalığının ya da süs çamının bana zehir etmesine izin vermeyecektim; bir oda orkestrası olmasın isterse, kemanıyla yalnızlık içinde yaşayan bir dost da olmasın, içimde tatlı tatlı yankılanan ezgi vardı; ezgiyi ritmik nefes alıp verişlerle usulcacık mırıldanır, elimi kolumu oynatarak onu çalıyormuş gibi yapabilirdim. Düşüne düşüne yürüyordum. Hayır, oda müziği de, bir dost da ille gerekli değildi, bir dost sıcaklığının gerçekleşmeyecek özlemiyle kendi kendimi kahredip durmam gülünçtü. Yalnızlık bağımsızlıktır, yalnızlığı arzulamış, uzun yıllar içinde onu ele geçirmiştim. Soğuktu bu yalnızlık, orası öyle, ama sessizdi, yıldızların içinde dolanıp durduğu uzay gibi harikulade sessiz ve büyük.

Bir dans lokali önünden geçerken coşkulu bir caz müziği, pişmemiş bir etin buğusu gibi sıcak ve çiğ, yankılandı bana doğru. Bir an durdum; ne çok nefret etsem de bu müzik türünün benim için çekici bir yanı vardır, cazdan hoşlanmam, ama onu günün akademik müziğine kat kat üstün tutarım. Şen ve hoyrat yabanıllığıyla beni de içgüdü dünyamın derinliklerinden yakalamıştı bu müzik ve naif, haysiyetli bir şehvetle soluyup duruyordu.

Bir an oracıkta dikilip burnumu çekerek, kulakları tırmalayan vahşi müziğin kokusunu almaya çalıştım; kötü niyetli ve şehevi bir duyguyla bu eğlence yerlerinin havasını soludum. Müziğin lirizm taşan bir yarısı aşırı içli ve ağdalıydı; içinden duygusallık damlıyordu; öbür yarısına gelince, vahşi, kaprisli ve güçlüydü; ne var ki, her iki yarı, naif ve barışçıl bir arada yürüyor, bir bütün oluşturuyordu. Bir çöküş müziğiydi bu, son imparatorların Roma'sında da benzer bir müzik yapılmış olmalıydı. Bach'la, Mozart'la ve gerçek müzikle karşılaştırıldığında, kepaze bir şeydi kuşkusuz. Ama zaten bütün sanatımız, düşüncemiz, göstermelik uygarlığımız gerçek uygarlıkla karşılaştırıldığında farklı değildi durum. Öte yandan, söz konusu müzik içtenlikle dolup taşıyordu, yalan dolandan uzak, sevimli bir zencimsiliği ve şen, çocuksu bir kaprisi kendisinde barındırmak gibi bir üstünlükle donatılmıştı. Zencilerden ve tüm gücüne karşın biz Avrupalılara öylesine körpe ve çocuksu görünen Amerikalılardan bir şeyler saklıydı bu müzikte. Avrupa da böyle mi olacaktı? Şimdiden bu yolda mı ilerliyordu Avrupa? Bizler, bir zamanki gerçek müziği, bir zamanki gerçek edebiyatı bilip tanıyan ve bunlara hayranlıkla kucak açan yaşlanmış insanlar mıydık, yarın unutulup alay konusu yapılacak ağır nevrozluların oluşturduğu küçük bir aptal azınlık mıydık sadece? Bizim "uygarlık", bizim us, bizim ruh dediğimiz, bizim güzel ve kutsal diye nitelediğimiz şeyler sadece bir hayalet miydi, öleli çok zaman olmuştu da yalnızca biz bir avuç soytarı tarafından gerçek ve canlı gözüyle mi bakılıyordu? Belki hiçbir vakit gerçekten var olmamış, yaşanmamıştı bunlar. Biz aptalların uğrunda uğraşıp didindiği şey belki de her zaman hayalden başka bir nitelik taşımamıştı.

Kentin eski semti beni içerisine aldı: Küçük kilise, bir grilik içinde ışıkları sönmüş ve gerçekdışı duruyordu. Sivri kemerli bilmecemsi kapıyla, kapı üstündeki bilmecemsi tabelayla, alaylı alaylı dans edip duran harflerle dün akşamki yaşantı aklıma geldi birden. Nasıldı içerikleri bu harflerin? "Herkes giremez." Ve: "Yalnızca kaçıklar için." Büyünün yeniden etkin duruma geçerek ben kaçık insanı buyurup içeri girmeye çağırmasını, küçük kapının beni içeri koyvermesini içten içe dileyerek, araştıran bakışlarla karşı duvara baktım. Arzuladığım şeyi orada bulacaktım belki, belki benim müziğim orada çalınacaktı.

Karanlık taş duvar istifini bozmaksızın koyu bir loşluktan bana bakıyordu, kapalı, düşlere gömülmüş. Ve hiçbir yerinde bir kapı, hiçbir yerinde sivri bir kemer görülmüyordu; karanlık, suskun bir duvardı, o kadar. Gülümseyerek yürüyüp gittim, başımı sallayarak dostça selamladım duvarı. "İyi uykular duvar, seni uyandırmıyorum. Bir gün gelecek, seni yıkacaklar ya da açgözlü firma tabelaları iliştirecekler üzerine. Ama şimdilik varsın henüz, şimdilik güzel ve sessiz oracıkta duruyorsun, benim sevdiğim bir duvarsın."

Uçuruma benzeyen bir sokak ağzında hemen önüme çıkan bir adam ürküttü beni; yorgun adımlarla geç vakit evine dönen yalnız biri, başında kasket, sırtında mavi bir mintan, omzunda bir çubuk, çubuğun ucunda bir pankart, panayır satıcılarınınkine benzeyen açık bir sandığı kayışından tutmuş taşıyordu. Yorgun, yürüyordu önümde; başını çevirip bana bakayım demedi, yoksa kendisini selamlar, ona bir sigara ikram ederdim. İlk gelen fenerin ışığında sancağındaki yazıyı, çubuk ucundaki kırmızı pankartı okuyacak oldum, ama çubuk sağa sola sallanıyordu, üzerinde ne yazdığını çıkaramadım. Derken seslendim kendisine, bana pankartı göstermesini rica ettim. Adam durdu, omzundaki çubuğu biraz daha düzgün tutmaya çalıştı; oynayan, salınıp duran harfleri okumayı bu kez başarmıştım:

Anarşist Akşam Eğlencesi

Sihirli Tiyatro!

Herkes gire...

Adama, "Ben de sizi arıyordum," dedim sevinçle. "Bu sizin akşam eğlencesi nasıl şeydir kuzum? Yeri nerede? Ne zaman?"

Adam yeniden yürümeye koyulmuştu.

"Herkes için değil," diye yanıtladı umursamaz, uykulu bir sesle ve çekip gitti. Yeterince çalışmıştı ve şimdi bir an önce evine dönmeye bakıyordu.

"Durun!" diye seslenip arkasından seğirttim. "Şu elinizdeki sandıkta ne var? Bir şeyler satın almak istiyorum sizden."

Yürümesine ara vermeden, bilinçsiz bir hareketle elini sandıktan içeri soktu adam, bir kitapçık alıp bana uzattı. Kitapçığı hemen cebime soktum. Paltomun düğmelerini çözüp para çıkarmaya davranırken, adam yoldan sapıp yandaki bir bahçe kapısından içeri girdi, kapıyı arkasından kapadığı gibi gözden kayboldu. Avluda ağır adımların yankılandığını işittim, ilkin taş bir döşeme üzerinde, sonra ahşap bir merdivende; ardından ses kesildi. Ansızın benim de üzerime bir yorgunluk çökmüştü; vaktin geç olduğu, artık eve dönmekle iyi edeceğim duygusu uyandı içimde. Adımlarımı açtım, çok geçmeden de kentin uykuya dalmış kenar semtini geride bırakıp setler arasındaki bizim semte vardım, biraz çimenlerin, biraz sarmaşıkların gerisindeki küçük ve temiz kira evlerinde memurlarla küçük emeklilerin barındığı bir yerdi burası. Sarmaşıkların, çimenlerin ve küçük çamın önünden geçip, oturduğum evin kapısına geldim, anahtar deliğini bulup açtım kapıyı, düğmeye basıp ışığı yaktım, cam kapıların, cilalanmış dolapların, açelyanın ve süs çamının önünden geçtim; evlerine dönen başkalarını, bu gerçek insanları annelerinin, eşlerinin, çocuklarının, hizmetçilerinin, köpeklerinin, kedilerinin beklediği gibi, koltuk ve sobanın, mürekkep hokkası ve boya kutusunun, Novalis ve Dostoyevski'nin beni beklediği odamın, bu yalancı vatanımın kapısını açıp girdim içeri.

Islak paltomu çıkarıyordum ki, elim kitapçığa dokundu. Cebimden çekip çıkardım, "Ocak ayında doğanlar" ya da "Sekiz günde nasıl yirmi yıl gençleşebilirim" türünde broşürleri andıran ve panayırlarda satılan, kötü kâğıda kötü bir şekilde basılmış kitapçıklardan biriydi.

Ne var ki, koltuğa kurulup gözlüğümü takarak bu panayır broşürünün kapağında "Bozkırkurdu üzerine inceleme. Herkes için değil" yazısını okuyunca şaşırdım, ansızın içimde bunun yazgısal önem taşıdığına ilişkin bir duygu belirdi.

Giderek büyüyen bir merakla bir çırpıda okuyup bitirdim incelemeyi, içeriği şöyleydi:

BOZKIRKURDU ÜZERİNE İNCELEME

Yalnızca kaçıklar için

Bir zaman Bozkırkurdu takma adıyla Harry isminde biri vardı. İnsanlar gibi iki ayak üzerinde yürüyor, insanlar gibi giyiniyordu, bir insandı kısaca, ama yine de bir bozkırkurduydu gerçekte. Kafası çalışan insanların öğrenebileceği pek çok şeyi öğrenmişti. Hayli zeki bir adamdı. Öğrenemediği tek şey, kendi kendisinden ve yaşamından memnunluk duymaktı, bunun üstesinden gelememişti bir türlü. Belki söz konusu durum, gerçekte bir insan değil, bozkırlardan gelmiş bir kurt olduğunu ruhunun derinliklerinde her zaman bilmesinden ya da bildiğini sanmasından kaynaklanmaktaydı. Gerçekten bir kurt muydu, bir vakit, belki dünyaya gelmeden önce kurttu da sonradan büyülenip insan kılığına mı sokuldu, yoksa insan olarak, ama bir bozkırkurdunun ruhuyla doğup bu ruhun sultası altına mı girdi ya da kurt olduğu inancı yalnızca bir kuruntu, yalnızca bir hastalık mıydı kendisinde, bu konuyu akıllı kişiler buyurup tartışabilir. Örneğin, Harry çocukluğunda haşarı, ele avuca sığmaz ve dağınık biriydi belki ve kendisini eğiten kişiler ondaki hayvansılığı yok etmeye çalıştılar ve özellikle bu amaca yönelik çabalarıyla gerçekten bir hayvan sayılacağı, sadece üzerinde ince bir terbiye ve insanlık örtüsü taşıdığı kuruntu ve inancını onda uyandırdılar. Bu konuda uzun ve eğlendirici söyleşiler yapılıp, hatta kitaplar kaleme alınabilirdi; ne var ki, Bozkırkurdu'na hiçbir yarar sağlamazdı bunlar, çünkü kurdun sihirle, hokkabazlıkla bedenine mi sokulduğu yoksa işin sopayla mı gerçekleştirildiği ya da bunun sadece ruhunda yaşayan bir kuruntu niteliği mi taşıdığı onun için hiç fark etmezdi. Başkalarının, ayrıca kendisinin bu konuda düşünebilecekleri, hiçbir değer taşımayıp kurdu onun bedeninden çıkaramazdı.

Yani Bozkırkurdu'nun biri kurt, biri insan, iki kişiliği vardı; bu, yazgısıydı onun. Söz konusu yazgı bir olağanüstülüğü içermez belki, eşine seyrek rastlanan bir yazgı değildir. Anlatıldığına göre daha önce de pek çok insan görülmüştür ki, kendilerinde köpekten, tilkiden, balıktan ya da yılandan pek çok özellik barındırmış, ama bu onların yaşamlarında özel birtakım güçlüklerle karşılaşmalarına yol açmamıştır. Yani böyle insanlarda insan ve tilki, insan ve balık yan yana varlığını sürdürmüş, biri ötekini incitmemiş, hatta birbirleriyle dayanışma içinde bulunmuştur ve başkalarının gıptayla baktığı bazı başarılı kişileri mutluluğa kavuşturan, içlerindeki insandan çok tilki ya da maymun olmuştur. Nihayet herkesin bildiği bir şeydir bu. Oysa Harry'de durum değişikti, onda insanla kurt yan yana yaşamadığı gibi, birbirlerine hiç yardım elini uzatmamış, birbirlerinin canına kastederek biri ötekisinin karşısına dikilmiş, birinin yaşamasından ötekisi sadece zarar görmüştür. Aynı kan ve aynı ruhu paylaşan iki varlık birbirinin can düşmanıysa, böyle bir yaşamın tadı yoktur. Ne yapalım, herkesin yazgısı kendine göredir, hiçbir yazgı da kolay katlanılır gibi değildir.

Bizim Bozkırkurdu'nda öyle bir durum söz konusuydu ki, duyguları tüm karma yaratıklarda görüldüğü gibi kimi zaman kurt, kimi zaman insan duygularıydı. Ne var ki, kurt gibi duyup hissederek yaşadığında içindeki insan hep pusuya yatıp kurdun davranışlarını izliyor, değerlendirip yargılıyordu. İnsan gibi yaşadığı zamanlarda da kurt ona aynı şeyi yapıyordu. Diyelim ki insan kimliğinde Harry'nin parlak bir düşünce geldi aklına ya da gönlünde ince ve soylu bir duygu uyandı ya da iyi bir iş yapacak oldu, içindeki kurt hemen dişlerini gösterip sırıtıyor, onun sergilediği soylu tiyatronun bir bozkır hayvanında, yani bir kurtta ne kadar gülünç kaçtığını acı acı alay ederek belirtiyordu; kurt dediğin kendisine neyin yaraşacağını yüreğinde çok iyi hissederdi çünkü, bu da bozkırlarda dolu dizgin koşturmak, zaman zaman avının kanını emmek ya da bir dişi kurdun peşine düşmekti. Böylece kurt Harry açısından insan Harry'nin yaptıkları dehşet verici, komik ve şaşkınlık eseri, sersemce ve kendini beğenmiş şeyler olup çıkıyordu. Ne var ki, Harry kendini kurt gibi hissettiği, kurt gibi davrandığı, başkalarına dişlerini gösterdiği, insanlara ve onların yalancı, yozlaşmış davranışlarıyla törelerine kin besleyip bunları can düşmanı bildiği zamanlarda da yine tıpatıp aynı durum söz konusuydu. Yani o zaman da Harry'nin içindeki insan pusuya yatıp kurdu izliyor, ona hayvan diyor, canavar diyor, sade, sağlıklı ve vahşi bir kurt yaşamından duyduğu hazzı ona çok görüyor, ona zehir ediyordu.

Bozkırkurdu'nda işte böyle bir durum söz konusuydu. Dolayısıyla, Harry'nin pek de keyifli ve mutlu bir yaşam sürmediğini düşünebiliriz. Ancak, bununla Harry'nin alabildiğine bir mutsuzluk içinde yaşadığını da söylemek istiyor değiliz; her insanın kendi çektiği acılara en büyük acılar gözüyle bakması gibi, Harry'ye de kendi mutsuzluğu alabildiğine büyük görünse de, böyle bir savı öne sürmek niyetinde değiliz. Zaten hiç kimse hakkında böyle bir savın ileri sürülmemesi gerekiyor. Ayrıca, içinde bir kurt barındırmayan kimselerin de ille mutlu olması gerekmez. En mutsuz yaşamda bile yıldızın parladığı anlar, kum ve çakıl taşları arasında küçük çiçeklerin açtığı anlar vardır. Bozkırkurdu'nda da işte böyleydi durum. Çoğunlukla pek mutsuzdu Bozkırkurdu, bu yadsınamaz; öte yandan başkalarını da mutsuzluğa sürükleyebiliyordu ve bunlar onun sevdiği ve onu seven kişiler oluyordu, çünkü Bozkırkurdu'nu sevenler onun yalnızca bir yönünü görüyordu. Bazıları kendisine başkalarına benzemeyen, kibar, zeki bir insan gözüyle bakıp seviyorsa da, sonradan dehşete kapılıp düş kırıklığına uğruyorlardı, çünkü ansızın onun içinde bir kurdun yaşadığını anlıyorlardı. Bunu da anlamaları gerekiyordu; çünkü Harry herkes gibi bir bütün olarak sevilmek istiyor, dolayısıyla içindeki kurdu başkalarının gözlerinden kaçırmak elinden gelmiyor ya da içinde böyle bir kurdu barındırdığını yalanlayamıyordu. Ama öyle kimseler de vardı ki, özellikle ondaki kurda, ondaki özgürlüğe, vahşiliğe, ele avuca sığmazlığa, tehlikeliliğe ve güçlülüğe gönül veriyor, ne var ki vahşi, azılı kurdun aynı zamanda bir insan olduğunu, içinin iyilik ve sevecenlik özlemiyle dolup taştığını, üstelik Mozart'ı dinleyip şiirler okuduğunu ve ruhunda insan idealleri yaşattığını öğrenir öğrenmez, alabildiğine düş kırıklığına uğrayıp kendilerini yürekler acısı bir durumda hissediyorlardı. Düş kırıklığı ve öfke herkesten çok bu kişilerde büyüktü. Böylece Bozkırkurdu, çift kişiliğini ve bölünmüşlüğünü, düşüp kalktığı kişilerin yazgıları içerisine de aktarıyordu.

Ne var ki, Bozkırkurdu'nu tanıdıklarını ve onun bölünmüş, parçalanmış, acınacak yaşamını kafalarında tasarlayabileceklerini sananlar yine yanılıyordu, bilmedikleri dünya kadar şey vardı çünkü. Bir kez (istisnasız bir kural olmayacağı ve bazen tek bir günahkârın Tanrı katında, hak yolundan ayrılmayan doksan dokuz kişiden daha makbul sayılacağı gibi) Harry'de de istisnai durumların, onun yaşamında da kimi mutlu anların var olduğundan haberleri yoktur; onun da içinde bazen kurdun, bazen insanın rahat rahat nefes alıp verebildiğini, düşünüp hissedebildiğini, hatta pek seyrek karşılaşılan saatlerde her ikisinin birbirlerini sevgiyle kucaklayarak barış içinde yaşadıklarını, dolayısıyla diyelim biri uyurken öbürü uyanık kalarak birbirlerini zinde tuttuklarını, birinin ötekisinin olanaklarını iki katına çıkardığını bilmezler. Öyle görülüyor ki, dünyanın dört bir yanında olduğu gibi Bozkırkurdu'nun yaşamında da bazen tüm alışılmışlık, sıradanlık, bilinip tanınmışlık ve kurala uygunluk, zaman zaman saniyelik bir molayı, kesintiyi yaşayıp olağanüstüye, mucizeye, Tanrının inayetine yer açma amacına yönelikti. Acaba bu seyrek yaşanan kısa mutluluk saatleri Bozkırkurdu'nun kötü yazgısını dengeleyip yumuşatabilir de mutlulukla mutsuzluk birbirine denk duruma gelebilir miydi, hatta az sayıdaki saatlerde yaşanan kısa süreli ama güçlü mutluluk tüm mutsuzluğu soğurup alır da Bozkırkurdu için bir artı durum ortaya çıkabilir miydi? Bu yine öyle bir soru ki, işsiz güçsüz kimseler diledikleri gibi üzerinde kafa yorabilir. Bozkırkurdu da aylaklıkla geçen boş günlerinde bu sorunun üzerinde sık sık kafa yormuştu.

Burada bir şeyi daha eklemeden geçmemek gerekiyor: Harry tipinde pek çok insan var dünyada; özellikle pek çok sanatçı, söz konusu tipe mensup kişilerin arasında yer alır. Bu tiptekilerin hepsi iki ayrı ruhu, iki ayrı insanı barındırır içinde; tanrısal ve şeytansal, anne ve baba kanı, mutluluk ve acı çekme yeteneği, Harry'deki insan ve kurt gibi, düşmanca ve birbirine dolanmış, yan yana ve iç içe sürdürür varlığını. Ve hayli tedirgin bir hayat süren bu insanlar seyrek mutluluk anlarında bazen öylesine güçlü duygular ve dile gelmeyen güzellikler yaşar, anlık mutluluğun köpüğü kimi vakit göz kamaştırarak öylesine yükseklere fırlayıp acılar denizinin dışına taşar ki, bu kısa süre parıldayan mutluluğun köpükleri sağa sola saçılarak başkalarına dokunmadan geçemez, onları da büyüler. Böylece bütün o sanat yapıtları, acılar denizi üzerinde, değerine paha biçilmez geçici mutluluk köpükleri olarak gözlerini açar dünyaya; öyle yapıtlar ki, içlerinde acı çeken tek insan bir saatlik bir süre için yazgısının alabildiğine üstüne çıkar, bir yıldız gibi parıldar mutluluğu ve onu algılayan herkese sonsuz bir nesne ve kendi mutluluk düşü gibi görünür. Yaptıkları işlerin, yarattıkları yapıtların isimleri ne olursa olsun, bütün bu insanların gerçekte bir yaşamı yoktur, yani yaşamları bir varoluş değildir, belli bir biçim taşımaz, başkalarının yargıç, hekim, ayakkabıcı ya da öğretmen olduğu gibi kahraman, sanatçı ya da düşünür değildir bu kişiler; yaşamları sonu gelmeyen çileli bir devinimdir, kayalara vurup kırılan dalgalara benzer, mutsuz ve acılı bir biçimde parçalanmıştır, tüyler ürperticidir; böyle bir yaşamın karmaşası üstünde ışıldayan seyrek yaşantılar, eylemler, düşünceler ve yapıtlarda saklı anlam dışında bir başka anlamı içermez. Bu tip insanlar arasında oluşmuş tehlikeli ve korkunç düşünceye göre, belki tümüyle insan yaşamı ciddi bir yanılgıdan öte bir şey değildir, ilk ana'nın ölü doğmuş bir çocuğudur, doğanın başarısız kalmış çılgınca ve dehşet verici bir denemesidir. Yine aynı insanlar arasında oluşmuş bir başka düşünce de var ki, buna göre insan belki sadece yarım akıllı bir hayvan değil, Tanrıların bir çocuğudur ve kendisine ölümsüzlük bağışlanmıştır.

Her insan başkalarında rastlanmayan özelliklerle, başkalarında rastlanmayan nişanlarla donatılmıştır; her birinin kendi erdemleri ve kendi kusurları vardır, her birinin bir "büyük günahı" vardır öte yandan. Gecelerin insanı olması da Bozkırkurdu'nun belirgin özellikleri arasındaydı. Sabah onun için, günün korkup çekindiği, kendisine hiç uğurlu gelmemiş bir vaktiydi. Yaşamında hiçbir sabah yoktu ki, şöyle doğru dürüst bir neşeyle, doğru dürüst bir sevinçle dolmuş olsun içi; öğle öncesinde hiçbir saat yoktu ki, elinden iyi bir iş çıkmış, aklına parlak düşünceler gelmiş, kendisinin ve başkalarının yüzünü güldürebilmiş olsun. Ancak öğleden sonraları ısınıp canlanıyor, iyi günlerinde ancak akşamüzerleri verimli, enerjik biri olup çıkıyor, bir kor gibi yanıp tutuşuyor bazen, gönlü şenleniyordu. Yalnızlık ve bağımsızlık gereksinimi de işte buradan kaynaklanmaktaydı. Hiç kimse yoktu ki, bağımsızlığa Bozkırkurdu'ndan daha güçlü, daha ateşli bir gereksinim duymuş olsun. Henüz yoksulluk içinde yaşayıp ekmeğini kazanmakta zorlandığı gençlik döneminde, yeter ki karşılığında birazcık bağımsızlığa kavuşabilsin, aç gezmeyi, yırtık giysilerle dolaşmayı yeğlemişti. Kendini asla para için, rahat bir yaşam için satmamış, asla kadınlara ya da güç sahiplerine kendini peşkeş çekmemişti; özgürlüğünü koruyabilmek uğruna bütün dünyanın gözleri önünde kendi çıkarına ve mutluluğuna yüzlerce kez sırt çevirmiş, elinin tersiyle bunları bir kenara itmişti. Bir yerde memurluk yapmak, günü ve yılı belli zamanlara bölerek yaşamak, başkalarının sözünü dinlemek düşüncesi kadar iğrenç ve korkunç bulduğu bir başka şey yoktu. Bir büro, bir kalem odası, bir dairede çalışmak ölüm kadar nefret ettiği bir şeydi, görebileceği en kötü düştü, bir kışlada yaşanan tutsaklıktı. Bozkırkurdu bütün bunlardan kendini uzak tutmayı başarıyor, bu uğurda sık sık küçümsenmeyecek özverilere katlanıyordu. Bu da gücü ve erdemiydi onun, bu konuda boyun eğmeyen ve ödün vermeyen bir tutum sergilemekteydi, bu bakımdan bildiğinden şaşmaz, sağlam bir karakterle donatılmıştı. Öte yandan, çileli yaşamı ve yazgısı da sıkı sıkıya bununla bağlantılıydı. Herkesin başına gelen onun da başına gelmiş, varlığının alabildiğine derinliklerindeki bir dürtüye uyarak olağanüstü bir direngenlikle aradığı, peşinde koştuğu şeyi sonunda ele geçirmişti, ama insan için yararlı sayılacak ölçünün hayli üs-

tünde gerçekleşmişti bu. Ele geçirdiği şey ilkin mutluluğunu oluşturmuşken, sonradan amansız yazgısına dönüşmüştü. Güç insanını güç yıkar, para insanını para; köle ruhlu insanı başkalarına kulluk etme, zevk insanını zevk çökertir. Bozkırkurdu'nu da bağımsızlığı yıkmıştı. Amacına ulaşarak günden güne daha bağımsız duruma gelmiş, emir alacağı, isteklerini göz önünde tutarak davranışlarını düzenleyeceği kimse kalmamıştı, ne yapıp ne yapmayacağını artık yalnızca kendisi özgürce belirliyordu; çünkü güçlü insan, gerçek bir içgüdünün ondan elde etmesini istediği şeyi hiç şaşmadan ele geçirir sonunda. Ne var ki, Harry kavuştuğu özgürlüğün ortasında ansızın şunu fark etmişti ki, özgürlüğü ölümdü; tek başına kalmış, dünya onu korkunç şekilde kendi haline bırakmıştı; insanlar onu ilgilendirmekten çıkmış, hatta kendisi bile kendisini ilgilendirmez olmuştu; dış dünyayla ilintisizliğin ve yalnızlaşmanın giderek büyüyen havasızlığında yavaş yavaş boğulmaya başlamıştı. Çünkü artık ortada öyle bir durum vardı ki, yalnızlık ve bağımsızlık, isteği ve amacı olma özelliğini yitirmiş, onun yazgısına ve mahkûmiyetine dönüşmüştü. Bir dilek dile denmiş, o da dilemişti ve dilenen dilek bundan böyle geri alınacak gibi değildi; içi özlem ve iyi niyetle dolup taşarak kollarını uzatıp, bağlanmalara ve birlikteliklere hazır olduğunu açıklaması boşuna zahmetti, artık tek başına bırakılmıştı. Öte yandan, insanların kendisinden nefret ettiği ve hoşlanmadığı da söylenemezdi. Hatta pek çok dostu bulunuyor, pek çok kişi ona sevgi duyuyordu. Ama çevresinden sempati ve güler yüz dışında bir başka şey gördüğü yoktu. Davetler, armağanlar, sevimli mektuplar alıyorsa da, kimse yanına fazla yaklaşayım demiyor, o da kimseyle bağlantı kuramıyor, yaşamını paylaşmaya istekli ve yetenekli biri çıkmıyordu. Yalnızlık atmosferiyle, sessiz bir atmosferle sarılıp kuşatılmıştı; çevre elinden kayıp gitmiş, başkalarıyla ilişki kurmasını önleyen ve hiçbir istemle, hiçbir özlemle giderilemeyen bir güçsüzlük üzerine çullanmıştı. Bu, Bozkırkurdu'nun yaşamının belirleyici özelliklerinden biriydi.

Bir başka özellik de, onun kendi canına kıyanlar arasında yer almasıydı. Bu noktada şunu belirtelim ki, yalnızca kendilerini gerçekten öldürenleri intihar edenler arasında saymak yanlıştır. Hatta intihar edenlerin içinde pek çok kişi vardır ki, adeta kazara intihar etmiştir; intihar, onların doğasının vazgeçilmez bir özelliği değildir. Kişiliksiz, güçlü bir karakter ve güçlü bir yazgıdan yoksun düzinelerce sürü insanı vardır ki, intihar sonucu yaşamlarını yitirmelerine karşın, yaradılışları ve karakterleri bakımından intihar edecek tipte kişiler olmaktan uzaktır. Öte yandan, yaradılışları bakımından söz konusu tipte yer alan kişilerden pek çoğu, hatta belki büyük çoğunluğu gerçekte canlarına kıymaya kalkmaz hiç. "İntihar eden kişi"nin –Harry de böyle biriydi– ölümle pek sıkı ilişki içinde yaşamış olması gerekmez; öte yandan, canına kıyanlar arasında yer almaksızın da ölümle böyle bir ilişki içinde yaşanabilir. Ama intihar eden kişiye özgü bir şey varsa, kendi ben'ini, haklı ya da haksız, doğanın pek tehlikeli, kuşkuyla bakılacak ve tehlikelere açık bir tohumu olarak duyumsaması, kendisini her türlü korunmadan uzak, her an başına bir iş gelebilecek biri gibi görmesidir; sanki bir kayanın incecik ucunda durmaktadır da, dışarıdan bir itme ya da içteki ufak bir güçsüzlük, soluğu boşlukta almasına elverecektir. Bu tip insanların kader çizgilerinin belirleyici özelliği, canına kıymanın kendileri için en olası ölüm çeşidini oluşturması, en azından kendilerinin bunu öyle bilmesidir. Hemen her vakit ilkgençlik döneminde kendini açığa vuran ve söz konusu insanlara yaşam boyu eşlik eden bu ruh halinin önkoşulu, pek yetersiz bir yaşam gücü değildir örneğin, hatta "intihar edenler" arasında olağanüstü dayanıklılıkta, hırslı, aynı zamanda gözüpek kişilere rastlanır. Gelgelelim, en küçük bir hastalıkta ateşlenen kimseler gibi, bizim "canına kıyanlar" dediğimiz, her zaman pek içli ve duyarlı olan bu kişiler de, en küçük bir sarsıntıda ölümü yoğun olarak düşünmeye eğilim gösterirler. Salt yaşam belirtilerinin mekanizmalarıyla uğraşmayıp, insanın kendisiyle ilgilenme yürekliliğini ve sorumluluğunu gösterecek bir bilimimiz olsaydı, antropoloji gibi, psikoloji gibi bir bilimimiz, bu gerçekleri herkes bilip öğrenirdi.

Burada, intihar eden kişilere ilişkin bütün söylediklerimiz, doğal olarak, yüzeysel şeylerdir, psikolojidir, dolayısıyla biraz fiziktir. Metafizik açıdan bakıldığında ise daha değişik bir durumla karşılaşılır, daha bir açık seçiklik kazanır sorun, çünkü söz konusu açıdan bakıldı mı, "intihar edenler", bireyselleşmeden kaynaklanan suçluluk duygusuna yakalanmış kişiler olarak, kendilerini geliştirip mükemmelleştirmeyi yaşamlarının bir amacı saymayan, tersine kendi kendilerini çözüp dağıtmayı, anne'ye dönmeyi, Tanrıya dönmeyi, evrene dönmeyi amaç edinen varlıklar olarak karşımıza çıkarlar. Bu kişilerden pek çoğu gerçekten canına kıyacak güçten düpedüz yoksundur, çünkü böyle bir eylemde saklı günahı tüm derinliğiyle kavramışlardır. Ama bizim için yine de "canına kıyan" kişilerdir hepsi, çünkü yaşamın değil, ölümün onları esenliğe kavuşturacağına inanırlar hep; kendilerinden el çekmeye, kendilerini kaldırıp atmaya, kendilerini gözden çıkarıp yok etmeye hazır durumdadırlar.

Nasıl her güç bir güçsüzlüğe dönüşebilirse (hatta bazen dönüşmek zorunda kalırsa), bunun tersi olarak tipik intihar eğilimli biri de görünürdeki güçsüzlüğünü çok vakit bir güce, bir desteğe dönüştürebilir, hatta son derece sıklıkla yapar bunu. Harry'de de, Bozkırkurdu'nda da böyle bir durum söz konusudur; kendisine benzeyen binlerce kişi gibi o da, ölüme giden yolun her an önünde açık beklediği düşüncesinden yola koyularak, gençlere özgü, hüzün dolu bir hayal oyunu yaratmakla kalmamış, aynı düşünce temeli üzerinde kendisini avutacak, kendisine destek olacak bir yapı kurup çatmıştı. Kendi tipindeki bütün insanlarda olduğu gibi, her sarsıntı, her acı, yaşamın her kötü durumu, hemen ölüme başvurarak bundan yakayı sıyırma isteğini yüreğinde uyandırmışsa da, Bozkırkurdu özellikle söz konusu eğilimden yaşam için yararlı bir felsefeyi zamanla kotarmasını bilmişti. Darda kaldı mı başvuracağı bir çıkış yolunun önünde sürekli açık beklediği düşüncesiyle içli dışlı oluşu kendisine güç vermiş, bir merak duygusu kendisini acı ve sıkıntıları yaşamaya yöneltmişti. Pek tatsız durumlara düştüğü zamanlar bazen vahşi bir kıvanç, bir çeşit oh olsun duygusuyla şöyle düşünmüştü: "Bir insandaki dayanma gücünün sınırını merak ediyorum doğrusu! Baktım ki katlanılabilirliğin sınırına gelip dayandım, kapıyı açıverir, esenliğe kavuşurum." İntihar eden pek çok kişi vardır ki, bu düşünce olağanüstü güç sağlar kendilerine.

Öte yandan, canlarına kıyanlar içinde intihar ayartısına karşı savaşa aşina olmayanı da yoktur. Her biri ruhunun bir köşesiyle çok iyi bilir ki, intihar bir çare olmasına karşın yine de yasal sayılmayıp ancak darda kalındığında başvurulacak biraz bayağı bir yoldur, insanın kendi eliyle canına kıymasındansa yaşama yenik düşüp can vermesi gerçekte çok daha soylu ve güzel bir davranıştır. Bunu bilmeleri, örneğin kendi kendilerine cinsel doyum sağlayanlardaki vicdan rahatsızlığıyla aynı kaynaktan çıkıp gelen bu kötü bilinç, "intihar edenler"in büyük çoğunluğunu söz konusu ayartıyla sürekli savaşmaya iter. Kleptoman birinin kendisindeki hastalığa karşı savaşması gibi, onlar da bu ayartıya karşı savaşıp dururlar. Bozkırkurdu da söz konusu savaşın hiç yabancısı değildi. Birbirleriyle yer değiştiren değişik silahlarla sürdürmüştü bu savaşı. Sonunda, yaklaşık kırk yedi yaşındayken, mizah havasından yoksun sayılmayıp sık sık yüzünü güldüren parlak bir düşünce gelmişti *aklına: Ellinci doğum gününü, intihara yeşil ışık yakacağı gün olarak saptamıştı. Kendi kendisiyle yaptığı anlaşmaya göre, belirlenmiş zaman geldi mi, o günkü havasına göre imdat kapısını kullanmak ya da kullanmamakta serbest bırakacaktı kendini. Bundan böyle başına ne gelirse gelsin, ister hasta olsun, ister sefalet yakasına yapışsın, isterse çileler, acılar içinde kıvransın, hepsi bir vadeye bağlanmıştı, sürse sürse birkaç yıl, birkaç ay, birkaç gün sürebilirdi, bunların sayısı da günden güne azalıyordu! Ve gerçekten de, eskiden kendisini daha derin ve daha uzun süreli acılar içinde kıvrandıracak, hatta belki onu temelden sarsacak kimi sıkıntılara şimdi daha kolay katlanmaya başlamıştı. Diyelim ki şu ya da bu nedenden pek kötü duruma düştü, yaşamının çölleşmesine, yalnızlaşmasına ve yabanıllaşmasına özel birtakım acı ve kayıplar gelip eklendi, acılara şöyle seslenebilirdi: "Durun siz, topu topu iki yıl kaldı şunun şurasında, o zaman benim sözüm geçecek!" Ve ellinci yaş gününün sabahında kendisine doğum gününü kutlayan mektuplar gelirken, elinde ustura, kapıyı kapayıp bütün acılara veda edeceğini düşünüyordu büyük bir hazla. O zaman eklemlerindeki gut, ruhundaki melankoli, başındaki ağrı ve midesindeki sancı kendilerine artık başka kapı arasınlardı.*

Bozkırkurdu'yla ilgili yapılacak bir şey kalmışsa, onun tek fenomen olarak ortaya çıkışını ve burjuva sınıfıyla kendine özgü ilişkisini, bunlara kaynaklık eden temel yasalarla açıklamaktır. Bunun için de onun, kendiliğinden karşımıza çıkan, "burjuvazi" ile ilişkisinden yola koyulacağız.

Bozkırkurdu, kendi düşüncesine göre burjuva dünyasının tümüyle dışında bulunmaktaydı, çünkü ne bir aile yaşamı vardı ne de toplumsal bir hırsın sahibiydi. Kendine düpedüz yalnız ve acayip biri, bazen hasta bir münzevi, bazen de dâhice yeteneklerle donatılmış, sıradan yaşamın üstüne çıkan, normalin üstünde bir kişi gözüyle bakıyordu. Burjuva sınıfına mensup insanları bile bile aşağılıyor, bunlardan biri olmadığı için de gurur duyuyordu. Ama yine de kimi bakımdan tastamam bir burjuva hayatı sürmekteydi; bankada parası vardı, yoksul hısım ve akrabalarına destek oluyordu, pek özenli sayılmasa da, yakışık aldığı gibi, dikkati çekmeyecek şekilde giyiniyor, polisle, vergi dairesiyle ve diğer yetkili makamlarla barış içinde güzel güzel yaşamaya bakıyordu. Ayrıca, ruhunda içten içe yaşayan güçlü bir özlem, burjuvazinin küçük dünyasına, temiz bahçecikleri, ışıl ışıl sahanlıkları, düzen ve yakışıkalırlığın alçakgönüllü atmosferiyle mazbut ailelerin yaşadığı sessiz evlere çekiyordu kendisini sürekli olarak. Ufak tefek kusurları ve acayiplikleri kendisinde barındırmaktan, kendini tuhaf ya da dâhi biri gibi görmekten hoşlanıyor, ama deyim yerindeyse burjuva havasına artık rastlanmayan taşra kentlerinde oturmak ve yaşamak istemiyordu. Kendini ne zorbaların ve toplum dışında yaşayanların ne caniler ya da paryaların yanında rahat hissediyor, orta sınıf insanların normları ve atmosferiyle, karşıtlık içinde ya da başkaldırı şeklinde de olsa, hep bir ilişkiyi sürdürüyordu. Ayrıca, küçük burjuvazi terbiyesiyle büyütülmüştü ve bu terbiyeden kafasında bir sürü kavram ve şablon kalmıştı. Kuramsal bakımdan fahişeliğe karşı en ufak bir itirazı yoksa da, kişisel olarak bir fahişeyi ciddiye alabilecek ve ona gerçekten kendisine eşdeğer biri gözüyle bakabilecek biri değildi. Devletin ve toplumun aforozladığı siyasal suçluları, devrimcileri ve entelektüel ayartıcıları kardeş bilip seviyor, ama bir hırsız, bir soyguncu, bir tecavüzcü karşısında enikonu bir burjuva gibi davranarak ona acımaktan başka şey elinden gelmiyordu.

Böylece varlığının bir yarısıyla savaştığı ve yadsıdığı şeyi öbür yarısıyla benimseyip onaylıyordu. Aydın bir burjuva evinde, sağlam biçim ve gelenekler çerçevesinde eğitilmiş bir kişi olarak ruhunun bir bölümüyle her zaman bu dünyanın düzenine bağlı kalmış, burjuvazinin izin verdiği ölçünün üzerinde bireyselleşip burjuva idealleri ve burjuva inancının içeriğinden kendini özgür kılmasından çok sonra da bu bağlılığını korumuştu.

İnsanlığın her zaman varlığını sürdüren bir durumu olarak "burjuvalık", bir denge sağlama, insan davranışındaki sayısız aşırı uçlar ve karşıt çiftler arasında dengeli bir orta yolu ele geçirme çabasından başka şey değildir. Bu karşıt çiftlerden birini, örneğin bir ermişle zevkperest bir kişiyi ele alırsak, benzetimiz daha iyi anlaşılacaktır. İnsan, kendini tümüyle manevi değerlere, Tanrıya yaklaşma çabasına, ermişlik idealine adama olanağına sahiptir. Bunun tersine, kendini tümüyle içgüdüsel yaşama, duygularının isteklerine teslim edip çabasını anlık hazların kazanımına yöneltme olanağıyla da donatılmıştır. Birinci yol ermişliğe, manevi şehitliğe, Tanrı uğruna kendini feda etmeye; ikinci yol ise zevkperestliğe, içgüdüler uğruna canını vermeye, çürüyüp kokuşmalar uğruna kendini gözden çıkarmaya götürür kişiyi. İşte orta sınıf insanı bu ikisi arasındaki ılıman iklimde yaşamaya çalışır. Asla kendini gözden çıkarmaz, ne çilekeşliğe ne de zevkperestliğe adar kendini, asla canını vermeye kalkmaz, asla yok olmayı istemez. Ter-

sine, onun ideali nefsinden el çekmek değil, ben'ini ayakta tutmaktır, ne ermişlik ne de onun karşıtı uğrunda çaba harcar. Kayıtsız şartsız taraf tutmak onun katlanamayacağı şeydir, Tanrıya olduğu gibi zevkperestliğe de kulluk etmek ister, erdemli olmaya çalışır, öte yandan bu yeryüzünde biraz da adam gibi rahat yaşamaya bakar. Kısacası, aşırı uçlar ortasında, şiddetli rüzgârlardan, fırtınalardan korunmuş, sağlığına yararlı ılıman bir bölgede yerleşmeye uğraşır. Bunun üstesinden gelirse de, kayıtsız şartsızlığa ve aşırılığa yönelik bir hayatın sağlayacağı yaşam ve duygu yoğunluğundan da el çekmek zorunda kalır. Hayatı yoğun olarak yaşayabilmenin tek yolu, faturayı ben'e ödetmektir. Orta sınıftan biri için kendi ben'inden, kuşkusuz yeterince gelişmeyip güdük kalmış bu ben'den değerli bir şey yoktur. Dolayısıyla, yoğunluk pahasına kendini ayakta tutar, güven içinde yaşar, Tanrıya sevdalanmışlığını verip vicdan rahatlığını alır karşılığında, hazzı verip hoşnutluğu, özgürlüğü verip rahatlığı, ölümcül ateşi verip tatlı sıcaklığı alır. Bu yüzdendir ki yaradılış bakımından orta sınıfa mensup biri güçsüz bir yaşam dürtüsüyle donatılmıştır, korkaktır, kendisini elden çıkarmaktan çekinir, kolay yönetilecek biridir. Dolayısıyla, gücün yerine çoğunluğu, şiddetin yerine yasayı, sorumluluğun yerine oylamayı geçirmiştir.

Sayıları ne çok olursa olsun, bu güçsüz ve korkak varlıkların ayakta duramayacağı; söz konusu özelliklerinden dolayı, başı boş ortalarda dolaşıp duran kurtlar arasında bir kuzu sürüsünden başka bir rol oynayamayacağı açıktır. Öyleyken, çok güçlü kişilerin yönetim başına geçtiği dönemlerde bu orta sınıf mensupları hemen köşeye sıkıştırılırsa da asla yok olmazlar, hatta bazen dünyayı egemenlikleri altına aldıkları görülür. Peki, nasıl olabilir bu? Ne sürülerinin sayısal çokluğu, ne erdemlilikleri, ne sağduyuları ne de örgütlenmişlikleri kendilerini yok olmaktan kurtarmaya yetecek gibidir. Kimin yaşam yoğunluğu başından beri böylesine zayıf nitelik taşırsa, dünyanın hiçbir ilacı artık onu ayakta tutamaz. Ama yine de burjuvazi yaşar, güçlüdür ve palazlanıp durur. Neden?

Yanıt: Bozkırkurtları yüzünden. Gerçekte burjuvazinin diri gücü asla normal üyelerinin özelliklerinden değil, ideallerinin silikliği ve esnekliği dolayısıyla kapsamı içine alabildiği olağanüstü çok sayıdaki outsider'*lardan kaynaklanır. Burjuvazi içinde her zaman yığınla güçlü ve yabanıl insan yaşar. Bizim Bozkırkurdu Harry, bunun için karakteristik bir örnektir. Gelişim sürecinde, bir burjuva için söz konusu olan ölçünün hayli dışına taşarak bireyselleşen Harry, gerek meditasyonun hazzına, gerek başkalarından ve kendinden nefretin kasvetli neşesine aşina Harry, yasalara, erdemlere ve sağduyuya yukarıdan bakan Harry, burjuvazinin zorunlu bir mahkûmudur, ondan yakasını kurtaramaz. Dolayısıyla, gerçek burjuvaziyi oluşturan asıl kitlenin çevresinde insanlığın geniş katmanları, binlerce başka insan ve aydın kişi yer alır; aslında bunlardan her biri burjuvazi kapsamına sığmayacak kadar gelişmiş, hiçbir sınır tanımadan yaşayabilecek kimseler olmasına karşın, çocuksu duygularla burjuva sınıfına bağlıdır ve bu sınıfa mensup kişilerin yetersiz yaşam yoğunluğu az buçuk kendilerine de bulaşmıştır; dolayısıyla, bu sınıfın içinde yaşamakta ayak direr, ona şu ya da bu şekilde bağımlı, yükümlü kalır, ona hizmet etmeyi sürdürür; çünkü burjuva sınıfı için geçerli olan, büyüklerin tersine çevrilmiş şu ilkesidir: Bana karşı olmayan, benden yanadır!*

Bu söylediklerimizden yola koyularak Bozkırkurdu'nun ruhunu incelersek, yüksek bireyselleşme düzeyinin onu burjuvazi dışı bir insana dönüştürdüğünü görürüz; çünkü hayli yüksek düzeye çıkarılmış bireyselleşme, ben'in karşısında yer alır, onu yeniden yok etmeye yönelir. Bozkırkurdu'nun gerek ermişlik, gerek zevkperestlik doğrultusunda güçlü dürtüleri ruhunda barındırdığı, ne var ki zayıflık ve tembellik nedeniyle özgür ve vahşi uzaydan içeri bir atılımı gerçekleştiremeyerek burjuvazinin anaç yıldızına zincirlenmiş kaldığı dikkatimizi çeker. İşte size Bozkırkurdu'nun dünyadaki konumu, işte onun bağımlılığı. Aydınların büyük çoğunluğu, sanatçıların en büyük bölümü bu tip kişilerden oluşur. Aralarından ancak en güçlüleri, burjuvazinin yeryüzü atmosferini delip geçerek kozmik bölgeye ulaşır; ötekilere gelince, ya pes eder ya da uzlaşma yoluna sapar, burjuva sınıfını hor görür, öte yandan onun üyeleri arasında yer alır, yaşayabilmek için sonunda onaylar burjuvaziyi, böylece onu güçlendirip yüceltir. Söz konusu davranışları bu sayısız kişi için trajediye değilse de bir talihsizliğe, bir şanssızlığa dönüşür, bunların oluşturduğu cehennemde pişer yetenekleri, verimli nitelik kazanır. Az kişi vardır ki burjuvaziden kendini koparıp her türlü kısıtlamadan uzak bir yaşamın yolunu ele geçirir, hayranlık uyandıracak şekilde yok olup gider. Bunlar trajik kişilerdir, sayıları da fazla değildir. Ne var ki, ötekilere, burjuvazinin çoğunlukla el üstünde tuttuğu bağımlı kişilere gelince, bunları üçüncü bir dünyanın kapısı açık bekler, hayalî ama bağımsız bir dünyadır bu, mizah dünyasıdır. Bir atılımda bulunarak yıldızların mekânına adım atma gücünden yoksun, kendilerini katıksız bağımsızlıkta yaşamak için yaratılmış hisseden, ama yaşama gücünü gösteremeyerek sürekli ve korkunç acılar içinde kıvranan huzursuz bozkırkurtları, usları çilelerde güçlenip esneklik kazanır kazanmaz uzlaşmacı bir çıkış yolu olarak mizahı bulurlar karşılarında. Gerçek burjuva, mizahı anlama yeteneğinden yoksun olsa da, mizah her zaman şu ya da bu biçimde burjuva niteliği taşır. Mizahın hayalî dünyasında tüm bozkırkurtlarının çapraşık ve çok yönlü ideali gerçekleşir. Bu dünyada hem ermişlik hem zevkperestlik onaylanabileceği, iki kutbun uçları eğilip bükülerek birbirine yaklaştırılabileceği gibi, burjuvaziyi de onaylama kapsamına alma imkânı vardır. Tanrıya gönül verenler canileri, katilleri pekâlâ onaylayabilir ve bunun tersi de doğrudur. Ne var ki, yaradılıştan katıksız bağımsızlıkta yaşayabilecek bütün diğer kişilerin o tarafsız ve ılıman orta yolu, yani burjuvalığı onaylamaları düşünülemez. Bir tek mizah, alabildiğine yüce yaşam misyonlarını gerçekleştirmeleri engellenmiş kişilerin, neredeyse trajik, son derece yetenekli bu bahtsızların şahane icadı (belki de insanlığın alabildiğine kendine özgü dâhiyane buluşu) sayılacak mizah, bir tek odur ki olanaksızın üstesinden gelir, yaşamın tüm alanlarının üzerini prizmalarının ışınlarıyla örter, birleştirir onları. Sanki yaşanılan yer dünya değilmiş gibi dünyada yaşamak, yasalara saygı beslemek, ama yine de onların üzerinde bulunmak, "sanki sahip olunmuyormuş gibi" bir şeye sahip olmak, sanki yapılan şey bir vazgeçiş değilmiş gibi bir şeyden vazgeçmek – yüce bir yaşam bilgeliğinin bütün bu el üstünde tutulup sık sık dile getirilen isteklerini yerine getirecek bir şey varsa, o da mizahtır.

Gerekli yetenekten yoksun sayılmayan, bu yolda kimi adımlar da atmış bulunan Bozkırkurdu, cehenneminin bunaltıcı karmaşasında pişip terleyerek söz konusu büyülü içiti hazırlamanın üstesinden gelebilirse, esenliğe kavuşabilir. Bugün için daha pek çok yol alması gerekiyorsa da, böyle bir olanak, böyle bir umut söz konusudur. Kendisini seven, kendisine ilgi gösterenler onun söz konusu esenliğe kavuşmasını dileyecektir. Esenliğe kavuşması burjuvazi ortamında sürekli kalmasına yol açacak olmasına karşın, bu sayede acıları katlanılır durum alacak, verimli nitelik kazanacaktır. Burjuva dünyasıyla sevgi ve nefret kılığındaki ilişkisi duygusallığını yitirecek, bu dünyaya bağlılığını bir yüzkarası gibi görüp sürekli kahrolması sona erecektir.

Bunu sağlayabilmesi ya da belki her şeye karşın sonunda gereken sıçrayışı göze alıp evrenin sinesinde soluğu alabilmesi için Bozkırkurdu'nun bir ara kendi kendisiyle yüz yüze gelmesi, ruhundaki keşmekeşi enine boyuna görüp varlığının tastamam bilincine ulaşabilmesi gerekir. O zaman, pek güvenle bakılamayacak varlığını tüm değişmezliği içinde karşısında bulacak, dolayısıyla ileride içgüdülerinin cehenneminden ikide bir kaçıp duygusal-felsefi avuntulara, bunlardan da kaçıp kurtluğunun kör esrikliğine sığınamayacaktır. İnsan ve kurt, gerçeği çarpıtan duygusal maskeler olmaksızın birbirlerini tanımak, tüm çıplaklıklarıyla birbirlerinin gözlerinin içine bakmak zorunluluğunu hissedecektir. Böyle bir durumda ya ikisi de infilak edip havaya uçacak ve bir daha birleşmemek üzere birbirlerinden ayrılacak, dolayısıyla ortada bozkırkurdu diye bir şey kalmayacak, ya da mizahın parıldamaya başlayan ışığı altında bir mantık evliliği yapacaklardır.

Belki günün birinde Harry'nin yolu kendisini bu en son olanağın önüne götürüp bırakır. Belki günün birinde bizim küçük aynalarımızdan birini eline alarak ya da ölümsüz kimselerle karşılaşarak ya da belki bakımsızlığa terk edilmiş ruhunun esenliği için gereksindiği şeye sihirli tiyatrolarımızın birinde kavuşarak kendini tanımayı öğrenir. Bu tür binlerce olanak Harry'yi beklemekte, yazgısı söz konusu olanakları karşı durulmaz bir güçle kendisinden yana çekmektedir; burjuvazinin bütün toplumdışı münzevileri bu sihirli olanakların atmosferi içinde yaşar. Ve en ufak bir şey elverir, şimşek çakar ansızın.

Kendi ruh yaşamına ilişkin bu incelemeyi hiç görmese bile, bütün bu saydıklarımızı Bozkırkurdu'nun kendisi de çok iyi bilir. Dünyadaki konumunu sezer, ölümsüzlerin varlığını sezer ve bilir, kendi kendisiyle yüz yüze gelebileceğini sezip korkar bundan; bakmaya çok gereksinim duyduğu, ama bakmaktan ölesiye çekindiği o aynanın varlığından haberi vardır.

İncelememizin sonunda yapılacak bir şey kalmışsa, o da son bir kuruntuyu, köklü bir aldanışı ortadan kaldırmaktır. Tüm "açıklamalar", tüm psikoloji, anlayıp kavramaya yönelik tüm çabalar nihayet yardımcı araçları, kuramları, mitolojileri, yalanları gerekli kılar; dürüst bir yazar ise incelemesinin sonunda bu yalanları elden geldiğince ortadan kaldırmayı unutmamak zorundadır. "Yukarı" ya da "aşağı" sözcüğünü kullandım mı, açıklamayı gerektiren bir savı öne sürmüş sayılırım; çünkü yukarı ya da aşağı diye bir şey yalnızca düşüncede, yalnızca soyutlamada vardır. Dünyanın kendisi ne yukarı tanır ne aşağı.

Dolayısıyla, lafı uzatmamak için şu kadarını belirtelim ki, "Bozkırkurdu" da bir kuruntudur. Harry'nin kendisini bir kurt-insan olarak al-

gılaması, birbirine düşman ve karşıt iki parçadan oluştuğunu sanması, işi basite indirgeme amacına yönelik mitolojik bir yaklaşımdır. Harry asla bir kurt-insan değildir; biz, onun kendisinin uydurup inandığı yalanı görünürde süzgeçten geçirmeksizin alarak ona gerçekten ikili bir yaratık, bir bozkırkurdu diye bakıp değerlendirmeye çalıştıksa, bu, işin daha kolay anlaşılması umuduyla bir aldatmacanın yardımına sığınmaktan başka bir şey değildi; şimdi ise bunu düzeltmemiz gerekiyor.

Yazgısını kendisi için daha anlaşılır kılmak üzere kurt ve insan, içgüdü ve us diye ikili bir ayrıma başvurması, Harry'nin işi çok kaba bir şekilde basite indirgemesidir, kendi içinde ele geçirdiği ve az buz denemeyecek acılarının kaynağı gözüyle baktığı karşıtlıkları akla yakın, ama temelsiz bir açıklama uğruna çarpıtmasıdır. Harry kendi içinde bir "insan" bulur, düşüncelerden, duygulardan, uygarlıktan, dizginlenmiş ve yüceltilmiş doğadan kurulup çatılmış bir dünyadır bu; ayrıca, bir "kurt" bulur içinde, içgüdülerden, vahşilikten, acımasızlıktan, yüceltilmemiş, yontulmamış doğadan bir dünya bulur. Varlığının böyle açık seçik ikiye ayrılmasına, birbirine düşman iki yarıma bölünmesine karşın, yine de kurt ile insanın bazı mutlu anlarda birbiriyle kardeş kardeş geçindiğini görür. Yaşamının her bir anında, eylemlerinin, duygularının her birinde ne ölçüde insanın, ne ölçüde kurdun pay sahibi olduğunu saptamaya çalışsaydı, o saat apışıp kalarak işin içinden çıkamaz, güzel güzel kotarılmış kurt kuramı da dağılıp parçalanırdı. Çünkü ilkel bir zenci de, bunak biri de olsa hiçbir insan yoktur ki, varlığının sadece iki üç temel öğeden oluştuğu söylenebilsin; hele Harry gibi alabildiğine ayrımlaşmış birini naif bir tutumla kurt ve insan diye ikiye ayırıp açıklamaya kalkmak, umarsız ve çocukça bir girişim sayılır. Harry iki ayrı varlıktan değil, yüz, hatta bin varlıktan kurulup çatılmıştır. Yaşamı (her insanın yaşamı gibi) yalnızca iki kutup, örneğin içgüdü ve us ya da ermişlik ve zevkperestlik arasında değil, binlerce, hatta sayılamayacak kadar çok kutup çiftleri arasında salınıp durur.

Harry gibi okumuş ve akıllı birinin kendine "bozkırkurdu" gözüyle bakabilmesi, yaşamının zengin ve karmaşık yapısını böyle yalın, böyle vahşi, böyle ilkel biçimde dile getirebileceğine inanması bizi şaşırtmamalıdır. İnsan yüksek düzeyde bir düşünme yeteneğiyle donatılmış değildir. En aydın ve okumuş kişi bile gerek dünyayı, gerek kendini her zaman pek naif, basite indirgeyen ve aldatıcı formüllerin gözlüğüyle görür, özellikle de kendisi için yapar bunu; çünkü bütün insanlarda, doğarken yanlarında getirdikleri, düpedüz zorlayıcı nitelikte bir gereksinim yaşar; buna göre herkes kendi ben'ini bütünlük içinde tasarlar. Söz konusu kuruntu sık sık ağır bir sarsıntı geçirse de, her vakit yine toparlar kendini, eski sağlamlığına kavuşur. Karşısında oturan katilin gözlerinin içine bakan ve bir an onun kendi sesiyle konuştuğunu sanan, katilin tüm duygu, hüner ve becerilerini kendi içinde keşfeden bir yargıç bir an sonra yine eski kişisel bütünlüğüne döner, yargıç olur yeniden, sıçradığı gibi kendi hayalî ben'inin kabuğu içine çekilir, görevini yapıp sanığı ölüme mahkûm eder. İçlerinde pek çok parçadan kotarıldıkları sezgisi beliren ve kişiliklerinin bir bütünlük taşıdığı kuruntusunu her dâhi gibi aşarak pek çok ben'den bir çıkın oluşturduklarını duyumsayan kişiler bunu açığa vurmayagörsün, hemen çoğunluk kendilerini deliğe tıkacak, bilimi yardıma çağırıp onlara şizofren damgasını vuracak ve böylelikle insanlığın üzerine kol kanat gererek onun söz konusu talihsiz kişilerin ağzından gerçeğin sesini işitmesinin önüne geçecektir. Peki, ne diye boş yere konuşuyoruz burada? Ne diye düşünebilen herkesin doğallıkla bildiği, ama geleneğe uyup açığa vurmadığı şeyleri dile getiriyoruz? – Ben'inin hayalî bütünlüğünün kapsamını genişleterek ikiliğe dönüştürebileceği bir düzeye ulaşan biri, bu konumuyla neredeyse dâhiliğe ulaşmış sayılır, en azından eşine seyrek rastlanacak ilginç bir istisna oluşturur. Ne var ki, en naifi de içinde olmak üzere hiçbir ben gerçekte bütünlük taşımaz, her ben çokyönlü bir dünyadır, yıldızlarla döşenmiş küçük bir gökyüzüdür, çeşitli biçimlerden, aşamalardan, konumlardan, değişik kalıtsal öğelerden ve değişik olanaklardan bir karmaşadır. Bu karmaşaya bütünlük taşıyan bir nesne gözüyle bakması, sanki yalın ve sağlam bir biçime sahip, açık seçik hatlarla belirlenmiş bir nesneymiş gibi ben'inden söz açması, her insanın (en yüksek düzeydekilerin bile) içine düşmekten kurtulamadığı bir yanılgı, bir zorunluluktur, adeta solumak ve yemek yemek gibi yaşamın bir dayatmasıdır.

Yanılgının nedeni basit bir aktarım olayıdır. Beden olarak her insan tektir, ruh olarak asla. Yazınsal yapıtlarda, hatta bunların en sofistike olanlarında geleneksel bir tutumla her zaman sözde birlik, sözde bütünlük sahibi insanlara yer verildiği görülür. Uzman kişiler, bugüne kadarki yazınsal sanatlar içinde en çok oyun türüne değer verirler ve bunda da haklıdırlar, çünkü oyun sanatı ben'in çok parçadan oluşmuş biçimde anlatımına en büyük olanağı sağlar ya da sağlayabilir. Ne var ki, yüzeysel bir açıdan bakıldı mı, oyun kişileri bütünlük taşıyan, birkezliğine bir beden içinde bulunduklarından, bizde birlik, bütünlük sahibiymişler gibi yanlış bir izlenim uyandırırlar. Oyuncuların ötekilerden ayrı, bir bütünlük sahibi kişiler olarak sahnede boy gösterdikleri karakter oyunlarına, naif estetik de hepsinden çok değer verir. Bazı kişiler ilkin uzaktan uzağa, giderek daha açık seçik, bütün bunların yüzeysel, ucuz bir estetik sayılacağını; gözle görülür bedenden yola çıkıp ben kuruntusunu, kişi kuruntusunu ele geçiren Antik dünyanın yaradılıştan bize yabancı, bize dışarıdan zorla benimsetilmiş görkemli güzellik kavramlarını bizim kendi büyük oyun yazarlarımıza uygulamakla yanıldığımızı sezmeye başlamıştır. Eski Hintlilerin yazınsal yapıtlarında ben kavramı hiç bilinmez; Hint söylencelerinin kahramanları kişiler değil, kişilerden oluşan yumaklar, enkarnasyon dizileridir. Çağdaş dünyamızda da öyle yapıtlar vardır ki, kişi ve karakter oyununun perdesinin gerisinde, yazarın kendisi de pek fazla bilincine varmaksızın, bir kişiler zenginliği sergilenmeye çalışılır. Bunu görmek isteyenlerin söz konusu yapıtlardaki kişilere ayrı ayrı varlıklar değil, yüce bir bütünlüğün (yazar ruhunun diyelim) parçaları, tek bir bütünlüğün değişik yön ve cepheleri olarak bakmaya karar vermesi gerekir. Örneğin Faust, bu açıdan bakan biri için Mephisto, Wagner, Faust ve bütün diğer kişilerin bir araya gelerek oluşturduğu bir bütünlük, bir üst kişidir ve tek tek kişilerde değil, ancak bu yüce bütünlüktedir ki, ruhun gerçek varlığından biraz bir şeyler ima yollu açığa vurur kendini. Okul öğretmenleri arasında ün salmış, darkafalıların el üstünde tuttuğu "İki ayrı ruh, ah, yaşar göğsümde!" sözünü söylerken Faust, göğsünde aynı şekilde Mephisto'yu ve diğer bir yığın ruhu barındırdığını unutmuş gibidir. Nitekim bizim Bozkırkurdu da göğsünde iki ruh (kurt ve insan) taşıdığına inanır ve daha bu kadarıyla göğsündeki yeri iyice daralmış hisseder. Göğüs, beden her zaman tektir, içinde barınan ruhlar ise iki ya da beş değil, sayılamayacak kadar çoktur; insan yüz zardan oluşmuş bir soğana, pek çok iplikten dokunmuş bir kumaşa benzer. Eski Asyalılar bunu çok iyi görüp bilmiş, Budistler kişilik kuruntusunun maskesini düşürmek için yogalarında belli bir teknik geliştirmiştir. İnsanlığın oyunu eğlendirici ve çokyönlüdür: Kişilik kuruntusunun maskesini alaşağı etmek için Hindistan'ın binlerce yıl gösterdiği yoğun çabayı, Batı aynı kuruntunun desteklenip pekiştirilmesi için harcamıştır.

Bozkırkurdu'na bu açıdan bakarsak, gülünç ikiruhluluğu içinde neden böylesine acı çektiğini anlarız. O da Faust gibi bir tek göğüs için iki ruhun bile fazla olduğuna, bunların göğsü parçalayabileceğine inanır.

Oysa iki ruh hiç de fazla değildir ve Harry böyle ilkel bir düşünceye başvurarak ruhunu kavramaya çalışmakla onun onurunu fena halde ayaklar altına alır, çok aydın biri olmasına karşın ancak ikiye kadar sayabilen ilkel biri gibi davrandığı görülür. Kendinden bir parçayı insan, bir parçayı kurt diye niteler ve bu kadarla işi bitmiş, kendini tükenmiş görür. Tüm ussal, yüceltilmiş ya da uygar özleri "insan"ın, tüm içgüdüsel, vahşi, karmaşık özleri ise "kurt"un içine tıkıştırır. Ne var ki, hayatta her şey bizim düşündüğümüz kadar basit, zavallı budalaca dilimizdeki kadar kaba biçimde olup bitmez. Harry, zencilere özgü bu kurt yöntemine başvurmakla çifte bir aldanış içine sürüklenir. Korkarız, ruhunun henüz hiç de insan aşamasına ulaşmamış pek geniş bölgelerini "insan" kapsamına, varlığının çoktan kurtluktan çıkmış bölgelerini ise "kurt" kapsamına alır.

Herkes gibi Harry de insanın ne olduğunu bildiğini sanırsa da, gerçekte asla bilmez. Ne var ki, düşlerde ve güç denetlenebilen bilinç durumlarında insanın içyüzünü sezer sık sık. Gönül isterdi ki bu sezgileri unutmayıp elden geldiğince kendine mal etsin! İnsan nihayet süreklilik taşıyan, yerinden oynatılamaz bir yapı değildir (böyle bir şey, bilge kişilerinin aykırı yöndeki sezinlemelerine karşın, Antik dünyanın idealiydi), daha çok bir deneme, bir geçittir, doğayla us arasındaki dar ve tehlikeli köprüdür sadece. Ruhunun derinliklerinde yatan misyon insanı usa, Tanrıya doğru iter, ruhunun derinliklerindeki özlem ise onu geriye doğru çeker, doğadan, ana'dan yana yöneltir; böylece insanın yaşamı her iki güç arasında salınıp durur. İnsanların "insan" kavramından anladıkları, her zaman, geçici nitelik taşıyan bir burjuva geleneğidir. Alabildiğine kaba kimi içgüdüler bu gelenekte yadsınıp yasaklanır; biraz bilinç, biraz karakter sahibi olması ve hayvansılığından sıyrılması beklenir insandan. Az buçuk bir ruh sahibi olması hoş görülmekle kalmaz, hatta istenir kendisinden. Böyle bir geleneğin "insan"ı, bütün burjuva idealleri gibi, bir uzlaşmadan doğmuştur; o hain ilk ana'yı ve o sıkıcı ilk baba'yı oyuna getirerek katı isteklerinden el çektirip ikisi arasındaki ılıman bölgede yerleşme amacına yönelik çekingen ve naif-kurnaz bir çabanın ürünüdür. Dolayısıyla, burjuvazi "kişilik" diye nitelediği şeye göz yumar, hoş görüp katlanır buna, ama öte yandan kişiliği "devlet" denen doymak bilmezin eline teslim eder, her ikisini sürekli birbirine karşı koz olarak kullanır. Burjuvazinin sonradan uğruna anıtlar dikeceği kimseleri kâfir diye ateşte yakmasının, katil diye ipe çekmesinin nedeni de budur.

"İnsan"ın, yaradılış süreci sona ermiş bir varlık değil, usun bir dayatması olduğunu, söz konusu süreci geride bırakmış insanın korkulduğu kadar özlenen, uzak bir olasılık niteliği taşıdığını ve oraya götürecek yolun her zaman ancak bir bölümünün, kendilerini bugün giyotinin, yarın bir şeref anıtının beklediği eşine az rastlanır bireyler tarafından müthiş acı ve cezbelerle geride bırakılabileceğini Bozkırkurdu da sezer. Ne var ki, içindeki "kurt"a karşılık "insan" diye nitelediği şey, burjuva geleneğinin "orta yol insanı"ndan başkası değildir. Hangi yolun gerçek insana, ölümsüzlüğe götüreceğini o da çok iyi bilir bilmesine, zaman zaman yolun pek ufak bir parçasını duraksaya duraksaya geride bırakır ve bunun bedelini ağır çilelerin, acıların doldurduğu bir yalnızlıkla öder. Ne var ki, kendisine yöneltilen o alabildiğine yüce isteği, usun aradığı o gerçek insanlaşma sürecini onaylayıp gerçekleştirmek için çaba harcamaya, ölümsüzlüğün eşsiz ve dar yolunu yürümeye gelince, ruhunun derinliklerinde bundan bir ürküntü duyar. Bu kaçınmanın kendisini çok daha büyük acılar ve lanetlenmeler sonunda kesin bir pes edişle, hatta belki giyotinle karşı karşıya bırakacağını pekâlâ bilir. Söz konusu ölümsüzlüğün yolu kendisini ne kadar cezbetse de, bütün o çileleri çekmeye, o ölümleri ölmeye yanaşmaz. İnsanlaşmanın amacı konusunda burjuvaziden daha çok şey bilmesine karşın gözlerini yumar, ben'e umutsuzca sarılıp bırakmamanın, ölmek istememekte umutsuzca ayak diremenin ölüme götüren kesin yol sayılacağını, oysa ölebilmenin, kabukları üzerinden sıyırıp atmanın, ben'deki değişim sürecine sonsuz teslimiyetin, kendini adamışlığın onu ölümsüzlüğe taşıyacağını görmek istemez. Ölümsüzler arasında en çok sevdiklerine, örneğin Mozart'a hayranlık beslerken de duruma yine burjuvazinin gözüyle bakar. Mozart'ın mükemmelliğini tıpkı bir okul öğretmeni gibi sadece onun üstün uzmanlık yeteneğiyle açıklar da, bunu Mozart'ın kendini adamışlığının ve acı çekme istekliliğinin büyüklüğüne, tüm burjuva idealleri karşısındaki umursamazlığına, acı çekenlerin ve insan olma sürecini yaşayanların çevresindeki burjuva atmosferini buzsu bir havaya dönüştüren yalnızlığa, Gethsemane bahçesindeki o yalnızlığa katlanmasına bağlamaz.*

Hiç değilse bizim Bozkırkurdu kendi içinde o Faust ikiliğini keşfetmiştir; bedeninin bütünlüğünün bir ruh bütünlüğü içermediğini,

---

* Gethsemane: Matta (26, 36) ve Markos İncili'nde sözü edilen, Kidron çayının sol kıyısındaki zeytin bahçesinin ismi. Hz. İsa, Kudüs'e son gelişinde bu bahçede kalmıştır. (ç. n.)

kendisinin, olsa olsa, bütünlük idealine giden çok uzun ve zahmetli yolun üzerinde bulunduğunu saptamıştır. Ya içindeki kurdu yenip tümüyle insan olmak ya da insanı gözden çıkarıp hiç değilse kurt olarak bütünlüğe sahip bir hayat yaşamak ister. Belki de gerçek bir kurdu alıcı gözüyle uzaktan yakından incelemiş değildir. Bunu yapsaydı, hayvanların da bütünlüğü içeren bir ruha sahip olmadığını, onlarda da bedenlerinin güzel ve pürüzsüz görünümünün ardında pek çok eğilim ve konumların varlığını sürdürdüğünü, kurdun içinde de birtakım uçurumların yer aldığını, onun da bu durumdan acı çektiğini belki görürdü. Yo yo, "Doğaya dönelim!" ilkesine uygun davranacak insan, her vakit, acı ve umutsuzluk dolu yanlış bir yola sapar. Harry geriye dönüp bir daha kurt olamaz; diyelim ki oldu, o zaman kurdun da asla gelişim sürecinin başında bulunan basit bir yaratık sayılamayacağını anlayacaktır. Kurdun da kendi kurt bağrında iki ve daha çok ruhu vardır. Kurt olmayı isteyen, "Ah, ne saadet bir çocuk olmak" ezgisini dile getiren adam gibi, bir şeyi unutmuş demektir. Mutlu çocuk ezgisini söyleyen sempatik ama duygusal adam da doğaya, masumluğa, gelişim sürecinin başlangıç aşamalarına dönmeyi arzuladığını açığa vurur; ama tümüyle unuttuğu bir şey vardır: Çocuklar da asla mutlu değildir, onlar da pek çok çatışmayı, çelişkiyi ve acıyı yaşayabilen varlıklardır.

İnsanı geriye götürecek bir yol yoktur asla, kurda, çocuğa götürecek bir yol yoktur. Nesnelerin başlangıç noktasında ne suçsuzluk yer alır, ne saflık; görünürde en ilkeli de olsa tüm yaratıklar daha yaratıldığı anda suçludur, kendi içinde çelişkilidir, pek çok parçaya bölünmüş durumdadır, oluşum sürecinin kirli ırmağına kaldırılıp atılmıştır, bundan böyle asla ama asla suyun akışına ters yönde yüzemez. Yol gerisingeri suçsuzluğa, yaratılmamışlığa, Tanrıya değil, ileriye götürür insanı; kurtluğa ya da çocukluğa değil, boyuna suçtan içerilere, boyuna insanlaşmanın daha derinliklerine taşır. Canına kıyman sana da, zavallı Bozkırkurdu, pek yarar sağlamayacaktır; insan olmanın daha uzun, daha eziyetli ve çetin yolunu çaresiz yürüyeceksin, ikilikte kalmayıp onu sık sık çoğaltmaya çalışacak, karmaşıklığını daha da büyülteceksin. Dünyanın sınırlarını daraltacak, ruhunu basitleştirecekken, belki günün birinde huzura kavuşabilmek için gittikçe daha çok dünyayı, hatta sonunda dünyanın tümünü, kapsamı genişletilmiş ruhuna acıyla aktarmaktan yakanı kurtaramayacaksın. Buda'nın yürüdüğü yoldur bu; her büyük insan, bazen bilerek, bazen bilmeyerek, cesur girişim-

lerinin başarısı oranında bu yolda yürüdü. Her doğuş, evrenden bir ayrılış demektir; belli sınırlarla çevrilmek, Tanrıdan kopup ayrılmak, acılı bir yeniden oluşum demektir. Evrene gerisingeri dönüş, acılarla dolu bireyselleşmenin yok edilmesi, tanrılaşmak demek, evreni yeniden kapsamına alacak gibi ruhun sınırlarını genişletmek demektir.

Burada sözü edilen insan, okulların, ulusal ekonomilerin, istatistiklerin insanı değil, milyonlarcası sokaklarda dolaşan, denizde kum kadar, parçalanan dalgalardan sıçrayan su tanecikleri kadar değer taşımayan insan da değildir, birkaç milyon insan fazla olmuş, az olmuş fark etmez, nihayet malzemedir hepsi, o kadar. Hayır, biz burada yüce anlamda insandan, insanlaşmanın uzun yolunun sonunda varılacak hedeften, soylu insandan, ölümsüz insandan söz ediyoruz. Dâhiler bizim çoğunlukla sandığımız gibi seyrek rastlanır kişiler değildir, ama yazınsal yapıtlarda, dünya tarihlerinde, özellikle gazetelerde ileri sürüldüğü kadar da sık rastlanmaz dâhilere. Bozkırkurdu Harry, bize öyle geliyor ki, sıkıştıkça o budalaca bozkırkurtluğundan gözü yaşlı söz açacak yerde, insanlaşma yürekliliğini gösterebilecek kadar deha sahibidir.

Böylesi eylemleri gerçekleştirebileceklerin, bozkırkurtluklarıyla ve "İki ruh, ah!" sözleriyle işin içinden çıkmaya çalışmaları, burjuvaziye çoğunlukla gösterdikleri o ödlek sevgi kadar şaşırtıcı ve üzücüdür. Buda'yı anlayacak yetenekteki birinin, insan olmanın cennet ve cehennemleri konusunda bilgi sahibi bir kişinin, sağduyunun, demokrasinin ve burjuva kültürünün egemen olduğu bir dünyada aslında yaşamaması gerekir, yaşıyorsa ödlekliğindendir yalnız. Böyle biri varlığının boyutları kendisini sıkıştırdı da burjuva odasını fazlasıyla dar buldu mu, hemen içindeki "kurt"u sorumlu tutar, kurdun bazen varlığının en iyi parçası sayılacağını bilmek istemez. İçindeki yabanıl varlık adına ne varsa hepsine kurt deyip çıkar, hain, tehlikeli, burjuvazinin korkulu rüyası görür hepsini, ama bir sanatçı olduğuna ve ince duygularla donatıldığına inanan bu kişi, içinde kurttan başka, kurdun arkasında daha pek çok hayvanın yaşadığını, kendisini ısıran her yaratığın kurt olmadığını, kurdun yanı sıra tilkiyi, ejderhayı, kaplanı, maymunu ve cennetkuşunu da kendisinde barındırabileceğini göremez. Gerçek insanın sözde insan, burjuva insanı tarafından baskılanıp ezilmesi ve tutsak edilmesi gibi, bütün bu dünya, sevimli ve korkunç, küçük ve büyük, güçlü ve narin yaratıkların yaşadığı bütün bu cennet bahçesi de baskılanıp ezilmekte, tutsak edilmektedir.

Çeşit çeşit yüzlerce ağacın, türlü türlü binlerce çiçeğin, değişik cinste yüzlerce otun, meyvenin yetiştiği bir bahçe düşünelim; botanik bilgisi "yenilebilir" ve "yenilemez" ayrımından ileri gitmeyen, bahçesinin onda dokuzunu ne yapacağını bilemeyen bir bahçıvan, alabildiğine büyüleyici çiçekleri nasıl kökünden söküp çıkarır, baltayı vurup pek soylu ağaçları devirir, en azından kin ve nefret duyarak yan gözle bunlara bakıp durursa, Bozkırkurdu da ruhundaki binlerce çiçeğe öyle davranır. "İnsan" ve "kurt" kapsamına alamadığı şeyleri gözü görmez hiç. Ve "insan" kapsamına da akıl almayacak kadar çok şey sığdırır! Belirgin olarak kurt özelliği taşımayan korkak, maymunsu, budalaca ve küçük ne çok şey varsa "insan" kapsamına; üzerlerinde henüz egemenlik kuramadığı güçlü ve soylu şeyleri de "kurt" kapsamına alır.

Burada veda edip Harry'den ayrılacak, onu kendi yolunda tek başına yürümeye bırakacağız; ölümsüzlüğe ulaştığını, çetin yolun hedefi gibi görünen yere vardığını düşünelim bir an; başını geriye çevirip bu bocalamaları, izlenen yoldaki bu çılgınca, bu kararsız zikzakları görünce nasıl hayrete düşecek, bu Bozkırkurdu'na nasıl yüreklendirerek, çıkışarak, acıyarak, eğlenerek bakıp gülümseyecektir!

İncelemeyi okuyup bitirmiştim ki, birkaç hafta önce gece çiziktirdiğim biraz tuhaf şiir geldi aklıma; bu şiirde de bozkırkurdundan söz açılıyordu. Masamdaki tıklım tıklım kâğıt yığınlarını karıştırıp şiiri buldum ve okudum:

Ben Bozkırkurdu koşarım boyuna
Ve bütün dünya karlara gömülmüş
Uçar kayın ağacından bir karga
Ama ne bir tavşan, ne karaca
Karacalara bayılırım oysa
Ah ne olur birini bulaydım
Alırdım dişlerimin, pençelerimin arasına
Bundan güzel şey var mıdır dünyada
Sokulurdum yanına yürekten, iyiliksever
Gevrek butlarına geçirirdim dişlerimi
Açık pembe kanını içerdim doya doya
Ardından ulurdum bütün gece tek başıma
Bir tavşan da olsa kabulüm hatta
Doyum olmaz sıcacık etine gece vakti
Ah, her şey benden yüz çevirdi
Ne varsa yaşamı biraz zevkli kılan
Ağardı çoktan kuyruğumdaki kıllar
Gözlerim de pek iyi seçemez oldu artık
Sevgili karıcığım öleli yıllar var
Ve koşuyorum şimdi düşlerimde karacalar.
Koşuyorum düşlerimde tavşanlar
Kış geceleri kulaklarımda rüzgârın uğultusu,
Gırtlağımdaki yangını karla söndürüyorum
Taşıyorum şeytana zavallı ruhumu.

Böylece elimde kendime ilişkin iki portre vardı şimdi, biri kendim gibi hüzün ve korkuyla dolu şiir, ötekisi ileri derecede nesnellik görünümü taşıyan serinkanlılıkla çizilmiş bir portre. İşin içinde olmayan biri tarafından, dışarıdan ve yukarıdan bakılarak çizilmiş, benim hakkımda bazı bakımdan benden çok, bazı bakımdan benden az şey bilen biri tarafından kaleme alınmış. Gerek benim melankolik bir kekelemeyi içeren şiirim, gerek bilinmeyen bir elin kaleme aldığı zekice inceleme, her ikisi de üzdü beni, dokundu bana; her ikisi de haklı nedenlere dayanmaktaydı, iç karartıcı yaşamımı tüm çıplaklığıyla yansıtmakta, durumumun katlanılmazlığını ve kepazeliğini açık seçik gözler önüne sermekteydi. Bu Bozkırkurdu için ölmekten başka çıkar yol yoktu; ya kendi eliyle iğrenç yaşamına son verecek ya da yeni bir içebakışın ölümcül ateşinde eriyip bir değişim geçirecek, yüzündeki maskeyi çekip alarak yeni bir benlik kazanma sürecini gerçekleştirecekti. Tanrım, bu olay benim için yeni ve bilinmedik bir şey değildi, aşinaydım ona, daha önce de pek çok kez yaşamıştım, her defasında da umarsızlığın en son kerteye ulaştığı bir zamana denk gelmişti. Her defasında içimi allak bullak eden bu yaşantı sonucu o andaki ben'im un ufak olmuş, her defasında varlığımın derinliklerindeki birtakım güçler üzerine çullanıp ben'imi canından etmiş, her defasında yaşamımın bakımlı ve pek sevdiğim bir parçası bana sadakatten vazgeçerek elimden çıkıp gitmişti. Birinde gerek servetimi, gerek vatandaşlar arasındaki şöhretimi yitirmiş, o zamana kadar beni görünce şapkalarını çıkaran tanıdıkların saygısından el çekmek zorunda kalmıştım. Bir başka sefer de akşamdan sabaha aile yaşamım gümleyip gitmişti; bir ruh hastasına dönüşen karım beni evden, evdeki rahatımdan kapı dışarı etmiş, aramızdaki sevgi ve güven bir anda nefrete, bir anda ölümcül bir savaşa dönüşmüş, komşular acıma ve küçümsemeyle arkamdan bakar olmuşlardı. Yalnızlığım da işte o zaman başladı. Ve yine yıllardan, çetin ve amansız yıllardan sonra bir ara koyu bir yalnızlık ve zahmetli bir disiplin içinde kendime perhizkâr-manevi, yeni bir yaşam ve ideal kurup çatmış, soyut düşünsel egzersizlere ve sıkı şekilde düzenlenmiş meditasyonlara başvurarak yaşamımı yeniden belli bir dinginlik ve yüceliğe kavuşturmuştum ki, bu varoluş biçimim de yine yıkılıp gitti, o soylu ve yüce anlamını yitirdi bir anda; çılgınca ve yorucu gezilere çıkarak bir kez daha dünyayı gezip dolaşmaya koyuldum, yeni çileler, yeni suçluluklar zamanla üst üste yığıldı. Ve her defasında bir maskenin alaşağı edilmesinden, bir idealin yıkılmasından önce tüyler ürpertici bir sessizlik ve boşluk içinde buldum kendimi, şimdi bir kez daha yaşamak zorunda kaldığım ölümcül boğulmayı, yalnızlığı ve çevreyle ilişkisizliği, sevgisizliğin ve umarsızlığın bu boş, ıssız cehennemini yaşadım.

Hayatımdaki buna benzer sarsıntılardan her biri, sonunda bana yeni bir şey kazandırdı, bunu yadsıyamam; özgürlükten, ustan, derinlikten yana, öte yandan yalnızlıktan, anlaşılmazlıktan, soğukluktan yana bir kazanım. Burjuvazi açısından bakıldığında, bir sarsıntıdan öbürüne akıp giden yaşamım sürekli bir iniş oluşturdu, normalden, izin verilenden, sağlıklıdan giderek uzaklaştı. Yıllar geçtikçe mesleğim, ailem, vatanım elimden çıkıp gitti, her türlü sosyal ilişkinin dışında aldım soluğu; kimse tarafından sevilmeyen, pek çok kişinin kuşkuyla baktığı, kamuoyu ve ahlakıyla sürekli ve amansız çatışma içinde tek başına biri olup çıktım. Eskisi gibi burjuvazinin çizdiği sınırlar içinde yaşasam bile, tüm duygu ve düşüncelerimle bu dünyanın ortasında yine de bir yabancıya dönüştüm. Din, vatan, aile, devlet gözümde değerini yitirdi, beni şuncacık ilgilendirmez oldu, bilimin, loncaların, sanatların büyüklük taslamasından tiksiniyordum; görüşlerim, beğenim, bir zaman yetenekli ve sevilen bir adam olarak parlayıp öne çıkmamı sağlayan düşüncelerim gereken ilgiden yoksun kalmış, kendi haline terk edilmiş, herkesi huylandırmaya başlamıştı. Bütün o büyük acılara mal olan değişimlerin sonunda pek küçük bir şey ele geçirebilmişsem, bedelini ağır şekilde ödemek zorunda kalmıştım. Bir değişimden ötekisine yaşamım daha sert, daha çetin, daha yalnız ve tehlikelere daha açık bir durum almıştı. Doğrusu, Nietzsche'nin "Güz Şarkısı"ndaki gibi beni giderek solunmaz nitelik kazanan bir hava içine sürüklemiş yolda daha fazla yürümeyi arzulamam için hiçbir neden yok.

Evet evet, yazgının kendi sorunlu çocukları, alabildiğine müşkülpesent çocukları için belirlediği bu yaşantıları, bu değişimleri çok iyi biliyordum, çok iyi biliyordum onları; hırslı ama başarısız bir avcının avının değişik evrelerini bilmesi, eski bir borsa oyuncusunun spekülasyonlarının, kazanımlarının, duraksamalarının, bocalamalarının, iflasının değişik evrelerini bilmesi gibi biliyordum. Şimdi bütün bunları gerçekten bir kez daha mı yaşayacaktım? Bütün bu işkenceyi, bütün bu akıl almaz sefaleti, kendi ben'imin bayağılığı ve değersizliğiyle göz göze gelmeleri, serilip kalmaktan duyduğum bu müthiş korkuyu, bu ölüm korkusunu? Onca acının yinelenmesine karşı çıkarak soluğu kaçmakta almam daha kolay, daha akıllıca sayılmaz mıydı? Doğru, bu daha basit ve akıllıcaydı. Bozkırkurdu broşüründe "canına kıyanlar"a ilişkin ileri sürülmüş savlar gerçekte öyle ya da bir başka türlü olsun, amansız acılarına Tanrı hakkı için yeterince yoğun olarak sık sık katlandığım hayatı bir kez daha sırtlamaktan, havagazı, ustura ya da tabancanın yardımına başvurarak kendimi kurtarma zevkini kimse bana çok göremez. Yo yo, Allah için dünyada hiçbir güç yoktur ki, ölümcül ürpertileri içeren bu kendi kendimle yüz yüze gelişi, kendime bir kez daha yeni bir biçim vermemi, amacı ve sonu barış ve huzur değil, her zaman yeniden yokoluş, her zaman kendini yeniden biçimlendirme olan bu enkarnasyon sürecini bir kez daha yaşamamı benden isteyebilsin! İntihar aptalca, ödlekçe ve sefil bir eylemmiş, övülmeyecek, yüz kızartıcı bir çıkış yoluymuş, varsın olsun; bu acılar değirmeninde öğütülmekten insanı kurtaracak en aşağılık çare bile yürekten özlenmeye değerdi, büyüklük ve kahramanlık oyununa yer yoktu bu konuda; geçici, küçük bir acı ile akıl almayacak kadar yakıp kavurucu, sonsuz acı arasında kısaca bir seçme yapmam gerekiyordu. Öylesine eziyetli, öylesine kaçık yaşamımda sık sık o soylu Don Kişot gibi davrandım, onuru rahatlığa, kahramanlığı mantığa üstün tuttum. Yeter artık, bitsin bu!

Yağmurlu bir kış gününün kurşun gibi lanet olası sabahı çoktan esneyerek camlar arasından içeri uzanmıştı ki, sonunda gidip yattım. Verdiğim karar da benimle yatağa girdi. Ama tam uç noktaya varmıştım, uykuya dalmak üzere bilincin son sınırında bulunuyordum ki, Bozkırkurdu kitapçığındaki, "ölümsüzlerden" söz açılan o tuhaf yer saniyelik bir hızla çakıp belirdi gözlerimin önünde, belleğimde bir anı canlandı; zaman zaman, son olarak kısa süre önce, kendimi ölümsüzlere yeterince yakın hissetmiş, eski müziğin bir mezüründe ölümsüzlerin bütün o serinkanlı, aydınlık, çatık kaşlı gülümseyen bilgeliğini yaşamak istemiştim. Bu anı birden aklıma geldi, parıldayıp söndü, derken uyku dağ gibi ağırlığıyla üzerime abandı.

Öğleye doğru uyandığımda, geceki kararımı hemen yine içimde buldum; küçük broşür komodinin üzerinde duruyordu, şiirim de orada duruyor ve son zamanlardaki yaşamımın karmaşası içinden geceki kararım güler yüzlü bir serinkanlılıkla bana bakıyordu; geceleyin uykuda kesinleşip güçlenmişti. Acele gereksizdi, ölmek için verdiğim karar belli bir saatte yaşanmış bir kapristen kaynaklanmıyordu; zaman içinde olgunlaşmış, elle tutulur bir meyveydi, yavaş yavaş gelişip büyümüş, bir ağırlık kazanmıştı, yazgının rüzgârında hafifçe sallanıyordu, rüzgârın bir sonraki darbesinde düşecekti ağaçtan.

Yolculuklara çıkarken yanıma aldığım ecza çantasında ağrıları dindirmek için eşsiz bir ilaç vardı, hayli etkili bir afyon preparatıydı; ancak ilacı binde bir kullanıyor, çoğunlukla aylarca el sürmüyordum; bedensel ağrılarım dayanılmaz dereceye vardığında başvurduğum bu preparatın uyuşturucu etkisi hayli büyüktü. Ama ne yazık ki intihar için uygun değildi; yıllar önce bir kez denemiş, görmüştüm. Yıllar önce bir ara çevrem yine umarsızlıkla sarılıp kuşatılmış, o zaman bu haplardan epeyce almıştım, altı kişiyi öldürmeye yetecek kadar vardı. Öyleyken beni öldürememişti. Hemen uyuyup birkaç saat tam bir baygınlık hali yaşamış, sonra midemde korkunç kasılmalarla uyanır gibi olmuştum; korkunç bir düş kırıklığı içinde, yarı uyur yarı uyanık, midemdeki zehri tümüyle kusup çıkararak ardından yine uykuya dalmış, ancak ertesi günün ortasında kesin olarak uyanıp korkunç bir ayıklık içinde bulmuştum kendimi, yanıp kavrulmuş, boş bir beyinle, hemen hiçbir şey anımsamaksızın. Bir uykusuzluk dönemi geçirip tatsız mide ağrıları çektikten sonra zehrin etkisi vücudumdan tümüyle silinip gitmişti.

Diyeceğim, bu ilaç söz konusu olamazdı. Ben de kararımı değiştirdim: Yine bir gün o afyon preparatına el atacak duruma düştüm mü, bu ilacın sağlayacağı geçici kurtuluşun yerine, büyük kurtuluş sayılan ölümü hazla yudumlamamam için bir neden olmayacaktı, kesin ve güvenilir ölümü, bir kurşunla ya da usturayla. Böylece durum açıklığa kavuşmuştu. Bozkırkurdu kitapçığındaki o esprili reçeteye uyarak bunun için ellinci yaş günümü beklemek gözüme fazla uzun göründü, o tarihe kadar daha iki yıl geçmesi gerekiyordu. Bir yıl ya da bir ay sonra, ya da yarın, ne fark ederdi, kapı açık duruyordu nasıl olsa.

Verdiğim kararın yaşamımı pek fazla değiştirdiğini söyleyemem. Eziyet, çile ve sıkıntılara karşı biraz daha duyarsız yapmıştı beni, afyon ve şarap tüketiminde biraz daha rahat davranmamı sağlamış, katlanılabilirliğin sınırının nereye kadar uzandığına ilişkin merakımı biraz daha kamçılamıştı, hepsi bu. Söz konusu akşamın diğer bazı olayları beni sonradan daha bir güçlü etkilemişti. Zaman zaman Bozkırkurdu incelemesini çıkarıp baştan sona yeniden okuyordum, sanki göze görünmez bilge bir büyücünün yazgımı yönettiğini biliyormuşum gibi kimi vakit kendimi vererek, bir şükran duygusuyla, kimi vakit de yaşamımın kendine özgü havasını ve gerilimini hiç anlamamışa benzeyen incelemenin yavanlık ve kuruluğuna alay ve küçümsemeyle bakarak yapıyordum bunu.

İncelemede bozkırkurtları ve intihar girişiminde bulunanlar üzerine yazılanlar çok iyi ve akıllıca şeylerdi belki, söz konusu tür, söz konusu tip için geçerlilik taşıyan değerli şeylerdi, zekice bir soyutlamaydı; benim şahsım, benim asıl ruhum, benim kendine özgü, birkezliğine bireysel yazgım ise, bana öyle kaba bir ağla yakalanıp ele geçirilmez görünüyordu.

Bütün öbür şeylerden daha yoğun olarak kafamı kurcalayan bir şey varsa, kilise duvarı önünde yaşadığım sanrı ya da vizyondu, o devingen ışıklı yazının içerdiği vaat dolu bildirimdi ve bu bildirim, incelemedeki açıklamalara uygun düşüyordu. Söz konusu yazıda bana çok şey vaat edilmiş, o yabancı dünyanın sesi merakımı kamçılamıştı; çoğunlukla saatlerce dalıyor, hep bunu düşünüyor, düşündükçe de ışıklı yazıdaki uyarının bana daha açık seçik seslendiğini duyuyordum: "Herkes için değil!" ve "Yalnızca kaçıklar için!" O sesler gelip beni bulduğuna, o dünyalar bana seslendiğine göre kaçık biri olmalıydım, "herkes"ten hayli uzaklaşmış biri. Tanrım, zaten epeydir benim dışımdaki insanların yaşamından, normal kişilerin varlık ve düşüncelerinden yeterince uzak düşmüş değil miydim? Epey zamandır kendimi yeterince çevremden soyutlamış ve aklımı kaçırmış sayılmaz mıydım? Ama yine de varlığımın derinliklerinde söz konusu çağrıyı çok iyi anlıyordum, deliliğe bir çağrıydı bu, aklı, mantığı, tüm engelleri ve sıradanlığı kaldırıp atmaya, ruhun ve hayal gücünün yasasız dünyasının seline kendimi bırakmaya bir çağrıydı.

Yine bir gün cadde ve sokaklarla meydanları dolaşıp pankartlı adamı boşuna ele geçirmeye çalışmış, görünmez kapının yer aldığı duvar önünden araştıran bakışlarla pek çok kez geçmiştim ki, kenar semtlerden biri olan Martin'de bir cenaze alayına rastladım. Tabut yüklü arabanın ardından ağır ağır yürüyen ölü yakınlarının yaslı yüzlerine bakınca, kafamda bir düşünce uyandı: Ölümü benim için bir kayıp oluşturacak insan, bu kentin, bu dünyanın neresinde yaşıyordu? Ve benim ölümüm kendisi için önem taşıyacak insan nerdeydi? Doğru, Erika vardı, sevgilim Erika, tabii; ama çoktandır aramızdaki bağ iyice gevşemiş bulunuyordu, birbirimizi görüp de kavga etmediğimiz gün seyrekti. Hatta şu sıra oturduğu yeri bile bilmiyordum. Bazen o bana çıkıp geliyor ya da ben kalkıp ona gidiyordum; ikimiz de yalnız yaşayan, geçimsiz kimselerdik; ikimiz de ruhsal bakımdan, ruhundaki rahatsızlık bakımından birbirimize akrabaydık, bu yüzden aramızda bir bağ yine de varlığını koruyordu. Ama benim öldüğümü öğrenince oh demeyecek, kendini enikonu rahatlamış hissetmeyecek miydi? Bilmiyordum, ona ilişkin duygularımın güvenilirliği konusunda da bilgim yoktu. Böyle şeyleri biraz bilebilmek için normalin ve olanaklının sınırları içinde yaşamak gerekiyordu.

Derken aklıma esti, cenaze alayına ben de katıldım, ölünün yakınlarının peşinden yürüyerek onlarla modern bir gömütlüğe geldim; bir krematoryum ve diğer bütün inceliklerle donatılmış, toz kondurulamayacak beton bir gömütlüktü. Ama bizim ölü yakılmadı, sadece tabutu bir çukurun önünde arabadan indirildi. Rahiple diğer leş kargalarının, bir gömme enstitüsünden görevlilerin, çalışmalarını izledim; yaptıkları işe yüce bir tören ve yas havası vermeye özen gösteriyor, sırf tiyatro oynamaktan, ne yapacaklarını bilememekten ve yapmacık davranışlardan kan ter içinde kalıyor, gülünç bir görünüm sergiliyorlardı. Meslekleri gereği giydikleri siyah üniformaların, üzerlerinden ta aşağılara kadar döküldüğünü, törene katılanları gereken havaya sokup ölüm hazretlerinin önünde dize gelmeye zorlamak için uğraşıp didindiklerini görüyordum. Boşuna zahmetti; kimse ağlamıyor, ölen kişi oradakiler için pek de büyük bir kayıp oluşturmuşa benzemiyordu. Kimse kandırılıp sofu bir havaya sokulabilecek gibi de değildi; rahip dönüp dolaşıp topluluğa "Sevgili Hıristiyan kardeşlerim" diye seslenirken, bu işadamlarının, fırıncıların ve eşlerinin o suskun esnaf yüzleri gerilimli bir ciddiyetle eğilmiş, önüne bakıyordu; ikiyüzlü, ne yapacağını bilemeyen, bir an önce törenin sona ermesinden başka şey istemeyen yüzler. Ve sona erdi tören, Hıristiyan kardeşlerin en ön safta yer alan ikisi rahibin elini sıktı, ölüyü içine yatırdıkları balçık toprakla sıvanmış ayakkabılarını en yakın çimenlik kenarında temizlemeye çalıştılar, yüzler hiç vakit geçirmeden yine her zamanki normal ve insancıl görünümüne kavuştu. Birini ansızın gözüm ısırır gibi oldu; bana öyle geldi ki, bir vakit omzunda pankart taşıyan ve elime o broşürü tutuşturan adamdı bu.

Kendisini tanır gibi olduğum anda adam arkasını döndü, eğilip siyah pantolonuyla ilgilenmeye başladı, kılı kırk yararak pantolonunun paçalarını ayakkabılarından yukarıya sıvadı, sonra da koltuğuna kıstırdığı şemsiyesiyle durmayıp uzaklaştı hemen. Peşinden koştum, kendisine yetişip başımla selam verdim, ama o beni tanımazlıktan geldi.

"Bu akşam gösteri yok mu?" dedim, sır ortaklarının aralarında yaptığı gibi kendisine göz kırpacak oldum. Ne var ki, böylesi mimik oyunlarının üstesinden geldiğim günler hayli gerilerde kalmıştı; öyle bir hayat yaşıyordum ki, neredeyse konuşmayı unutmuştum; yüzümü gözümü aptalca çarpıtmaktan başka şey yapamadım.

"Akşam gösterisi mi?" diye homurdandı adam, yabancı yabancı yüzüme baktı. "Böyle bir şey istiyorsanız beyefendi, Kara Kartal meyhanesine gidin lütfen!"

Doğrusu onun aradığım kişi olduğundan kuşku duymaya başlamıştım. Düş kırıklığına uğramış, yürüdüm; nereye gittiğimi bilmiyordum, ne bir hedef vardı önümde, ne uğrunda çaba harcayacağım bir şey ne de bir ödev. İğrençti tadı yaşamın, içimde epeydir biriken tiksintinin doruk noktasına ulaştığını duyumsuyordum, yaşam beni içinden kusup atmıştı. Hışımla bozbulanık kent içinde seğirtiyordum, sanki her şey balçık ve cenaze alayı kokuyordu. Yo, benim mezarımın başında cüppeleri ve duygusal "Hıristiyan kardeşler" sözleriyle o leş kargalarından hiçbiri bulunmayacaktı! Ah, nereye baksam, düşüncelerimi nereye yöneltsem, hiçbir yerde beni bekleyen bir sevinç, bana yollanmış bir çağrı, beni kendine çekecek bir şey göremiyordum. Her şeye kokuşmuş bir yıpranmışlığın, kokuşmuş yarı memnunlukların havası sinmişti; her şey eskimiş, sararıp solmuştu, gri, peltemsi, tükenmiş durumdaydı her şey. Aziz Tanrım, nasıl gerçekleşebildi bu? Nasıl bu hallere düştüm ben? Kanatlanmış uçan benim gibi bir genç, bir yazar, sanat perilerinin bir dostu, dünyayı gezip dolaşmış bir kişi, benim gibi ateşli bir idealist? Nasıl da bu feci durum usuldan usuldan, sinsice gelip çullandı üzerime, bu tutukluk, kendime ve herkese karşı bu nefret, tüm duygulardaki bu tıkanıklık, bu koyu, bu lanet olası bezginlik, yürekteki boşluğun ve umarsızlığın bu pis cehennemi?

Kitaplığın yanından geçerken genç bir profesöre rastladım; kendisiyle daha önce zaman zaman görüşüp konuşmuş, hatta bu kente son gelişimde kendisini pek çok kez evinde ziyaret edip Doğu mitolojileri üzerine sohbet etmiştim; o zamanlar hayli ilgilendiğim bir daldı bu. Profesör, miyop gözleri ve esneklikten biraz uzak yürüyüşüyle karşıdan geliyordu. Ancak yanından geçip gitmek üzereydim ki, tanıdı beni. Büyük bir içtenlikle üzerime atıldı, o andaki yürekler acısı ruh halimle bu davranışını neredeyse bir şükran duygusuyla karşıladım. Profesör sevinmişti, canlandı birden, benim bir zamanki uyarılarıma çok şey borçlu olduğunu ve sık sık beni anımsadığını belirtti: O günlerden sonra meslektaşlarıyla hiç bizimki gibi uyarıcı ve verimli söyleşiler yapmamıştı. Ne vakitten beri kentte olduğumu sordu. Yalan söyleyip birkaç gündür dedim. Neden kendisini aramadığımı öğrenmek istedi. Nazik profesörün bilgin, babacan yüzüne baktım; yaşanılan sahneyi gülünç buluyordum, ama yine de açlıktan canı çıkmış bir köpek gibi o bir zerrecik sıcaklığa, bir yudumluk sevgiye, bir lokmacık övgüye kucak açtım. Duygulanmışlıkla sırıttı Bozkırkurdu Harry, kurumuş ağzı sulandı, duygusallık bir kez daha istem gücünün sırtını yere getirdi. Yalanları peş peşe sıralayıp geçici bir süre için kentte bulunduğumu, araştırma yapmak üzere buraya geldiğimi, kendimi pek iyi hissetmediğimi, yoksa elbette kendisini ziyaret edeceğimi söyleyerek işin içinden sıyrılmaya çalıştım. Profesör hiç değilse bu akşamı kendisiyle birlikte geçirmeye beni yürekten davet edince, davetini teşekkürle kabullendim, karısına selamlarımı iletmesini rica ettim; böyle harıl harıl konuşurken harcadığım çabaya epey zamandır alışık olmayan çenem ağrımaya başlamıştı. Bir dostun baskınına uğrayıp gururunu okşayan sözler işitmiş olan ben Harry Haller, yolun üzerinde nazik ve lütufkâr durur, içtenlikli profesörün miyoplu, sevecen yüzüne bakıp gülümserken, yanı başımda dikilen öbür Harry benim gerçekte ne acayip, ne kaçık, ne ikiyüzlünün biri olduğumu aklından geçiriyor, daha iki dakika önce lanet olası dünyaya ateş püskürerek dişlerimi gösterirken, şimdi ilk çağrıda, saygıdeğer ve dürüst bir tanıdığın ilk masum selamında duygulanarak ve her şeye canla başla eyvallah diyerek, karşılaştığım birazcık yakınlık, saygı ve dostluk içinde bir domuz yavrusu gibi debelenip durduğumu düşünüyordu. Böylece iki Harry, ikisi de sevimsiz bu kişiler, kibar profesörün karşısında dikilmiş duruyor, birbirleriyle eğleniyor, birbirlerini gözaltında tutuyor, birbirlerinin suratına tükürüyor, böylesi durumlarda hep yaptıkları gibi bir kez daha kendi kendilerine soruyor, bütün bunların insanların aptallığından ve güçsüzlüğünden mi kaynaklandığı, insanların genel bir yazgısı mı olduğu yoksa bu duygusal bencilliğin, bu karaktersizliğin, duygulardaki bu kirlenmişliğin ve bu çelişkinin yalnızca kişisel, yalnızca bozkırkurtlarına özgü nitelik mi taşıdığı sorusunu kendi kendilerine yöneltiyorlardı. Söz konusu rezalet bütün insanlarda rastlanan bir özellikse, o zaman içimdeki aşağılama duygusu yeni bir güçle bu rezaletin üzerine yürüyebilirdi; ama yok, söz konusu durum yalnızca benim kişisel güçsüzlüğümden kaynaklanıyorsa, gelsindi o zaman kendi kendimi aşağılamaların cümbüşü.

İki Harry arasındaki kavga araya girmiş, profesör neredeyse aklımdan çıkmıştı; ansızın onu yine sıkıcı bulmaya başlamıştım, bir an önce kendisinden yakayı kurtarmaya çalışıyordum. Derken ayrıldık, uzun süre profesörün arkasından baktım, çıplak ağaçlar arasındaki yolda yürüyüp gidiyordu, bir idealistin, inanç sahibi birinin babacan ve biraz komik yürüyüşüyle. İçimdeki savaş tüm azgınlığıyla sürüyor, ortalığı kasıp kavuruyordu. Kaskatı kesilmiş parmaklarımı büküp uzatır, vücudumu allak bullak eden gut belasıyla boğuşup dururken, nezaket gösterilerine, bilimsel boşboğazlıklara beni yükümlü kılacak ve yabancı bir aile mutluluğuna tanık olmaya zorlayacak akşam yemeğine daveti, gaflete kapılıp başıma sardığımı kendi kendime itiraf etmeden duramadım. İçerleyerek eve geldim, konyağa su katıp gut haplarımı içtim, divanın üzerine uzanıp biraz okumaya çalıştım. Sonunda, *Sophie'nin Memel'den Saksonya'ya Yolculuğu* isimli, on sekizinci yüzyılda kaleme alınmış o fazla bir değer taşımayan ama sürükleyici kitaptan biraz okumuştum ki, akşamki davet ansızın aklıma geldi yeniden, daha tıraş olacak, giyinecektim. Neden bu kötülüğü yapmıştım kendime, Allah bilir! Haydi bakalım Harry, kalk ayağa, kitabı elinden bırak, yüzünü sabunla, usturayla kazı çeneni, orasını burasını kanat, giyin kuşan, sonra da insanlara sempatiyle bakmaya çalış! Yüzümü sabunlarken, bugün gömütlükte yabancı cenazenin tabutunu iplerle içine indirdikleri çukuru anımsadım. Gözlerimin önünde, can sıkıntısıyla oracıkta bekleşen Hıristiyan kardeşlerin asık suratları canlandı. Ne var ki, bu bile beni güldürmeye yetmedi. Bana öyle geldi ki, o pis balçık çukurun başında vaazda bulunan rahibin aptalca şaşkın sözleri, yaslılar topluluğunun aptalca şaşkın mimikleri, demirden ve mermerden haç ve levhaların kasvetli manzarası, tel ve camdan yapma çiçekler arasında yalnızca tanımadığım adam gömülmeyecek ve yarın ya da öbür gün yalnızca ben kaldırılıp çukura bırakılmayacağım, törene katılanların şaşkın bakışları ve ikiyüzlülükleri arasında yalnızca ben o pis çukurda son bulmayacağım, tüm çabalarımız, tüm uygarlığımız, tüm inancımız, alabildiğine hasta düşmüş kıvancımız ve yaşam isteğimiz, her şey çukuru boylayacaktı. Kültür dünyamız bir gömütlüktü; İsa ve Sokrates, Mozart ve Haydn, Dante ve Goethe gömütlüğün paslanmış tabelaları üzerindeki isimlerden başka bir şey değildi artık, çevrelerinde alık alık dikilmiş yas tutan ikiyüzlü insanlar, bir zaman kutsal bildikleri demir tabelalara hâlâ inanabilseler neler vermeyecek, bu batıp gitmiş dünyada ağızlarından yas ve umarsızlık içeren dürüst ve ciddi bir sözcük çıkabilse sevinçlerinden yerinde duramayacak olan, gelgelelim mezarın başında şaşkın şaşkın sırıtarak dikilmekten başka ellerinden bir şey gelmeyen insanlar. O hırsla çenemdeki hep aynı yeri usturayla kazırken kanatmıştım yine, kanayan yeri bir süre dağladım, ama yeni taktığım yakalığı da değiştirdim çaresiz; bütün bunları neden yaptığımı asla bilecek durumda değildim, çünkü davete gitmek için en ufak bir istek duymuyordum. Ama Harry'nin bir parçası yine bir oyun sergileyip profesörü sempatik bir kişi diye niteledi, biraz insan kokusunu, gevezeliği ve ahbaplığı özledi, profesörün sevimli karısını anımsadı, kendisini konuk edecek dost insanların yanında bir akşam geçirme düşüncesini aslında pek cesaretlendirici buldu, çenemdeki kanayan yerin üzerine bir plaster yapıştırmama yardım etti, giyinmemden ve doğru dürüst bir boyunbağı takmamdan da esirgemedi yardımını, içimdeki gerçek isteğe uyup evde kalma niyetinden beni yumuşaklıkla vazgeçirdi. Bu arada şu düşünce geçti aklımdan: Ben nasıl şimdi giyiniyor, evden çıkıp profesörü ziyaret ediyor, onunla az çok yapmacık nazik sözlerle konuşuyor ve bütün bunları doğrusu gönülsüz yapıyorsam, insanların çoğu da her gün, her saat kendilerini zorlayarak, bir gönülsüzlükle böyle davranıyor, böyle yaşıyor, onu bunu ziyaret ediyor, onunla bununla söyleşiyor, dairelerinde, bürolarında oturup mesai saatinin bitmesini bekliyordu; hepsi de zoraki, otomatik olarak, gönülsüz görülen işlerdi, makineler tarafından da pekâlâ yapılabilecek ya da yapılmadan kalabilecek işler. Ve ardı arkası kesilmeksizin sürüp giden mekanikliktir ki, onları benim gibi kendi yaşamlarını eleştirmekten, bu yaşamın aptallığını ve sığlığını, iğrenç şekilde sırıtan ne idüğü belirsizliğini, umarsız hüznünü ve kofluğunu görüp duyumsamaktan alıkoyuyordu. Ah, haklıydı, yerden göğe haklıydı bu insanlar öyle yaşamakta, yoldan çıkmış ben gibi iç karartıcı mekanikliğe karşı kendilerini savunacak ve gözlerini umarsızlıkla dikip boşluğa bakacakken, kendi küçük oyunlarını oynamakta ve kendi önemsedikleri şeylerin peşinden koşmakta. Bu sayfalarda insanları küçümsüyor, kendileriyle alay ediyorsam, kimse sanmasın ki olup bitenlerin suçunu üzerlerine yıkmak, onları suçlamak, dolayısıyla kişisel sefaletimden başkalarını sorumlu tutmak istiyorum. Ne var ki, bu yolda hayli ilerleyen ve yaşamın dipsiz bir karanlıkta sonlandığı sınıra gelip dayanan ben, söz konusu mekanikliğin kendim için de geçerliğini koruduğu, bitip tükenmeyen oyunun güler yüzlü çocuksu dünyasında kendimin de hâlâ bir yeri olduğu izlenimini gerek kendim, gerek başkaları üzerinde uyandırmaya çalışırsam, haksızlık etmiş, yalan söylemiş sayılırım.

Akşam tam beklediğim gibi olağanüstü geçti. Profesörün evinin önünde bir an durarak başımı kaldırıp pencerelere baktım. Adam bu evde oturuyor, diye geçirdim içimden; her yıl çalışmasını sürdürüyor, değişik metinleri okuyup yorumluyor, Ön Asya ve Hint mitolojileri arasındaki kimi ilişkilerin varlığını kanıtlamaya çalışıyor; keyfi yerinde her zaman, yaptığı işin önemine inanıyor çünkü, hizmetinde çalıştığı bilime, salt bilmelerin, bilgilerin, depolamaların değerine inanıyor, ilerleme ve gelişme denen şeye inanıyor. Savaşı görmedi, bugüne kadarki düşünce sisteminin temellerinin Einstein'la nasıl sarsıntı geçirdiğini yaşamadı (ona göre bu, yalnızca matematikçileri ilgilendiren bir şey); dört bir yanında nasıl bir sonraki savaşın hazırlandığından hiç haberi yok. Yahudilere ve komünistlere aşağılık yaratıklar gözüyle bakıyor; düşüncelerden uzak, neşesi yerinde, kendini önemseyen, uslu bir çocuk; pek gıpta edilmeye değer doğrusu. Şöyle bir silkinip kapıdan içeri girdim, beyaz önlük kuşanmış hizmetçi beni karşıladı; şapkamı ve paltomu götürüp bıraktığı yeri içimdeki bir sezgiye uyarak iyice belledim. Hizmetçi beni alıp sıcak ve aydınlık bir odadan içeri soktu, burada beklememi rica etti. Bir dua okuyacak ya da biraz kestirecekken, içimde kıpırdanan bir oyun dürtüsüyle, hemen yanı başımda kendisini bana buyur edip duran bir nesneyi elime aldım. Yuvarlak bir masa üzerinde duran çerçeveli bir resimdi, sert bir karton arkalıkla biraz eğik konumda masa üzerine yerleştirilmişti. Bir gravürdü bu ve Goethe'yi yansıtıyordu, karakter sahibi, saçları olağanüstü güzellikte taranmış bir yaşlıyı; güzel mulajlı yüzde ne o ateşli gözler, ne hafiften alay havasına bürünmüş yalnızlık ve trajiklik çizgisi eksikti; gravürü yapan sanatçı, söz konusu çizgi üzerinde hayli çalışmış, derinliğine gölge düşürmeden bu şeytani yaşlı adamı biraz öğretmen ya da aktör serinkanlılığı ve dürüstlüğüyle donatmanın ve bütün orta sınıfa mensup ailelerin evlerinde süs olarak kullanılabilecek gerçekten güzel bir yaşlı insan gravüründe canlandırmanın üstesinden gelmişti. Belki de gravür kendi türündeki bütün diğerlerinden, hamarat sanatçıların ürettiği o sevimli havarilerden, yiğitlerden, düşün kahramanlarından ve devlet adamlarından daha aptalca değildi, belki de beni çileden çıkaran, gravürün yapılışındaki belli bir ustalık olmuştu. Öyle ya da böyle, kesin bir şey varsa, yaşlı Goethe'nin burnu havada ve kendini beğenmiş bu resmi, zaten sinirleri yeterince gergin olan benim üzerimde tatsız bir izlenim bırakmış, içimde yanlış bir yere geldiğim duygusunu uyandırmıştı. Bu ev güzel güzel stilize edilmiş eski üstatları ve ulusal büyük kişileri barındırıyordu sinesinde, bozkırkurtlarına kapıları kapalıydı.

O anda evin beyi odadan içeri girse, belki akla yakın bahaneler öne sürer, geldiğim gibi çekip gidebilirdim. Ne var ki, karısı çıkıp geldi profesörün, ben de işin iyi sonuçlanmayacağını biliyorken, boynumu büküp sesimi çıkarmadım. Evin hanımıyla selamlaştık; önceki tatsız izlenimleri art arda yenileri kovaladı. Kadın, pek iyi göründüğümü söyleyerek kutladı beni; oysa çok iyi biliyordum ki, son karşılaşmamızdan bu yana hayli yaşlanmıştım, daha kadın elimi sıkarken gutlu parmaklarımda hissettiğim ağrı bunu bana kesinlikle anımsattı. Kadın, sevgili eşimin hatırını sordu; eşimin beni terk ettiğini ve boşandığımızı ister istemez söylemek zorunda kaldım. Derken kocasının içeri girmesi ikimizi de rahatlattı. Profesör de yürekten selamladı beni, durumun çarpıklığı ve gülünçlüğü çok geçmeden akla gelebilecek en hoş şekilde kendini açığa vurdu. Profesör, elinde abonesi olduğu bir gazete tutuyordu, benimle tokalaştıktan sonra, militarist ve şoven bir partinin yayın organı olan gazeteyi gösterdi. İçinde benim adaşım biriyle ilgili bir yazının yer aldığını açıkladı. Haller adında bir gazeteciymiş bu, yazıda anlatıldığına göre aşağılık bir herif, vatan sevgisinden nasibini almamış biriymiş; imparatorla alay ediyor, savaşın çıkmasında vatanının düşman ülkelerden daha az sorumlu sayılamayacağını ileri sürüyormuş. Ne biçim adammış bu Allah aşkına! Ama gazetedeki yazıyla dersini almışmış; yazı kurulu bu zararlı adamın ağzının payını bir güzel veriyor, onu kamuoyu önünde rezil ediyormuş. Ne var ki, profesör konunun beni ilgilendirmediğini görünce, başka şeylerden dem vurdu. Söz konusu canavar herifin hemen karşılarında oturabileceği ne kendisinin ne karısının aklının ucundan geçiyordu, oysa gerçekti bu, sözü edilen canavar bendim. Ama canım, ne diye tatsızlık çıkarıp adamla karısının rahatını kaçıracaktım! İçimden güldüm; ne var ki, akşamın benim için hoş geçeceği umudunu artık yitirmiştim. O an dün gibi hatırımda; çünkü profesör vatan haini Haller'den söz açarken, cenaze töreninden sonra içimde birikip güçlenen bunalım ve umarsızlık karışımı kepaze duygu yoğunluk kazanmış, vahşi bir baskıya, bedensel olarak (karnımda) hissedebildiğim bir rahatsızlığa, kötü beklentilerle dolu boğucu ve korkunç bir duyguya dönüşmüştü. Bir düşman pusuda bekliyordu, sezinliyordum bunu; bir tehlike usul usul arkamdan yaklaşıyordu. Neyse ki çok geçmeden yemeğin hazır olduğu bildirildi. Kalkıp salona geçtik; ben sofrada dönüp dolaşıp masumca birkaç şey söylemek ya da bir soru yöneltmek için çaba harcarken fazla kaçırdım yemeği ve her an kendimi bir öncekinden daha perişan durumda hissettim. Tanrım, diye düşündüm sürekli, ne diye sanki kendimizi böyle zora koşarız? Konukları olduğum profesörle karısının da kendilerini hiç iyi hissetmediğini anlıyordum, belki benim verdiğim rahatsızlıktan, belki evde baş göstermiş bir başka tatsız olaydan, artık nedense, neşeli görünmekte zahmet çekiyorlardı. Bana dürüstçe yanıtlayamayacağım bir sürü soru yönelttiler, çok geçmeden yalan söylemekten baş alamaz oldum, ağzımdan çıkan her söz içimi tiksintiyle doldurdu. Sonunda konuyu değiştirmek isteyip o günkü cenaze töreninden söz açtım, ama bunun için gerekli konuşma üslubunu ele geçiremedim bir türlü. Birkaç kez mizaha başvurmam karşımdakilerin keyfini iyice kaçırdı, giderek daha çok uzaklaştık birbirimizden. İçimde bozkırkurdu dişlerini göstererek sırıtıyordu. Sofraya tatlı çıkarıldığında üçümüz de susmuş, pek konuşmaz olmuştuk.

Derken kahve ve konyak içmek üzere yine geldiğimiz odaya döndük. Belki kahve ve konyak biraz imdadımıza koşacaktı. Ama birden yine şairler prensi dikkatimi çekti, oysa şimdi eski yerinden kaldırılıp yan taraftaki bir komodinin üzerine konmuştu. Gözümü kendisinden bir türlü ayıramadım, içimden yükselen uyarıcı sese aldırmayarak yeniden elime aldım resmi, üzerinde derin derin düşünmeye koyuldum. O andaki durumumuzun katlanılmazlığına ilişkin bir duygu var gücüyle içimi sarmıştı, adamla karısını ne yapıp edip o soğukluklarından çekip almayı, konuşmalarımla kendilerini büyüleyerek onları havama uydurmayı başaracak ya da işin düpedüz çığrından çıkmasına yol açacaktım.

"Umarım Goethe sağlığında böyle görünmemiştir!" dedim. "Bu ne oldum delisi, bu soylu poz, kendisini seyreden biz saygın kişilere göz süzen bu haşmetli eda, erkeksi bir yüzey altında saklı bu alabildiğine ince duygusallık! İnsan ondaki pek çok şeyi beğenmeyebilir nihayet, nitekim kendim de dünyaları ben yarattım diyen bu yaşlı kişide sık sık pek çok kusur bulmuşumdur, ama onun böyle bir gravürünü yapmak, yo yo, bu kadarı da fazla."

Evin hanımı fincanlara kahve doldurdu, sonra pek üzgün bir yüzle acele odadan çıkıp gitti. Kocası biraz ne diyeceğini bilemeyerek, biraz sitemli, resmin karısına ait olduğunu ve karısının bu resmi pek sevdiğini açıkladı. "Nesnel bakımdan haklı olsanız bile, ki ben katılmıyorum bu eleştiriye, düşüncenizi bu kadar sert bir şekilde dile getirmeniz doğru değil."

"Haklısınız," diye yanıtladım. "Ne yapayım ki bir alışkanlık benimkisi, kötü bir huy, her zaman düşündüklerimi akla gelebilecek en kaba biçimde açığa vururum. Hem Goethe de, keyfi yerinde olduğu zamanlar böyle yapmıştır hep. Kuşkusuz bu tatlı, bu darkafalı salon Goethesi konuşurken asla kaba, asla gerçek ve dolaysız bir ifade kullanmazdı. Sizden ve eşinizden özür dilerim, lütfen benim bir şizofren olduğumu söyleyin kendisine. İzninizle de artık gitmek istiyorum."

Profesör şaşırmıştı, bizim bir zamanki söyleşilerimizin ne kadar güzel ve uyarıcı olduğundan söz açtı yeniden; hatta benim Mitra ve Krişna'ya ilişkin varsayımlarımın kendisini derinden etkilediğini belirtti. Hani öyle umut etmişti ki, şimdi de yine... ve buna benzer şeyler. Kendisine teşekkür edip bunların pek nazik sözler olduğunu, ama ne yazık ki bilimsel konularda söyleşi isteği gibi Krişna'ya duyduğum ilginin de artık yerinde yeller estiğini, bugün kendisine yalan üstüne yalan söylediğimi, örneğin birkaç gündür değil, pek çok aydan beri kentte bulunduğumu, ama herkesten uzak yaşadığımı, bundan böyle soylu evlere girip çıkacak biri sayılamayacağımı, çünkü bir kez keyfimin pek yerinde sayılmayıp gut hastalığı çektiğimi, ikincisi de çoğunlukla sarhoş dolaştığımı söyledim. Sonra, kapalı bir şey kalmaması ve evden bir yalancı olarak çıkıp gitmemek için, bugün bana ağır bir hakarette bulunduğunu da açıklamadan geçemeyeceğimi ekledim. Haller'in görüşleri konusunda bir bilim adamının vakur tavrını değil, gerici bir gazetede yer alan işsiz güçsüz bir subayın o sersemce, kaba tutumunu benimsediğini, Haller adındaki vatansız herifin de ben olduğumu, hiç değilse kafası çalışan birkaç kişinin, körü körüne ve delicesine yeni bir savaşa doğru koşturacakken aklın ve barışın safında yer almasının gerek ülkemize, gerek dünyaya çok daha hayrı dokunacağını belirterek sözümü bitirdim.

Ben gideyim artık deyip ayağa kalktım. Profesöre ve Goethe'ye veda ettim, holde paltomu ve şapkamı askıdan kaptığım gibi evden ayrıldım. İçimdeki kurt oh olsun der gibi yüksek sesle uluyordu, iki Harry arasında müthiş bir oyun sergilenmekteydi. Çünkü, anlamıştım hemen, bu tatsız akşam saati, davranışıma gücenmiş profesörden çok benim için önem taşıyordu; profesör için bir düş kırıklığıydı bu, tatsız bir olaydı, oysa benim için son bir fiyasko ve kaçış demekti, burjuva dünyasına, ahlak ve bilim dünyasına sırt çevirişti. Bozkırkurdunun kesin bir başarısıydı. Ve bir kaçak, yenilgiye uğramış biri olarak veda edişti, kendi kendime karşı iflasın ilanıydı, avuntudan, üstünlükten ve mizahtan yoksun bir vedaydı. Ülsere yakalanmış birinin domuz pirzolasına veda etmesi gibi, daha önce yaşadığım dünyaya ve vatanıma, burjuvaziye, törelere, bilginliğe veda etmiştim. Ateş püskürerek sokak fenerlerinin altında seğirtiyordum, ateş püskürerek ve ölesiye üzgün. Sabahtan akşama kadar, gömütlükten profesörün evindeki sahneye kadar nasıl da iç karartıcı, utanç verici, rezil bir gün yaşamıştım! Ne için? Ne diye? Daha çok böyle günleri sırtlanmamın, daha çok böyle haltlar karıştırmamın anlamı var mıydı? Hayır! Madem öyle, bu geceden tezi yok söz konusu komediye son verecektim. Tut bakalım evin yolunu Harry, kes şu gırtlağını, bitsin gitsin! Bekleyeceğin kadar bekledin artık.

O sokak senin bu sokak benim, perişan durumda koşturup duruyordum. Soylu insanların salonlarını süsleyen bir nesneyi aşağılamakla kuşkusuz aptalca davranmıştım, aptalca ve terbiyesizce. Ama başka türlüsü de elimden gelmemişti, bu uysal, bu düzmece ve kibar yaşama daha çok katlanamamıştım. Ve, görüldüğü gibi, yalnızlığa da daha fazla katlanamadığıma, kendime eşlik eden kendimden de dile gelmez ölçüde nefret edip tiksinti duyduğuma, cehennemimin havasız ortamında boğularak sağa sola saldırdığıma göre, benim için nasıl bir çıkış yolu kalmıştı artık? Hiçbir çıkış yolu yoktu. Ah anne ve babacığım, ah gençliğin uzak ve kutsal ateşi, ah yaşamımın binlerce sevinci, binlerce uğraş ve amacı! Bütün bunlardan kalan bir şey yoktu geride, pişmanlık bile yoktu. Tek kalan şey tiksinti ve acıydı. Bana öyle geldi ki, salt yaşama zorunluluğu bu saatteki kadar bana acı vermemişti.

Kenar mahalledeki bir meyhaneye girip kısa süre dinlendim, su ve konyak içtim, sonra çıkıp, peşimde şeytan, yeniden seğirtmeye koyuldum, Eski Kent'in eğri büğrü dik sokaklarını inip çıktım, ağaçlıklı yollardan geçerek tren istasyonu meydanına geldim. Atla trene, çek git buralardan! diye geçirdim içimden. Gara girip duvarlardaki tarifelere diktim gözlerimi, gar gazinosunda biraz şarap içip kendime gelmeye çalıştım. Yüreğime korku salan hayalet bana giderek daha çok yaklaşmıştı, onu daha açık seçik görmeye başlamıştım. Eve dönüştü bu hayalet, evdeki odama dönüştü, sesimi çıkarmadan umarsızlığa katlanmaktı! Pek çok saat sağda solda dolaştımsa da, hayaletin elinden yine de kurtaramadım kendimi; kapıma dönüşün, üzeri kitaplarla dolu masama, üstünde sevgilimin resmi asılı divana dönüşün elinden, usturayı kayışa çekip gırtlağımı keseceğim anın elinden kurtaramadım. En son anın görüntüsü yavaş yavaş daha bir açıklık kazandı, yavaş yavaş daha belirgin canlandı gözlerimin önünde. Kalbim kudurmuşçasına çarpmaya başladı, tüm korkulara taş çıkartacak bir korku, ölüm korkusu çullandı üzerime! Evet, ölümden müthiş korkuyor, ama başka çare de göremiyordum; tiksinti, acı ve umarsızlık dört bir yanımda dağ gibi yığılmış duruyordu, beni cezbedecek hiçbir şey kalmamıştı artık, beni sevindirecek, bana umut verecek hiçbir şey; yine de kendi kendimi ölüme yollamaktan, beni bekleyen bu son andan, usturanın etimde açacağı yaradan anlatılmaz ölçüde dehşet duyuyordum!

Korktuğum şeyden yakayı kurtarmamı sağlayacak bir yol göremiyordum ortada. Umarsızlık ve ödleklik arasındaki savaştan diyelim bugün ödleklik zaferle çıktı, yarın ve ondan sonra her gün umarsızlık kendi kendimi aşağılamalarla daha çok güçlenip karşıma dikilecekti. Bu işi aradan çıkarana kadar usturayı bir süre daha elime alıp bırakacaktım. Madem öyle, en iyisi bugünden tezi yok yapmalıydım bunu! Korkuya kapılmış bir çocuğu avutur gibi mantıklı sözlerle kendimi yüreklendirmeye çalıştım, ama çocuk söylediklerime kulak asmadı, kaçıp gitti, yaşamak istiyordu. Ansızın yeni bir dürtüyle kentin içinde seğirtmeye koyuldum, oturduğum evin çevresinde geniş yaylar çizdim; kafamda hep eve dönme düşüncesi, öte yandan eve dönmeyi hep erteleyerek, sağda solda bir meyhanede soluklandım biraz, bir iki kadeh içki içip kalkarak tekrar yollara düştüm, önümdeki hedefin, usturanın, ölümün çevresinde geniş çemberler çizdim. Zaman zaman, ölesiye yorgun, bir bankın üzerine çöktüm; bir çeşmenin kenarına, bir köşe taşının üzerine oturdum, kalp atışlarımı dinledim, alnımdaki terleri sildim, sonra yeniden seğirtmeye koyuldum, içim ölümcül bir korkuyla ve titrek titrek yanan yaşam özlemiyle dolup taşarak.

Gece geç vakit, kentin pek tanımadığım sapa bir kenar mahallesinde, gümbür gümbür dans müziği yankılanan bir meyhanede aldım soluğu. İçeri girerken kapının üstündeki eski tabela gözüme ilişti, üzerinde Kara Kartal yazıyordu. Meyhanenin sabaha kadar açık kalabildiği gecelerden biriydi. İçerisini gürültülü bir kalabalık, duman, şarap buğusu ve bağırıp çağırmalar doldurmuştu. Salonun arka bölümünde dans edenler görülüyor, çalan müzik ortalığı kasıp kavuruyordu. Ben salonun ön bölümünde kaldım, burada oturanların tümü üstü başı pek düzgün denemeyecek, sıradan insanlardı, arka bölümde ise şık giyimli kimseler göze çarpıyordu. Kalabalığın sıkıştırıp itmesiyle büfenin yanı başındaki bir masada soluğu aldım. Saz benizli sevimli bir kız duvar dibindeki sırada oturuyordu, üzerinde hayli dekolte bir dans giysisi, saçlarında solmuş bir çiçek. Geldiğimi uzaktan görünce dost bakışlarla dikkatli dikkatli bana bakıp gülümsedi, biraz yana çekilip bana yer açtı.

"Oturabilir miyim?" diye sorup yanı başına çöktüm.

"Elbette, buyur otur," diye yanıtladı kız. "Kim olduğunu söyler misin?"

"Teşekkür ederim," dedim. "Dünyada eve gidemem, gidemem eve, gidemem. İzin verirseniz burada, yanınızda kalmak istiyorum. Yo yo, artık eve gidemem asla."

Kız beni anlamış gibi başını salladı, kulağının önünden aşağı düşmüş saç buklesine takıldı gözüm, saçlarına iliştirilmiş solgun çiçeğin bir kamelya olduğunu fark ettim. Salonun arka bölümünde gümbür gümbür orkestra çalıyor, aldıkları siparişleri büfedekilere acele acele bildiren garson kızların sesi işitiliyordu.

"Kalabilirsin yanımda," diye yanıtladı kız, beni rahatlatan bir sesle. "Peki, neden eve gidemiyorsun bakayım?"

"Gidemem. Evde beni bekleyen bir şey var. Yo yo, gidemem. Çok korkunç bir şey."

"Madem öyle, beklesin evdeki o korkunç şey, sen burada kal. Yaklaş da önce şu gözlüğünü silelim, hiçbir şey göremezsin yoksa. Evet, şimdi ver mendilini. Ne içelim? Burgonya şarabı mı?"

Kız gözlüğümü sildi, ancak şimdi açık seçik görebilmiştim kendisini, kan kırmızısına boyanmış dudaklarını, aydınlık gri gözlerini, pürüzsüz ve soğuk alnıyla, kulağının önünden aşağı sarkan kısa ve gergin bukleyle solgun ve kırışıksız yüzünü. Sevecen ve biraz alaylı bir ilgiyle bana sahip çıktı, şarap söyledi, benimle kadeh tokuşturdu. Bir ara ayakkabılarıma iliști gözleri.

"Aman Tanrım, nereden geliyorsun böyle? Seni gören der ki, yürüye yürüye Paris'ten buraya gelmişsin. İnsan dans etmeye böyle gelir mi!"

Evet'li hayır'lı bir şeyler çıktı ağzımdan, biraz güldüm, o konuştu, dinledim. Kızı pek sevmiştim ve bu şaşırttı beni, çünkü böylesi genç kızlardan şimdiye kadar uzak durmuş, daha çok onlara kuşkuyla bakmıştım. Kız o anda benim rahat edeceğim gibi davranıyordu... ve ah... o günden sonra da bir saat olsun yanımdan ayrılmadı. Bana gerektiği kadar kollayıcı, gerektiği kadar alaylı bir şekilde davrandı. Benim için bir sandviç getirtip emredercesine yememi söyledi, kadehime şarap koydu. "Bir iki yudum iç şundan bakayım, ama acele etme!" dedi. Sonra da laf dinler biri olduğum için bana övücü sözler söyledi.

"Uslu birine benziyorsun," dedi beni cesaretlendirerek. "İnsanı zora koşmuyorsun. Bahse girerim ki, son kez bir kimsenin sözünü dinleyip dediğini yapalı hayli zaman olmuştur."

"Doğru, bahsi kazandınız. Peki, nasıl bildiniz bunu?"

"Bilmeyecek ne var! Söz dinlemek, yemek içmek gibidir. Kim uzun süre böyle bir şeyden yoksun kalmışsa, onun için bundan değerli şey yoktur. Severek dinliyorsun benim sözümü, öyle değil mi?"

"Hem de nasıl! Siz de her şeyi biliyorsunuz."

"İnsanın işini kolaylaştırıyorsun sen. Belki, dostum, evde seni bekleyen şeyin ne olduğunu da sana söyleyebilirim, neyin seni bu kadar korkuttuğunu da. Ama kendin biliyorsun zaten, bizim bundan söz açmamız gerekmez, değil mi? Aptalca bir şey! Ya biri tutup asar kendini, eh ne yapalım, asmıştır kendini, böyle yapması için haklı bir nedeni vardır elbet. Ya da yaşamını sürdürür, o zaman da başka her şeyi bir yana itip yaşamaya bakması gerekir. Bu kadar basit işte."

"Ah, öyle basit olsaydı!" diye yükselttim sesimi. "Tanrı hakkı için, yeterince yaşamaya baktım ben, ama para etmedi. İnsanın kendini asması belki zordur, bilmiyorum. Ama yaşamak çok, çok daha zor! Ne kadar zor olduğunu Tanrı bilir!"

"Eh, göreceksin ne kadar kolaymış. İlk adımı attın çoktan, gözlüğünü temizledin, yedin içtin. Şimdi gidelim de senin şu pantolonunla ayakkabılarını fırçalayıp tozunu alalım biraz. Buna ihtiyaçları var. Sonra da benimle bir *shimmy** dansı yaparsın."

"Görüyorsunuz işte," dedim sabırsızlıkla. "Gerçekten haklıymışım! Siz bana bir şeyi yap diyeceksiniz de ben yapmayacağım, beni bunun kadar üzecek bir başka şey olamaz. Gelgelelim, bu son isteğinizi yerine getiremeyeceğim. Shimmy bilmem çünkü, valsi de, polkayı da, artık isimleri neyse öbür dansları da bilmem, hayatımda dans etmesini hiç öğrenmedim. Gördünüz mü, her şey düşündüğünüz kadar basit değilmiş."

Güzel kız, kan kırmızısı dudaklarıyla gülümsedi, alagarson tıraşlı gencecik başını salladı. Ona bakarken bir ara kendisini Rosa Kreisler'e, yeniyetmelik dönemimde gönlümü kaptırdığım kıza benzettim. Ama Rosa buğday tenliydi, koyu renk saçları vardı. Hayır, yabancı kız bana birini anımsatıyordu ama, bilmiyordum kimi. Bildiğim tek şey, ilkgençlik yıllarımda tanıdığım biriydi bu, yeniyetmelik yıllarımdan biri.

"Ağır ol bakayım," diye yanıtladı kız, "ağır ol! Dans edemezsin demek ha? Hiç dans edemezsin demek? *One-step*** dansını bile yapamazsın demek? Bir de tutmuşsun, Tanrı bilir, hayatın seni ne kadar uğraştırdığından söz açıyorsun! Yalan attın demek delikanlı, bu yaşta sana yakışmıyor doğrusu. Öyle ya, dans etmek isteğini bile duymazken, yaşamanın seni ne çok sıkıntıya soktuğunu söylemeye nasıl dilin varıyor bilmem."

"Ama dans etmesini bilmiyorsam! Hiç öğrenmedim ki!"

Güldü.

"Okuyup yazmasını öğrendin ama, öyle değil mi? Hesap kitap da öğrendin, belki Latince, Fransızca ve bunun gibi bir sürü şey de

---

* Shimmy: 1920'li yılların bir dans türü. Adını, dans eden insanların sanki üzerlerindeki gömlekleri çıkartmak ister gibi yaptıkları hareketlerden almaktadır. (ç. n.)

** One-step: Müziği iki zamanlı olup, her zamana karşılık olarak bir adımın atıldığı dans türü. (ç. n.)

öğrenmişsindir. Bahse girerim ki on ya da on iki yıl okulda okudun, üniversiteye de gittin belki, hatta belki doktora da yaptın, belki Çince ya da İspanyolca da biliyorsundur. Bilmiyor musun yoksa? Gördün mü! Ama birkaç saatlik dans dersine biraz zaman, biraz para ayıramadın! Şu işe bak sen!"

"Kabahat anne ve babamda," dedim kendimi haklı çıkarmaya çalışarak. "Onlar benim Latince, Yunanca ve daha başka bir sürü şey öğrenmemi istedi, ama dans etmeyi öğrenmeme izin vermediler; bizde moda değildi dans etmek, anne ve babam da hiç dans etmezdi."

Pek soğuk bakışlarla beni süzdü küçümseyerek. O anda yüzünde, bana bir kez daha ilkgençlik yıllarımı anımsatan bir şeyler sezinledim.

"Ya, demek kabahati anne ve babanda buluyorsun! Bu akşam Kara Kartal'a gidebilir miyim diye sordun mu bakayım onlara? Sordun mu ha? Anne ve baban öleli çok mu oldu? İyi ya işte! Küçükken anne ve babanın sözünden çıkmayan bir çocuk olduğun için dans etmeyi öğrenmek istememişsin, kabul. O zamanlar öyle örnek bir çocuk olduğuna da inanmıyorum ya. Peki ama sonra? Bütün o yıllar ne yaptın sonradan?"

"Tanrım, ne yaptığımı kendim de bilmiyorum artık," diye itirafta bulundum. "Üniversiteye gittim, müzikle ilgilendim, kitap okudum, yazı yazdım, gezilere çıktım –"

"Yaşam hakkında ne ilginç görüşlerin varmış meğer! Anladığım kadarıyla hep çetin ve karmaşık şeyler peşinde koşmuşsun, basit şeyleri hiç öğreneyim dememişsin. Zamanın mı yoktu, yoksa hevesin mi? Tanrıya şükür annen değilim. Ama bütün yönleriyle hayatın tadına bakmışsın da şöyle tatlı bir yanını bulamamışsın gibi yapman, yo yo, bu kadarı da fazla!"

"Paylamayın beni lütfen," dedim. "Aklımı kaçırdığımın farkındayım."

"Haydi sen de, bana maval okuma! Hiç de aklını kaçırmış falan değilsin sayın profesör; hatta bana sorarsan, öyle aptalcasına akıllısın ki, tıpkı bir profesöre benziyorsun. Bir sandviç daha yesen iyi olacak. Sonra anlatırsın yine."

Bir sandviç daha getirtti benim için, biraz tuz serpti, biraz da hardal sürdü üzerine, birazını kendisi için kesip aldı, kalanını bana verip yememi söyledi. Ben de yedim. Onun bana yap dediği her şeyi yapardım, dans dışında her şeyi. Bir kimsenin sözünü dinlemek, insana sorular yönelten, emirler veren, paylayıp çıkışan birinin yanında oturmak öylesine rahatlatıcıydı ki! Birkaç saat önce aynı şeyi profesör ya da karısı yapsaydı, bu kadar kötü duruma düşmezdim. Ama hayır, iyi olmuştu böylesi. Yoksa şimdi yaşadığım pek çok şeyi yaşamamış olurdum.

"Adın ne senin bakayım?" diye sordu ansızın.

"Harry."

"Harry mi? Küçük oğlanları çağrıştırıyor bu isim! Saçlarında ağarmış birkaç tel varsa da, küçük bir oğlandan kalır yerin yok Harry. Bir çocuk gibisin tıpkı; biri olacak ki seninle biraz ilgilensin, sana biraz baksın. Dans konusunda ağzımı açmayacağım artık. İyi ama, bu saçlar ne böyle?! Bir karın yok mu senin, bir sevgilin ya da?"

"Karım yok, boşandık. Bir sevgilim var ama, burada oturmuyor, çok seyrek görüyorum kendisini, pek anlaşamıyoruz."

Dişlerinin arasından hafif bir ıslık öttürdü.

"Herkes seni bırakıp gittiğine göre, pek geçimsiz birine benziyorsun. Ama söyler misin şimdi, bu akşam pek özel ne oldu da böyle mezardan çıkmış gibi dolanıp durdun ortalıkta? Kavga mı ettin biriyle? Yoksa kumarda para mı kaybettin?"

Akşam olup bitenleri söylemek kolay değildi.

"Sizin anlayacağınız," diye başladım konuşmaya, "incir çekirdeğini doldurmayacak bir şeydi. Bir profesör beni evine davet etmişti. Yeri gelmişken belirteyim ki, ben kendim profesör falan değilim – aslında hiç gitmemem gerekiyordu, eskisi gibi insanlarla bir arada oturup sohbet edemiyorum artık, söz konusu alışkanlığımı çoktan kaybettim. Evden içeri girerken, bu davetin iyi sonlanmayacağı gibi bir duygu içindeydim. Daha şapkamı askıya asarken, belki kısa süre sonra onu yine astığım yerden alacağım gibi bir düşünce geçti kafamdan. Evet, işte bu profesörün evinde masa üzerinde duran bir resim ilişti gözüme, aptalca bir resim, içerledim..."

"Kimin resmi? Neden içerledin?" diyerek sözümü kesti.

"Goethe'nin bir resmiydi, yazar Goethe'nin. Ama gerçek görünüşüyle resimde yoktu Goethe, gerçekte nasıl göründüğü pek bilinmez çünkü, öleli yüz yıl oldu. Modern ressamlardan biri kendi kafasından bir biçim vermişti. İşte bu resim beni sinirlendirdi, gözüme korkunç derecede iğrenç göründü. Bilmem, beni anlıyor musunuz?"

"Çok iyi anlıyorum, merak etme. Anlat sen."

"Zaten daha önce profesörle aramızda bir görüş ayrılığı belirmişti, hemen bütün profesörler gibi aşırı vatansever biriydi kendisi; savaş sırasında halka söylenen yalanlara bol bol katkıda bulunmuştu, iyi niyetle elbet. Ama ben savaşa karşıyım. Neyse, bu önemli değil. Sonra neler olduğunu anlatayım. Doğrusu resme hiç bakmamalıydım..."

"Bakmamalıydın tabii."

"Ama bir kez Goethe adına üzülmüştüm, çünkü çok severim Goethe'yi, bayılırım. Sonra, bir düşünce geçti kafamdan, içimde aşağı yukarı şöyle bir düşünce ya da duygu uyandı: Kendim gibi sandığım, Goethe'yi benim gibi seveceklerini ve onu benim tasarladığım gibi tasarlayacaklarını düşündüğüm insanların yanında oturuyorum; ama görüyorum ki bu insanlar çarpıtılıp tatlı bir görünümle donatılmış zevksiz bir resmi masaların üzerine koyuyor, ona harikulade bir resim diye bakıyor, resimdeki ruhun Goethe'nin ruhuna taban tabana karşıtlığını hiç fark etmiyorlar. Resmi olağanüstü güzel buluyorlar, eh varsın bulsunlar; ama bu insanlara karşı beslediğim güven, onlarla aramdaki tüm dostluk, akrabalık ve birliktelik duygusu içimde ansızın silinip gitmişti. Aramızda zaten büyük bir dostluk da yoktu hani. Diyeceğim, birden tepem attı, hüzünlendim ve yapayalnız olduğumu, kimsenin beni anlamadığını gördüm. Anlıyor musunuz demek istediğimi?"

"Bunda anlaşılmayacak ne var Harry? Peki sonra? Resmi kaldırıp yüzlerine çalmadın mı?"

"Hayır, söylendim ve kalkıp gittim ardından, niyetim eve dönmekti ama..."

"Ama aptal oğlan evde kendisini avutacak ya da paylayıp azarlayacak bir anne bulamayacaktı. Biliyor musun Harry, nerdeyse sana acımak geliyor içimden, bir eşi daha görülmemiş bir çocuk gibisin."

Kuşkusuz farkındaydım bunun. Bir kadeh şarap uzatıp içmemi söyledi. Gerçekten de bana bir anne gibi davranıyordu. Ama kimi anlar kendisine bakıp ne kadar güzel ve genç biri olduğunu görüyordum.

"Anladığım kadarıyla," diyerek yeniden başladı konuşmaya, "anladığım kadarıyla Goethe yüz yıl önce öldü. Harry de onu çok seviyor, onun sağlığında nasıl göründüğüne ilişkin kafasında harikulade bir imaj yaşıyor, böyle bir görüntüyü kafasında yaşatmaya da hakkı var Harry'nin, öyle değil mi? Ama Goethe'ye hayranlık duymuş ve kafasında onun bir imajını yaşatmış ressamın hakkı yok buna, profesörün de öyle, kısaca kimsenin hakkı yok, çünkü Harry'nin işine gelmiyor bu, Harry buna katlanamıyor; çünkü böyle bir şeyle karşılaştı mı söyleniyor, çıkışıyor ve çekip gidiyor! Akıllı biri olsa, ressama da, profesöre de gülüp geçerdi. Akıllı biri olmasa, Goethe'lerini tutup evdekilerin yüzlerine çarpardı. Ama işte küçük bir çocuktur o, hemen eve koşup kendisini ipe çekmek istiyor. Senin bu yaşantını iyi anladım Harry, komik bir yaşantı, gülesim geliyor. Dur, o kadar acele içme! Burgonya şarabı yavaş içilir, yoksa yakar adamın içini. Sana da her şeyi açıklamak gerekiyor, öyle değil mi küçük çocuk?"

Altmış yaşındaki bir mürebbiye gibi sert ve uyarıcıydı bakışı.

"Oh ne güzel, her şeyi söyleyin bana," dedim sevinerek.

"Ne söyleyeyim?"

"Ne istiyorsanız."

"Peki, söyleyeyim bir şey. Sana bir saattir sen dediğimi işitiyor, öyleyken benimle hâlâ siz diye konuşuyorsun. Hep Latince, hep Yunanca, hep alabildiğine karmaşık şeyler! Bir kız sana sen der, sen de ondan hoşlanırsan, o zaman sana da sen demek düşer. Eh, yeni bir şey daha öğrendin böylece. İkincisi: Yarım saatten beri isminin Harry olduğunu biliyorum. Sana sormuştum çünkü. Ama sen benimkinin ne olduğunu bilmek istemiyorsun."

"Doğru değil, çok istiyorum tabii."

"Geç kaldın ufaklık! Bir daha görüştüğümüzde sorar öğrenirsin. Bugün söylemem artık. Evet, şimdi benim canım dans etmek istiyor."

Kalkmaya davrandığını görünce keyfim kaçtı birden, gidip beni yalnız bırakacağından korktum. O zaman her şey yine önceki durumunu alacaktı. Geçici süre kaybolan bir diş ağrısının ansızın dönüp gelerek insanı kıvrandırması gibi, bir anda eski korku ve dehşet gözlerini yeniden açmıştı içimde. Aman Tanrım, beni bekleyen şey nasıl da aklımdan çıkıp gidebilmişti? Ortada değişen bir şey mi vardı?

"Durun!" diye yükselttim sesimi yalvarırcasına. "Durun, gitmeyin... gitme! Dilediğin kadar dans edebilirsin elbet; ama uzak kalma benden, yine dön gel, yine gel!"

Gülerek doğruldu. Onu uzun boylu biri gibi tasarlamıştım kafamda, ince ve zarifti, ama uzun boylu değildi. O anda bana yine birini anımsattı; kimi, çıkaramadım bir türlü.

"Yine gelecek misin?"

"Geleceğim, ama biraz sürebilir, yarım saat, belki de bir saat. Sana bir şey diyeyim mi, yum gözlerini, uyumaya çalış biraz. Şu anda buna ihtiyacın var."

Kenara çekilip yol verdim, gitti. Eteği dizlerime süründü; yolda bir ara yuvarlak ve küçücük bir el aynasını çantasından çıkarıp baktı, kaşlarını kaldırdı, küçük bir ponponu çenesinin üzerinde gezdirdi ve dans salonuna girip gözden kayboldu. Çevreme bakındım. Yabancı yüzler, sigara tüttüren kimseler, mermer masalar üzerine dökülmüş biralar, dört bir yanda bağırıp çağıranlar, çığlıklar ve az ileride dans müziği. Uyu biraz, demişti giderken. Ah, iyi kalpli çocuk, uykumun nasıl olduğunu bir bilsen, bir gelincikten daha ürkektir o! Panayıra benzeyen böyle bir yerde uyuyacağım ha, masada oturarak, bira bardaklarının şangırtıları arasında. Önümdeki şaraptan bir iki yudum aldım, cebimden bir puro çıkarıp sağıma soluma bakarak kibrit arandım. Ama içimden puro içmek gelmiyordu, puroyu masanın üzerine bıraktım. Yum gözlerini, demişti. Tanrı bilir, bu ses tonunu nereden almıştı, bu biraz pes, sevecen, anaç ses tonunu. Sesin söylediğini yapmak güzeldi, yaşamış, görmüştüm bunu. Uysallıkla gözlerimi yumup başımı duvara dayadım, bağırıp çağıran yüzlerce sesin çevremde yankılanışını işitiyordum; böyle bir yerde uyuma düşüncesine gülümsemeden duramadım, dans salonunun kapısına gidip içeriye bir göz atmaya niyetlendim. Güzel kızın dans edişini görmeden içim rahat etmeyecekti. Sandalyenin altında ayaklarımı kımıldatmaya çalışır çalışmaz, saatlerce kentte dolaşmaktan alabildiğine yorgun düştüğümü görüp yerimde kaldım. Ve derken uyudum o anaç buyruğa uyarak; açgözlülükle, içimde bir şükran duygusuyla uyudum ve bir düş gördüm, uzun zamandır gördüklerimden daha aydınlık, daha tatlı bir düş.

Düşümde, eski moda eşyalarla donatılmış bir odada oturmuş bekliyordum. Başlangıçta bildiğim tek şey, bir ekselansla görüşecek olduğumdu. Derken aklıma geldi, beni huzuruna kabul edecek zat Goethe hazretleriydi. Aslında Goethe'yle kendim adına görüşmek istiyordum, oysa şimdi bir gazeteci olarak yapacaktım bu görüşmeyi, bu da doğrusu çok canımı sıkıyordu, hangi iblisin oyununa gelmiştim acaba! Üstelik az önce ortada görünüp bacağımdan yukarı tırmanmaya kalkan bir akrep de beni huylandırmıştı. Bu küçük siyah sürüngen hayvana karşı kendimi savunmuş, onu üzerimden silkip atmıştım. Gelgelelim, akrebin şimdi hangi cehenneme kaybolduğunu bilmiyor, hiçbir yere de el atmayı göze alamıyordum.

Öte yandan, Goethe deyip yanlışlıkla beni Matthisson'a yollamadıklarından da pek emin değildim; düşte Matthisson'u da Bürger'le karıştırmış, Molly'ye şiirleri Bürger'e değil de Matthisson'a mal etmiştim. Ayrıca Molly ile bir buluşma beni çok sevindirecekti, onu müziğe yetenekli, harikulade güzel, yumuşak, akşamsı biri olarak hayalimde canlandırıyordum. Keşke gazetenin lanet olası yazı işleri kurulunca görevlendirilip buraya gelmeseydim! Hoşnutsuzluğum giderek büyüdü, yavaş yavaş Goethe'yi kapsamına aldı, birden ona karşı içimde akla gelmedik kuşku ve suçlamalar belirdi. Doğrusu güzel bir görüşme olacaktı bu! Belki hemen yakınımda bir yerde eğleşen akrebe gelince, pek tehlikeli olabilirdi, ama yine de öyle kötü bir şey sayılmazdı. Hani dostça bir anlam taşıyor gibi geldi bana, Molly ile bir ilgisi vardır diye düşündüm, pek olası gördüm bunu. Molly'nin bir tür habercisiydi belki ya da onun armasını süsleyen hayvandı, kadınlık ve günah armasının güzel ve tehlikeli bir hayvanı. Bakarsın Vulpius* idi adı, neden olmasın? Derken bir uşak kapıyı açtı, kalkıp kabul salonundan içeri girdim.

Yaşlı Goethe ayakta beni bekliyordu, ufak tefek ve dimdik. Gerçekten de klasik yazarın göğsünde kocaman bir nişan vardı. Hâlâ saltanatını sürdürüyor, hâlâ onu bunu kabul ediyor, Weimar'daki müzesinden hâlâ dünyayı denetimi altında tutuyor görünüyordu. Çünkü beni fark eder etmez başını yaşlı bir karga gibi sallayıp resmî bir edayla şöyle dedi: "Evet, siz gençler bizlerden ve bizim çalışmalarımızdan hiç de memnun değilsiniz sanırım."

"Çok doğru," diye yanıtladım, onun Sayın Özel Danışman bakışları karşısında iliklerime kadar üşüyerek. "Biz gençler gerçekten de sizlerden memnun değiliz yaşlı beyefendi. Sizi fazla resmî buluyoruz ekselansları, kendini fazla beğenmiş, kendine fazla değer veren biri, içtenlikten uzak. Hepsinin başında da bu sonuncusu geliyor, yani içtenlikten uzaklık."

---

* Almanca metinde *Vulpius* olarak geçen sözcüğün Latince aslı *Vulpinus*: "kurt" anlamında. Goethe, 1806'da Christiane *Vulpius* adında bir kadınla evlendi. (ç. n.)

Ufak tefek yaşlı Goethe'nin başı sertçe biraz ileri uzandı; resmî kırışıklıklar içeren hoyrat ağzındaki katılık yumuşayıp da bir gülümsemeye dönüşerek büyüleyici bir canlılık kazanır kazanmaz kalbim çarpmaya başladı, çünkü birden aklıma "Alacakaranlık İndi Yukarıdan Aşağı" şiiri gelmişti. Şiirdeki sözcüklerin karşımdaki bu adamdan, bu ağızdan çıktığını anımsamıştım. Ne yalan söyleyeyim, o anda çoktan teslim bayrağını çekmiş, yenilgiye uğramıştım; karşımdaki adamın önünde diz çökmeyi ne çok isterdim. Ama dimdik durup, gülümseyen ağzından dökülen sözleri dinledim: "Vay vay, demek beni içtenlikli olmamakla suçluyorsunuz? Bu nasıl söz! Biraz daha yakından açıklar mısınız?"

Seve seve yapardım bunu, canıma minnetti.

"Siz, Sayın von Goethe, bütün dâhi kişiler gibi insan yaşamının güvenden yoksunluğunu ve umarsızlığını açıkça gördünüz, an'daki eşsiz güzelliği ve bu güzelliğin sonradan içler acısı şekilde solup gidişini, güzelim yüce bir duygunun bedelinin sıradan günlük yaşam zindanında soluğu almaktan başka türlü ödenemeyeceğini, doğanın yitirilmiş masumiyetine duyulan yakıcı, bir o kadar da kutsal sevgiyle ölümcül bir savaşı sonsuza dek sürdüren us ülkesinin ateşten özlemini, boşluk ve belirsizlik içindeki bütün bu korkunç salınımları, ölümlülüğe mahkûm edilmişliği, kesin bir geçerliliğe asla ulaşılamayışı, bu hep deneyselliği, bu hep amatörlüğü, kısaca insan varlığının tüm umarsızlığını, kaçıklığını ve yakıp kavurucu çaresizliğini duyumsadınız. Aşinaydınız bütün bunlara ve zaman zaman da bunları dile getirdiniz. Öyleyken tüm yaşamınızla tam tersini vaaz edip durdunuz, inanç ve iyimserlik taşan sözler söylediniz hep, aldatmacaya başvurup gerek kendinizde, gerek başkalarında ussal çabalarımızın bir süreklilik ve anlam taşıdığı izlenimini uyandırmaya çalıştınız. Derinliklerde yaşayanların çağrılarını, çaresizlik içindeki gerçeğin sesini duymazdan geldiniz ve gerek kendinizde, gerek Kleist ve Beethoven'da bastırdınız bu sesi. Onyıllar boyu öyle davrandınız ki, sanki bilgi depolamanız, koleksiyonculuğunuz, mektuplar yazmanız ve toplamanız, sanki Weimar'da geçen bütün ihtiyarlık günleriniz, yaşanan an'a gerçekten sonsuzluk kazandırmak için seçilmiş bir yoldu; oysa stilize ederek bir mask durumuna sokabildiğiniz doğayı ussallaştırmak için an'ı mumyalaştırmaktan başka şey elinizden gelmedi. Böylece içtenlikten uzak bir tutum sergilediniz, işte size yönelttiğimiz eleştiri."

Yaşlı Özel Danışman Goethe düşünceli düşünceli gözlerimin içine baktı, gülümsemesi dudaklarından hâlâ kaybolmamıştı.

Derken şu soruyu yönelterek şaşırttı beni: "O zaman Mozart'ın *Sihirli Flüt*'ünden hiç hoşlanmıyorsunuzdur?"

Benim bir itirazda bulunmama fırsat bırakmadan sürdürdü konuşmasını: "*Sihirli Flüt*, yaşamı olağanüstü güzellikte bir ezgi olarak yansıtır, ölümlü duygularımıza dünya durdukça duracak tanrısal duygularmış gibi övgüler döşenir, ne Sayın von Kleist'ın ne de Sayın Beethoven'ın görüşlerini paylaşır, tersine iyimserlik ve inancın vaizliğini yapar."

"Biliyorum, biliyorum!" diye sesimi yükselttim ben, tepem atmış. "Başka şey kalmamış gibi *Sihirli Flüt* nereden aklınıza geldi, Allah bilir! Dünyada en çok sevdiğim eserdir çünkü. Ama Mozart sizin gibi seksen iki yıl yaşamadı ve kişisel hayatında kalıcılık, düzen, esneklikten uzak vakar gibi şeylere yer vermedi! Kendini fazla önemsenecek biri gibi göstermeye kalkmadı! İlahi güzellikteki melodilerini besteledi, yoksulluk çekti ve erken yaşta da öldü, beş parasız, kadri bilinmemiş..."

Soluk soluğa kalmıştım. Binlerce şeyi üç beş sözcüğe sığdırarak söylemem gerekiyordu, alnımdan terler boşandığını hissettim.

Ne var ki, Goethe pek nazikçe yanıtladı beni: "Seksen iki yıl yaşamam bağışlanmayacak bir şey sayılabilir nihayet. Ama bunun bana sizin sandığınız kadar zevk verdiğini söyleyemem. Haklısınız, hep kalıcılık özlemiyle dolup taştı içim, her zaman ölümden korktum, onunla savaştım. Öyle inanıyorum ki, ölüme karşı savaş, koşul tanımayan inatçı bir yaşam isteği, bütün seçkin kişilerin etkinlik ve yaşamlarının kaynağını oluşturmuştur. İnsanın eninde sonunda öleceğini, genç dostum, seksen iki yaşımla öylesine inandırıcı biçimde kanıtladım ki, bir okul çocuğuyken ölseydim bundan daha inandırıcı olmazdı. Haklılığıma katkıda bulunacağını düşünerek şunu da eklemeden duramayacağım: Benim mizacım pek çok çocuksu özelliği barındırdı kendisinde, pek çok merak duygusunu ve oyun dürtüsünü, boşa zaman harcamaya yönelik pek çok hevesi barındırdı. Ne yaparsın, oyuna artık son vermem gerektiğini anlamam biraz fazla uzun sürdü."

Bunları söylerken pek kurnaz, adeta muzip biri gibi gülümsüyordu Goethe. Şimdi daha boylu boslu birine benziyordu, kaskatı duruşu kaybolup yüzündeki asabî vakar ifadesi silinip gitmişti.

O anda çevremizdeki hava ezgilerle dolup taşmaya başladı, hepsi de Goethe'nin şiirlerini konu alan bestelerdi, aralarında Mozart'ın "Menekşe", Schubert'in "Kırları, Ovaları Dolduruyorsun Yeniden" ezgilerini açık seçik saptayabildim. Goethe'nin yüzünü bir pembelik bürümüştü, genç bir yüzdü bu; gülüyor, bazen Mozart'ın, bazen Schubert'in yüzünü andırıyordu, onlarınkine kardeş bir yüzdü adeta. Göğsündeki nişan çayır çiçeklerine dönüşmüştü, ortada neşeli ve gürbüz, sarı bir çuhaçiçeği görülüyordu.

Goethe'nin, işi şakaya vurarak soru ve suçlamalarımdan kaçmaya çalışması pek işime gelmedi, sitemli bakışlarla kendisini süzdüm. Bunun üzerine bana doğru eğildi, hayli çocuksu bir görünüm kazanmış ağzını kulağımın dibine kadar yaklaştırıp usulcacık fısıldadı: "Delikanlı, sen yaşlı Goethe'yi fazla ciddiye alıyorsun. Ölüp gitmiş yaşlılar ciddiye alınmamalıdır, yoksa kendilerine haksızlık edilmiş olur. Biz ölümsüzler ciddiye alınmayı sevmeyiz, şakadan hoşlanırız daha çok; ciddilik, delikanlı, zamana bağlı bir şeydir. Sana bir sır vereyim mi, ciddilik zamana aşırı değer verilmesinden kaynaklanır. Ben de bir vakit zamanın değerini gözümde fazla büyütmüştüm, yüz yıl yaşamak gibi bir isteğe yer vermiştim gönlümde. Yaşamda ise, biliyor musun, zaman diye bir şey aranmaz; sonsuzluk dediğimiz yalnızca bir an'dır, bir şakanın yer alacağı kadar uzun bir süre yani."

Gerçekten de Goethe denen bu adamla ciddi bir şey konuşulacak gibi değildi artık; şen ve çevik adımlar atarak salonda dans eder gibi gidip geliyor, çuhaçiçeği göğsündeki nişandan bazen bir raket gibi dışarı fırlıyor, bazen küçülerek görünmez oluyordu. Ustalıklı dans adımlarını ve figürlerini görünce, en azından dans etmeyi öğrenmezlik etmediğini düşünmekten kendimi alamadım. Bu işi harikulade başarıyordu. Birden aklım yine akrebe gitti ya da daha çok Molly'ye, sesimi yükselterek şöyle dedim: "Söyler misiniz, Molly burada mı?"

Goethe bir kahkaha attı. Masasına gidip bir gözü çekti, deri ya da kadifeden bir kutu çıkarıp açtı ve gözlerimin önüne tuttu. Koyu renk kadife üzerinde minik bir kadın bacağı duruyordu, kusursuz, ışıl ışıl ve büyüleyici, diz kısmından biraz bükülmüş; aşağı doğru uzanan ayak, alabildiğine nazlı parmak uçlarıyla sivri bir şekilde sonlanıyordu.

Elimi uzatıp küçük bacağı almak istedim, işte öylesine vurulmuştum ona. Ne var ki, iki parmağımla tam yakalamak üzereyken, oyuncak bacak ufak bir silkinişle devinmeye başladı. Ansızın bir kuşkuya kapılarak, sakın akrep olmasın, diye geçirdim içimden. Goethe bendeki bu duyguyu sezmişe benziyordu; hatta özellikle istemiş, amaçlamıştı adeta bendeki bu derin şaşkınlığı, istek ile korku arasında çırpınan bu çelişkiyi. Büyüleyici güzellikteki akrebi yüzüme iyice yaklaştırdı, onu arzuladığımı, bir yandan da ondan ürküp geriye çekildiğimi gördü, bu da kendisini hayli keyiflendirmişti anlaşılan. Elinde o sevimli nesneyle bana takılıp benimle eğlenirken yine pek yaşlı biri olup çıkmıştı, çok çok yaşlı, bin yaşında, saçları kar gibi beyaz bir ihtiyar. Solgun, kocamış yüzüyle sessiz sedasız gülüyor, yaşlıların o akıl sır ermeyen mizahıyla içten içe katılarak gülüyordu.

Uyandığımda, gördüğüm düş belleğimden çıkıp gitmişti, ancak sonradan yine anımsadım onu. Sanırım yaklaşık bir saat kadar uyumuştum, müzik ve o curcuna ortasında, bir meyhane masasında. Böyle bir şeyin olabileceği aklımın ucundan geçmezdi. Güzel kız, bir eli omzumda, karşımda dikilmiş duruyordu.

"Bana birkaç mark verir misin?" dedi. "Bitişikte biraz bir şey yedim de, parasını ödeyeceğim."

Kendisine cüzdanımı uzattım, gitti ve çok geçmeden dönüp geldi.

"Eh, şimdi yanında biraz daha kalabilirim. Sonra gitmem gerekiyor, biriyle buluşacağım da."

İrkildim. "Kiminle?" diye sordum hemen.

"Bir beyle küçük Harry. Beni Odeon-Bar'a davet eden bir beyle."

"Ah, oysa beni yalnız bırakmayacaksın diye düşünmüştüm."

"Sen beni davet etseydin o zaman. Biri senden önce davrandı işte. Neyse, yüklü bir paradan çıkmamış olursun. Odeon'u biliyor musun? Gece yarısından sonra yalnızca şampanya servisi vardır. Rahat koltuklar, zenci müzisyenlerden bir topluluk; pek nefis bir yerdir."

Bütün bunları hiç düşünmemiştim.

"Lütfen," dedim, "izin ver, ben seni davet edeyim. Bunda yadırganacak bir şey yok, seninle arkadaş olduk çünkü. Nereye istersen davet edeyim, gidelim oraya. Lütfen!"

"Sevindim buna. Ama bak, söz sözdür, davet ettiler, daveti kabullendim, onun için gideceğim. Kendini hiç yorma artık. Gel, bir yudum daha içelim, şişede biraz şarap var. Sonra da tıpış tıpış evin yolunu tutar, yatıp uyursun. Söz mü?"

"Olmaz! Hayır, eve gidemem!"

"Aman sen de, bırak artık olup bitenleri! Hâlâ Goethe'de misin? (O anda, Goethe'yle ilgili gördüğüm düş yeniden aklıma geldi.) Ama gerçekten eve gidemeyeceksen, burada kal. Yatacak oda da var burada. İstersen birini senin için ayırtayım."

Peki deyip razı oldum buna, kendisini bir dahaki sefer nerede görebileceğimi sordum. Nerede oturduğunu öğrenmek istedim. Söylemedi. "Biraz ara yeter ki, beni bulursun," dedi.

"Seni davet edemez miyim?"

"Nereye?"

"Nereye dersen, ne zaman istersen."

"Peki. Öyleyse salı günü Alte Franziskaner'de buluşalım, birinci katta. Birlikte akşam yemeği yeriz. Hoşça kal."

Elini uzattı. Ancak o anda dikkatimi çekti bu el, sesine tıpatıp uygun düşen bir görünümü vardı, güzel ve dolgun, güzel ve sevecen. Ben elini öpünce, alaylı alaylı güldü.

Tam gidiyordu ki, son anda dönüp, "Sana bir şey daha söylemek istiyorum," dedi. "Şu Goethe konusunda. Bak, sen nasıl Goethe'nin o resmine katlanamadınsa, bazen ben de ermişler konusunda aynı duyguyu yaşıyorum."

"Ermişler mi? Çok mu dindarsın?"

"Hayır, pek dindar değilim ne yazık ki ama bir vakit öyleydim, günün birinde de yine öyle olacağım. Fazla dindarlık için insanın zamanı yok doğrusu."

"Zaman mı? Bunun için zaman gerekli mi?"

"Elbette. Fazla dindarlık zaman ister, hatta daha da fazla bir şeyi, zamandan bağımsızlığı gerektirir. Ciddi olarak hem dindarlığı elden bırakmayıp hem gerçeğin içinde yaşayamaz, zamanı, parayı, Odeon-Bar'ı ve buna benzer şeyleri ciddiye alamazsın."

"Anlıyorum. Peki, ermişler konusunda ne diyecektin?"

"Evet, bazı ermişler var, pek hoşlanıyorum kendilerinden. Ermiş Stefan örneğin, Ermiş Franz ve daha başkaları. Bazen onları anlatan resimler görüyorum, İsa'yla ve Meryem Ana'yla ilgili resimler ayrıca, uydurma, çarpıtılmış, aptalca şeyler, Goethe'nin o resmine senin katlanamadığın gibi ben de bunlara katlanamıyorum. İsa'nın ya da Ermiş Franz'ın böyle allanıp pullanmış, böyle salakça bir resmini görüp de başkalarının resmi güzel, iç açıcı bulduklarına tanık oldum mu, bunu gerçek İsa'ya yöneltilmiş bir aşağılama sayıyor ve içimden diyorum ki: İnsanlar böyle bir resimle yetinebildiklerine göre, ne diye sanki yaşadı İsa, yaşayıp o korkunç çileleri çekti?! Ama yine de biliyorum ki, benim kafamda yaşayan İsa ya da Ermiş Franz'ın resmi de yalnızca bir insanın kafasındaki resimdir, İsa'nın ve Ermiş Franz'ın gerçek yüzlerini yansıtmamaktadır. Benim kafamdaki görüntüsü İsa'nın kendisine, o tatlı kopyalar gibi aptalca ve yetersiz görünecektir. Bunları sana söylememin nedeni, Goethe'nin resmi karşısında duyduğun hoşnutsuzluk ve öfkeden dolayı sana hak vermem değil, hayır, haksızsın çünkü, sadece seni anlayabildiğimi göstermek istiyorum. Siz okumuşların, siz sanatçıların kafalarında türlü türlü orijinal şeyler vardır ama sizler de herkes gibi insansınız; sizin dışınızdaki bizlerin de kafalarında kendi düşlerimiz, kendi oyunlarımız yaşar. Sen bana Goethe olayını anlatırken utanıp sıkıldığını fark etmedim mi sanıyorsun, okumuş beyefendi! Kafandaki ideal şeyleri benim gibi basit bir kıza anlatabilmek için ister istemez zorlandın. Eh, ben de işte o kadar zorlanman gerekmediğini sana göstermek istedim. Yani anlıyorum seni. Evet, söyleyeceklerim bu kadar. Sen de yatmaya git artık."

Kız gitti, beni de personelden yaşlı biri alıp iki merdiven çıkardı; daha doğrusu önce yanımda eşyam olup olmadığını sordu, olmadığını öğrenince, "uyku parası" dediği oda ücretini peşin ödememi istedi. Sonra beni eski ve karanlık merdivenlerden çıkarıp bir odadan içeri soktu ve tek başıma bırakıp uzaklaştı. Masif olmayan ahşap bir yatak bulunuyordu odada, boyu kısa ve sert bir yatak. Duvarda ise bir kılıçla Garibaldi'nin renkli posteri, ayrıca bir şenlikten kalma solmuş bir çelenk asılıydı. Bir pijama için neler vermezdim. Neyse ki su ve küçük bir havlu vardı odada. Elimi yüzümü yıkayıp soyunmadan yatağa uzandım, ışığı söndürmedim, olup bitenler üzerinde biraz düşünmek istiyordum. Evet, Goethe işi çözümlenmişti artık, düşümde Goethe'nin karşıma çıkması ne güzel olmuştu! Sonra, bu harikulade kız. Bari ismini bilseydim! Ansızın bir insan, yaşayan bir insanla karşılaşmıştım, ölümün bulanık cam fanusunu tuz buz edip bana elini uzatmıştı, sevecen, güzel ve sıcacık elini! Ansızın pek çok şey beni yeniden ilgilendirmeye başlamıştı; üzerinde sevinçle, üzüntüyle, merakla düşünebileceğim pek çok şey!

Ansızın aralanan bir kapıdan hayat içeri süzülüvermişti! Belki yine yaşayabilir, belki yine bir insan olabilirdim. Soğukta donup adeta buz kesmiş ruhum yeniden nefes alıp vermeye başlamıştı, küçük ve güçsüz kanatlarını uykulu uykulu çırpıyordu. Goethe'yle görüşüp konuşmuştum. Bir kız benden yememi içmemi ve uyumamı istemiş, bana güler yüz göstermişti; benimle alay edip eğlenmiş, bana aptal küçük bir çocuk demişti. Sonra, bu harikulade dost insan, ermişlerden söz açmıştı bana, hatta o düpedüz saçma davranışlarımda hiç de yalnız sayılamayacağımı, hiç de anlaşılmadık biri, sayrısal bir istisna oluşturmadığımı, bana benzeyen, beni anlayan kişilerin de var olduğunu göstermişti. Acaba onu yine görebilecek miydim? Evet, kesindi görmem, sözüne güvenilir biriydi çünkü. "Söz sözdür," demişti.

Ansızın yeniden daldım uykuya. Dört beş saat uyumuştum, saat onu geçmişti gözlerimi açtığımda, her tarafım kıyılıyordu, kafamda dün geceye ilişkin korkunç bir yaşantının anısı vardı. Ama zinde hissediyordum kendimi, içim umutla, iyimser düşüncelerle dolup taşıyordu. Dünkü korkulardan hiçbirini hissetmeden eve döndüm.

Süs çamının üstündeki merdivende ev sahibem "Teyze Hanım"-la karşılaştım; kendisini evde seyrek görüyor, ama güler yüzlü halinden pek hoşlanıyordum. Ancak bu seferki karşılaşmamızın hoşa gider yanı yoktu, üstüm başım dağınıktı, uyku sersemiydim, saçımı taramamış, tıraş da olmamıştım. Selam vererek geçip gidecek oldum önünden. Yalnız kalma, dikkati çekmeme isteğimi her zaman saygıyla karşılayan biriydi Teyze Hanım; ama bugün öyle görülüyordu ki, çevremle aramda bir perde kalkmış, bir duvar yıkılmıştı. Ev sahibem durup güldü.

"Bakıyorum gezip eğlenmekten geliyorsunuz Bay Haller. Bu gece hiç yatmadınız çünkü. Bir güzel yorulmuş olmalısınız!"

"Haklısınız," dedim ve ben de gülmeden duramadım. "Hareketli bir gece geçirdim, buradaki düzeni bozmak istemediğim için de bir otelde geceledim. Evinizdeki sakin ve onurlu havaya karşı saygım büyüktür, bu hava içinde kendimi bazen yabancı hissediyorum."

"Alay etmeyin Bay Haller!"

"Ah, sadece kendimle alay ederim ben."

"Ama bunu yapmanız doğru değil. Benim evimde kendinizi yabancı hissetmemeli, dilediğiniz gibi yaşayıp dilediğiniz gibi davranmalısınız. Şimdiye kadar çok ama pek çok saygın kiracım oldu, saygınlıkta her biri bir inci tanesiydi, ama sizin kadar sessiz, sizin kadar bizi rahatsız etmekten çekinen biri çıkmadı. Bir çay içer miydiniz?"

Hayır demedim. Ataların resimleriyle süslenip atalardan kalma mobilyayla döşenmiş salonda çay getirip önüme koydu Teyze Hanım, karşılıklı oturup biraz sohbet ettik; kadın, aslında kendisi bir şey sormadan, yaşamıma ve düşüncelerime ilişkin bazı şeyleri öğrendi benden, erkeklerin acayipliklerine karşı akıllı kadınların o pek ciddiye almayan saygılı ve anaç yaklaşımıyla kulak verip beni dinledi. Bir ara yeğeninden söz açılınca, bana bitişik odaların birinde onun akşamları iş dönüşü yaptığı son çalışmayı gösterdi, bir radyoydu bu. Çalışkan genç yeğen akşamları oturmuş, böyle bir radyoyu kurup çatmıştı, telsiz iletişim düşüncesine kendini kaptırarak, Teknoloji Tanrısının önünde huşuyla dize gelerek. Öyle bir Tanrı ki, bütün düşünürlerin öteden beri bildiği ve daha akıllıca yararlandığı nesneleri binlerce yıl sonra keşfedip düpedüz yetersiz biçimde sergilemeyi başarmıştı. Kadınla bu konu üzerinde söyleştik, Teyze Hanım dindarlığa biraz eğilimli biriydi çünkü, dinsel konuşmalardan hoşlanıyordu. Eyleme dönüşmüş dönüşmemiş tüm güçlerin heryerdeliği düşüncesine eski Hintlilerin pekâlâ aşina olduklarını söyledim kendisine. Teknoloji, ses dalgaları için başlangıçta alabildiğine yetersiz bir alıcı verici kurup çatarak söz konusu gerçeğin yalnızca bir parçasını genel bilinç düzeyine çıkarabilmişti, o kadar. Eski bilgi ve kavrayışın başlıca sorunu olan zamanın gerçekdışılığı şimdiye dek teknoloji tarafından henüz bulgulanmamıştı, ama kuşkusuz sonunda o da "keşfedilecek" ve hamarat mühendisler tarafından ele geçirilecekti. Paris'te ya da Berlin'deki bir müziğin Frankfurt'ta ya da Zürih'te işitilebilmesinde olduğu gibi, çevremizin yalnızca bugünkü görüntü ve olaylarla sarılıp kuşatılmadığını, geçmişte olup bitmiş ne varsa aynı şekilde kayda geçirilip varlığını sürdürdüğünü belirttim; kuşkusuz günün birinde telli ya da telsiz, parazitli ya da parazitsiz, Hz. Süleyman'ın ve Walther von der Vogelweide'nin konuşmasını işitebilecektik ve bütün bunlar günümüzde radyo alanında atılan ilk adımlar gibi insanları kendilerinden ve amaçlarından uzaklaştıracak, onları giderek yoğunluk kazanan oyalanmaların ve boş uğraşların ağı içine hapsedecekti. Ne var ki, ben bütün bu bildiklerimi zamanımıza ve teknolojiye karşı alışık olduğum kızgınlık ve alay tonuyla değil, bir şaka edasıyla, oyunsu bir hava içinde açığa vurdum, Teyze Hanım da gülümsedi. Bir saat kadar karşılıklı oturup konuştuk, çay içtik, sonra da bir memnunluk duygusuyla birbirimizden ayrıldık.

Kara Kartal'daki güzel ve ilginç kızı salı akşamı için davet etmiştim, aradaki zamanı öldürmek bana az zahmete mal olmadı. Ve salı günü gelip çatınca, tanımadığım kızla aramdaki ilişkinin önemini açık seçik kavradım, bu da korkuttu beni. Kafamda yalnızca o vardı, her şeyi ondan bekliyordum, kendisine en ufak şekilde gönlümü kaptırmaksızın uğruna her şeyi feda edip ayaklarının önüne atmaya hazırdım. Onun randevuya gelmekten vazgeçebileceğini ya da bunu unutabileceğini tasarlamam yetiyor, o zaman ne hale düşeceğimi açık seçik seziyordum: O zaman dünya gözümde yine boş bir nesneye dönüşecek, her gün bir ötekisi gibi bozbulanık ve değersiz geçip gidecek, o tüyler ürpertici eski sessizlik ve cansızlık çevremi saracak, söz konusu cehennemden beni sadece ustura çekip çıkarabilecekti. Ve bu son birkaç gün içinde ustura eskisinden daha sevimli nitelik kazanmamıştı, içerdiği dehşetin tümü yerli yerinde duruyordu. Bu da işte en iğrenç şeydi, gırtlağımı kesme düşüncesi kalbimi sıkıştıran derin bir ürpertiyle dolduruyordu ruhumu, sanki dünyanın en sağlıklı insanı benmişim, sanki şimdiye kadar hep cennette yaşamışım gibi şahlanıp kendini savunan vahşi bir güçle ölümden korkuyordum. Tam bir açık seçiklikle ve tüm acımasızlığıyla durumu görüyor, Kara Kartal'daki dans meraklısı ufak tefek, sevimli kızı gözümde öylesine önemli kılan şeyin yaşayamamakla ölememek arasındaki dayanılmaz gerilim olduğunu seziyordum. Kız, benim o karanlık korku hücremdeki küçük pencerecikti, minicik aydınlık delikti, esenlikti benim için, özgürlüğe götüren yoldu. Bana yaşamasını ya da ölmesini öğretecekti; sağlam ve sevimli elini benim kaskatı kesilmiş kalbime dokundurmalıydı ki, kalbim bu yaşam dokunuşuyla serpilip yeşersin ya da yanıp kül olsun. Onun bu gücü nereden aldığı, ona bu gücü neyin sağladığı, benim için taşıdığı büyük önemin hangi gizsel nedenlerden kaynaklandığı üzerinde düşünemiyordum, zaten fark etmezdi, bunu bilmem önemli değildi. Hiçbir bilgiye, hiçbir sezgiye en ufak bir değer verdiğim yoktu artık, bilgi ve sezgilere tıka basa doymuştum. Durumun böylesine açık seçik bilincine varmamdır ki, benim için en acı ve en alaylı işkence ve utancı oluşturuyordu. Bu adamı, Bozkırkurdu denen bu hayvanı, örümcek ağına yakalanmış bir sinek gibi karşımda görüyordum, yavaş yavaş nasıl korkunç bir akıbete doğru sürüklendiğini, nasıl tuzağa yakalanmış, ağ içinde savunmasız asılı durduğunu, örümceğin onun etine dişlerini geçirmek üzere nasıl hazır beklediğini, öte yandan nasıl kurtarıcı bir elin yakında belirdiğini izliyordum. Çektiğim acının, ruhsal rahatsızlığımın, büyülenmişliğimin, nevrozumun nedeni ve koşullarına ilişkin en akıllıca ve en anlayışlı açıklamaları yapabilirdim, işin mekanizması tüm saydamlığıyla önümde duruyordu. Ne var ki gerekli olan, öylesine ele geçirmeyi özlediğim, bilgi ve kavrayış değildi, yaşantıydı daha çok, kesin karardı, eylem ve etkinlikti.

Beklemekle geçen o birkaç gün içinde, kızın sözünü tutacağından kuşku duymadımsa da, son gün yine de pek heyecanlıydım, bir belirsizlik içindeydim. Hayatımda bir günün akşamını hiç bu kadar sabırsızlıkla beklediğimi bilmiyorum. Bir yandan gerilim ve sabırsızlık büyüyüp katlanılmaz durum alırken, bir yandan da beni olağanüstü rahatlatıyordu. Tasarlanamayacak kadar güzel ve yeni bir şeydi bu, uzun zamandır hiçbir şeyi beklememiş, hiçbir şeye sevinmemiş benim için, ben ayağı suya ermiş kişi için. Bütün gün tedirgin ve endişeli sağa sola koşarak vakit öldürmek, akşamki buluşmayı, akşam aramızda geçecek konuşmaları ve bu geceden çıkacak sonuçları önceden tasarlamak, tıraş olmak ve sırtıma yeni bir gömlek geçirip boynuma yeni bir boyunbağı takmak, büyük bir özenle giyinmek, ayakkabıların bağlarını yenileriyle değiştirmek harikuladeydi doğrusu. Bu akıllı ve gizemli kız kim olursa olsun, aramızdaki ilişki nasıl kurulmuş bulunursa bulunsun, fark etmezdi; böyle bir kız vardı nihayet, bir mucize gerçekleşmiş, karşıma yeniden bir insan çıkmış, yaşama yeniden ilgi duymaya başlamıştım! Önemli olan bunun sürmesiydi, bu çekici güce kendimi teslim etmem, bu parlayan yıldızın peşine takılmamdı.

Onu ikinci kez gördüğüm anı unutamayacağım. Eski ve rahat restoranın, gereği yokken önceden telefon edip ayırttığım küçük bir masasında oturuyor, yemek listesini inceliyordum; masanın üzerindeki bir su bardağında da kız için aldığım iki güzel orkide duruyordu. Epeydir bekliyordum, ama geleceğinden emindim ve heyecanım geçmişti artık. Ve sonunda çıkıp geldi, vestiyerin önünde durdu, sadece açık gri gözlerinin dikkatli, biraz süzen bakışlarıyla beni selamladı. Garsonun ona davranışını kuşkuyla izledim. Hayır, Tanrıya şükür aralarında bir senli benlilikten, bir mesafe eksikliğinden söz açılamazdı, garson kusursuz denecek kadar kibardı. Ama önceden birbirlerini tanıdıkları da belliydi, kız Emil diye çağırıyordu garsonu.

Kendisine orkideleri uzatınca sevinip güldü. "Pek tatlısın Harry. Bana bir şey hediye etmek istedin, öyle değil mi? Hediye olarak neyi seçeceğini bilemedin pek, bana bir hediye vermeye kalkman ne kadar yerinde olur, acaba ben bundan alınmaz mıyım diyerek karar veremedin ve tutup bu orkideleri aldın, nasıl olsa bunlar çiçek sadece dedin, bir sürü paradan çıktın. Teşekkür ederim. Ancak, hemen şunu söyleyeyim ki, bana hediyeler almanı istemiyorum. Hayatımı erkeklerden kazanıyorsam da, senin onların arasında yer almanı istemem. Peki ama bu ne değişiklik! İnsan nerdeyse tanıyamayacak seni. Geçen gördüğümde ölümden son anda dönmüş gibi bir halin vardı, şimdi bakıyorum yine insana benzemişsin. Aklımdayken sorayım: Emrimi yerine getirdin mi?"

"Hangi emrini?"

"Ne de çabuk unutmuşsun! Demek istediğim, artık fokstrot yapabilecek misin? Bana söylememiş miydin hani, benden emir almaktan daha güzel bir şey düşünemeyeceğini, benim sözümü dinlemek kadar seni sevindirecek başka şey olamayacağını. Anımsadın mı?"

"A evet, bunda değişen bir şey yok. Şaka etmemiştim."

"Yine de dans etmesini öğrenmedin, değil mi?"

"Hemen öğrenilecek bir şey mi, topu topu birkaç gün içinde?"

"Neden olmasın? Fokstrot dediğin bir saatte öğrenilir, boston iki saatte. Tango biraz daha zaman alır, ama tangonun zaten sana gereği yok."

"Ama artık senin şu ismini öğrensem iyi olacak!"

Bir süre sesini çıkarmadan bana baktı.

"Belki kendin tahmin edebilirsin. İsmimi tahminle çıkarabilirsen pek sevinirim doğrusu. Aç gözlerini, bana iyice bir bak şöyle. Bazen yüzümün bir oğlan yüzüne benzediği hiç dikkatini çekmedi mi? Örneğin şu sıra?"

Evet, yüzüne alıcı gözüyle bakınca, kendisine ister istemez hak verdim, tıpkı bir oğlan yüzüydü. Bir dakika durup düşündüm; derken benimle konuşmaya başladı yüz, çocukluk günlerimi aklıma getirdi: Çocukken Hermann adında bir arkadaşım vardı, onu anımsattı bana. Bir an kız nerdeyse tümüyle bu Hermann'a dönüştü.

"Oğlan olsaydın, adın Hermann'dır derdim."
"Kim bilir, belki gerçekten oğlanım da kız kılığına girdim," diye yanıtladı şakayla karışık.
"Yoksa Hermine mi adın?"
Gözlerinin içi gülerek evet der gibi başını salladı, tahminle ismini çıkarmama sevinmişti. Çorba geldi derken, yemeğe koyulduk. Hermine çocuk gibi neşelenmişti. Onda hoşuma giden, beni büyüleyen şeylerin başında da bu pek sevimli ve acayip özelliği geliyordu: Ciddi ciddi dururken birden alabildiğine şaklabanca bir neşe havasına bürünebiliyor ya da tersini yapabiliyordu. Bu arada dış görünüşü hiç değişmiyor, yüzünü gözünü çarpıtayım demiyordu. Yetenekli bir çocukta görüldüğü gibiydi tıpkı. Şimdi de bir süre neşeli neşeli oturdu, fokstrotu bahane ederek takıldı bana, hatta bir ara ayaklarıyla beni dürttü, yemeğe övgüler döşendi, özenle giyinip kuşanmış olduğumu belirtti, öyleyken kılık kıyafetimde eleştirilecek bir hayli kusur bulmaktan da geri kalmadı.
Bir ara dayanamayıp sordum: "Nasıl yaptın da ansızın bir oğlan görünümü kazandı yüzün, ben de senin ismini bulup çıkarabildim?"
"Ah, hepsini yapan sensin. Bu işin nasıl gerçekleştiğini kavrayamadın mı, çok bilmiş beyefendi: Senin hoşuna gidiyor, senin için bir değer taşıyorsam, senin için bir ayna oluşturuyorum da ondan; içimde bir şey var, sana yanıt veriyor, seni anlıyor. Aslında bütün insanların birbirleri için bu tür aynalar oluşturması, birbirlerine böyle yanıt vermeleri ve uyum göstermeleri gerekir; gelgelelim, senin gibi antika kişilerin işine akıl sır ermiyor, hemen bir büyülenmişlik içine sürüklenip kendileri dışındaki insanların gözlerinde hiçbir şey göremez, hiçbir şey okuyamaz duruma geliyor, onlara ilgi duymaktan çıkıyorlar. Böyle antika bir insan kendisine gerçekten içtenlikle bakan bir yüz gördü de bu yüzde bir yanıt gibi, akrabalık gibi bir şeyin varlığını sezdi mi, evet işte, bu kuşkusuz bir şenlik oluyor kendisi için."
"Sen de her şeyi biliyorsun Hermine!" diye sesimi yükselttim şaşkınlıkla. "Tıpkı söylediğin gibi. Ama sen yine de benden düpedüz değişik birisin. Benim karşıtımsın, bende eksik olan her şey var sende."
"Sana öyle geliyor," dedi Hermine kestirip atarak. "Böylesi de iyidir."

Benim için gerçekten büyülü bir aynadan farksız olan yüzü o anda koyu bir ciddilik bulutuyla kaplandı, yüz ansızın baştan aşağı bir ciddilik ifadesine, trajik bir ifadeye büründü, bir maskın gözleriyle bakar gibi dipsiz bir görünüm kazandı. Sözcükleri tek tek, adeta isteksizce ağzından çıkararak, ağır ağır şöyle konuştu Hermine:

"Bak, bana söylediğini unutma sakın. Hani demiştin ki, sen emret, bütün emirlerini yerine getirmem benim için zevk olacaktır. Unutma işte bunu! Bil ki, küçük Harry, ben senin için nasılsam, yani yüzüm sana nasıl yanıt veriyor, içimde bir şey sana nasıl kucak açıyor, sana güven aşılıyorsa, sen de benim için öylesin. Kara Kartal'da senin dalıp gitmiş, artık nerdeyse bu dünyada yaşamayan, alabildiğine yorgun biri gibi kapıdan girdiğini görür görmez anlamıştım zaten; bu benim sözümü dinleyecek biri, kendisine emretmemi özlemle bekleyen biri demiştim. Ve öyle de yapacağım; bunun için seninle konuşmaya başladım, bunun için dost oldum seninle."

Öylesine ciddiyetle dolup taşarak, öylesine kendini kapıp koyvererek konuşuyordu ki, söylediklerini pek izleyemiyordum; kendisini yatıştırıp dikkatini başka bir konuya çekmeye çalıştım. Ama o kaşlarını çattı birden, insanın içine işleyen bir bakışla beni süzüp pek soğuk bir sesle konuşmasını sürdürdü: "Sözünü tutacaksın ufaklık, işitiyor musun, yoksa karışmam! Pek çok emir alacaksın benden, hepsini de yerine getireceksin, tatlı tatlı, güzel güzel emirler. Bu emirlere uymak senin için bir zevk olacak. Hepsinin ardından da benim son emrimi yerine getireceksin Harry."

Biraz isteksizce, "Getireceğim," dedim. "Bana vereceğin şu son emir ne tür bir şey?" Ne var ki, Allah bilir nasıl, sezmiştim ne tür bir emir olduğunu.

Soğuktan hafifçe ürpermiş gibi silkindi ansızın, dalgınlığından yavaş yavaş uyanıp kendine gelir gibiydi. Gözlerini benden ayırmıyordu. Ansızın daha da kasvetli bir havaya büründü.

"Bunu sana söylememek daha akıllıca bir davranış olurdu. Ama ben akıllıca davranmak istemiyorum Harry, bu kez istemiyorum. İstediğim bambaşka bir şey. Şimdi dikkatle beni dinle. Ne istediğimi duyacak, sonra yine bunu unutacak, sonra buna gülecek, sonra ağlayacaksın. Bana kulak ver şimdi ufaklık. Seninle hayatına ve ölümüne bir oyun oynamak istiyorum kardeşçik; ve oyuna başlamadan önce elimdeki kartları sana açıkça göstereceğim."

Yüzü ne güzeldi bunları söylerken, ne ilahi bir yüzdü! Soğuk ve aydınlık gözleri bilinçli bir hüzün içinde yüzüp duruyordu; sanki bu gözler akla gelebilecek tüm acıları çekmekle kalmamış, bunları evet deyip bağrına basmıştı. Konuşmasını bir şey engelliyormuş gibi ağzından güçlükle çıkıyordu sözler, ayazlı bir havada yüzü uyuşmuş, kaskatı kesilmiş biri gibi konuşuyordu. Ne var ki, dudaklarının arasından, ağız köşelerinden, dışarıdan ancak seyrek algılanabilen dilinin deviniminden, bakışının ve sesinin tersine, tatlı, oyunsu bir şehvet, içten gelen bir haz isteği sürekli akıp duruyordu. Sessiz ve kırışıksız alnına yukarıdan kısa bir saç buklesi sarkıyor, bukleli bu alın köşesinden zaman zaman diri bir nefes gibi bir oğlansılık, erdişi bir büyüsellik havası esip geliyordu. İçim korkuyla ürpererek kulak verip onu dinledim, ama gerçekte sersem gibiydim, varlığımın bir yarısıyla başka yerdeydim sanki.

Hermine, "Benden hoşlanıyorsun," diyerek konuşmasını sürdürdü. "Nedenini de daha önce sana açıklamıştım; yalnızlığında bir gedik açtım, cehennemin kapısının önüne tam gelmiştin ki tutup yakaladım seni, yeniden ayılmanı sağladım. Ancak, senden daha fazla bir şey istiyorum, çok daha fazla bir şey: Seni bana âşık edeceğim. Hayır, itiraz etme, bırak konuşayım! Benden pek hoşlanıyorsun, bunu sezmiyor değilim, minnettarlık duyuyorsun bana, ama gönlünü kaptırmış da değilsin. İşte bunu sağlamaya çalışacağım, bu benim mesleğim, erkekleri kendime âşık etmekle hayatımı kazanıyorum. Ama iyi dinle beni, bana pek çekici geldiğin için bunu yapacak değilim. Sen nasıl bana âşık değilsen, ben de sana âşık değilim Harry. Ama senin bana ihtiyacın olduğu gibi, benim de sana ihtiyacım var. Bana şu anda ihtiyacın var, çünkü çaresiz durumdasın, seni bir tekmeyle suyun içine yollayacak, sonra sudan çıkarıp yine diriltecek biri gerekli. Öte yandan, dans etmeyi öğrenmen için ihtiyacın var bana, gülmeyi öğrenmen, yaşamayı öğrenmen için. Bense, bugün değil ama ileride çok önemli bir şey, güzel bir şey için ihtiyaç duyacağım sana. Bana âşık olduğun zaman son emrimin ne olduğunu söyleyeceğim, sen de onu yerine getireceksin, bu hem senin, hem benim için iyi olacak."

Yaprakları yeşil damarlarla bezenmiş, kahverengiye çalan mor orkidelerden birine uzandı eli, orkideyi bardağın içinden biraz yukarı çekti, yüzünü bir an üzerine eğip gözlerini çiçeğe dikti.

"Senin için kolay olmayacak ama, söylediğimi yapacaksın. Emrimi yerine getirecek, beni öldüreceksin. Duydun işte. Bir şey sorma artık!"

Gözleri hâlâ orkidede, sustu. Yüz hatları gevşedi, açılan bir tomurcuk gibi tüm baskı ve gerilimlerden sıyrılıp çıktı, dudaklarında ansızın büyüleyici bir gülümseme yeşerdi, ama gözleri kısa bir süre daha orkideye takılı kaldı. Derken, oğlan çocuklarınınkine benzeyen küçük saç buklesiyle başını salladı, bir yudum su içti ardından, birden sofra başında oturduğumuzu anımsayarak neşe ve iştahla önündeki yemeklere saldırdı.

Tüyler ürpertici konuşmasına kulak verip hiçbir sözcüğünü kaçırmadan dinlemiş, hatta kendisi açığa vurmadan "son emrinin" ne olduğunu tahmin etmiştim, "Beni öldüreceksin" demesi beni artık korkutmadı. Söylediği her şey inandırıcı geldi bana, yazgı tarafından belirlenmiş, kaçınılmaz göründü. Bana yönelttiği isteği kabullenip itirazda bulunmadım. Ne var ki, alabildiğine bir ciddilikle dile getirilmesine karşın, söyledikleri benim için kesin bir gerçeklik ve ciddilik taşımıyordu. Ruhumun bir bölümü onun sözlerini emip aldı içine ve onlara inandı; bir bölümü de yatıştırıcı bir edayla başını salladı, pek zeki, sağlıklı ve kendinden emin Hermine'nin bile birtakım kuruntuları olduğunu, onun da kimi alacakaranlık durumları yaşadığını öğrendi. Hermine son sözü söyler söylemez, bütün sahne gerçekdışı bir havaya büründü, etkisini yitirdi.

Ne var ki, ben Hermine gibi ip cambazlarına özgü bir çeviklikle sıçrayıp olabilirliklerin ve gerçekliklerin dünyasına dönemedim.

Hermine'nin söyledikleri üzerinde düşlere dalarak, "Demek seni öldüreceğim ha?" diye sordum. Oysa Hermine çoktan yine gülmeye başlamış, tabağındaki eti sabırsızlıkla kesmeye koyulmuştu.

Şöylece başını sallayarak, "Elbette," dedi. "Ama bu konuyu kapatalım artık, yemeğimizi yiyelim. Harry, lütfen benim için biraz daha yeşil salata söyler misin? İyi ama, senin iştahın yok mu kuzum? Sanırım başkalarının doğallıkla yaptıklarını senin önceden öğrenmen gerekiyor, yemekten zevk almasını bile. Dinle beni o zaman ufaklık. Bu gördüğün ördek bududur, beyaz ve nefis eti kemiğinden sıyırıp aldın mı, gel keyfim gel, sevdiği kızın ceketini çıkarmasına ilk kez yardım eden bir delikanlı gibi iştahını kabartır insanın, içi sabırsızlık ve şükranla dolar. Anladın mı demek istediğimi? Hayır mı? Amma kazkafalıymışsın! Sana şimdi bu nefis ördek budundan bir parça vereyim de bir bak tadına. Tamam, aç şimdi ağzını. Öff, ne biçim insansın sen! Allah bilir, çatalımdan bir parça et aldığını fark edecekler mi diye göz ucuyla çevrene bakındın! Merak etme zavallı çocuk, seni utandıracak değilim. Ama zevk alacağın bir şeyi yapmak için önce başkalarının iznini gereksiniyorsan, gerçekten aptalın birisin derim."

Önceki sahne giderek gerçekliğini yitirmiş, bu gözler birkaç dakika önce ölesiye hüzün ve korkuyla bir noktaya dikilmemişti sanki. Ah, bu bakımdan Hermine adeta yaşamın kendisiydi: Her zaman yalnızca yaşanılan an vardı onun için, gelecek diye bir şey bilmiyordu. Şimdi yemeğini yemekteydi; ördek budunu, salatayı, turtayı ve likörü ciddiye alıyor, zevkini çıkarıp değerlendirme konusu yapıyor, üzerlerinde konuşuyor, hayallere dalıyordu. Bir tabak götürülüp yeni bir tabak getirildiğinde, yeni tabaktaki yiyecekle ilgili yeni bir konuşma başlıyordu. Hermine bana, baştan aşağı içimi okuyan, yaşam konusunda bütün bilge kişilerden daha çok şey bilir görünen bir çocuk gibi davranmayı öylesine ustalıkla başarıyor, an'ın küçük yaşam oyununu öylesine ustalıkla oynayabiliyordu ki, bu ustalık beni kolaycacık öğrencisi yapıp çıkmıştı. Davranışı ister yüce bir bilgelikten, ister alabildiğine yalın bir naiflikten kaynaklansın, Hermine gibi an'ı yaşamasını bilen, Hermine gibi hal'de yaşayan ve yol kenarında gördüğü her küçük çiçeği, ağırlıktan yoksun her an'ı dostluk ve özenle bağrına basan birine hayat diş geçiremezdi. İştahı yerinde, ağzının tadını bilen bu şen kız aynı zamanda ölmeyi arzulayacak kadar hayalperest ve isterik biri olacak, ince hesaplara kaçıp bilinçli şekilde ve serinkanlılıkla beni kendisine âşık edip kölesi yapmak isteyecekti ha? Olamazdı. Hayır, an'ı yaşamaya alabildiğine düşkün biriydi, o kadar, aklından geçen her neşeli düşünce gibi ruhunun uzak derinliklerinden kopup gelen karanlık ürpertilere de açıktı ve onların da ötekiler gibi tadını çıkarıyordu.

Bugün ikinci kez gördüğüm Hermine, hakkımda her şeyi biliyordu artık, kendisinden bir sır saklamak olanaksız görünüyordu. Belki benim düşünsel yaşamımı pek kavrayabilecek, müzikle, Goethe'yle, Novalis ya da Baudelaire'le ilişkilerime akıl erdirebilecek biri değildi. Ama bu da pek tartışmalıydı doğrusu, bakarsın böyle bir şeyin de güçlük çekmeksizin üstesinden gelebilirdi. Diyelim ki başardı bunu, benim "düşünsel yaşamım"dan ne kalmıştı ki geride? Tümü un ufak olmuş, anlamını yitirmiş değil miydi? Ama benim alabildiğine kişisel sorunlarımın ve sıkıntılarımın tümünü anlayabilirdi, bundan kuşku duymuyordum. Çok geçmeden kendisiyle Bozkırkurdu'nu, Bozkırkurdu'na ilişkin incelemeyi, her şeyi, bugüne kadar yalnızca kendime saklayıp kimseye tek kelimeyle söz açmadığım her şeyi konuşacaktım. Ve bu işe hemen koyulmaktan da kendimi alamadım.

"Hermine," dedim, "geçenlerde tuhaf bir şey oldu. Tanımadığım biri küçük bir kitapçık tutuşturdu elime, panayırlarda satılan broşürlere benzer bir şey. İçinde bütün yaşamöyküm, benimle ilgili her şey bir bir yazılmıştı. Ne dersin, garip değil mi?"

"İsmi ne kitapçığın?" diye sordu Hermine öylesine.

"*Bozkırkurdu Üzerine İnceleme.*"

"Ah, Bozkırkurdu harika bir isim! Bozkırkurdu da sensin, öyle değil mi? Sen olmalısın."

"Evet, ben. Yarı insan, yarı kurt biriyim ben ya da bu kuruntu içinde yaşayan biri."

Hermine bir şey demedi. Sorgulayan bir dikkatle gözlerimin içine baktı, ellerime baktı sonra, bir an için bakışlarına ve yüzüne yine deminki o pek ciddi ve hüzün karışımı tutkulu ifade gelip yerleşti. Ne düşündüğünü sezer gibi oldum, "son emrini" yerine getirebilecek kadar kurt sayılıp sayılmayacağımı bilmek ister gibiydi.

Derken tersyüz edip neşeli bir havaya bürünerek, "Kuşkusuz, bir kuruntu seninki," diye söze başladı. "Güzel bir hayal ya da. Ama bütün bütün boş bir hayal de değil. Bugün kurt değilsin ama, geçen gece meyhanenin kapısından içeri girdiğinde aydan gelmiş birine benziyordun, biraz canavarca bir halin vardı, bu da işte hoşuma gitmişti."

Ansızın aklına bir şey gelerek kendi kendisinin sözünü kesti ve, adeta afallamış, şöyle dedi: " 'Canavarmış' ya da 'yırtıcı hayvanmış', ne aptalca sözler bunlar! Hayvanları böyle sözlerle nitelemek doğru değil. Öyle, çoğunlukla korkutucu yaratıklardır ama insanlardan daha dürüsttürler."

" 'Dürüst' ne demek? Ne kastediyorsun bununla Hermine?"

"Ne bileyim, bir hayvana bak şöyle, bir kediye, bir köpeğe, bir kuşa, hatta hayvanat bahçesindeki o güzelim büyük hayvanlardan birine, bir pumaya örneğin ya da bir zürafaya bak. Göreceksin ki hepsi de kusursuz yaratıklardır. Hiçbir hayvan yoktur ki, bir ara şaşırsın da ne yapıp edeceğini, nasıl davranacağını bilemesin. Hiçbiri sana yaranmak, kendini sana beğendirmek gibi bir amaç gütmez. Tiyatro nedir bilmez hayvanlar. Nasılsalar öyledirler. Taşlar, çiçekler gibi tıpkı ya da gökteki yıldızlar gibi. Anlıyor musun beni?"

Anlamıştım.

"Hayvanlar çoğunlukla üzgündür" diyerek konuşmasını sürdürdü Hermine. "Bir insan çok üzgünse, dişi ağrıdığı ya da para kaybettiği için değil, her şeyin gerçekte nasıl, yaşamın nasıl bir şey olduğunu hissettiği için üzgünse, gerçekten üzgün demektir, işte o vakit biraz hayvana benzer, o zaman üzgün görünür, ama her zamankinden daha gerçek ve güzeldir bu üzüntü. Öyledir işte; senin de Bozkırkurdu, ilk gördüğümde böyle bir halin vardı."

"Evet Hermine. Peki, beni anlatan kitapçık konusunda ne düşünüyorsun?"

"Şey, biliyor musun, durmadan düşünmeyi sevmem ben. Bu konuyu seninle bir başka sefer konuşuruz, tamam mı? Bir ara kitapçığı bana verirsin, okurum. Ama hayır, ileride canım yine bir şey okumak isterse, senin yazdığın kitaplardan birini okurum daha iyi."

Kahve içmek istedi Hermine. Bir süre dikkatsiz ve dalgın oturdu. Derken gözleri parıldadı ansızın, düşünüp taşınmalarının sonunda bir karara varmış gibiydi.

"Hey!" diye yükseltti sesini sevinçle. "Buldum!"

"Neyi Hermine?"

"Fokstrot işini nasıl çözümleyeceğimizi. Kafamda hep bunu düşünüp duruyordum. Söyle bakayım, bir odan var mı, arada bir seninle bir saat kadar dans edebilelim? Küçük olsun, zararı yok, yeter ki altta birileri oturmasın ve biraz gürültüde kalkıp yukarı gelerek rezalet çıkarmasınlar. İyi o zaman, çok iyi! Evde dans etmeyi öğrenebilirsin."

"Evet," diye yanıtladım mahcup mahcup. "Ama ben sanıyordum ki müzik de gerekli bunun için."

"Elbette gerekli. Dinle, müzik aletini satın alacaksın; buna ödeyeceğin para, olsa olsa bir kadın öğretmenden alacağın dans dersine ödeyeceğin para kadardır. Dışarıdan ders almak için vereceğin para böylece sana kalacak, öğretmenin ben olacağım çünkü. O zaman istediğinde müzik hazır demektir, gramofon da bize bedava kalır."

"Gramofon mu?"

"Ne sandın! Şöyle küçük bir gramofon alırsın, birkaç da dans plağı..."

"Harika!" diye yükselttim sesimi. "Bana şu dansı öğret, karşılığında gramofon senin olsun Hermine. Anlaştık mı?"

Bu sözler pek atılgan bir edayla çıkmıştı ağzımdan, ama yürekten söylenmiş değildi. Kitapların bulunduğu çalışma odamda, bana hiç sevimli gelmeyen böyle bir müzik aletinin varlığını doğrusu düşünemiyordum. Ayrıca, dans etmeye karşı da yönelteceğim pek çok itiraz vardı. Bunun için gereken esneklikten yoksun, fazla yaşlı olduğuma ve dans etmeyi asla öğrenemeyeceğime kesinlikle inanıyorsam da, eh işte, bir kez denemekten bir şey çıkmaz diye düşünmüştüm. Ama böyle çabuk, böyle sürpriz bir öneri de beklememiştim Hermine'den, bu benim için biraz fazlaydı; müzikten anlayan yaşlı ve şımartılmış biri olarak, gramofona, caza ve modern dans müziğine karşı beslediğim bütün hoşnutsuzluğun içimde ayağa kalktığını hissediyordum. Bundan böyle odamda Novalis'in ve Jean Paul'un yanı başında, benim düşünsel hücrem ve barınağımda Amerikan dans müziğinin yankılandığını işitip bu müziğin ritmine uyarak dans etmemi doğrusu kimse benden isteyemezdi. Ama bunu benden isteyen rastgele bir insan da değil, Hermine idi ve Hermine bana emreden kişiydi. Bana da söz dinlemek düşüyordu. Bunu da yaptım kuşkusuz.

Ertesi gün ikindi üzeri Hermine'yle bir kafeteryada buluştuk. Benden önce gelmiş, çay içiyordu; gülümseyerek bana bir gazete gösterdi, ismimi görmüştü gazetede. Zaman zaman bana karşı aşağılayıcı ve sert yazılara yer veren tutucu, ülkenin gözde gazetelerinden biriydi. Savaş sırasında savaş karşıtı bir tutum takınmıştım, savaştan sonra da fırsat düştükçe herkesi soğukkanlılığa, sabra, insanlığa ve özeleştiriye davet etmiş, her geçen gün daha güçlenip daha saçma ve azgın niteliğe bürünen şovenist kışkırtıcılığa karşı çıkmıştım. İşte yine şahsıma yöneltilen böyle bir saldırı söz konusuydu; bir bölümüyle yazar tarafından kaleme alınmış, bir bölümüyle onun kendisine yakın bulduğu gazetelerden aşırılıp bir araya getirilmişti. Bilindiği üzere, eskiyen ideolojilerin savunucuları kadar kötü yazı yazan kimse yoktur; kimse temizliğe bu kadar az dikkat ederek, bu kadar az çaba harcayarak mesleğini yürütmez. Hermine yazıyı okumuş, Haller'in zararlı ve vatansız biri sayılacağını, böylesi insanlara, böylesi düşüncelere göz yumuldukça ve gençlerimiz can düşmanlarımızla savaşıp onlardan öç alacak gibi değil, duygusal insanlık düşüncelerine kapılacak gibi eğitildikçe, vatanın durumunun elbette parlak olamayacağını öğrenmişti.

"Bu kişi sen misin?" diye sordu Hermine, gazetede ismimi göstererek. "Bakıyorum, kendine bir güzel düşmanlar edinmişsin Harry. Bu senin canını sıkıyor mu?"

Yazıdan birkaç satır okudum, alıştığım yazılardan biriydi, kalıplaşmış aşağılayıcı sözlerin hepsini yıllardan beri biliyordum, bıkkınlık vermişti artık.

"Hayır," diye yanıtladım. "Canımı sıkmıyor, böyle yazılara alıştım çoktan. Birkaç kez görüşümü açığa vurdum; her ulusun, hatta tek tek her insanın uydurma politik 'suç sorunlarıyla' avunmayı bırakıp kendini sorgulaması, işlediği hatalardan, umursamazlıklarından ve kötü huylarından dolayı savaşta ve dünyanın içine düştüğü bütün sefalette ne ölçüde sorumluluk taşıdığını saptaması gerektiğini, ilerideki bir savaşı belki de önleyecek biricik yolun bu olduğunu belirttim. İşte bu açıklamalarımı bir türlü bağışlamıyorlar, çünkü kendilerini hiç mi hiç suçlu gördükleri yok: İmparator, generaller, dev sanayiciler, politikacılar, gazeteler suçsuz tümüyle, kimse kendisine en ufak bir toz kondurmuyor, kimse herhangi bir şekilde suçlu değil, dünyada her şey güllük gülistanlık, yalnızca birkaç milyon insan toprak altında yatıyor, o kadar. Bak Hermine, böyle aşağılayıcı yazılar beni artık kızdırmıyorsa da hüzünlendiriyor bazen. Yurttaşlarımdan üçte ikisi bu tür gazeteleri okuyor, sabah ve akşam gazetelerdeki bu havayı soluyor, her gün belli doğrultuda yönlendiriliyor, uyarılıyor, kışkırtılıyor, durumdan hoşnut olmayan kötü yürekli insanlara dönüştürülmeye çalışılıyor. Bütün bu çabaların amacı da yeni bir savaş, yaşadığımız savaştan çok daha korkunç olacağı kuşku götürmeyen bir sonraki yeni savaş. Her şey açık, her şey basit duruyor ortada, buna akıl erdiremeyecek kimse düşünülemez; şöyle bir saat kadar üzerinde kafa yorsun, herkes aynı sonuca varacaktır. Gelgelelim, böyle bir zahmete katlanmak istemediğinden, kimsenin bir sonraki savaşı önlemek gibi bir niyeti yok. Milyonlarca insanın boğazlanmasına yol açacak savaştan kimse kendisini ve çocuklarını esirgemeye çalışmıyor. Bir saat kadar düşünüp taşınmak, gözlerini bir süre kendi içine çevirip dünyadaki bozuk düzende ve kötülüklerde ne ölçüde payı olduğunu araştırmak, işte buna kimse yanaşmıyor! Anlayacağın, böyle sürüp gidecek; bir sonraki savaş binler ve binlerce insan tarafından her gün harıl harıl hazırlanmakta. Bunu öğrendikten sonra elim kolum tutmaz oldu, bir umutsuzluktur çullandı üzerime; benim için artık ne 'vatan' diye bir şey var, ne ideal, bunların tümü bir sonraki kıyımı hazırlayanlar için bir dekorasyondan başka bir şey değil çünkü. İnsanca bir şey düşünmek, söylemek, yazmak anlamını yitirdi, insanın kafasında olumlu düşüncelere yer vermesi anlamsızlaştı; gene de olumlu düşünen iki üç kişi çıksa da, her gün binlerce gazete, dergi, konuşma, açık ya da gizli oturum tam tersini yapmaya çalışıyor bunun, amacına da ulaşıyor."

Hermine ilgiyle dinlemişti beni.

"Evet," dedi. "Söylediklerinde haklısın. Doğal olarak savaş çıkacak yine, bunu bilmek için gazete okumak gereksiz. Üzülmemek elde değil kuşkusuz, ama neye yarar. Nasıl davranırsa davransın, gün gelip öleceğini bilen insanın, ölecek olmasından üzüntü duyması gibi bir şey bu. Ölüme karşı savaş, sevgili Harry, her zaman güzel, soylu, olağanüstü ve saygın bir çabadır; savaşa karşı savaş da öyle. Öte yandan, böyle bir savaş her zaman için umutsuz bir Don Kişotluktan başka bir şey değildir."

"Belki doğrudur bu söylediğin!" diye yükselttim sesimi, ateşli bir tonla. "Ama hepimiz günün birinde ister istemez öleceğiz, dolayısıyla şöyle olmuş, böyle olmuş fark etmez gibi düşüncelerle yaşamı sığlaştırır, aptalca bir şey yapıp çıkarız. Ne yani, her şeyi kaldırıp bir kenara mı atalım, bütün usumuzdan, bütün çabalarımızdan, bütün insanlığımızdan el çekip açgözlülüğün ve paranın eskisi gibi saltanatını sürdürmesine göz mü yumalım ve önümüzdeki bir bardak birayı yudumlayıp ilk seferberliğin ilanını mı bekleyelim?"

Bunları işiten Hermine'nin bana bakışı ilginçti; eğlenme, alay, şaklabanlık ve anlayışla dolu dostça bir bakış, öte yandan ağırlıkla, sezgiyle ve derin bir ciddilikle dolup taşan bir bakıştı!

"Böyle yapman gerekmez," diye yanıtladı Hermine, pek anaç bir edayla. "Uğraşıp didinmelerinin başarısız kalacağını bilmekle yaşamın sığ ve aptalca nitelik kazanmaz. İyi bir şey, ideal bir şey uğruna savaşıp amacına ulaşacağını sanman hayatını daha çok sığlaştırır Harry. İdealler ulaşılmak için mi vardır? Bizler, biz insanlar ölümü yok etmek için mi yaşarız? Hayır, yaşamamızın nedeni ölümden korkmamız, sonra da onu yine sevmemizdir; özellikle ölümün varlığından dolayı elimizdeki birazcık yaşam bazen kısa bir süre işte öylesine güzel ışıldayıp durur. Sen bir çocuksun Harry. Şimdi uslu uslu gel benimle, bugün yapacak çok işimiz var. Bugün savaşla ve gazetelerle daha fazla ilgilenmek istemiyorum. Ya sen?"

Yo, ben de Hermine gibi yapmaya hazırdım.

Kafeteryadan çıkıp yürüdük, kentte birlikte ilk yürüyüşümüzdü bu. Bir dükkândan içeri girip gramofonları gözden geçirdik, kapaklarını açtık kapadık, çaldırıp dinledik; uygun, güzel ve ucuz birini bulunca alacak oldum, ama Hermine fazla acele etmek istemedi, alıkoydu beni. Bir ikinci dükkâna daha girdik, buradaki değişik sistem ve büyüklükte, en pahalısından en ucuzuna kadar bütün gramofonlara baktık, çaldırtıp dinledik hepsini; ancak bunun üzerine Hermine ilk dükkâna dönüp, daha önce seçtiğimiz gramofonu almamıza razı oldu.

"Gördün mü," dedim. "Başka dükkâna uğramamızın gereği yokmuş."

"Öyle mi dersin? Ama o zaman bakarsın yarın aynı gramofonun bir başka dükkânın vitrininde yirmi frank daha ucuza sunulduğunu görebilirdik. Hem alışveriş yapmaktan hoşlanıyorum ben, insan neden hoşlanıyorsa onun bir güzel keyfini çıkarmalıdır. Daha öğreneceğin çok şey var."

Bir hamala verip gramofonu eve getirdik.

Hermine benim oturma odasını inceden inceye gözden geçirdi, şömine ve divanı övdü, sandalyeleri denedi, kitapları eline alıp baktı, sevgilimin fotoğrafının önünden bir süre ayrılmadı. Gramofonu kitap yığınları arasındaki bir komodinin üzerine yerleştirmiştik. Derken ders başladı. Hermine gramofona bir fokstrot plağı koydu, ilk adımları nasıl atacağımı gösterdi bana, elimi tutup beni yönlendirdi. Uslu uslu onunla koşturup duruyor, sandalyelere tosluyor, onun verdiği direktifleri dinliyor, ne dediğini pek anlamıyor, ikide bir ayaklarına basıyordum; çabamın büyüklüğü kadar da beceriksiz biriydim. İkinci danstan sonra kendini divana atıp bir çocuk gibi güldü Hermine.

"Aman Tanrım, nasıl da kasıyorsun kendini öyle! Gezmeye çıkmış biri gibi yürüyeceksin, o kadar! Kendini sıkmanın hiç gereği yok. Sanırım şimdiden terledin. Eh, beş dakika dinlenelim. Bak, yapabilen biri için dans, düşünmek kadar basit bir şeydir, hatta öğrenmesi daha da kolaydır. İnsanların düşünme alışkanlığını kazanmaya yanaşmayıp Haller'i vatan haini diye nitelemeleri ve kıllarını kıpırdatmadan bir sonraki savaşa davetiye çıkarmaları karşısında bundan böyle daha sabırlı davranacaksın."

Bir dahaki sefer biraz daha iyi olacağını belirterek bir saat sonra kalkıp gitti Hermine. Ama ben bu konuda farklı düşünüyordum, salaklığım ve hantallığımdan ötürü hayli düş kırıklığına uğramıştım. Bana öyle geliyordu ki, ilk derste hiçbir şey öğrenmemiştim, bir başka derste de işin düzeleceğine inanmıyordum. Yo yo, dans için insanda neşe, masumluk, havailik, canlılık gibi bende olmayan özelliklerin varlığı gerekiyordu. Eh, işin böyle sonuçlanacağını zaten çok önceden tahmin etmiştim.

Gelgelelim, bir sonraki derste durum gerçekten öncekinden iyiydi, hatta bu işten hoşlanmaya başlamıştım. Ders bitiminde Hermine artık fokstrotu öğrendiğimi söyledi. Ama bundan, yarın kendisiyle bir meyhaneye gidip dans etmem gerektiği sonucunu çıkarınca fena halde irkildim, var gücümle karşı koydum. Serinkanlılığını bozmadı Hermine, bana her dediğini yapacağıma ilişkin verdiğim sözü anımsattı ve yarın çay için Balances Oteli'ne gelmemi istedi.

Akşam evde oturdum, biraz bir şey okuyayım dedimse de okuyamadım. Ertesi günden korkuyordum. Yalnızca yaşlı, ürkek ve duygusal, antika adamın biri olarak caz müziği çalan bu sıkıcı, modern çay ve dans lokallerinden birine gitmek değil, henüz doğru dürüst dans etmesini bilmeden tanımadığım insanlar arasında boy göstermek düşüncesi de dehşet vericiydi. Ne yalan söyleyeyim, sessiz çalışma odamda tek başıma gramofonu kurup çalıştırarak, öğrendiğim fokstrot adımlarını ayaklarımda çorapla usulcacık yinelememe kendim de gülmeden duramadım, kendi kendimden utandım doğrusu.

Ertesi gün Balances Oteli'nin yolunu tuttum, orkestra olarak küçük bir topluluk vardı, çay ve viski servisi yapılıyordu. Hermine'yi rüşvetle niyetinden caydırmaya çalışarak pasta getirtip önüne koydurttum, benimle üstün kalite bir şişe şarap içmeye davet ettim kendisini, ama o kararında ayak diredi.

"Bugün eğlenmek için gelmedin buraya. Dans dersimiz var."

İki üç kez kendisiyle dans etmekten yakayı kurtaramadım. Arada beni saksofoncuyla tanıştırdı Hermine; saksofoncu İspanya'dan ya da Güney Amerika'dan gelmiş esmer ve yakışıklı bir gençti. Hermine'nin söylediğine bakılırsa her sazı çalıyor, dünyadaki bütün dilleri konuşuyordu. Saksofoncu da Hermine'yi çok iyi tanıyordu, bir dostuydu onun. Önünde değişik büyüklükte iki saksofon duruyor, sırayla birini bırakıp birini alıyor, bir yandan da ışıl ışıl kara gözlerini dans edenler üzerinde dikkat ve zevkle gezdiriyordu. İçimde bu masum, sevimli müzisyene karşı kıskançlık gibi bir şey hissederek kendim de şaşırdım, bir aşk kıskançlığı değildi, Hermine'yle aramızda sevgiden söz açılamazdı çünkü, daha çok manevî bir dostluğun yol açtığı bir kıskançlıktı bu, Hermine'nin ona gösterdiği ilgiye, açıkça ona verdiği değere, hatta ona duyduğu saygıya adamı pek de layık görmüyordum. Anlaşılan komik tanışıklıklar burada beni bekliyor, diye geçirdim içimden hoşnutsuzlukla.

Hermine'yi gelip gelip dansa kaldırdılar; ben, önümde çay, tek başıma masada oturdum, kulak verip müziği dinledim, o zamana kadar katlanamadığım bir müzik türüydü. Aman Tanrım, diye düşündüm, şimdi bunların arasına karışacak, bu insanların dünyasını, bana yabancı bulduğum, şimdiye dek titizlikle kaçıp öylesine aşağıladığım bu dünyayı, haylaz ve eğlence düşkünü bu insanların dünyasını, mermer masacıkların, caz müziğinin, aşüftelerin, pazarlamacıların bu sığ ve kalıplaşmış dünyasını yurt mu edinecektim kendime! Üzgün üzgün çayımı yudumlayarak fazla şık sayılmayacak kalabalığa diktim gözlerimi. Bakışlarım daha çok iki güzel kız üzerinde yoğunlaştı, ikisi de ustalıkla dans ediyordu; esnek, güzel, şen ve kendilerinden emin adımlarla dans edişlerini hayranlık ve gıptayla izledim.

Derken yine çıkıp geldi Hermine, benim halimden duyduğu hoşnutsuzluğu belirtti. Surat asıp kımıldamadan masada oturmak için buraya gelmediğimi söyleyerek beni payladı. "Lütfen silkin şöyle Harry, kalk da dans et!" dedi. Nasıl, burada kimseyi tanımıyor muymuşum? Hiç gereği yokmuş böyle bir şeyin. Yoksa hoşuma giden bir kız mı göremiyormuşum salonda?

Kendisine az önce yanı başımızda duran iki kızdan birini, güzel olanını gösterdim; kız, zarif bir kadife eteklik giymişti; kısa kesilmiş gür sarı saçları, dolgun ve gürbüz kadın kollarıyla insanı adeta büyülüyordu. Hermine, hemen giderek kızı dansa kaldırmam konusunda diretti. Umutsuzca karşı koymaya çalıştım.

"Olmaz, gidemem!" dedim mutsuz bir yüzle. "Yakışıklı, genç biri olsam neyse! Ama doğru dürüst dans etmesini bile beceremeyen benim gibi yaşlı ve hantal bir sünepe... benimle alay edecektir!"

Hermine küçümseyerek bana baktı.

"Ama benim alay etmem senin için fark etmez tabii. Ne ödlek biriymişsin meğer! Bir kızın yanına sokulan kimse alay edilmeyi göze alır, alay edilmek bu işe yapılacak bir yatırımdır. Haydi bakalım Harry, sen de üstlen bu riski; en kötü durumda alayı sineye çekersin, olur biter. Sözümü dinleyeceğine olan inancımı yitirmemi istemiyorsan, dediğimi yaparsın."

Hermine yumuşamadı. Müzik yeniden başlar başlamaz, içimde bir sıkıntı, kalkıp güzel kıza doğru yürüdüm.

"Aslında bir başkasına söz verdim bu dansı," dedi kız, iri ve körpe gözleri merakla beni süzdü, "ama benim kavalye barda takılıp kaldı anlaşılan. Eh, gelin bakalım!"

Elimi beline dolayıp ilk adımları attım, kızın beni geri çevirmediğine hâlâ hayret ediyordum. Çok geçmeden durumumu kavramıştı, kavalyeliği kendisi üstlendi. Harikulade dans ediyor, beni de kendisiyle taşıyıp götürüyordu. Öğrendiğim dans kuralları bir süre aklımdan çıkıp gitti, kızla boşlukta süzülüp duruyordum; onun gergin kalçalarını, hızla devinen esnek dizlerini hissediyor, ışıl ışıl gencecik yüzüne bakıyordum. Bugün hayatımda ilk kez dans ettiğimi açıklayınca gülümsedi, beni cesaretlendirip hayranlık dolu bakışlarımı ve gönlünü okşamak için sarf ettiğim sözleri olağanüstü bir yumuşak başlılıkla karşıladı, ama sözle değil, bizi birbirimize daha güzel yaklaştıran hafif ve büyüleyici devinimlerle yaptı bunu. Sağ elimi beline sımsıkı yapıştırmış, bacaklarının, kollarının ve omuzlarının devinimlerine mutluluk ve coşkuyla uymaya çalışıyordum. Hayrettir, bir kez bile ayaklarına basmadım. Müzik susar susmaz, olduğumuz yerde durup alkışlamaya başladık. Derken yeniden yankılandı müzik, ben de yeniden coşkuyla, sevgiyle ve kendimden geçerek dans etmeye koyuldum.

Dans pek çabuk sona erdi, kadife etekli güzel kız da benden ayrılıp gitti. Yanı başımda ansızın Hermine'yi dikiliyor buldum, dans ederken bizi izlemişti.

"Farkında mısın?" diyerek güldü övgüyle. "Kadın bacaklarının masa bacakları olmadığını keşfettin galiba. Aferin sana! Tanrıya şükür, artık fokstrot yapabilirsin; yarın da hiç vakit geçirmeden boston üzerine çalışırız. Üç hafta sonra Globus Salonları'nda maskeli balo var."

Dansa ara verilmiş, masamıza gidip oturmuştuk. Derken genç saksofoncu Bay Pablo da geldi, başıyla bizi selamlayıp Hermine'nin yanına oturdu. Öyle görülüyordu ki, Hermine'yle çok iyi arkadaştılar. Ama, ne yalan söyleyeyim, bu ilk karşılaşmamızda hiç de gözüm tutmadı adamı. Yakışıklıydı, doğru; boyu bosu yerindeydi, güzel bir yüzü vardı; gelgelelim, bunların dışında başka üstün bir tarafını görmedim. Pek çok dil konuşması da öyle ciddiye alınacak gibi değildi, konuştuğu fazla bir şey yoktu, yalnızca lütfen, teşekkür ederim, baş üstüne, elbette, selam gibi sözcükler çıkarıyor ağzından, bunları da kuşkusuz pek çok dilde söyleyebiliyordu. Hayır, hiç konuşmuyordu Senyör Pablo ve pek düşünüyora da benzemiyordu. İşi bir caz topluluğunda saksofon çalmaktı, bu mesleğe sevgiyle ve tutkuyla adamıştı kendini, bazen saksofon çalarken birden ellerini çırpıyor ya da ağzından "O o o, ha ha, haydi!" gibi coşku sözcükleri çıkarmakta sakınca görmüyordu. Ne var ki, bunun dışında sadece yakışıklı biri rolünü oynamak, kadınların beğenisini kazanmak, son moda yakalıklar ve boyunbağları takmak, parmaklarında pek çok yüzükle dolaşmak için dünyaya gelmişe benziyordu. Bütün sohbeti, yanımızda oturup bize gülümsemekten, kol saatine bakmaktan ve büyük bir beceriyle sigara sarmaktan oluşmaktaydı. Kara kara güzel zenci gözleri, siyah saç bukleleri kendilerinde ne bir romantizm, ne bir sorun ne de bir düşünce barındırıyordu. Yakından bakıldığında bu yakışıklı egzotik yarı Tanrı, davranışları hoşa giden, neşeli ve biraz şımartılmış bir delikanlıydı, o kadar. Onunla saksofonu ve caz müziğindeki tınılar üzerinde konuşmaya çalıştım, müzik işinde zevk sahibi ve deneyimli bir uzman karşısında bulunduğunu anlaması gerekirdi. Ama o benimle söyleşiden kaçındı, ben aslında Hermine'ye karşı nezaketimden dolayı müzik kuramı açısından cazı savunmak isterken, Senyör Pablo beni ve çabalarımı dikkate almayan bir tavırla masum masum gülümsedi. Cazdan önce ve caz dışında birkaç başka müzik çeşidinin de var olduğundan belki büsbütün habersizdi. Sevimli bir adamdı, sevimli ve terbiyeli. Boş boş bakan kocaman gözleriyle tatlı tatlı gülümsüyordu; ne var ki, kendisiyle aramda ortak bir şeyden söz açılamazdı. Onun önemli ve kutsal bulduğu hiçbir şey yoktu ki, benim için de öyle olsun. Birbirine karşıt kıtalardan geliyorduk, dillerimiz ortak bir sözcük içermiyordu. (Ama sonradan Hermine bana ilginç şeyler anlattı; o akşamki konuşmamızdan sonra Hermine'ye benim için demiş ki, bu insana çok ilgi göster, çünkü pek mutsuz görünüyor. Hermine bunu nereden çıkardığını sorunca, "Zavallı, zavallı insan," demiş. "Gözlerine baksana. Gülemiyor.")

Siyah gözlü Pablo gidip müzik yeniden başlayınca, Hermine ayağa kalktı. "Şimdi yine benimle dans edebilirsin Harry," dedi. "Yoksa artık dans etmek istemiyor musun?"

O güzel kızla dans ettiğim kadar hafif, kendimi unutarak olmasa da, Hermine'yle artık daha kolay, daha özgür ve neşeyle dans edebiliyordum. Hermine kavalyeliği bana bırakmıştı, bir çiçek yaprağı gibi narin ve hafif, bana uyuyordu. Hermine'de de bazen bana koşup gelen, bazen benden kaçıp giden tüm güzellikleri buluyor ve duyumsuyordum; Hermine de kadın ve sevgi kokuyor, dansından da kadın cinsinin o tatlı ve çekici ezgisi tüm narinliği ve içtenliğiyle yükseliyordu. Ne var ki, ben bütün bunları tam bir özgürlük ve neşeyle yanıtlayamıyor, kendimi tümüyle unutup duygularıma bırakamıyordum. Hermine bana fazlasıyla yakındı, benim arkadaşım, benim kız kardeşimdi, benim gibi biriydi Hermine, bana benziyor, benim çocukluk arkadaşım Hermann'a, bu romantik, bu şair kişiye, benim düşünsel çalışmalarımın ve uçarılıklarımın bu ateşli dostuna benziyordu.

Sonradan buna değinince, "Biliyorum," dedi Hermine. "Biliyorum kuşkusuz. Yine de seni kendime âşık edeceğim, ama acelesi yok. Şimdilik arkadaşız, dost olmayı uman insanlarız, birbirimizi tanıdık çünkü. Birbirimize bir şeyler öğreteceğiz, birbirimizle bir oyun oynayacağız. Ben sana küçük tiyatromu gösterecek, sana dans etmesini öğreteceğim, biraz neşeli ve aptal olmasını öğreteceğim ayrıca, sen de bana kendi düşüncelerini buyur edecek, kendi bildiklerinden biraz bir şeyler göstereceksin."

"Ah Hermine, sana gösterecek fazla bir şeyim yok, sen benden daha çok biliyorsun çünkü. Ne tuhaf bir kızsın! Her konuda beni anlıyorsun, benden ileridesin. Senin gözünde bir değerim var mı acaba? Canını sıkmıyor muyum?"

Hermine'nin bakışları bulandı, gözlerini yere indirdi.

"Senin böyle konuştuğunu işitmek istemiyorum. Yıkılmış, çaresizlik içinde, çektiğin eziyetlerden ve yalnızlığından çıkıp gelerek benimle karşılaştığın ve arkadaşım olduğun o akşamı düşün. Seni tanıyıp anlayabilmemi sağlayan neydi dersin?"

"Neydi Hermine? Söyler misin?"

"Benim de senin gibi olmam. Ben de işte senin kadar yalnızım, yaşamı, insanları ve kendimi tıpkı senin kadar az sevebiliyor, senin kadar az ciddiye alabiliyorum. Her zaman böyle insanlar vardır, yaşama en aşırı istekleri yöneltir, kendi salaklık ve kabalıklarına bir türlü katlanamazlar."

Enikonu şaşırmış, "Ne diyorsun Hermine!" diye yükselttim

sesimi. "Seni anlıyorum dostum, kimse seni benim gibi anlayamaz. Ama yine de benim için bir bilmecesin. Yaşamla, bir oyun oynar gibi kolaycacık başa çıkabiliyorsun çünkü, küçük şeylere, küçük zevklere olağanüstü bir saygıyla yaklaşıyorsun, yaşam sanatında üstüne yok. Nasıl olur da yaşamak sana acı verir? Nasıl olur da umutsuzluğa kapılırsın?"

"Umutsuzluğa kapılmıyorum Harry. Ama yaşamaktan acı duymak – evet, bu bakımdan deneyimliyimdir. Kendimi mutlu hissetmediğime şaşıyorsun, dans edebiliyorum çünkü, hayatın derinliklerine dalmadan yolumu izimi pek güzel bulabiliyorum. Ben de, dostum, hayatın seni bu kadar düş kırıklığına uğratmış olmasına hayret ediyorum, çünkü alabildiğine güzel ve derin konulara aşinasın, us, sanat, düşünce konularına! Bizi birbirimize çeken de bu oldu, bu yüzden kardeşiz seninle. Sana dans etmeyi, oyun oynamayı ve gülümsemeyi, ama yine de halinden memnun olmamayı öğreteceğim. Ben de senden düşünmeyi ve bilmeyi, ama yine de halimden memnun olmamayı öğreneceğim. Her ikimiz de şeytanın çocuklarıyız, farkında mısın?"

"Doğru, öyleyiz, şeytan us'tur, onun bahtsız çocukları da bizleriz. Doğadan kopuk, boşlukta asılı kaldık. Ama şu anda aklıma bir şey geldi: Sana sözünü ettiğim Bozkırkurdu İncelemesi'nde bir yer var; orada deniyor ki, Harry'nin bir ya da iki ruhu olduğuna, bir ya da iki kişilikten oluştuğuna inanması bir kuruntudur yalnızca. Çünkü her insan bir değil, on ruhtan, yüz ruhtan, bin ruhtan oluşur."

"Bak bu çok hoşuma gitti!" diye sesini yükseltti Hermine. "Örneğin sende düşünsel yön hayli gelişmiş durumda, ama küçük yaşamsal beceriler bakımından hayli geri kalmışsın. Düşün alanında Harry yüz yaşında; dans alanında ise, dünyaya geleli yarım gün bile olmamış bir bebek gibidir. Şimdi amacımız onu ve onun gibi kafasız ve büyümemiş küçük kardeşlerini ileri bir düzeye çıkarmaktır."

Gülümseyerek bana baktı Hermine. Sesinde değişik bir tonla usulcacık sordu:

"Peki, Maria'yı nasıl buldun?"

"Maria mı? O da kim?"

"Şu dans ettiğin kız canım. Güzel, pek güzel bir kız. Görebildiğim kadarıyla kendisine sevdalandın biraz."

"Onu tanıyor musun?

"Elbette, pek iyi tanışıyoruz. Çok mu beğendin?"

"Hoşuma gitti. Benim kötü dans etmeme hiç ses çıkarmayışına sevindim."

"Haydi canım, hepsi bu kadarcık mı! Ona biraz kur yapman lazım Harry. Pek sevimli bir kız, öyle de güzel dans ediyor ki. Nasıl olsa sen de ona gönlünü kaptırmış bulunuyorsun. Sanırım zahmetin boşa gitmeyecektir."

"Ah Hermine, böyle şeylere can atan biri değilim ben."

"İşte şimdi biraz yalan söylüyorsun. Biliyorum ki dünyanın bir köşesinde bir sevgilin var, kendisini altı ayda bir görüyorsun, sonra da kavga edip ayrılıyorsunuz. Bu acayip sevgiline vefasızlık etmek istemeyişin pek hoş, ama izninle bu ilişkine pek ciddi bir şey gözüyle bakamayacağım! Genel olarak sevgiyi korkunç ciddiye aldığın kuşkusu var içimde. Böyle davranabilirsin, dilediğin kadar kendi ideal bildiğin şekilde sevebilirsin, bu senin işin, bunda ben yokum. Benim görevim, yaşamdaki küçük, kolay beceri ve oyunların biraz daha iyi üstesinden gelmeni sağlamaktır; bu konuda senin öğretmenliğini yapacağım ve ideal sevgilinden daha iyi bir öğretmen olacağım sana, bana güven. Yine güzel bir kızla yatmak sana çok gerekli Bozkırkurdu."

"Hermine!" diye yükselttim sesimi üzgün. "Baksana bana, ben yaşlı bir adamım!"

"Küçük bir oğlansın sen. Dans öğrenmekte üşengeç davrandın, iş işten geçmiş olacaktı nerdeyse, sevgide de yine aynı üşengeçliği elden bırakmadın. İdeal ve trajik bir sevgiyle sevmeyi, dostum, kuşkusuz harikulade başarıyorsun, bundan hiç kuşkum yok, yürekten kutlarım seni! Ancak, şimdi biraz daha alışılmış ve insancıl bir sevgiyle sevmesini öğreneceksin. İlk adım atıldı nasıl olsa. Çok geçmeden bir baloya rahatlıkla gidebilirsin. Ancak, daha önce boston dansını da öğrenmen gerekiyor, ona da yarın başlayacağız. Saat üçte gelirim ben. Aklımdayken sorayım, buradaki müziği beğendin mi?"

"Olağanüstü."

"Gördün mü bak, bu da bir ilerleme işte, bir şey daha öğrendin. Şimdiye kadar caz ve dans müziğine katlanamıyordun, yeterince ciddilik ve derinlikten yoksun buluyordun onu; şimdi anladın ki, hiç ciddiye almaksızın da insan ondan hoşlanabilir, ona hayranlık duyabilir. Şunu da söyleyeyim ki, Pablo'suz bütün topluluk peş para etmez. Topluluğu yöneten, şevke getiren o."

Nasıl gramofon çalışma odamdaki tüm hazlara sırt çeviren düşünsel yaşamımın havasını berbat edip çıkmışsa, nasıl Amerikan dansları derli toplu müzik dünyamdan içeri yabancı, bozguncu, hatta yıkıcı bir şekilde girmişse, dört bir yandan benim için yeni, tehlikeli, çözüp dağıtıcı güçler de kesin çizgilerle belirlenmiş, dışa sımsıkı kapalı yaşamımdan içeri sızmaya başlamıştı. Bozkırkurdu İncelemesi ve Hermine, bin ruh öğretisini savunmakta haklıydılar; her gün eskilerin dışında yeni birkaç ruh daha içimde gözlerini dünyaya açıyor, bana istekler yöneltiyor, gürültü çıkarıyordu ve ben şimdiye kadarki kişilik inancımın hezeyan niteliği taşıdığını karşımda bir resim gibi açık seçik görüyordum. Şimdiye kadar tesadüfen güçlü olduğum birkaç yetenek ve beceriye değer vermiş, bunlara dayanarak kafamda bir Harry imajı yaratmış, aslında çok iyi eğitilmiş edebiyat, müzik ve felsefe uzmanından başka bir şey olmayan Harry yaşamını yaşamıştım. Varlığımın geri kalan bölümüne, çeşitli yeteneklerden, güdülerden, eğilimlerden oluşup baş belası saydığım bütün karmaşaya Bozkırkurdu ismini yakıştırmıştım.

Ne var ki, hezeyanımdan kurtuluş, kişiliğimin bu çözülüp dağılışı sadece hoş ve eğlendirici bir serüven değildi kesinlikle, çoğunlukla pek çileli, nerdeyse katlanılmaz bir yaşantıydı. Her şeyin başka seslere göre ayarlandığı odamda gramofon sık sık gerçekten şeytanî bir sesle yankılanıyordu. Bazen rastgele moda restoranlardan birine gidip bütün o şık sefa pezevenkleri ve kibar sosyete dolandırıcıları arasında onestep dansını yaparken, kendimi o zamana kadar saygı duyup kutsal bildiğim her şeye ihanet etmiş görüyordum. Hermine fazla değil, bir haftacık beni tek başıma bıraksa, bütün o zahmetli ve gülünç zevk düşkünlüğünden çok sürmez yine kaçıp yakayı kurtarabilirdim. Ne var ki, hiç yanımdan ayrılmıyordu Hermine; ben kendisini her gün görmüyorsam da, o beni hep görüyor, bana yol gösteriyor, beni kollayıp gözetiyor, beni testten geçiriyor, kafamda kıyametler koparan başkaldırı ve kaçış düşüncelerimi gülümseyerek yüzümden okuyordu.

Daha önce kişiliğim olarak nitelendirdiğim şeyin yıkım süreci ilerledikçe, bütün umarsızlığıma karşın ölümden niçin öylesine korktuğumu da anlamaya başlamıştım, bu aşağılık ve iğrenç ölüm korkusunun da benim eski, küçük burjuva ve uydurma varlığımın bir parçası olduğunu yavaş yavaş fark ediyordum. Şimdiye kadarki Bay Haller, bu yetenekli yazar, bu Mozart ve Goethe uzmanı, sanatın metafiziği, deha ve trajedi, ayrıca insanlık üzerine okunmaya değer incelemeler kaleme almış bu kişi, kitaplardan geçilmeyen hücresinde bu melankolik münzevi, özeleştirinin eline adım adım teslim oluyor, hiçbir alanda tutunamıyordu. Bu yetenekli ve ilginç Bay Haller her ne kadar aklın ve insanlığın vaizliğini yapmış, savaşın barbarlığına karşı protestoda bulunmuşsa da, düşüncelerinin mantıksal sonucuna göre davranıp savaş sırasında bir duvar önüne dikilerek bir idam mangasının kurşunlarıyla ölmeye yanaşmamış, şu ya da bu şekilde duruma uyum sağlamaya bakmıştı. Toz kondurulamayacak, soylu bir uyumdu bu kuşkusuz, ama yine de bir uzlaşmaydı. Bu bir yana, gücün ve sömürünün karşısında yer alan biriydi Bay Haller, öyleyken bankada sanayi işletmelerine ait pek çok hisse senedinin sahibiydi ve vicdanı hiç sızlamadan bunların faizlerini alıp çatır çatır yiyordu. Ve öbür şeylerin hepsinde de böyleydi. Harry Haller bir idealist, dünyayı hor gören biri, melankolik bir münzevi ve ateş püsküren bir peygamber kılığına pek güzel bürünmüşse de, gerçekte bir burjuvaydı, Hermine'ninki gibi bir yaşamı aşağılık buluyor, restoranda boşa geçen gecelerden ve çarçur edilen paralardan dolayı içerliyordu; vicdanı rahat değildi, özgürlüğe ve mükemmelliğe kavuşmayı asla aramıyor, düşünsel oyunların kendisini eğlendirip üne kavuşturduğu o rahat zamanların şiddetle özlemini çekiyordu. Aynı şekilde hor görüp küçümsediği gazete okuyucuları da, başlarına gelen kötülüklerden ders alacakken, tıpkı onun gibi savaştan önceki ideal dönemi özlüyor, söz konusu dönemi daha rahat buluyorlardı. Lanet olsun, bu Bay Haller denen adam tiksinti veriyordu insana! Durum böyleyken yine de ona ya da onun artık çözülüp dağılmakta olan maskesine, onun düşünselle cilveleşmesine, düzensiz ve tesadüfî şeylerden (ölüm de bunların arasındaydı) duyduğu burjuva korkusuna sarılıp bırakmıyor, oluşum sürecini yaşayan bu yeni Harry'yi, dans salonlarının bu biraz çekingen ve amatör müşterisini alay ve gıptayla bir zamanki düzmece-ideal Harry görüntüsüyle karşılaştırıyordu. Yeni oluşum sürecini yaşayan Harry, bu arada o eski Harry'de, bir zaman profesörün evindeki Goethe gravüründe hoşnutsuzlukla karşıladığı bütün çirkin özellikleri keşfetmişti. Eski Harry'nin kendisinin de, küçük burjuvazi tarafından idealize edilmiş Goethe'den geri kalır yanı yoktu; o da fazlasıyla soylu bakışıyla, briyantin gibi ışıl ışıl parıldayan yücelik, düşünsellik ve insanlığıyla, kendi ruh soyluluğundan neredeyse duygulanmış bir düşün kahramanıydı! Lanet olsun, sevimli tabloda fena delikler açılmış, ideal Bay Haller içler acısı biçimde çözülüp dağıtılmıştı! Tıpkı sokak haydutları tarafından soyularak yırtılıp parçalanmış giysiler içinde bırakılan, artık akıllıca davranıp hırpani bir kişi rolünü oynamayı öğrenecekken hâlâ üzerinde nişanlar, madalyalar varmış gibi ortada gezip dolaşan ve yitirdiği onurunu ağlamaklı bir şekilde sergilemeyi sürdüren mevki ve makam sahibi birine benziyordu.

Sık sık müzisyen Pablo'yla buluşuyordum; onun hakkındaki yargımı yeniden gözden geçirmek durumunda kalmıştım, çünkü Hermine Pablo'dan pek hoşlanıyor, onunla bir arada olmaya can atıyordu. Pablo'yu sevimli bir hiç olarak belleğime kaydetmiştim, biraz kendini beğenmiş bir züppe, panayır borazanını büyük bir zevkle üfleyip duran, pohpohlayıcı sözler ve çikolatalarla kolaycacık yönlendirilebilecek şen ve sorumsuz bir çocuktu bana göre. Ama Pablo'nun benim yargılarıma aldırdığı yoktu, müzik kuramlarımı da umursamazlıkla karşılıyordu. Nazikçe ve güler yüzle beni dinliyor, hep gülümsüyor, ama sözlerime gerçek bir yanıt vermeye asla yanaşmıyordu. Öyleyken ilgisini uyandırmışa benziyordum, kendini bana beğendirmek ve bana iltifatta bulunmak için gözle görülür bir çaba harcıyordu. Sonuç vermeyen konuşmalarımızın birinde sinirlenip nerdeyse kaba davranacak olmuştum ki şaşırdı Pablo, üzgün üzgün yüzüme baktı, sol elimi tutup okşadı, altın yaldızlı küçük bir kutudan biraz enfiye ikram edip bunun bana iyi geleceğini söyledi. Soran bir bakışla Hermine'ye baktım, o da al der gibi başını salladı, ben de enfiyeden bir tutam alıp burnuma çektim. Gerçekten de çok sürmeden daha bir zinde hissettim kendimi, keyfim yerine geldi, belki de enfiyenin içine biraz kokain karıştırılmıştı. Hermine'nin anlattığına göre, Pablo'da bunun gibi keyif veren pek çok şey vardı, gizli yollardan edindiği söz konusu maddeleri bazen dostlarına buyur ediyordu, bunların karışımı ve dozlarının ayarlanması konusunda ustaydı: Söz konusu maddelerin kimisi ağrıları dindiriyor, kimisi uykusuzluğu gideriyor, kimisi insana tatlı düşler gördürüyor, kimisi neşe veriyor, kimisi de insanın gönlünde sevda ateşini tutuşturuyordu.

Bir defasında rıhtım kenarında rastladım Pablo'ya, hemen yanıma sokuldu ve ben de sonunda onu konuşturmayı başardım.

Elindeki siyah renkli, ince, gümüş bastoncukla oynuyordu. "Bay Pablo," dedim. "Hermine'nin bir dostusunuz, sizinle ilgilenmemin nedeni de bu. Ama, söylemek zorundayım ki, sizinle sohbet etmemi zorlaştırıyorsunuz. Pek çok kez müzik üzerine karşılıklı konuşalım istedim, bu konuda görüşünüzü, itirazınızı, ne düşündüğünüzü işitmek benim için ilginç olacaktı. Ama tenezzül gösterip bana en küçük bir yanıt vermediniz."

İçtenlikle güldü Pablo, bu kez benimle söyleşiden kaçmayarak, serinkanlılıkla, "Bakın," dedi, "bana göre müzik üzerine konuşmanın hiçbir önemi yok. Ben asla müzik üzerine konuşmam. Sonra, sizin o çok zeki ve yerinde sözlerinize nasıl bir yanıt bulup verebilirdim? Çünkü açığa vurduğunuz her şeyde o kadar haklısınız ki. Ama ben bir müzisyenim, bilgin değil. Ve sanmıyorum ki müzikte haklı olmak en küçük bir değer taşısın. Müzikte önem taşıyan haklı olmak değildir, beğeni sahibi olmak, müzik eğitimi görmek ve buna benzer şeyler değildir asla."

"Güzel söylüyorsunuz Bay Pablo. Peki, önemli olan nedir size?"

"Müzik yapmak Bay Haller, elden geldiğince doğru dürüst, elden geldiğince çok ve yoğun müzik yapmak! İşte önemli olan şey Monsenyör. Bach'ın ve Haydn'ın yapıtlarını ezberleyip bunlara ilişkin en zekice şeyleri söyleyebilmem kimseye yarar sağlamaz. Ama saksofonumu alır da şöyle coşturucu bir shimmy çalarsam, ister iyi ister kötü çalınmış olsun, insanların içini şenlendiririm, herkes bunu bacağında, kanında hisseder. İşte budur yalnızca önemli olan. Bir dans salonunda uzunca bir aradan sonra müzik yeniden çalmaya başladığı zaman insanların yüzlerine bir bakın şöyle, o anda herkesin gözü nasıl ışıl ışıl parlıyor, bacakları nasıl oynayıp yüzleri gülüyor! Müzik yapmanın amacı budur bence."

"Çok güzel Bay Pablo. Ancak, müzik yalnız duyulara seslenmez, ruha seslenen bir müzik de vardır. Moda müziğin dışında bir de ölümsüz müzik, şu sıra çalınmasa bile yaşamını sürdüren bir müzik vardır. Tek başına yatağında uzanmış yatan biri, *Sihirli Flüt*'ten ya da *Matthäuspassion*'dan bir melodiyi kafasında canlandırabilir, böyle bir durumda da flüt üfleyen, keman üzerinde yayını gezdiren bir kişiye gerek duyulmaksızın müzik yapılmış olur."

"Kuşkusuz Bay Haller. *Yearning* ve *Valencia* da her gece pek çok yalnız ve romantik insan tarafından sessiz sedasız yeniden üretiliyor. En zavallı daktilocu kız bile, çalıştığı büroda, son yaptığı onestep dansını hayalinde yaşatıyor ve parmakları dansın ritmine uygun olarak tuşları dövüyor. Haklıdır bütün bu yalnız insanlar; *Yearning* olsun, *Sihirli Flüt* ya da *Valencia* olsun, suskun müziklerini hiç de çok görmem kendilerine. Peki ama, nereden alıyor bu insanlar o yalnız ve suskun müziklerini? Bizden elbet, biz müzisyenlerden; önce bu müzik bizim tarafımızdan çalınacak, dinlenecek ve dinleyenlerin ruhuna işleyecek ki, daha sonra evde, odasında biri onu düşünüp düşlere dalabilsin."

"Buna itirazım yok," dedim serinkanlılıkla. "Ama yine de Mozart'la en yeni fokstrotu terazinin aynı kefesine koyamayız. Sonra, dünya durdukça duracak, ilahi güzellikte bir müzik mi yapıyorsunuz, yoksa ucuzundan günlük müzik mi, ikisi birbirinden ayrı şeylerdir bunların."

Pablo sesimdeki heyecanı fark edince, yüzü hemen yine o alabildiğine sevimli ifadeye büründü, elini okşayarak kolumda gezdirdi, sesine inanılmaz bir yumuşaklık vererek şöyle konuştu:

"Ah sevgili dostum, terazinin kefeleri konusunda yerden göğe haklı olabilirsiniz. Mozart'ı, Haydn'ı ve *Valencia*'yı dilediğiniz kefelere koymanıza bir diyeceğim yok. Benim için fark etmez, kefeler konusunda karar verecek ben değilim, kimse de benden böyle bir şey beklemez. Belki Mozart yüz yıl sonra da çalınacak, belki *Valencia* iki yıl sonra bile çalınmaz olacaktır. Sanırım, bunu rahatlıkla aziz Tanrının kendisine bırakabiliriz, Tanrı adildir ve her birimizin yaşam süresini belirleyen odur, her valsin, her fokstrotun da öyle. Tanrı, kesinlikle doğru olanı yapacaktır. Biz müzisyenlere düşen, kendi işimize bakmak, görevimiz olan şeyi yerine getirmektir; şu anda herkesin duymak istediği müziği çalmaktır bize düşen, bunu da iyi, güzel ve etkileyici biçimde yapmaktır."

Göğüs geçirerek vazgeçtim daha fazla konuşmaktan, Pablo denen bu adamla başa çıkılacak gibi değildi.

Kimi anlarda Eski ve Yeni, haz ve elem, korku ve sevinç pek tuhaf şekilde birbirine karışmış olarak karşıma çıkıyordu. Bazen cennette hissediyordum kendimi, bazen cehennemde, çoğunlukla da aynı anda her ikisinde. Eski Harry ile yenisi kimi vakit amansız bir kavgaya tutuşuyor, kimi vakit de güzel güzel geçinip gidiyorlardı. Bazen eski Harry kesinlikle ölmüş görünüyordu, ölmüş ve gömülmüş; derken ansızın yine dirilip kalkıyordu ayağa, buyruklar yağdırıp ortalığı kasıp kavuruyor, her şeyi yenisinden daha iyi bilen biri olup çıkıyordu; yeni, küçük ve genç Harry ise utanıyor, susup sesini çıkarmayarak bir köşeye büzülüyordu. Öyle saatler de oluyordu ki, genç Harry bu kez eskisinin boğazına sarılıyor, var gücüyle sıkıyor gırtlağını, pek çok inleyip sızlanma, pek çok can çekişme, pek çok ustura düşüncesi sahnede boy gösteriyordu.

Ama sıklıkla acı ve mutluluk tek bir dalga oluşturup üzerime kapanıyordu. Herkesin önünde ilk kez dans etmemden birkaç gün sonra akşam eve dönüp güzel Maria'yı yatağımda bularak anlatılmaz bir şaşkınlık, yadırgama, korku ve haz duygusuna kapıldığımda da yine böyle oldu.

Bu, şimdiye kadar Hermine'nin bana hazırladığı sürprizlerin en büyüğüydü; çünkü söz konusu cennetkuşunu bana Hermine'nin yolladığından hiç kuşkum yoktu. O akşam istisnaî olarak Hermine'yle değildim; katedralde eski kilise müziğine ilişkin güzel bir konsere gitmiş, eski yaşamımdan içerilere güzel bir nostaljik gezi yapmıştım, gençlik yıllarımın geçtiği yerlere, ideal Harry'nin yaşadığı bölgelere uzanmıştım. Az sayıdaki ışığın oyununa kapılarak güzel ağ kubbenin hayaletimsi bir devingenlikle ileri geri sallandığı kilisenin yüksek tavanlı Gotik mekânında Buxtehude'nin, Pachelbel'in, Bach'ın, Haydn'ın yapıtlarını dinlemiştim; sevdiğim eski yollarda bir kez daha yürümüş, bir zaman dost olup eşsiz güzellikteki pek çok konserine gittiğim bir Bach şarkıcısı hanımın sesini bir kez daha işitmiştim. Eski müziğin sesleri, onun sonsuz vakar ve kutsallığı karşısında gençliğimdeki tüm yüce duygular, büyük haz ve hayranlıklar yeniden gönlümde uyanmıştı; kilisenin yüksek koro mahallinde, bir vakit kendime yurt edindiğim bu soylu ve mutlu dünyanın bir saat gibi bir süre konuğu olarak mahzun ve dalgın oturmuştum. Haydn'ın bir düeti söylenirken ansızın gözlerim yaşararak konserin sonunu bekleyememiş, şarkıcı dostumla yeniden buluşmayı gözden çıkarıp (ah, bir vakit böyle konserlerin ardından sanatçı dostlarımla ne çok şahane akşam geçirmiştim!), katedralden sessiz sedasız çıkıp gitmiş, gece vakti kentin sokaklarında yorgun düşene kadar dolaşıp durmuş, yer yer restoran pencerelerinin ardında caz topluluklarının şimdiki yaşamımın ezgilerini çaldığını işitmiştim. Tanrım, yaşamım nasıl da bulanık bir yanlışlıklar komedisine dönüşmüştü!

Sokaklarda koşturup dururken, müzikle olan tuhaf ilişkim üzerinde düşünmekten de kendimi alamamış, duygulandırıcı olduğu kadar talihsiz müzik ilişkisine bir kez daha bütün Alman kültürünün yazgısı olarak bakmıştım. Alman ruhunda hiçbir ulusta rastlanmayan müzik hegemonyası kılığında bir anaerkillik ve doğaya bağımlılık egemendir. Biz aydınlar buna yiğitçe karşı çıkacak ve us'a, *logos*'a, söz'e itaat ederek onun sesini duyurmasına çalışacakken, hepimiz de dile getirilemeyeni dile getiren, şekillendirilemeyeni şekillendiren sözsüz bir dil konusunda düşler kuruyoruz. Kendi sazını elden geldiğince sadakat ve dürüstlükle çalacakken, Alman aydını söz'e ve us'a hep cephe almış, müzikle cilveleşmiştir. Ve müzikte, gerçeğe dönüştürülmesi için asla çaba harcanmayan harikulade ses oluşumlarında, harikulade ince duygu ve ruh durumlarında Alman aydını zevke dalmış, asıl yükümlülüklerinin büyük çoğunluğunu savsaklamıştır. Biz aydınlar gerçeği pek tanımıyorduk, yabancısıydık gerçeğin ve ona düşman gözüyle bakıyorduk; dolayısıyla bizim Alman gerçekliğinde, bizim tarihimizde, politikamızda ve kamuoyunda us içler acısı bir rol oynamıştır. Doğru, çoğunlukla söz konusu düşünceyi tüm ayrıntılarıyla kafamdan geçirmiş, bazen gerçeğin şekillendirilmesine kendim de katkıda bulunmayı, sürekli işin estetik yanıyla, sürekli düşünsel-sanatsal yanıyla uğraşmak yerine gerçeğin içinde etkinlik göstermeyi şiddetle özlemiştim. Ama her defasında teslim olup çıkmış, kadere boyun eğmiştim. Sayın generaller ve ağır sanayici beyler yerden göğe haklıydı, biz "aydınlar" cephesinde tıs yoktu, bizler zeki boşboğazların oluşturduğu, onlarsız da yapılabilen, gerçeğe yabancı, sorumluluk nedir bilmeyen bir topluluktuk. Yazıklar olsun! Ustura!

Böylece kafamda düşünceler, içim dinlediğim müziğin yankısıyla dolup taşarak, yüreğimde bir hüzün, içimde yaşama, gerçeği anlamaya, geri getirilemeyecek, yitirilmiş değerlere duyulan umarsız bir özlemin ezikliği, sonunda dönüp eve gelmiş, merdivenleri çıkıp odada ışığı yakmış, boşuna biraz okumaya çalışmış, ertesi akşam viski yudumlayıp dans etmek için Cécil-Bar'a gitmemi gerektiren randevuyu düşünmüş, yalnız kendime değil, Hermine'ye karşı da gönlümde bir kızgınlık ve burukluk hissetmiştim. Ne kadar iyi niyetle ve candan davranmış olursa olsun, ne kadar harika bir kişi sayılırsa sayılsın, her zaman bana yabancı kalıp varlığımdaki en iyi şeyin perişan ve sefil duruma düşmesine yol açacak o karışık ve pırıltılı oyun dünyasından içeri beni çekmeyerek o gece mahvolup gitmeme göz yumsaydı, Hermine en iyi şeyi yapmış olurdu.

Üzgün üzgün ışığı söndürmüş, yattığım odaya yönelmiştim; üzgün üzgün soyunmaya başlamıştım ki, burnuma gelen alışılmadık bir kokuyla duraksadım, hafif bir parfüm kokusuydu bu, başımı çevirip bakınca yatağımda güzel Maria'nın yattığını ve gülümsediğini gördüm, biraz ürkek, iri mavi gözleriyle Maria'nın.

"Maria!" dedim. Aklıma gelen ilk düşünce, durumu öğrendi mi ev sahibemin beni evden kapı dışarı edecek olmasıydı.

"Size geldim," dedi Maria usulca. "Kızdınız mı?"

"Hayır, hayır! Biliyorum, Hermine verdi evin anahtarını. Evet ama!.."

"Ah, kızdınız bakıyorum, hemen gideyim."

"Hayır, hayır güzel Maria, kalın! Ancak, özellikle bu akşam çok üzüntülüyüm. Bugün gülüp neşelenemem asla. Yarın belki."

O sırada biraz Maria'ya doğru eğilmiştim ki, iri ve sağlam elleriyle başımı tuttuğu gibi kendine doğru çekti, uzun uzun öptü beni. Yatağın üzerine, yanı başına oturdum. Elini tuttum ve yavaş konuşmasını, yoksa bizi duyabileceklerini söyledim; kocaman bir çiçek gibi, yabancı ve olağanüstü, yastığın üzerinde dinlenen güzel ve dolgun yüzüne baktım; elimi usulca çekip ağzına götürdü Maria, sonra yorganın altına aldı ve sessizce soluyan sıcacık göğsünün üzerine koydu.

"Gülüp eğlenmen gereksiz," dedi. "Hermine bana senin üzüntülü olduğunu söylemişti. Bunun ne anlama geldiğini herkes bilir. Hâlâ benden hoşlanıyor musun? Geçen gün dans ederken pek hoşlanmış görünüyordun da!"

Gözlerini öptüm Maria'nın, ağzını, boynunu ve göğüslerini öptüm. Az önce Hermine'yi düşünmüştüm, buruk ve sitemli. Şimdi ise onun yolladığı armağanı ellerimde tutuyordum, kendisine minnettardım. Maria'nın okşamaları bugün işittiğim eşsiz müziğe asla gölge düşürmüyordu, bu müziğe layıktı, müzikteki güzelliklerin gerçekleşmesiydi. Güzel Maria'nın üzerindeki yorganı usulca çekip aldım, vücudunu öpe öpe ayaklarına kadar geldim. Yanı başına uzandığımda, çiçek yüzü, her şeyi bilen sevecen bir bakışla bana bakıp gülümsedi.

O gece Maria'nın yanında, pek uzun değilse de, bir çocuk gibi derin ve rahat uyudum. Aralarda onun güzel ve şen gençliğini yudumladım; usulcacık sürdürülen söyleşilerde gerek kendisinin, gerek Hermine'nin yaşamına ilişkin bilinmeye değer bir hayli şey öğrendim. Bu gibi kişiler ve bu tür yaşamlar konusunda önceden fazla bilgim yoktu; yalnızca eskiden tiyatroda bazen, erkek ve kadın, benzer kimselerle karşılaşmıştım, yarı sanatçı, yarı zevk düşkünü insanlar. Ancak, şimdi, tuhaf bir masumiyeti kendilerinde barındıran, tuhaf bir şekilde bozulmuş bu ilginç yaşamların içine bir göz atabilmiştim. Çoğunlukla yoksul ailelerden gelen bu kızlar, karşılığı doğru dürüst ödenmeyen sıkıcı bir işle yaşam boyu uğraşıp geçimlerini kazanmak istemeyecek kadar zeki ve güzeldiler. Hepsi de bazen geçici bir işte çalışarak, bazen de zarafet ve sevimlilikleriyle hayatlarını kazanıyordu. Kimi vakit birkaç ay bir daktilonun başında oturuyor, kimi vakit zevk düşkünü para babalarının sevgilisi olup söz konusu kişilerden harçlık ve hediyeler alıyor, zaman zaman sırtlarında kürk, altlarında araba, lüks otellerde yaşıyorlardı. Bazen de tavan arasındaki odalarda günlerini geçiriyor, kendilerini zenginliğe boğacak bir evliliğe hayır demiyorlardı ama, evleneyim diye de can atmıyorlardı. İçlerinden bazısı sevgide fazla istekli değildi ve alabildiğine yüksek ücretler karşılığında sevgilerini gönülsüz sunuyorlardı erkeklere. Bazıları da vardı ki, Maria da bunlardan biriydi, sevgiye yetenekliydiler, sevgi gereksinimi içinde yaşıyorlardı, çokları da her iki cinsiyetten kişilerle sevişmede deneyim sahibiydiler, kendilerini yaşatan tek şey sevgiydi, resmî ve paralı âşıklarının yanı sıra başka kişilerle de sevişiyorlardı. Gayretli ve çalışkan, kaygılı ve delişmen, akıllı ve bilinçsiz, çocuksu olduğu kadar kurnaz, yaşayıp gidiyordu bu kelebekler, bağımsız, herkes için satılık olmaktan uzak, mutluluklardan ve güzel havalardan kendilerine göre beklentiler içinde, yaşama tutkun, öte yandan yaşama küçük burjuvazi mensuplarından çok daha az bağımlı, bir masal prensinin peşine takılıp sarayına gitmeye her zaman hazır, kasvetli ve acıklı bir sonun kendilerini beklediğinin yarı bilincinde.

Maria, o tuhaf ilk gecede ve onu izleyen günlerde pek çok şey öğretti bana, duygulara ilişkin tatlı ve yeni oyunlarla mutlulukları değil yalnız, yeni bir anlayışı, yeni bir sezgiyi ve yeni bir sevgiyi de öğretti. Ben münzevi, ben estetik meraklısı kişinin hâlâ biraz aşağılık, yasak ve insan onurunu inciten yerler gözüyle baktığım dans ve eğlence lokallerinin, sinemaların, barların ve otel lobilerinin dünyası gerek Maria, gerek Hermine, gerekse onun arkadaşları için dünyanın kendisiydi düpedüz; bu dünya ne iyi ne kötüydü, ne arzu ne nefret edilmeye değerdi, hepsinin de kısa ve özlem yüklü yaşamı bu dünyada açan bir çiçekti, bu dünyayı yurt tutmuşlar, bu dünyada deneyim sahibi olmuşlardı. Nasıl biz bir besteciyi ya da yazarı seviyorsak, onlar da şampanya içmekten, özel et yemekleri yemekten hoşlanıyorlar, bizlerden birinin Nietzsche ya da Hamsun karşısında kapıldığı coşku, heyecan ve duygulanmışlığı onlar da yeni bir dans şarkısı ya da bir caz sanatçısının dokunaklı, aşırı duygusal ezgisi karşısında yaşıyorlardı. Maria bir ara sevimli saksofoncu Bay Pablo'dan söz açtı, onun bazen kendilerine bir Amerikan şarkısı söylediğini anlattı; öylesine kendinden geçerek, öylesine bir hayranlık ve sevgiyle bundan söz etti ki, hayli kültürlü birinin seçkin ve soylu sanatsal sunular karşısında kapıldığı cezbelerden daha çok duygulandırdı, daha çok coşturdu beni. Maria'nın hayranlığını paylaştım, Bay Pablo'nun şarkısı şöyle olmuş böyle olmuş umursamadım pek. Maria'nın sevgi dolu sözleri, özlemle çiçeklenen bakışı estetik anlayışımda geniş gedikler açtı. Elbet her türlü tartışma ve kuşkunun üzerinde gördüğüm bazı güzellikler vardı, az sayıda değme güzellikler; bunların başında da Mozart geliyordu, ama nerdeydi sınır? Biz uzman ve eleştirmenler, biz hepimiz şimdi şüpheyle karşıladığımız ve çirkin bulduğumuz sanat yapıtları ve sanatçılar için gençlik yıllarımızda yanıp tutuşmamış mıydık? Liszt, Wagner, hatta Beethoven konusunda aynı şeyi yaşamamış mıydık? Maria'nın Amerikan şarkısıyla ilgili pırıl pırıl çocuksu duygulanmışlığı, falan ya da filan öğretmenin *Tristan*'la ilgili coşkusu kadar ya da *Dokuzuncu Senfoni*'yi yöneten bir şefin kapıldığı cezbe gibi temiz, saf, güzel ve her türlü kuşkunun üzerinde yüce bir sanatsal yaşantı değil miydi? Ve böyle oluşu da Bay Pablo'nun görüşlerine dikkati çekecek kadar uygun düşüp kendisini haklı çıkarmıyor muydu?

Bu Pablo'ya, bu yakışıklı adama Maria da bayılıyor gibiydi!

"Güzel bir insan Pablo," dedim. "Ben de hoşlanıyorum ondan. Ama söyler misin Maria, Pablo varken bir de beni nasıl sevebilirsin, benim gibi sıkıcı birini, sevimli denemeyecek, saçları ağarmış, saksofon çalamayan, İngilizce aşk şarkıları söyleyemeyen bir ihtiyarı?"

"Böyle tatsız şeyler konuşma," diye çıkıştı Maria. "Sözünü ettiğin şey pek doğal. Seni de beğeniyorum işte, senin de hoş, sevimli ve özel bir yanın var; neysen osun, başka türlü olamazsın. İnsan böyle şeyler üzerinde konuşmamalı ve karşısındakinden hesap sormamalı. Bak, sen boynumu ya da kulağımı öptüğün zaman beni sevdiğini hissediyorum, hoşuna gittiğimi anlıyorum; öyle bir öpüşün var ki, biraz çekingen; bana diyor ki, seni seviyor bu adam, şirin biri olduğun için sana minnettarlık duyuyor. Bundan da işte hoşlanıyor, buna bayılıyorum. Ama bir başka erkekte de tersi hoşuma gidiyor; beni hiç önemsemez görünmesi, sanki bir lütufta bulunuyormuş gibi beni öpmesi örneğin."

Derken yeniden uyuduk. Yeniden uyandım, kollarım hâlâ benim güzel mi güzel çiçeğime dolanmış.

Ve ne tuhaftır ki, güzel çiçek Maria, yine de Hermine'nin bana bir armağanı olma özelliğini koruyordu! Hermine sürekli Maria'nın arkasında duruyor, Maria Hermine'yi bir maske gibi arkasında gizliyordu! Bir ara ansızın Erika geldi aklıma, uzaktaki hınzır sevgilim, benim zavallı dostum. Güzellik bakımından Maria'dan pek aşağı değildi. Maria gibi yaşamının baharında ve esenliğe kavuşmuş değilse de, ayrıca dâhiyane sevgi hünerleri konusunda Maria kadar zengin sayılmasa da, sevimlilik bakımından ondan pek aşağı kalmazdı. Erika'nın hayali bir süre gözlerimin önünden gitmedi, açık seçik ve kasvetli, sevilmiş, yazgısı yazgımla iç içe geçmiş. Derken silinip gitti hayal, uykuya dalıp unutuldu, insanı biraz hüzünlendiren uzaklara kaydı.

Ve bu güzel, bu sevecen gecede yaşamımdan pek çok görüntü, hayli zaman boş, yoksul ve görüntülerden uzak yaşamış ben Bozkırkurdu'nun gözleri önünde belirdi. Şu sıra, Sevgi Tanrısı tarafından kapısı aralanmış görüntü pınarı içimde derinden derine ve gürül gürül kaynamaya başlamıştı; kimi anlar yaşamımın görüntü zenginliğinden, zavallı Bozkırkurdu'nun ruhunun yüce, ölümsüz yıldızlar ve burçlarla dolup taşmasından duyduğum hayranlık ve hüzünle kalbim durur gibi oluyordu. Çocukluğum ve annem, narin ve nurlanmış, sonsuz, mavi bir uzaklığa kaymış bir dağ gibi gerilerden bakıyor, o efsanevî Hermann, Hermine'nin ruh ikizi başta olmak üzere dostlarımın korosu çın çın ve dupduru yankılanıyordu; gölden ıslak başlarını çıkaran çiçekler gibi sevdiğim, arzuladığım ve kendilerine övgüler döşendiğim, içlerinden pek azına ulaşabildiğim, pek azına sahip olmaya çalıştığım yığınla kadının portresi güzel kokular içinde adeta bir başka dünyadan yüzerek bana yaklaşıyordu. Ayrıca, pek çok yıl birlikte yaşadığım eşim de görünmekte gecikmedi, arkadaşlığın, çatışmanın, teslimiyetin ne olduğunu öğretmişti bana; bunalıma kapıldığımı, hastalandığımı görerek hırçın bir isyanla ansızın kaçıp beni terk ettiği güne kadar, aramızdaki tüm sorunlara karşın kendisine derin bir güven beslemiştim. Güvenimi boşa çıkarması benim için yaşamım boyunca sürecek ağır bir darbe oluşturduğuna göre, onu ne çok sevdiğimi, ona ne çok güvendiğimi anladım.

Bu görüntülerin –kimi isimli, kimi isimsiz yüzlerce vardı– hepsi karşımdaydı yine; bu sevi gecesinin pınarından, genç ve taze, çıkıp gelmişlerdi; sefil durumda yaşarken uzun süre unuttuğum bir şeyi yeniden anımsadım: Yaşamım zenginlik ve değerini söz konusu görüntülerden alıyordu; dizi dizi sıralanışları yaşamımın söylencesini, yıldız gibi parlayışları varlığımın yok edilmez değerini oluşturan bu görüntüler yitip gitmeksizin varlıklarını sürdüreceklerdi. Yanlışlarla dolu, zahmetli ve mutsuz bir hayat yaşamıştım ve bu hayat beni vazgeçmelere, yadsımalara götürmüştü, tüm insanların yazgısal burukluğunu içeriyordu, ama zengin bir yaşamdı, mağrur ve zengin, sefalet içinde bile krallara layık. Yıkılıp gidene kadar yürüyeceğim kısa yolda isterse baştan aşağı içler acısı şekilde harcanıp gitsin, soylu bir çekirdeği vardı bu yaşamın, ayrıca soylu bir yüzü vardı ve soylu bir ırktan geliyordu; birkaç kuruş paranın değil, yıldızların peşinde koşan bir yaşamdı.

Söz konusu gecenin üzerinden epey zaman geçti, o günden bu yana pek çok şey oldu, pek çok şey değişti, yaşanılan geceye ilişkin tek tük ayrıntılar kaldı aklımda, aramızdaki konuşmalardan tek tük sözleri anımsıyorum, derin sevgi okşayışlarına ilişkin tek tük jestler ve davranışlar, aşk yorgunluğunun ağır uykusundan uyanışın yıldız parlaklığındaki anları. Ama o gece yaşam, geçirdiğim bunalım döneminden sonra ışıl ışıl parıldayan amansız gözlerini ilk kez üzerime çevirmişti ve ben rastlantıyı yeniden yazgı, enkaz yığınından farksız varlığımı yeniden tanrısal bir parça olarak benimsemiştim. Ruhum yeniden nefes alıp vermeye, gözlerim yeniden görmeye başlamıştı ve bazı anlar içimi yakıp kavuran bir sezgiyle anlamıştım ki, dağınık görüntüler dünyasını bir araya toplamam, Harry Haller'li Bozkırkurdu yaşamıma bir bütünlük kazandırmam yetecek, kendim de bu görüntüler dünyasından içeri adım atıp ölümsüzlüğe kavuşacaktım. Her insanın yaşamına bir başlangıç ve bir deneme niteliğini kazandıran amaç değil miydi bu da?

Sabahleyin kahvaltımı kendisiyle paylaştıktan sonra Maria'yı kimse görmeden evden dışarı çıkarmam gerekiyordu ve bunu da başardım. Daha aynı gün kentin yakın bir semtinde ikimiz için bir odacık kiraladım. Odayı yalnızca buluşmalarımız için kullanacaktık.

Dans öğretmenim Hermine bir görev duygusuyla çıkıp geldi, boston dansını öğretti bana. Hoyrat ve acımasızca davranıyor, ders saatlerinden hiçbirinin boş geçmesine izin vermiyordu; çünkü öyle kararlaştırılmıştı ki, kendisiyle önümüzdeki ilk maskeli baloya gidecektim. Hermine baloda giyeceği kostüm için benden para rica etmiş, ama bunun nasıl bir kostüm olacağına ilişkin bilgi vermekten kaçınmıştı. Kendisini evinde ziyaret etmem, hatta nerede oturduğunu bile öğrenmem yasaktı.

Maskeli balo öncesindeki yaklaşık üç haftalık bu dönem alabildiğine güzeldi. Maria bana şimdiye kadar sahip olduğum ilk gerçek sevgili gibi görünüyordu. Sevdiğim kadınlardan her zaman aydın ve kültürlü olmalarını beklemiş, en aydın ve en kültürlü kadının bile asla içimdeki *logos*'a yanıt vermediğinin, tersine ona karşı çıktığının asla farkına varmamıştım; sorunlarımı ve düşüncelerimi kadınlara taşıyıp durmuştum hep; pek kitap okumamış, okumanın ne olduğunu pek bilmeyen, bir Çaykovski'yi bir Beethoven'dan ayırt edebilmekten uzak bir kadını bir saatten uzun süre sevmemi düpedüz olanaksız görmüştüm. Maria kültürsüz bir kızdı, onun bu dolambaçlı yollara ve yedek dünyalara gereksinimi yoktu, sorunlarının tümü doğrudan doğruya duyularından kaynaklanıyordu. Kendisine bağışlanmış duyu organları, o güzel vücudu, kendisine özgü renkleri, saçı, sesi, cildi, mizacıyla elden geldiği kadar çok duyusal hazlar ve aşk mutlulukları ele geçirmek, yeteneklerinden her biri, beden hatlarının her kıvrımı, vücudunun her narin biçimi için kendisini seven kişiden yanıt almak, anlayış görmek, kendisini mutlu kılacak canlı bir karşı oyun beklemek, bu oyunu bir sihirbaz gibi var etmek, işte onun sanatı ve görevi buydu. Kendisiyle yaptığım ilk dansta bunu sezmiş, dâhice denecek hayli geliştirilmiş büyüleyici bir şehvetin kokusunu almış, onun tarafından büyülenmiştim. Öte yandan, Hermine'nin, her şeyi bilen bu kadının Maria'yı karşıma çıkarması kuşkusuz bir rastlantı değildi. Maria'nın kokusu ve her şeyi, yaz mevsiminin ve güllerin damgasını taşıyordu.

Maria'nın el üstünde tutulan tek sevgilisi olma mutluluğuna kavuşmamıştım, pek çok sevgilisinden biriydim yalnız. Çoğunlukla bana zaman ayıramıyordu, bazen ancak bir saat kadar birlikte oluyorduk, bir iki defa da bütün gece benimle kaldı. Benden para almaya kalkmadı hiç, bunun gerisinde sanırım Hermine'nin parmağı vardı. Hediyeye gelince almam demiyordu, örneğin kendisine kırmızı rugan deriden küçük bir cüzdan armağan ettiğimde, içinde iki üç altının bulunmasına ses çıkarmadı. Şunu da belirteyim ki, kırmızı para cüzdanından dolayı epey eğlendi benimle! Şahane bir cüzdandı, ama alıcısı fazla olmayan modası geçmiş bir şeydi. Şimdiye kadar bir Eskimo dilinden daha az bilgi sahibi olduğum, daha az anladığım bu gibi konularda Maria'dan pek çok şey öğrendim. En başta şunu öğrendim ki, bu küçük oyuncaklar, bu fantezi ve lüks eşyalar sadece bir değer taşımayan zevksiz şeyler, para canlısı üretici ve satıcıların buluşları olmaktan çok, hoşa giden, birbirinden değişik, güzel nesnelerdi; pudra ve parfümden dans ayakkabısına, parmağa takılacak yüzükten sigara kutusuna, kemer tokasından el çantasına kadar hepsi de tek bir amaç güderek sevgiye hizmet eden, duyuları incelten, ölü çevreye canlılık getiren, sihirli bir şekilde insanı yeni sevi organlarıyla donatan nesnelerin oluşturduğu küçük, daha doğrusu büyük bir dünyaydı. Bir el çantası el çantası değildi sadece, bir para cüzdanı para cüzdanı değil, çiçekler çiçek, yelpaze yelpaze değildi; hepsi de sevginin, büyüselliğin, uyarıcılığın malzemesiydi, elçiydi hepsi, karaborsacıydı, silahtı, savaş çığlığıydı.

Maria'nın aslında kimi sevdiğini sık sık düşündüm. Sanırım en çok delikanlı Pablo'dan, yitik siyah gözleri ve uzun, soluk, soylu ve hüzünlü elleriyle bu saksofoncudan hoşlanıyordu. Ben Pablo'ya, sevgide biraz uyuşuk, şımartılmış ve pasif biri gözüyle bakmıştım; ama Maria'nın kesinlikle belirttiğine göre, içindeki sevi ateşinin yavaş yavaş tutuşturulabilmesine karşın, bir kez o duruma gelmeyegörsün, bir boksör ya da biniciden daha ateşli, daha sert, daha erkeksi ve karşısındakinden daha çok şey isteyen biri olup çıkmaktaydı. Böylece Maria'dan falan ya da filan kişi, falan caz müzisyeni, filan oyuncu, çevremizdeki bazı kadınlar, kızlar ve erkeklere ilişkin pek çok şey öğrenmiş, çeşitli gizler konusunda bilgi edinmiştim. Dış görünüşlerin altında yatan ilişkileri ve düşmanlıkları sezmeye başlamış, bu dünyada her türlü bağdan yoksun yabancı bir cisim gibi varlığını sürdüren ben, yavaş yavaş söz konusu dünyaya aşina olmuş, gizlerine ortak edilmiştim. Hermine hakkında da öğrendiğim pek çok şey vardı. Ama artık Maria'nın gözbebeği Pablo'yla sık sık bir araya geliyordum. Bazen Maria da onun gizli keyif vericilerinden kullanıyor, bana da zaman zaman söz konusu maddeleri sağlamaktan geri kalmıyordu. Pablo'ya gelince, bana hizmet için can atıyordu. Bir ara kestirmeden şöyle dedi: "Siz pek mutsuzsunuz, iyi bir şey değil bu, öyle olmamalısınız. Bu beni üzüyor. Bir pipo alın kendinize, biraz afyon kullanın." Şen, zeki, çocuksu, öte yandan akıl sır ermeyen bu insana ilişkin yargım sürekli değişiyordu. Kendisiyle arkadaş olmuştuk, keyif verici maddelerinden sık sık biraz alıp kullanıyordum. Maria'ya sevdalanmışlığıma biraz alaylı bir gözle bakıyordu Bay Pablo. Bir gün kentin banliyösündeki bir otelin çatı katındaki odasında bir "eğlence" düzenledi. Bir tek sandalye vardı odasında, Maria'yla ister istemez yatağın üzerine oturduk. Bize içecek bir şey ikram etti Pablo, üç ayrı şişecik içindeki nesneleri birbirine karıştırarak hazırladığı gizemli, şahane bir likördü bu. Keyfimin yerine geldiğini görünce gözleri ışıl ışıl parıldayarak üçlü bir aşk cümbüşü düzenlememizi önerdi; ben öneriyi şiddetle geri çevirdim, böyle bir şeye katılmam olanaksızdı. Ama yine de bir an Maria'ya kaydı gözüm, onun öneriye ne diyeceğini merak ediyordum; öneriye karşı çıkmama Maria da katıldı, ama öte yandan gözlerinin parıldadığını gördüm, cümbüşten vazgeçilmesine hayıflanır gibiydi. Önerisini soğuk karşılamam Pablo'yu düş kırıklığına uğratmıştı, ama gücenmiş de değildi. "Yazık," dedi. "Harry'nin düşüncesi fazlasıyla ahlak kokuyor. Elden ne gelir! Oysa ne güzel olacaktı! Öyle güzel ki! Ama ben cümbüşün yerini tutacak başka bir şey biliyorum." Bunun üzerine birkaç nefes afyon çekip hiç kımıldamadan oturduk; gözlerimiz açık, Pablo'nun bize telkinle benimsettiği sahneyi adeta yaşadık, bu sırada Maria hazdan titriyordu. Ben sonradan kendimi biraz rahatsız hissedince, Pablo beni yatağa yatırdı, birkaç damla ilaç içirdi; bir iki dakika gözlerimi kapatmıştım ki, göz kapaklarımdan her birinin üzerine şöylece esip gelen bir nefes gibi birer öpücüğün kondurulduğunu hissettim, Maria'dan geliyormuş gibi kabullendim öpücükleri. Ama biliyordum, Pablo'nun öpücükleriydi.

Ve Pablo bir başka akşam daha da çok şaşırttı beni. Eve gelerek yirmi franka ihtiyacı olduğunu söyledi; bu parayı rica ediyordu benden, karşılığında da Maria'yı bu gecelik bana bırakacaktı.

"Pablo," dedim irkilmiş. "Ne söylediğinizi bilmiyorsunuz şu an. Sevgilisini para için bir başkasına peşkeş çekmek, bizde en çok ayıplanacak şeydir. Önerinizi işitmemiş olayım."

Pablo acıyan gözlerle süzdü beni. "Demek istemiyorsunuz Bay Harry. Güzel. Siz kendi kendinizi hep sıkıntıya sokuyorsunuz. Madem sizce daha uygun, bu gece Maria'yla yatmazsınız, bana parayı öyle verirsiniz. Geri ödeyeceğim. Şu an bana mutlaka gerekli bu para."

"Ne için?"

"Agostino için – ikinci kemancı oğlan anlayacağınız. Sekiz gündür hasta yatıyor, kimse de oralı olmuyor, bir kuruş parası yok, şu sıra benim de param kalmadı."

Biraz meraktan, biraz da kendi kendimi cezalandırmış olmak için Pablo'yla kalkıp Agostino'ya gittim. Pablo, onun çatı katındaki odasına ilaç ve süt alıp götürdü. Pek sefil bir odaydı. Pablo yastığı ve yorganı silkip kabarttı, odayı havalandırıp Agostino'nun ateşli başına usulünce, güzel bir kompres uyguladı ve bütün bu işleri öylesine çabuk, incelikli ve uzmanca yapıp çıkardı ki, birinci sınıf bir hastabakıcıydı sanki. Aynı akşam onun City-Bar'da sabaha kadar saksofon çaldığını gördüm.

Maria'nın elleri, omuzları, kalçaları, kendine özgü gülüşü, öpüşü, dans edişi üzerine Hermine'yle duygusallığa yer vermeyen bir edayla sık sık ve uzun uzun konuşuyordum.

"Bunu sana gösterdi mi?" diye sordu Hermine bir ara, öpüşme sırasında dilin özel bir oyununu anlatarak. Bunu kendisinin bana göstermesini rica ettim, ricamı ciddi ciddi geri çevirdi. "İleride," dedi. "Henüz benim sevgilim değilsin."

Maria'nın öpüşmeyle ilgili hünerlerini ve yaşamının yalnızca sevdiği erkek tarafından bilinebilecek bazı gizli özelliklerini nereden öğrendiğini sordum.

"Ah," diye sesini yükseltti Hermine. "Arkadaş değil miyiz Maria'yla, yoksa birbirimizden gizli saklı bir şeyimiz olacağına mı inanıyorsun? Sık sık Maria'nın yanında yattım ve onunla oynaştım. Neyse işte, güzel bir kız ele geçirdin, başkalarından daha çok şey bilen bir kız."

"Öyle sanıyorum ki Hermine, sizin de birbirinizden sakladığınız gizler vardır. Yoksa hakkımda bildiğin her şeyi Maria'ya anlattın mı?"

"Hayır, bunlar onun aklının ermeyeceği şeyler. Maria harika biri, şanslıymışsın; ama seninle aramızda öyle şeyler var ki, bunlar onun sezeceği türden değil. Senin hakkında ona çok şey anlattım kuşkusuz, senin hoşuna gitmeyecek kadar çok şey. Onu kandırıp senin sevgilin yapmak istiyordum çünkü! Ne var ki, anlamaya gelince dostum, Maria asla benim kadar anlayamaz seni, bir başkası da anlayamaz. Ayrıca, senin hakkında bildiklerime ek olarak Maria'dan yeni bazı şeyler öğrendim, Maria'nın senin hakkında bildiklerini de biliyorum artık, nerdeyse sık sık birlikte yatmışız gibi iyi tanıyorum seni."

Maria'yla yeniden bir araya geldiğimizde, onun benim gibi Hermine'yi de sinesinde yatırdığını, benim gibi Hermine'nin kollarını, bacaklarını, saçlarını ve cildini de elleyip okşadığını, öpüp sevdiğini bilmek içimde tuhaf ve gizemli bir duygu uyandırdı. Dolaylı ve çapraşık yeni ilişkiler çıkmıştı ortaya, yeni sevgi ve yaşam olanakları belirmişti; Bozkırkurdu incelemesindeki binlerce ruha gitti aklım.

Maria'yı tanımamla büyük maskeli balo arasındaki kısa dönemde epey mutluydum; ama bunun bir esenlik, erişilmiş bir bahtiyarlık sayılacağına ilişkin bir duygu asla yer almadı içimde. Tersine, şunu açık seçik anladım ki, bütün olup bitenler bir önoyundu, bir hazırlıktı, her şey hızla ileriye doğru koşuyordu, asıl önemli şeyle henüz yüz yüze gelmemiştim.

Dans konusunda öylesine çok şey öğrenmiştim ki, her geçen gün biraz daha fazla sözü edilen büyük maskeli baloya katılabilmek için önümde bir engel kalmamış görünüyordu. Hermine sır saklıyor, baloya hangi kıyafetle geleceğini bana açıklamaktan inatla kaçıyor, nasıl olsa kendisini tanıyacağımı söylüyordu. Baktı ki tanıyamadım, o zaman yardımıma koşacaktı, ama daha önce kıyafetini öğrenmemem gerekiyordu. Dolayısıyla, benim maskeli baloya ilişkin planlarımı da hiç merak ettiği yoktu. Ama karar vermiştim, balo için kostüm değişikliğine hiç başvurmayacaktım. Kendisini baloya davet etmek istediğim Maria, bu şenlik için bir kavalyesi olduğunu açıkladı, gerçekten de şimdiden baloya bir giriş kartı edinmişti. Bu beni biraz düş kırıklığına uğrattı; baloya çaresiz tek başıma gidecektim, kentte her yıl sanatçılar topluluğu tarafından Globus Salonları'nda düzenlenen en seçkin baloydu.

O günlerde Hermine'yi seyrek görüyordum, ama balodan bir gün önce bendeydi bir süre, kendisi için sağladığım giriş kartını almak için gelmişti; odamda güzel güzel oturduk ve beni derinden etkileyen tuhaf bir söyleşi geçti aramızda.

"Artık bakıyorum, rahatın çok iyi," dedi Hermine. "Dans sana iyi geliyor. Seni bir ay görmemiş biri pek tanıyamaz artık."

"Öyle," diye yanıtladım doğrulayarak. "Yıllardır kendimi hiç böyle rahat hissetmemiştim. Bunu da sana borçluyum Hermine."

"Ah, senin güzel Maria'ya değil mi?"

"Hayır. Çünkü o da bana senin armağanın. Harika bir kız."

"Sana böyle bir sevgili gerekiyordu Bozkırkurdu. Şirin, genç, şen, sevi oyununda çok usta biri ve Allahın günü sahip olacağın bir kız değil. Onu başkalarıyla paylaşman gerekmese, her seferinde kısa süre kalıp gidecek bir konuk olarak sana gelmese Maria, bu kadar iyi olmazdı durum."

Evet, bunu da itiraf etmeden duramadım.

"Yani ihtiyacın olan her şeye kavuştun artık."

"Hayır Hermine, doğru değil bu. Çok güzel ve şahane bir şeye kavuştum, büyük bir haz, tatlı bir avuntu kaynağına. Epey mutlu hissediyorum kendimi..."

"İyi ya işte! Daha ne istiyorsun?"

"Daha fazlasını. Mutlu olmaktan memnun değilim ben, mutluluk için yaratılmış biri sayılmam. Benim yazgım değil bu, benim yazgım bunun karşıtıdır."

"Yani mutsuz olmak mı? Eh, bol bol yaşadın bu mutsuzluğu, ustura yüzünden eve gidemediğin zamanlar."

"Hayır Hermine, öyle değil. O zamanlar, ne yalan söyleyeyim, pek mutsuzdum. Ama aptalca bir mutsuzluktu bu, kısır bir mutsuzluk."

"Neden?"

"Çünkü aptalca olmasaydı, ölümden o kadar korkmam gerekmezdi, oysa gerçekte özlediğim şeydi ölüm! Benim gereksindiğim, benim aradığım bir başka mutsuzluktur; tutkuyla acı çekmemi ve hazla ölmemi sağlayacak bir mutsuzluk. Benim istediğim böyle bir mutsuzluk ya da mutluluktur işte."

"Seni anlıyorum. Bu bakımdan seninle kardeşiz. İyi ama şu sıra Maria sayesinde elde ettiğin mutluluğa neden karşısın? Niçin memnunluk duymuyorsun bundan?"

"Bu mutluluğa karşı değilim. Ah hayır, seviyorum onu, şükranla karşılıyorum. Yağmurlu bir yaz mevsiminin ortasında günlük güneşlik bir gün kadar güzel. Ama kalıcı olmadığını da hissediyorum. Bu mutluluk da kısır nitelik taşıyor. İnsanı memnun ediyor, ama memnunluk bana göre değil. Bozkırkurdu'nu yıpratıyor bu mutluluk, onu doymuş biri durumuna sokuyor, ama uğrunda ölmeye değer bir mutluluk olmaktan uzak."

"İlle ölmek gerekiyor yani."

"Sanıyorum evet! Mutluluğumdan pek memnunum, ona bir süre daha katlanabilirim. Ama mutluluk bana bir saatlik zaman bırakmayagörsün, uyanıp kendime gelebilmem ve özlemlere kucak açabilmem için bir saatlik zaman, tek arzuladığım şey onu sürekli alıkoymak değil, yeniden acı çekmek oluyor, ama eskisinden güzel, eskisi kadar sefil denemeyecek gibi acı çekmeyi, beni ölmeye hazır ve istekli kılacak gibi acı çekmeyi arzuluyorum."

Hermine sevecenlikle gözlerimin içine baktı, ansızın onda karşılaşılabilen karanlık ve kasvetli bakışlardan biriydi bu. Şahane, korkunç gözler! Ağırdan alarak, sözcükleri tek tek bulup yan yana dizerek, duyabilmem için kendimi biraz zorlamam gereken pek yavaş bir sesle şöyle dedi:

"Sana bugün bir şey söylemek istiyorum, uzun süredir bildiğim bir şey. Sen de çoktandır biliyorsun bunu, ama belki kendi kendine henüz itiraf etmiş değilsin. Sana şimdi kendim hakkında, senin yazgın, bizim yazgımız hakkında bildiklerimi açıklayacağım. Sen, Harry, hep bir sanatçı ve düşünür hayatı yaşadın, için hep sevinçle, inançla dolup taştı, büyük ve ölümsüz şeylerin peşinde koştun hep, sevimli ve küçük şeylerden asla memnunluk duymadın. Ne var ki, yaşam seni uyandırıp kendine yaklaştırdıkça çaresizliğin büyüdü, acıların, korkuların ve umarsızlıkların batağına giderek daha çok saplandın, gırtlağına kadar gömüldün içine, bir zaman güzel ve kutsal bilip baş tacı ettiğin şeyler, insanlara ve bizim yüce misyonumuza beslediğin inanç imdadına koşamadı, hepsi yitirdi değerini, un ufak oldu, inancın soluyacak havadan yoksun kaldı. Havasızlıktan boğulmak ise çok acı bir ölümdür. Yalan mı Harry? Bu senin yazgın, öyle değil mi?"

Başımı sallayarak evet dedim, evet, evet.

"Yaşam konusunda bir fikrin vardı; içinde bir inanç, bir beklenti yaşıyordu; eylemlere, acılara ve özverilere hazırdın. Ama yavaş yavaş anladın ki, dünya hiç de senden eylemlerde ve özverilerde bulunmanı istemiyor; yaşam, kahraman rollerine ve benzeri şeylere yer veren bir kahramanlık destanı değil, insanların yiyip içmeler, kahve yudumlamalar, örgü örmeler, iskambil oynamalar ve radyo dinlemelerle yetinip hallerine şükrettikleri rahat bir orta sınıf evidir. Kim bunun başka türlüsünü ister, kim gönlünde yiğitliği ve güzelliği barındırır, büyük yazarları ya da ermişleri baş tacı ederse, o bir aptaldır, bir Don Kişot'tur. Güzel, ben de aynı durumu yaşadım dostum! Seçkin yeteneklerle donatılmış bir kızdım, yüce bir örneği kendime rehber edinerek yaşamak, kendi kendime yüce istekler yöneltmek, onurlu görevleri yerine getirmek için yaratılmıştım. Büyük bir yazgıyı omuzlayabilir, bir kralın eşi, bir devrimcinin sevgilisi, bir dâhinin kız kardeşi, bir ideal uğrunda ölümü göze alan bir kişinin annesi olabilirdim. Ama yaşam az buçuk beğeni sahibi kibar bir fahişe olmama izin verdi sadece. Bu kadarını bile ele geçirebilmem kolay olmadı! Bütün bunlar başıma geldi işte. Bir süre çaresizliğe kapıldım, olup bitenlerin suçunu uzun süre kendimde aradım. Yaşam ne de olsa her zaman haklıdır diye düşündüm; yaşam düşlerimle alay edip eğlendiyse, o zaman düşlerim salakçaydı demek, haklı yanları yoktu, diye geçirdim içimden. Böyle düşünmem bir işime yaramadı. Gözlerim iyi görüp kulaklarım iyi işittiğinden, biraz da meraklı biri sayıldığımdan, yaşam dedikleri şeyi inceden inceye, adamakıllı gözden geçirdim, bildik tanıdıklarımı, komşularımı, pek çok insanı ve bunların yazgılarını tek tek inceledim; gördüm ki Harry, haklıymış düşlerim, yerden göğe haklıymış, tıpkı seninkiler gibi. Oysa yaşam, gerçeklik, haksızdı. Senin gibi bir insanın yalnızlık, ürkeklik ve umutsuzluk içinde usturaya el atmak zorunda kalması ne kadar doğruysa, benim gibi bir kadının bir para babasının yanında sekreterlik yapıp zavallılık ve anlamsızlık içinde yaşlanmaktan, böyle para babası biriyle parasının hatırı için evlenmekten ya da bir çeşit fahişe olup çıkmaktan başka seçenek bulamayışı o kadar doğruydu. Benim içine düştüğüm sefalet belki daha çok maddi ve ahlakî, seninki ise daha çok manevî idi, ama ikisi de aynı kapıya çıkıyordu. Sanıyor musun, senin fokstrottan korkmanı, barlardan ve dans salonlarından tiksinmeni, caz müziğine ve bütün o ıvır zıvıra karşı direnmeni anlamayacak biriyim? Hem de çok iyi anlıyorum hepsini, senin politikadan nefret etmeni de anlıyorum, parti ve basın mensuplarının boşboğazlıklarından ve sorumsuz davranışlarından üzüntü duymanı da, hem geçmiş, hem gelecekteki savaşa ilişkin umarsızlığını da, günümüzde düşünme, okuma, inşaat, mimari, eğlence, müzik ve eğitimde izlenen yol konusundaki karamsarlığını da! Haklısın Bozkırkurdu, yerden göğe haklısın, öyleyken yok olup gitmekten başka bir şey gelmiyor elinden. Bugünün pek az şeyle yetinen basit ve rahat dünyası için fazla iddialı ve açsın, seni kendi içinden tükürüp atıyor bu dünya, onun boyutlarının dışına taşıyorsun. Günümüzde yaşamak ve yaşamaktan zevk almak isteyen birinin senin gibi, benim gibi bir insan olmaması gerekiyor. Zırıltı yerine gerçek müzik, eğlence yerine kıvanç, para yerine ruh, gelişigüzel etkinlikler yerine gerçek eylem, oyun yerine gerçek tutku arayan birine bu sevimli dünya yurt olamaz..."

Gözlerini yere indirdi Hermine ve düşünmeye başladı.

"Hermine," dedim sevecen. "Kardeşim benim, ne kadar keskin gözlerin var! Ama yine de bana fokstrotu öğretmekten geri kalmadın! Peki, bizim gibi insanların, ötekilerden bir fazla boyutla donatılmış bizlerin bu dünyada yaşayamayacağını söylemekle ne anlatmak istedin? Kimde kabahat? Yalnızca bizim bugünkü çağımızda mı böyle? Yoksa her zaman böyle miydi?"

"Bilmiyorum. Dünyanın onuruna gölge düşürmektense, bunun sadece bizim çağımızda böyle olduğunu, bunun sadece bir hastalık, geçici bir talihsizlik sayılması gerektiğini kabul etmek isterim. Baştakiler sıkı bir çalışmayla bir sonraki savaşı başarılı şekilde hazırlarken, bizler de fokstrot yapıyor, para kazanıyor, çikolatalı şekerlemelerimizi yiyoruz. Böyle bir çağda da dünya ister istemez pek parlak sayılmayan bir görünüm sergileyecektir. Umalım ki eski çağlar şimdikinden daha iyi olmuş, ileridekiler de şimdikinden daha iyi olacak olsun, daha zengin, daha geniş, daha derin. Ama bu bizim derdimize çare değil. Kim bilir belki de her zaman böyleydi..."

"Her zaman bugünkü gibi mi? Her zaman yalnızca politikacılar, vurguncular, garsonlar ve zevk düşkünlerine göre bir dünya, bizim gibilerin soluyacağı havadan yoksun bir dünya mı?"

"Bilmem ki. Kimse de bilmiyor. Öyle ya da böyle, zaten fark etmez. Şu anda senin o çok sevdiğin kişi geldi aklıma, zaman zaman bana kendisinden söz açıp bazı mektuplarını okuduğun dostun Mozart. Onun durumu nasıldı peki? Onun yaşadığı çağda kim yönetti dünyayı? Kim işin kaymağını yedi? Kimin sözü geçti? Kim adam yerine kondu? Mozart mı, yoksa işini bilenler mi? Mozart mı, yoksa sıradan, sığ insanlar mı? Nasıl öldü Mozart? Nasıl gömüldü? Sanırım hep böyle oldu, ileride de böyle olacak. Okullarda 'dünya tarihi' denen ve kültürün bir parçası diye ezberletilen şey, bütün o kahramanları, dâhileri, büyük büyük işleri ve duygularıyla aldatmacadan başka şey değil, okulda geçirecekleri yıllar boyunca çocukların bir şeyle oyalanmaları için öğretmenler tarafından eğitim amacına yönelik olarak kotarılmış bir aldatmaca. Her zaman böyle oldu, her zaman da böyle olacak. Zaman ve dünya, para ve güç, küçük ve sığ insanların elinde bulunacak her zaman, asıl insanların elinde ise hiçbir şey. Yalnızca ölüm."

"Hepsi o kadar mı?"

"Hayır, ölümsüzlük ayrıca."

"İsmin ölümsüzlüğü mü söylemek istediğin, insanın kendisi bu dünyadan göçtükten sonra geride kalacak ünü mü?"

"Hayır kurtçuğum, demek istediğim ün değil. Ünün ne değeri var? Hem sanıyor musun, gerçek ve kusursuz insanların hepsi üne kavuşmuş, sonradan gelen kuşaklarca tanınıp bilinmiştir?"

"Hayır, elbette değil."

"Yani ün değil söylemek istediğim. Ün sadece eğitim için vardır, okul öğretmenlerini ilgilendirir. Yo, ün değil söylemek istediğim, yo hayır! Ölümsüzlük diye nitelediğim şey. Dini bütün kişiler Tanrının Ülkesi derler buna. Benim düşünceme göre, bizim gibiler, başkalarından bir fazla boyutla donatılmış bizim gibi iddialı, bizim gibi içi özlem dolu insanlar, bu dünyadaki hava dışında soluyacakları bir başka hava, zaman dışında ayrıca sonsuzluk olmadı mı asla yaşayamazlar; bu sonsuzluk da gerçeğin ülkesidir işte. Mozart'ın müziği ve senin büyük yazarlarının yapıtları da bunun içinde, kerametler gösteren, idealleri uğruna can veren ve insanlık için yüce örnekler oluşturan ermişler de bunun içindedir. Ama her gerçek eğilim, her gerçek duygu da, isterse kimsenin bunlardan haberi olmasın, kimse bunları görüp bir kenara kaydederek gelecek kuşaklar için saklamasın, bu sonsuzluk kapsamına girer. Sonsuzluk içinde sonraki kuşaklar diye bir şeyden söz açılamaz, birlikte yaşamalar vardır sadece."

"Haklısın," dedim.

Hermine, "Dindarlar," diye sürdürdü konuşmasını düşünceli düşünceli, "söz konusu gerçeği herkesten iyi bilen kişilerdi; bu yüzden ermişler çıktı aralarından, 'ermişler topluluğu' denen topluluğu çıkardılar ortaya. Gerçek insanlardır ermişler, İsa'nın kardeşleridir. Bizler, bütün iyi işlerimiz, bütün yiğitçe düşüncelerimiz, bütün sevgilerimizle hayat boyu onların yolunda yürürüz. Ermişler topluluğunu eskiden ressamlar altın bir gökyüzü içinde betimlemişlerdi, görkemli, güzel ve barışçıl. Benim daha önce 'sonsuzluk' dediğim şeyden başkası değildir bu topluluk. Zamanın ve görüngüler dünyasının ötesindeki ülkedir. Bizim yerimiz de işte orası, yurdumuz orasıdır, gönlümüz oraya koşuyor Bozkırkurdu, bu yüzden de ölümü özlüyoruz. Sen Goethe'ni, Novalis'ini ve Mozart'ını orada karşında bulacaksın yine, ben de kendi ermişlerimi, Christoffer'i, Nerili Philipp'i ve bütün diğerlerini. Başlangıçta koyu bir günahkâr yaşamı sürmüş pek çok ermiş vardır, günah da ermişliğe götüren bir yol işlevi görebilir, günah da kötülük de. Güleceksin ama, belki dostum Pablo da gizli bir ermiştir diye düşündüğüm oluyor çoğunlukla. Ah Harry, evimize varmamız için pek çok pislik ve saçmalık içinden bata çıka yürümemiz gerekiyor! Üstelik bize yol gösterecek kimsemiz de yok, tek kılavuzumuz yüreğimizdeki özlemdir."

Son sözleri yine usulcacık söylemişti Hermine. Ardından odayı huzur taşan bir sessizlik kapladı; güneş batmak üzereydi ve kitaplığımda duran pek çok kitabın sırtındaki altın yaldızlı yazıları hafiften parıldatıyordu. Hermine'nin başını ellerimin arasına aldım, alnına bir öpücük kondurdum, başını başıma yasladım, bir an yanak yanağa, kardeş kardeş oturduk. Hep böyle kalabilsem, bugün hiç sokağa çıkmasam, dünyalar benim olurdu. Ne var ki, Maria büyük balodan önceki bu son gece benimle buluşacağına söz vermişti.

Ama Maria'ya giderken yolda onu değil, Hermine'nin söylediklerini düşündüm hep. Bana öyle geldi ki, bütün bunlar Hermine'nin değil, benim kendi düşüncelerimdi. Hermine o güçlü sezgisiyle bendeki düşünceleri soluyarak kendi içine aktarmış, sonra da onları yine çıkarıp bana sunmuştu; dolayısıyla, söz konusu düşünceler belli bir biçim kazanmış ve yeni düşünceler kılığında karşıma dikilmişti. Söyleşimiz sırasında özellikle sonsuzluk düşüncesini dile getirdiği için kendisine derin bir minnettarlık duyuyordum. Bu düşünce gerekliydi bana, onsuz yapamaz, onsuz ölemezdim. Kutsal öbür dünya, zamandan bağımsız dünya, ölümsüz değerlerin, tanrısal özün dünyası, dostum ve dans öğretmenim Hermine tarafından bugün bana yeniden armağan edilmişti. İster istemez Goethe'yle ilgili olarak gördüğüm düşe gitti aklım, insan gülüşü denemeyecek bir gülüşle beni ölümsüz alayına konu yapan yaşlı bilgenin hayali gözlerimin önünde canlandı. Onun gülüşüne, ölümsüzlerin bu gülüşüne ancak şimdi akıl erdirebilmiştim. Nedensiz bir gülüştü, yalnızca ışık, yalnızca aydınlıktı; gerçek bir kişinin çileler, kötülükler, hatalar, tutkular ve yanlış anlaşılmalar içinden geçerek sonsuzluğun, sonsuz evrenin kapısından içeri adım atmasından sonra kendisinden geride kalan şeydi. "Sonsuzluk" da zamanın bağımsızlığına kavuşmasıydı yalnız, zamanın başlangıçtaki masumiyetine dönüşüydü adeta, gerisingeri mekâna dönüşümüydü.

Maria'yı kendisiyle buluştuğumuz akşamlar yemek yediğimiz restoranda aradım, ama henüz gelmemişti. Sessiz banliyö restoranındaki kurulmuş sofra başında oturup bekledim, aklım hâlâ Hermine'yle yaptığımız söyleşideydi. Hermine'yle aramda boy göstermiş düşünceler bana öylesine aşina, öylesine bildik, öylesine benim kendi mitolojim ve imge dünyamdan kaynaklanmış geliyordu ki! Zamansız mekânda yaşayan, bizlerden uzaklara kayıp imge niteliği kazanmış, kristal sonsuzluğun bir hava gibi sarıp kuşattığı ölümsüzler ve bu dünya dışındaki evrenin serin, yıldızsı parıltılar içindeki neşesi – bunlar nasıl oluyor da bana öylesine aşinaydı? Düşündüm, Mozart'ın *Cassations*'undan, Bach'ın *Wohltemperiertes Klavier* isimli yapıtından parçalar geldi aklıma; söz konusu müzikte baştan aşağı bu serin ve yıldızsı aydınlığı, bu kristal havanın titreştiğini sezer gibi oldum. Evet, buydu neden, bu müzik donup mekâna dönüşmüş zamandı adeta ve onun yukarısında da insanüstü bir neşe, sonsuz ve tanrısal bir gülüş titreşip duruyordu. Ah, düşümdeki yaşlı Goethe de tam bu neşe havasına göre biriydi! Ve ansızın bu akıl sır ermeyen gülüş çevremde yankılandı, ölümsüzlerin güldüğünü işittim. Duygulanmış oturuyordum; bir büyülenmişlik içinde yelek cebimden kurşunkalemimi çıkardım, kâğıt aradım sonra, önümde duran şarap listesine ilişti gözüm, listenin arkasını çevirip çiziktirmeye koyuldum. Ertesi gün cebimde yine elime geçen dizeler şöyleydi:

Ölümsüzler

Yeryüzü ovalarından tüter gelir sürekli
Çıkar yukarılara yaşam dürtüsü ulaşır bize,
Diz boyu sıkıntılar, yaşam kıvancının esrikliği,
İdam mahkûmlarının son yemeklerinin kanlı buğusu,
Şehvetle titremeler, tutkular sonu gelmeyen,
Katil elleri, vurguncu elleri, elleri dilencilerin,
Korkunun ve açlığın kamçısı altında insan sürüsü
Tüter bunaltıcı ve çürümüş, hoyrat ve sıcak,
Solur mutluluğu ve vahşi kızışmışlıkları,
Yer kendi kendini, kusup atar sonra içinden,
Savaşlar üretir ve güzel güzel sanatlar,

Alev alev sevinçten çatılmış evi süsler hayallerle,
Tıkınmalar, yiyip yutmalar ve orospuluklarla geçer
Göz kamaştırıcı sevinçleri içinden çocuk dünyalarının,
Herkes için yükselip çıkar dalgalardan taptaze,
Dağılıp dökülür, pisliğe dönüşür gün gelir.

Oysa bizler bulduk birbirimizi
Yıldızların aydınlattığı buzunda havanın,
Ne gündüz biliriz ne saat tanırız,
Ne erkeğiz ne kadın, ne genç ne de yaşlı.
Günahlarınız ve korkularınız,
Cinayetleriniz ve şehvet dolu hazlarınız
Bir oyundur bizim için dönüp duran güneşler gibi,
Her geçen gün en uzun gündür bizlere.
Saçma yaşamınıza bakar, sallarız başımızı,
Gözlerimiz dönüp duran yıldızlarda
Soluruz evrenin kışını,
Dostuz gökyüzü canavarıyla,
Soğuk ve değişimsizdir sonsuz varlığımız,
Soğuk ve yıldızsız sonsuz gülüşümüz.

Derken Maria geldi, neşe içinde yemeğimizi yedikten sonra kalkıp odacığımıza yollandık. Her zamankinden daha güzeldi Maria, daha sıcak, daha içtenlikli. Bana öyle sevecenlikler ve sevi oyunları tattırdı ki, özverinin bundan fazlası düşünülemezdi.

"Maria," dedim, "bu gece ne kadar da cömertsin, bir tanrıçaya benziyorsun tıpkı. Dikkat et, büsbütün halsiz serilip kalmayalım, yarın maskeli balo var. Yarın için kendine nasıl birini kavalye seçtin bakayım? Korkarım, sevgili çiçeğim, bir masal prensidir bu, seni kaçırıp götürecek, sen de bir daha dönüp bana gelmeyeceksin. Bugün beni öyle seviyorsun ki, sanki birbirine veda edip ayrılacak iki çılgın sevgiliyiz, sanki son kez seviyorsun beni."

Dudaklarını kulağıma iyice yaklaştırdı Maria, fısıldayarak, "Konuşma Harry," dedi. "Her seferinde son kez olabilir sevişmemiz. Hermine seni benden çekip alırsa, artık bana gelmezsin. Kim bilir, belki yarından tezi yok yapar bunu."

O günlerin karakteristik duygusunu, acayip acı-tatlı ikili ruh halini hiçbir vakit balo öncesi gecede olduğu kadar derinden yaşamadım. Mutlulukla hissettiğim şey, Maria'nın güzelliği ve özverisiydi; benim ancak pek geç, ancak yaşlı biri olarak tanıştığım yüzlerce ince, tatlı, şehevî hazzın yaşanması, ellenip yoklanması, solunmasıydı, beşik gibi sallanan yumuşak bir haz dalgasında şap şup ilerlenmesiydi. Öyleyken yalnızca bir kabuktu bu ve kabuğun içindeki her şey anlamla, gerilimle, yazgıyla doluydu. Sevginin duygulandırıcı ayrıntılarında sevecenlikle oyalanarak görünürde ılık bir mutluluk denizinde yüzüp dururken, yazgımın nasıl apar topar ileriye doğru koşturduğunu, ürkmüş bir at gibi dolu dizgin bir uçuruma, bir düşüşe doğru yol aldığını dehşetle, özlemle, ölüme bir teslimiyetle duyumsuyordum. Nasıl kısa süre önce şehevî sevginin o hoş hafifliğine karşı çekingenlik ve korkuyla kendimi savunmuşsam, nasıl Maria'nın gülen ve kendini bana armağan etmeye hazır bekleyen güzelliği karşısında korkuya kapılmışsam, şimdi de ölümden korkuyordum. Ama bu öyle bir korkuydu ki, az sonra teslimiyete ve esenliğe dönüşeceğinin şimdiden bilincindeydi.

Konuşmadan sevgimizin oyunlarına harıl harıl dalmış, her zamankinden çok birbirimizin olmuştuk ki, ruhum Maria'ya veda etti, Maria'nın benim için ifade ettiği her şeyden çekti elini. Maria sayesinde, ölmeden önce bir kez daha kendimi bir çocuk gibi yüzeyselliklerin oyununa bırakıp geçici zevkler peşinde koşmayı, cinselliğin masumiyeti içinde çocuk ve hayvan olmayı öğrenmiştim. Geçmiş yaşamımda ancak seyrek istisnalar olarak tanıdığım bir durumdu bu, çünkü şehvet ve cinsellik benim için hemen her vakit suçtan oluşan buruk bir yan tadı, aydın bir kişinin kendini kollaması gereken yasak meyvedeki hoş, ama korkulu lezzeti içermişti. Şimdi ise Hermine'yle Maria bana bu bahçeyi tüm masumiyetiyle göstermişti, bir şükran duygusuyla konuğu olmuştum bu bahçenin. Ne var ki, çok geçmeden içinden çıkıp yeniden yola koyulmam gerekmişti, benim için fazlasıyla sevimli ve sıcaktı bu bahçe. Yeniden yaşamın tacına talip olmak, yeniden yaşamın sonsuz suçunun bedelini ödemek alnıma yazılmıştı benim. Kolay bir yaşam, kolay bir sevgi, kolay bir ölüm, bunlar asla bana göre değildi.

Kızların imalı sözlerinden, yarınki baloda ya da balonun ardından pek özel eğlence ve cümbüşlerin düzenleneceğini öğrenmiştim. Belki de işin sonuydu bu, belki Maria sezgisinde haklıydı, bugün son kez bir araya gelmiştik, belki yarın yazgının yeni yolculuğu başlayacaktı. İçim özlemle, bunaltıcı bir korkuyla kavruluyordu;

Maria'ya çılgınca sarılıyor, bir kez daha yanıp tutuşarak, bir kez daha hırsla bahçesinin tüm patikalarında ve ağaçlıklarında seğirtip duruyor, bir kez daha cennet ağacının tatlı meyvesini dişliyordum.

Gecenin uykusuzluğunu gündüz giderdim. Sabahleyin kente inip banyo yaptım, sonra da dönüp eve geldim. Ölesiye yorgun, perdeleri çekip yattığım odayı kararttım, soyunurken yelek cebimdeki şiir geçti elime, ama hemen yine şiiri unutup yatağa girdim. Maria, Hermine ve maskeli balo çıkıp gitti aklımdan, bütün gün aralıksız uyudum. Akşamleyin kalktım yataktan; ancak tıraş olurken aklıma geldi, bir saat sonra maskeli balo başlayacaktı, gömlekler arasından frakla giyeceğim bir tanesini arayıp bulmam gerekiyordu. Keyfim yerinde, hazırlanarak evden çıktım, ilkin bir yerde karnımı doyuracaktım.

Katılacağım ilk maskeli baloydu. Eskiden de zaman zaman böyle şenliklere gitmiştim, bazen bunlardan hoşlandığım olmuştu; ama hiçbirinde dans etmemiş, sadece dans edenleri izlemiştim, başkalarının söz konusu şenliklerden hayranlıkla söz açıp kendilerinin de şenliğe katılacak olmalarına sevinmeleri bana hep gülünç görünmüştü. Ama bugün balo benim de merakla, aynı zamanda endişeyle beklediğim sevindirici bir olaydı. Yanımda bir dam olmayacağı için baloya geç gitmeye karar verdim, zaten Hermine de böyle yapmamı salık vermişti.

"Çelik Miğfer" isimli meyhaneye, düş kırıklığına uğramış erkeklerin akşamlarını geçirdikleri, şaraplarını yudumlayıp bekâr rolünü oynadıkları bir zamanki barınağıma son zamanlar seyrek uğramıştım, burası yeni yaşam üslubuma artık uygun düşmüyordu. Ne var ki, bu akşam içimden bir şey kendiliğinden beni çekip oraya götürdü; şu sıra ruhumda esen yazgı ve veda karışımı korkulu-şen havada, yaşamımın tüm durakları ve anılarının saklı olduğu bütün yerler bir kez daha geçmişin acılı, güzel parlaklığına bürünmüştü, küçük ve dumanlı meyhane de bunlar arasındaydı. Kısa süre önce ben de meyhanenin gedikli müşterilerinden biriydim, kısa süre önce ilkel bir uyuşturucu işlevi gören bir şişe hafif sofra şarabı yetmiş, bir geceyi daha yatağımda yalnızlık içinde geçirmemi, bir gün daha yaşama katlanabilmemi sağlamıştı. O zamandan bu yana daha değişik uyuşturucular, daha güçlü uyarıcılar kullanmış, daha keyif verici zehirler yudumlamıştım. Gülümseyerek eski meyhanenin kapısından içeri girdim, meyhaneci kadın karşılayıp buyur etti beni ve suskun gedikli müşteriler başlarını sallayarak beni selamladılar. Yiyecek olarak salık verilen piliç kızartması az sonra getirilip önüme kondu, o kaba Bavyera bardağıma yeni ürün Alsace şarabı ışıl ışıl aktı. Temiz ve beyaz ahşap masalarla sarı tahta kaplamalar dostça gülerek bana bakıyorlardı. Ben yiyip içerken, sararıp solmalara ve bir vedanın kutlandığına ilişkin duygu, geçmiş yaşamımın tüm sahneleri ve nesneleriyle aramda şimdiye kadar asla tümüyle çözülmemiş, ama artık olgunlaşıp çözülmeye hazır duruma gelmiş bağlılığın tatlı ve acılı-içten duygusu güçlendi ruhumda. "Modern" insan duygusallık diye nitelendiriyor bunu; nesneleri, en kutsal mülkü olan arabasını bile sevmiyor, bir an önce onu elinden çıkarıp yerine daha üstün bir modelini geçirebilmeyi umuyor. Bu modern insan çakı gibidir, elinden kuş uçmaz, sağlıklı, serinkanlı ve sırım gibi insandır, üzerine toz kondurulamayacak bir tiptir, bir sonraki savaşta ne yaman kişi olduğunu kanıtlayacaktır. Bense ne modern, ne de modası geçmiş biriydim; zamanın dışına düşmüş, sürüklenip gidiyordum, ölüme yakın, ölüme istekli. Duygusallıklara karşı değildim hiç, yanıp kavrulmuş yüreğimde hâlâ biraz duygu gibi bir şey hissedebildiğim için seviniyor, Tanrıya şükrediyordum. Böylece eski meyhanedeki anılara dalmıştım, eski kaba sandalyelere, duman ve şarap kokusuna, alışılmışlığın, sıcaklığın ve bütün bunlarda benim için esen yurt havasının pırıltısına kaptırmıştım kendimi. Veda güzel şey, yumuşak bir havaya sokuyor insanı. Sert sandalyem, Bavyera bardağım değerliydi benim için. Alsace şarabının meyvemsi, serinletici tadı değerli, bu mekândaki her şeyle ve herkesle aşinalığım değerli, kendileriyle uzun süre kardeşlik yaptığım, hayallere dalmış oturan ve içkilerini yudumlayanların, düş kırıklığına uğramışların yüzleri değerliydi. Burada yaşadıklarım küçük burjuva duygusallıklarıydı; meyhanenin, şarabın ve sigaranın henüz yasak, yabancı ve şahane şeyler olduğu çocukluk dönemine ilişkin, modası geçmiş meyhane romantizminin kokusuyla hafifçe baharatlandırılmış duygusallıklar. Ama hiçbir bozkırkurdu burada ayağa kalkıp bana dişlerini göstermedi, duygusallıklarımı paralayıp didik didik etmedi. Huzur içinde meyhanede oturuyordum, geçmişin aydınlığı vurmuştu üzerime, batmış bir yıldızın sönük ışığı vurmuştu.

Kestane kebap satan bir sokak satıcısı geldi, bir avuç kestane aldım. Yaşlı bir çiçekçi kadın göründü derken, ondan da birkaç karanfil alıp meyhaneci kadına uzattım. Karanfillerin parasını ödemek için elimi ceketimin cebine götürdüm, bir cep falan bulamayınca, frak giymiş olduğumu anımsadım. Maskeli balo! Hermine!

Ama henüz çok erkendi, şimdiden kalkıp Globus Salonları'na gitmeye karar veremedim. Öte yandan, son zamanlar bütün bu eğlenceler yüzünden yaşadığım tatsızlıklar aklıma geldi: İçimden yükselen direnişler ve tutukluklar, büyük, tıklım tıklım ve gürültülü mekânlara adım atmaya karşı isteksizlik, yabancı atmosfere, zevk düşkünü insanların dünyasına ve dansa karşı bir öğrenci çekingenliği.

Yolda ağır ağır yürürken bir sinemanın önünden geçtim; ansızın parıldayan bir ışık demeti çarptı gözüme, devasa renkli afişler gördüm, birkaç adım ilerledikten sonra dönüp sinemadan içeri girdim. Saat on bire kadar güzel güzel, rahatçacık burada oturabilirdim. Elindeki lambayla yer gösteren oğlanın peşine takılıp yalpalaya yalpalaya perdeler arasından karanlık salona girdim, bir yer bulup oturdum ve ansızın Tevrat'ın içinde buldum kendimi. Sözde para kazanmak için değil, soylu ve kutsal amaçlar uğruna hayli para ve çaba harcanarak yapılmış ustalıklı bir filmdi, hatta öğle sonraları din öğretmenleri öğrencileri alıp filmi görmeye getiriyorlardı. Pek çok insanın, atın, devenin ve sarayın yer aldığı filmde Hz. Musa'nın ve İsraillilerin Mısır'daki yaşamları anlatılıyor, firavunların görkemi ve Yahudilerin çölün kızgın kumlarında çektiği çileler yansıtılıyordu. Dış görünüşünde gerekli değişiklik yapılarak biraz Walt Whitman'a benzetilmiş Musa'yı gördüm; sinemanın görkemli Musa'sı uzun asasıyla Yahudilerin önüne düşmüş, Tanrı Votan adımlarıyla, ateşli ve kuvvetli adımlarla çölde yürüyordu. Derken Kızıldeniz'in kıyısına gelen Musa, burada Tanrıya dua etti, deniz ikiye ayrılarak bir yol açıldı içinde, iki yanı sudan dağlarla çevrili çukur bir yoldu (film yapımcılarının bunun nasıl üstesinden geldiğini, rahiplerin filmi görmeye getirdikleri konfirmasyon adayları uzun uzun tartışabilir); Peygamber Musa ve korkuya kapılmış kavmi, açılan yoldan yürüyüp karşıya geçti, onların ardından da firavunun savaş arabaları göründü. Mısırlı askerler deniz kenarında birden duraklayıp ürktüler ilkin, ama sonra cesaretle ileri atıldılar, altın zırhlara bürünmüş görkemli firavunun bütün araba ve adamlarının üstünde sudan dağlar birbirine kavuştu. Bu sahne bana Händel'in iki bas için bestelediği olağanüstü güzellikteki düetini anımsattı; düette söz konusu olay şahane bir şekilde dile getiriliyordu. Filmde daha sonra Musa, Sina Dağı'na tırmandı; Yehova, çöl gibi kasvetli ve kayalık bir yerde kasvetli bir kahramanı andıran Musa'ya, fırtına, bora ve şimşek aracılığıyla On Emir'i bildirdi; bu sırada Musa'nın değersiz kavmi dağın eteğinde altından bir buzağı yapmış, vur patlasın çal oynasın eğlenmeye koyulmuştu. Bütün bunlara tanık olmak, bir vakit çocukluğumuzdan içeri bir başka dünyanın, insanüstü bir şeyin ilk ağaran sezgisini taşıyıp getirmiş kutsal anlatıların, anlatılardaki kahramanların ve gösterdikleri mucizelerin, yanlarında getirdikleri sandviçleri sessiz sedasız yiyen minnettar bir seyirci topluluğu önünde giriş ücreti karşılığında sergilendiğini görmek, tuhaf ve inanılmaz bir şeydi. Çağımızın o devasa tapon malından ve mevsim sonu kültür satışından küçük ve hoş bir örnekti bu. Tanrım, bu kepazeliği önlemek için, günümüzdeki tüyler ürpertici ve yarım yamalak ölüm yerine Yahudilerin ve bütün diğer insanların da o zamanlar Mısırlılarla hemen sulara gömülüp adam gibi bir ölümle ölmesi uygun olurdu. Neyse işte!

İçimdeki gizli tutukluklar, maskeli baloya karşı duyup kendi kendime itiraftan çekindiğim ürküntü, sinemada gördüğüm filmle, filmin uyarıcı etkisiyle küçülmeyip daha da büyümüştü. Hermine'yi düşünerek ister istemez silkinip toparlandım ve sonunda Globus Salonları'nın yolunu tuttum. Geç kalmıştım, çoktan başlayan balo bütün hızıyla sürüyordu. Ayılmış ve çekingen, paltomu çıkarıp vestiyere bırakmaya kalmadan, kendimi coşkulu bir kalabalık içinde buldum. Sağdan soldan bir teklifsizlikle itilip kakıldım, kızlar tarafından şampanya içilen bölmelere buyur edildim, palyaçolar omuzlarıma vurup benimle sen diye konuştu. Tüm önerileri geri çevirip tıklım tıklım salonlarda güç bela vestiyere kadar ilerledim, fişi alıp, belki çok geçmeden bu curcunaya katlanamaz olur, çekip gidebilirim diyerek titizlikle cebime yerleştirdim.

Koca binanın tüm odaları şenliğe ayrılmıştı; bütün salonlarda, hatta zemin katta dans ediliyor, koridorlar, merdivenler maskelerin, dansın, müziğin, kahkahaların ve koşuşturmacaların seli içinde yüzüyordu. Ruhum sıkılarak kalabalık ortasında sessiz sedasız ilerledim, zenci müzik topluluğundan köylü müzik topluluğuna, ışıl ışıl ana salondan koridorlara, merdivenlere, barlara, büfelere, şampanya içilen odalara yöneldim. Duvarlarda çoğunlukla en yeni ressamların çılgınca ve komik tabloları asılıydı. Sanatçılar, gazeteciler, bilginler, işadamları, bunların yanı sıra doğal olarak kentteki bütün zevk düşkünü insanlar, herkes buradaydı. Orkestraların birinde Mister Pablo oturmuş, kıvrık borusunu coşkuyla üflüyordu. Beni görünce sesini yükselterek selam verdi. Kalabalığın itiş kakışıyla bir odadan öbür odaya dolanıp durdum, merdivenlerden inip merdivenlerden çıktım; zemin katta bir hol sanatçılar tarafından süslenip donatılarak cehenneme benzetilmişti, şeytanlardan bir müzik topluluğu davulları kudurmuşçasına gümbürdetip duruyordu. Yavaş yavaş gözlerim Hermine'yi ve Maria'yı aramaya başlamıştı, onları bulmak için birçok kez ana salona ulaşmaya çalıştım, ama her seferinde yanlış bir yerde aldım soluğu ya da karşıdan gelen bir insan seli ana salona girmemi önledi. Gece yarısı olmuş, ama ne Hermine'yi, ne Maria'yı ele geçirebilmiştim; hiç dans etmemişken şimdiden terlemiştim, başım dönüyordu. İlk gördüğüm sandalyeye çöktüm, tümüyle yabancı insanların arasında bulunuyordum; servis yapan garsondan bir kadeh şarap aldım, böyle gürültülü patırtılı eğlencelere katılmanın benim gibi yaşlı birinin işi olmadığını anlamıştım. Boynumu büküp kadehimdeki şarabı içmeye koyuldum, kadınların çıplak kol ve sırtlarında dolaştırdım gözlerimi; pek çok maskeli kişi önümden rüzgâr gibi esip geçti, bana çarpıp toslamalarına ses çıkarmadım, kucağıma oturmak ya da benimle dans etmek isteyen birkaç kızı hiçbir şey söylemeden uzaklaştırdım yanımdan. Aralarından biri, "Suratsız moruk," dedi benim için ve haklıydı. Biraz moral bulmaya ve keyfimin yerine gelmesine çalıştımsa da, şaraptan tat alamadım, ikinci kadehi zor içtim. Ve giderek Bozkırkurdu'nun arkamda dikilmiş, bana dilini çıkardığı gibi bir duygu içimde yerleşmeye başladı. Ne yapsam boştu, yanlış bir yerde bulunuyordum. Doğrusu iyi niyetle kalkıp gelmiştim baloya; ama burada yüzümün gülmesi olanaksızdı, çevremde çın çın öten sevinç çığlıkları, kahkahalar ve bütün o çılgınca davranışlar bana aptalca ve yapmacık görünüyordu.

Sonunda saat bir olmuştu; düş kırıklığına uğrayıp içerlemiştim, paltomu alıp gitmek üzere usulcacık vestiyere yöneldim. Bir bozgun yaşamış, bozkırkurtluğum ruhumda depreşmişti. Hermine bu yaptığımı pek bağışlamayacaktı. Ama başka türlüsü elimden gelmedi. Kalabalık arasından güç bela ilerlerken, dostlarım Hermine ve Maria'dan birini görebilir miyim diyerek dikkatle sağıma soluma bakındım. Ama boşuna. Vestiyere gelip tezgâhın önünde dikildim, vestiyere bakan nazik bir bay çoktan elini uzatmış, numarayı istiyordu; elim yelek cebime uzandı, numara yerinde yoktu! Hay aksi şeytan, bir bu eksikti! Bir salondan öbürüne o mahzun yürüyüşler sırasında, ayrıca sandalyede oturup tatsız şarabı yudumlarken, yine çekip buradan gitmek kararıyla boğuşarak elimi birçok kez cebime atmış, yuvarlak ve yassı numaranın yerinde durduğunu görmüştüm. Şimdiyse yerinde yeller esmekteydi. Her şey benim aleyhime çalışıyordu.

Birden, sırtında kırmızı-sarı bir kostümle şeytan kılığına girmiş ufak tefek biri, kulak tırmalayıcı bir sesle, "Numaranı mı kaybettin?" diye sordu. "Buyur dostum, benimkini al," diye ekledi ardından. Bana uzattığı numarayı, ne yaptığımın farkına varmadan alarak parmaklarımın arasında evirip çevirirken, ufak tefek adam çoktan ortadan kaybolmuştu.

Numarasına bakmak için küçük ve yuvarlak karton parçasını gözlerime yaklaştırınca, bir numara falan içermediğini gördüm. Ufak harflerle üzerine bir yazı çiziktirilmişti, o kadar. Vestiyerde görevli adamdan bir dakika beklemesini rica ettim, hemen oracıktaki bir lambanın yanına gidip yazıyı okudum. İleri geri yalpalayan küçük harflerle yuvarlak karton üzerine çiziktirilmiş zor okunan yazıda şöyle denmekteydi:

Bu gece saat dörtten başlayarak sihirli tiyatro
–yalnızca kaçıklar için–
Giriş ücreti: Akıl.
Herkes için değil. Hermine cehennemde.

Oynatıcısının elinden bir an için kayıp kurtulan bir kukla, kısa süreli kaskatı bir ölümün ve aptallığın ardından nasıl yine dirilir, yeniden oyun içindeki yerini alır, dans eder, elini kolunu oynatırsa, sihirli bir telle çekilir gibi ben de demin yorgun, isteksiz ve yaşlı bırakıp kaçtığım kalabalığa bu kez çevik, genç ve ateşli biri olarak döndüm yeniden. Cehenneme gitmek için benden daha aceleci davranan bir günahkâr görülmemiştir. Daha az önce rugan iskarpinler ayaklarımı sıkmış, ağır parfüm kokusu içimi tiksintiyle doldurmuş, salondaki sıcak hava vücudumda bir gevşemeye yol açmışken, şimdi onestep dansının ritmine uyarak esnek adımlarla salonlardan hızlı hızlı geçiyor, cehenneme doğru seğirtiyordum. Havanın bir büyüsellikle dolup taştığını hissediyordum; sıcak hava, gümbür gümbür öten müzik, renklerin cümbüşü, kadın omuzlarından yayılan parfüm kokusu, yüzlerce insanın esrikliği, gülmeler, dans ritimleri, kızarmış gözlerin parıltısı adeta bir beşikteymişim gibi beni sallıyor, kucaklamış götürüyordu. İspanyol bir kadın dansçı karşıdan gelerek kollarıma atıldı: "Benimle dans et!" – "Olmaz," dedim, "cehenneme gitmem gerekiyor. Ama istersen senden bir öpücük alıp yanımda götürebilirim." Maskenin altından kırmızı ağız bana yaklaştı, ancak bu ağzı öperken kadının Maria olduğunu anladım. Kollarımla sımsıkı sardım kendisini. Dolgun ağzı yaz mevsiminde iyice açılmış bir güle benziyordu. Dudaklarımız henüz birbirinden ayrılmamışken, biz de hemen dans edenler arasına karıştık ve dans ede ede Pablo'nun önünden geçtik. Pablo sevecen bir edayla yankılanıp duran saksofonunun üzerine hazla eğilmişti; güzel hayvansı bakışı, ışıl ışıl ve yarı dalgın, kucakladı bizi. Biz dans etmeye başlayalı daha çok olmamıştı ki birden müzik sustu, istemeye istemeye kollarımdan bıraktım Maria'yı.

Sıcaklığıyla sarhoş olmuş, "Seninle bir kez daha dans etmeyi ne çok isterdim," dedim. "Birkaç adım gel benimle Maria; senin güzel kolun gönlümü fethetti, bırak onu biraz daha tutayım! Ama Hermine çağırdı beni. Kendisi cehennemde."

"Tahmin etmiştim. Hoşça kal Harry, seni unutmayacağım." Maria veda edip gitti. Yaz gülünün öylesine olgun ve dolgun kokusunda veda vardı, güz vardı, yazgı vardı.

Yine seğirtmeye koyulmuştum; sevecen kalabalıklarla dolup taşan uzun koridorlardan geçtim, merdivenlerden inip cehennemin kapısından içeri girdim. Katran gibi siyah duvarlarda göz kamaştırıcı hain lambalar yanıyor, şeytanlar orkestrası hummalı hummalı çalıyordu. Yüksek bir bar taburesine sevimli bir delikanlı oturmuştu, maskesiz, sırtında frak; alaylı, kısa bir bakışla beni süzdü. Dans edenlerin kalabalık girdabı duvara sıkıştırdı beni, daracık yerde yirmiye yakın çift dönüp dolanıyordu. Dans eden kadınları yiyip yutarcasına ve korkuyla bir bir gözden geçirdim, çoğu henüz maskeliydi, birkaçı bana bakıp güldü, ama Hermine aralarında yoktu. Yakışıklı delikanlı, oturduğu bar iskemlesinden alaylı alaylı benden yana bakıyordu. Dansa ara verilir verilmez Hermine gelip bana seslenecek, diye geçirdim içimden. Dans bitti, ama gelen olmadı.

Alçak tavanlı salonun bir köşesine sıkıştırılmış bara yöneldim. Delikanlının taburesinin yanı başında dikilip viski söyledim. Viskiyi yudumlarken, delikanlıyı yandan gördüm bu kez; bana öylesine tanıdık ve cana yakın geldi ki, uzak zamanlardan bir resim gibiydi adeta, geçmişin sessiz tozdan örtüsünün değerli kıldığı bir resim. Vay canına, bir anda bir şimşek çaktı kafamda: Hermann'dı bu, benim gençlik dostum Hermann!

"Hermann!" diye seslendim duraksayarak.

Delikanlı gülümsedi. "Harry? Buldun beni ha?"

Hermine'ydi, kendisini sadece biraz değişik bir kılığa sokmuş, hafifçe makyaj yapmıştı. Pek zeki yüzü modaya uygun dik yaka içinden tuhaf ve solgun bakıyordu; elleri frakın geniş ve siyah yenleriyle beyaz manşetlerinden şaşılacak kadar küçük, ipekten siyah-beyaz erkek çoraplı ayakları uzun ve siyah pantolondan şaşılacak kadar narin ve nazlı dışarı fırlamıştı.

"Beni kendine âşık etmek için giyeceğin kostüm bu muydu Hermine?"

Evet der gibi başını salladı. "Baloda şimdiye kadar birkaç kadını âşık ettim kendime. Şimdi sırada sen varsın. Ama önce bir kadeh şampanya içelim."

Yüksek taburelerimizde oturup şampanyalarımızı yudumladık; yanı başımızda yine dans ediyorlar, yaylı sazların müziği gümbür gümbür ötüyordu. Çok geçmeden, kendisinin bu konuda herhangi bir çaba harcamasına gerek kalmaksızın gönlümü kaptırdım Hermine'ye. Erkek kostümünden dolayı onunla dans edemedim, ona sevgiyle yaklaşamadım; erkek maskesi içinde bana uzak, ne eril ne dişil bir görünüm sergiliyordu, ama bakışları, sözleri ve jestlerinden yararlanarak kadınsılığının tüm güzellikleriyle sarıp sarmaladı beni. Kendisine elimi bile dokundurmaya kalmadan büyüsüne yenik düştüm, bu büyü de onun oynadığı rolün bir parçasıydı, erdişi bir roldü bu. Çünkü benimle Hermann üzerine, benim çocukluğumla kendi çocukluğu, buluğ öncesi bu yıllar üzerine sohbet etti; öyle yıllar ki, gençliğin sevi yeteneği her iki cinsiyeti kapsamakla yetinmiyor, her şeyi, duyusal ve düşünsel her şeyi kucaklıyor, her şeyi bir sevi büyüsüyle ve masalsı bir değişim gücüyle donatıyordu, ancak seçkin kişilerin ve yazarların ileriki yaşam yıllarında bazen yeniden ele geçirebildikleri bir yetenekti bu. Hermine basbayağı bir delikanlı rolünü oynamaktaydı, sigara içiyor, zekice esprilerle ufuk açıcı ve çoğunlukla biraz alaya kaçan bir edayla sere serpe konuşuyordu, ama bunların hepsinde aşk tanrısı Eros'un aydınlığı sezilmekteydi, hepsi duyularıma ulaşana kadar bir değişim geçiriyor, tatlı bir ayartıya dönüşüyordu.

Hermine'yi çok iyi tanıdığımı sanmıştım şimdiye kadar; oysa bu gece yepyeni bir kimlikle karşıma çıkmıştı! Beni ne kadar yumuşak ve farkına varılmaz bir şekilde o özlediği ağ içine çekip alıyor, ne kadar oyunsu bir edayla, adeta bir peri gibi zehirli içkiyi içmem için bana sunuyordu!

Oturup sohbet ettik, şampanya içtik. Gözlerimizi sağda solda dolaştırarak o salon bu salon gezip dolaştık; serüven peşinde koşan kâşiflere benziyorduk. Bazı çiftler seçip sevi oyunlarına kulak verdik. Bazı kadınları gösterip onlarla dans etmemi istedi Hermine, falan ya da filan kadını baştan çıkarmak için uygulayacağım yöntem konusunda bana tavsiyelerde bulundu. Yan yana iki çapkın olarak boy gösterdik salonlarda, bir süre aynı kadının peşinden koştuk, ikimiz de aynı kadınla nöbetleşe dans ettik, ikimiz de aynı kadının gönlünü çelmeye çalıştık. Ne var ki, bütün bunlar yalnızca bir maske oyunuydu, ikimizin arasında oynanan bir oyundu yalnızca, ikimizi birbirine daha sıkı bağladı, ikimizin birbirimiz için yanıp tutuşmasına yol açtı. Her şey bir masaldı, her şey alışılmışın bir boyut ilerisindeydi, bir anlam daha derindi, oyun ve simgeydi her şey. Derken gözümüze albenili genç bir kadın ilişti, biraz üzgün ve mutsuz görünüyordu. Hermann kadınla dans etti, kadının yüzünde güller açtırdı, onunla şampanya içilen küçük bir bölmeye geçip gözden kayboldu. Sonradan bana anlattığına göre, erkek olarak değil, bir sevicinin cazibesiyle kadının gönlünü fethetmişti. Ne var ki, benim için, dansla coşup kaynayan salonların doldurduğu bu çın çın öten bina, kendini sarhoşluğa kaptırmış bütün bu maskeli kalabalık giderek bir düş cennetine dönüştü. Çiçekler kokularıyla benimle flört ediyor, arayan parmaklarım meyveleri tek tek yoklayıp onlarla oynuyordu. Yılanlar yaprakların yeşil gölgelerinden ayartıcı bakışlarıyla beni süzüyor, mavi su zambakları siyah bataklıktan hayalet gibi başlarını çıkarmış bakıyordu; büyülü kuşlar dallarda tuzak kurmuşlardı; ama bütün bunlar beni özlediğim amaca doğru sürükleyip götürüyor, hepsi de o biricik nesnenin özlemini yeniden gönlüme dolduruyordu. Bir ara bir kızla dans ettim, yanıp tutuşarak, kendisine kur yaparak; kızı da kendimle salonlardaki coşku ve esrikliğin içine çekip aldım. Gerçekdışı bir hava içinde süzülüp dururken, birden gülerek şöyle dedi kız: "Tanınmayacak birine dönmüşsün. Bu akşam öylesine aptalca ve sıkıcı bir halin vardı ki." O anda kendisini tanıdım, bana birkaç saat önce "suratsız moruk" demişti. Şimdi ise beni ele geçirdiğini sanıyordu, ama bir sonraki dansta onun yerini yine kendisi için yanıp tutuştuğum bir başkası aldı. İki saat, hatta daha da uzun bir süre durmadan dans ettim, önceden öğrenmediğim danslar da içinde olmak üzere hiçbir dansı kaçırmadım. Yanı başımda sık sık Hermann'ı gördüm, gülümseyen delikanlı her seferinde başıyla bana selam verip kalabalık içine dalarak kayboldu.

Yeniyetme kızların ve yüksekokul öğrencilerinin bildiği, benimse elli yıl yabancısı kaldığım bir yaşantıyı bu balo gecesinde yaşamak kısmet oldu bana: Şenlik yaşantısıydı bu, şenliğe katılan kalabalığın esrikliği, bireyin kalabalık içine gömülüp yok oluşu, kıvancın *Unio mystica*'sıydı; bu yaşantıdan söz açıldığını sık sık işitmiştim, her hizmetçi kızın bildiği bir yaşantıydı bu; bu yaşantıdan söz açanların gözlerindeki parıltıya sık sık tanık olmuş, her seferinde biraz üstünlük duygusu, biraz gıptayla gülümsemiştim. Kendinden geçmiş, kendisini kendisinden kurtarmış birinin mest olmuş gözlerindeki ışıltıyı, topluluğun esrikliğinde çözülüp eriyen birinin gülümsemesini ve yarı kaçık dalıp gitmişliğini, hayatın önüme çıkardığı kimi soylu, kimi bayağı yüzlerce örnekte gözlemlemiştim; kafayı çekmiş acemi erler ve tayfalarda, öte yandan büyük sanatçılarda, örneğin festivallerdeki sunuların coşkusunda gözlemlemiştim; savaşa giden genç askerlerde de karşıma çıkmıştı bu gülümseme; mutlulukla kendinden geçen kimselerdeki bu ışıltı ve gülümsemeyle, bir orkestrada müzik yapmanın coşkusunu yaşayarak saksofonu üzerine eğilen ya da orkestranın şefine, davulcuya, bançocuya kendinden geçerek hayran hayran bakan dostum Pablo'da da bu yakınlarda karşılaşmış, ona hayranlık duymuş, onu sevmiş, onunla alay etmiş, ona imrenmiştim. Zaman zaman, böyle bir gülümseme, böyle bir çocuksu ışıltı genç insanların harcıdır ya da üyelerinde güçlü bir bireyselleşme ve ayrımlaşmaya izin verilmeyen halklara vergidir ancak, diye geçirmiştim kafamdan. Ne var ki bugün, bu mutlu gecede kendim, Bozkırkurdu Harry bu gülümsemeyle ışıldamıştı; kendim bu masallara özgü, bu derin, çocuksu mutluluk içinde yüzmüş, topluluktan, müzik ve ritimden, şarap ve şehvetten oluşan bu tatlı düşü ve sarhoşluğu kendim yaşamıştım. Oysa eskiden bir topluluk içinde balodan söz açan bir öğrencinin övgü dolu sözlerine sık sık alayla ve zavallı bir üstünlük duygusuyla kulak vermiştim hep. Ben, ben olmaktan çıkmıştım artık; kişiliğim, şenliğin esrikliğinde suda eriyen tuz gibi çözülüp dağılmıştı. Şu ya da bu kadınla dans etmiştim, ama kollarımda tuttuğum, saçı yüzüme sürünen, kokusunu nefesle içime çektiğim, dans ettiğim kadın değildi yalnızca, salonda bulunup benimle aynı müzik ve aynı dans selinde yüzen, ışıl ışıl yüzleri kocaman fantastik çiçekler gibi önümden süzülerek geçen kadınlar da dans ettiğim kadınla beraberdi. Bütün kadınlar benimdi ve ben bütün kadınlarındım; hepimiz birbirimizde pay sahibiydik. Erkekler de içindeydi bunun, onlarda da ben vardım, onlar da bana yabancı değildi, onların gülümsemesi de benim gülümsememdi; onların flörtleri benim, benimkiler onlarındı.

Yeni çıkan bir dans, bir fokstrot, o kış "yearning" ismiyle dünyayı fethetmişti. Yearning dansı salonlarda tekrar tekrar yapılıyor, sürekli yeniden yapılmak isteniyordu; hepimiz bu dansa doymuş, onunla sarhoş olmuştuk; hepimiz de onun melodisini mırıldanıyorduk. Sürekli dans ediyordum ben, karşıma çıkan her kadınla dans ediyor, pek genç kızlarla, görkemli genç hanımefendilerle, yaz mevsiminin katıksız olgunluğunu, sararıp solmaların hüznünü yaşayan kadınlarla dans ediyordum. Hepsine hayranlık duyarak, gülerek, mutlu, gözlerim parıldayarak. Beni her zaman içler acısı, zavallının biri sayan Pablo, yüzümün güldüğünü fark edince, mutlulukla parıldayan gözlerini bana çevirdi, coşkuyla sandalyesinden kalktı, var gücüyle saksofonunu üflemeye koyuldu, bir ara sandalyenin üzerine çıkıp dikildi, avurtlarını şişirerek konuşturdu sazını, hem kendisi, hem sazı yearning'in ritmine uyarak çılgınca ve mutlu sallanmaya başladı. Ben ve damım elimizle öpücükler yolladık Pablo'ya, yüksek sesle biz de ezgiye katıldık. Tanrım, diye geçirdim içimden, sonu nereye varırsa varsın, hiç değilse bir gün mutlu olabildim ya; yüzüm güldü bir gün, kendi kendimden bağımı kopardım, Pablo'nun bir kardeşi, bir çocuk oldum.

İçimdeki zaman duygusu yitip gitmişti, bu mutlu esriklik kaç saat ya da kaç dakika sürdü bilmiyorum. Eğlence kızıştıkça, eğlenenlerin tek bir alanda toplandığını da fark etmemiştim. Baloya gelenlerin çoğu gitmiş, koridorlar sessizleşip ışıkların pek çoğu sönmüş, sahanlık ve merdivenler canlılığını yitirmişti; yukarıdaki salonlarda müzik toplulukları birbiri ardına susmuş ve binadan çıkıp gitmişlerdi; yalnızca ana salonla aşağıdaki cehennemde rengârenk şölen sarhoşluğu giderek daha da coşuyor, kudurup duruyordu. Delikanlı Hermine'yle dans edemediğim için, hep dans aralarında kısa sürelerle buluşup selamlaştık; sonunda da tümüyle kayıplara karıştı Hermine, bundan böyle gözüme hiç gözükmediği gibi düşüncelerimden de çıkıp gitti. Kafamda en ufak bir düşünce kalmadı. Çözülüp erimiş, dans edenlerin sarhoş kalabalığı içinde yüzüp duruyordum; çeşitli kokuların, seslerin, iç çekişlerin ve sözcüklerin dokunuşunu hissediyor, yabancı gözler tarafından selamlanıyor, coşturuluyordum; çevremi yabancı yüzler, dudaklar, yanaklar, kollar, göğüsler ve dizler kuşatıyor, müziğin ritmiyle bir dalga gibi sağa sola savruluyordum.

Derken ansızın, yarı ayılıp kendime geldiğim bir an, hâlâ müzik seslerinin yankılandığı küçük salonların birini, en sonuncusunu tıklım tıklım dolduran, henüz balodan ayrılıp gitmemiş konuklar arasında beyaza boyanmış yüzüyle siyah bir Pierrette'i* gördüm; çiçeği burnunda, alımlı bir kızdı, salondakiler arasında yüzü maskeli tek kişiydi, büyüleyici bir güzelliği vardı, daha önce kendisine burada hiç rastlamamıştım. Salondakilerin terlemiş kırmızı yüzlerinden, buruşmuş kostümlerinden, solmuş yakalıklarından gecenin geç saati olduğunun anlaşılmasına karşın, siyah Pierrette, maskenin arkasındaki beyaz yüzü, buruşmamış kostümü, bozulmamış yakalığı, dantelden pırıl pırıl manşetleri ve yeni yapılmış gibi duran saçlarıyla taptaze ve körpecik dikiliyordu oracıkta. İçimden bir güç beni ona doğru çekip götürdü, kollarımı beline dolayıp dansa davet ettim kendisini, güzel kokulu yakalığı çeneme değdi, gıdıklanır gibi oldum, saçları yanaklarıma süründü, sırım gibi gencecik bedeni vücudumun devinimlerine bu gece dans ettiğim bütün kadın ve kızlardan daha nazlı ve daha içten kucak açtı; bazen kaçtı önlerinden; zorlayarak, cezbederek, oyun oynar gibi onları sürekli yeni dokunuşlara çekip götürdü. Dans ederken bir ara eğilip dudaklarımla dudaklarını aradım, ansızın bir üstünlük edasıyla, pek aşina gülümsedi; bunun üzerine sağlam çenenin sahibini tanıdım; omuzları, dirsekleri, elleri tanıdım bir mutluluk duygusuyla. Her-

* Palyaço, soytarı. (ç. n.)

mine'ydi, kostümünü değiştirip Hermann'lıktan çıkmıştı; civelek ve özgür, kokular ve pudralar sürünmüş, duruyordu karşımda. Ateşler içinde yanan dudaklarımız birbirine kavuştu, dizlerine kadar bütün bedeni arzuyla ve teslimiyetle bedenime yapıştı. Derken ağzını çekti ağzımdan, ürkek ve kaçıngan dans etmeye koyuldu. Müzik susunca, birbirimize sarılmış durduk. Çevremizdeki coşkulu çiftler alkışlayarak, ayaklarıyla yeri döverek, bağırarak, yorgun düşmüş orkestrayı yearning dansını yeniden çalmaya çağırdı. Birden hepimiz sabah olduğunu hissettik, perdeler arkasından sızan soluk gün ışığının farkına vardık, eğlencenin sonunun yaklaştığını anladık, yakında bizi bekleyen yorgunluğu sezdik ve gözümüz bir şey görmeyerek, kahkahalar atarak kendimizi yeniden umarsızlıkla dansın, müziğin, ışık selinin kollarına bıraktık, müziğin ritmine uyup birbirine yapışmış çiftler halinde dolanıp durduk salonda, o büyük dalganın bir kez daha mutlulukla üzerimizde kavuştuğunu duyumsadık. Bu dansta Hermine üstünlüğünü, alaylı tavrını ve soğukluğunu bir kenara bıraktı, beni kendisine âşık etmek için artık fazla bir şey yapması gerekmediğini biliyordu. Ben onundum, o da dans edişinde, bakışında, öpüşünde ve gülümsemesinde kendini bana sunuyordu. Bu ateşli gecenin bütün kadınları, kendileriyle dans ettiğim, içlerinde sevgi ateşini tutuşturduğum, içimde sevgi ateşini tutuşturmuş bütün kadınlar, kendilerine kur yaptığım, arzuyla bedenimi bedenlerine yapıştırdığım, sevilme özlemiyle arkalarından baktığım bütün kadınlar bir araya gelerek, o sıra kollarımda tuttuğum tek kadına dönüştü.

Bu düğün dansı uzun sürdü. İki üç kez yorgun düştü müzik, üflemeli saz çalanlar sazlarını bıraktılar ellerinden, piyano çalan piyanonun başından kalktı, birinci kemancı pes ederek başını salladı; ama her seferinde salondaki son kişilerin yalvaran kalabalığı yeniden coşturdu orkestrayı, orkestra yeniden çaldı, daha hızlı, daha çılgınca. Derken, doyumsuz son dansın bitiminde birbirimize sarılmış ve güçlükle soluyarak ortada dikiliyorduk ki, piyanonun kapağı pattadak kapatıldı; kollarımız nefesli sazları çalanların ve kemancıların kolları gibi iki yana düştü; flütçü gözlerini kırpıştırarak flütünü kabına yerleştirdi, kapılar açıldı, soğuk hava birden akın etti içeri. Uşaklar paltolarla çıkıp geldiler, barmen ışığı söndürdü. Kalabalıktakiler, hayaletler gibi, dehşet saçarak dağıldı; daha demin yanıp kavrularak dans edenler üşüye üşüye paltolarını, mantolarını giyinip yakalarını kaldırdılar. Hermine, rengi soluk, ama gülümseyerek oracıkta dikilmiş duruyordu. Kollarını ağır ağır kaldırıp saçlarını düzelterek arkaya attı, koltukaltı parıldadı ışıkta; alabildiğine narin ve ince bir gölge koltukaltından kapalı göğsüne doğru uzandı. Boşlukta süzülen küçük bir çizgi halindeki gölge Hermine'nin tüm büyüleyiciliğini, güzel vücudunun tüm oyun ve olanaklarını bir gülümseme gibi kendisinde barındırıyordu adeta.

Öylece dikilmiş durarak birbirimize bakıyorduk; salonda kalmış, binadan ayrılmamış son kişilerdik. Aşağıda bir yerde bir kapı vuruldu, bir cam şangır şungur indi aşağı; arabaların çalıştırılan motorlarının azgın ve aceleci gürültüsüne karışıp yavaş yavaş uzaklaşan kikirdemeler geldi kulağıma. Bir yerde, belirsiz bir yükseklik ve uzaklıkta, bir kahkaha sesi yankılandı, alabildiğine duru ve şen, öyleyken tüyler ürpertici ve yabancı bir kahkaha; kristalden ve buzdan oluşmuştu sanki, çın çın ve ışıl ışıl, ama soğuk ve acımasız. Bu acayip kahkaha bana yabancı gelmedi, ama daha önce onu nerede duyduğumu çıkaramadım.

Oracıkta öylece dikilmiş, birbirimize bakıyorduk. Bir an ayılıp kendime gelir gibi oldum, arkadan doğru korkunç bir yorgunluğun üzerime abandığını hissettim; tere batmış giysilerim, ıslak ve ılık, vücudumdan sarkıyor, ellerim, kızarmış ve kalın damarlarla kaplanmış, buruş buruş, terli manşetlerden dışarı uzanıyordu. Ama bir anda bütün bunlar yine yok oldu, Hermine'nin bir bakışı karşısında silinip gitti. Ruhum Hermine'nin gözlerinden bana bakıyordu adeta, bu bakışlar karşısında gerçek tümüyle çöktü, yıkıldı. Hermine'ye duyduğum şehvetin gerçekliği de aynı yolu izledi. Büyülenmiş gibi birbirimize bakıp durduk; benim zavallı küçük ruhum da Hermine'nin gözlerinden bana bakıyordu.

"Hazır mısın?" diye sordu Hermine; dudaklarındaki gülümseme de göğsündeki gölge gibi uçup gitti ansızın. O yabancı gülüş, uzakta ve yüksekte, bilinmedik mekânlarda yankılanıp söndü.

Başımı sallayarak evet dedim. Evet, evet, hazırdım.

Derken kapıda Pablo göründü, müzisyen Pablo, bize bakan neşeli gözleri ışıl ışıl parıldıyordu. Aslında hayvansı gözlerdi bunlar, ama hayvansı gözler her zaman ciddidir, oysa Pablo'nunkiler hep gülüyor ve gülüşleri onları insan gözlerine dönüştürüyordu. Pablo, içten gelen bütün sıcaklığıyla el etti bize. İpekten renkli bir ropdöşambr giymişti. Kırmızı yakalarının üstünde gömleğinin terden sırılsıklam yakalığı ve aşırı yorgun yüzü tuhaf şekilde solmuş ve sararmış görünüyordu. Ne var ki, ışıl ışıl parıldayan siyah gözleri bu izlenimi silip attı. Pablo'nun gözleri de gerçeği yok ediyor, onlar da büyüleyici bir gücü kendilerinde barındırıyordu.

Pablo'nun işaretine uyup yürüdük; kapıda usulcacık şöyle dedi bana: "Kardeşim Harry, sizi küçük bir eğlenceye davet ediyorum. Yalnızca kaçıklar içindir eğlence, giriş ücreti de akıldır. Hazır mısınız?" Bir kez daha onaylayarak başımı salladım.

Sevgili Pablo, incelik ve özenle kolumuzdan tuttu bizi; Hermine sağda, ben solda, bir merdivenden çıkarıp küçük ve yuvarlak bir odadan içeri soktu. Oda tavandan sarkan mavimsi bir ışıkla aydınlatılmıştı ve nerdeyse bomboştu, küçük ve yuvarlak bir masayla üç sandalyeden başka bir şey yoktu içinde. Sandalyelere oturduk.

Neredeydik? Uykuda mıydım ben? Evde miydim? Bir arabada oturuyordum da araba yolda gidiyor muydu? Hayır, mavi bir ışıkla aydınlatılmış yuvarlak bir odadaydım, seyreltik bir havada, hayli geçirgen duruma gelmiş bir gerçeklik katmanında. İyi ama, neden Hermine'nin rengi öyle soluktu? Ne diye Pablo ha bire konuşuyordu? Yoksa onu konuşturan ben miydim, onun ağzından konuşan ben? Onun siyah gözlerinden de sadece benim kendi ruhum, yolunu kaybetmiş bu ürkek kuş, tıpkı Hermine'nin gri gözlerinden olduğu gibi bana bakıp durmuyor muydu?

Biraz seremoniyle karışık bütün o iyi kalpli sıcaklığıyla bize bakan Pablo konuşuyor, bol bol ve uzun uzun konuşuyordu. Şimdiye kadar asla tutarlı biçimde konuştuğunu görmediğim, hiçbir söyleşinin kendisini ilgilendirmediği, kafasında doğru dürüst bir düşüncenin oluşacağına hiç ihtimal vermediğim Pablo şimdi aralıksız konuşuyordu.

"Dostlarım, sizi Harry'nin epey zamandır arzulayıp düşlerinde yaşattığı bir eğlenceye davet ettim. Vakit biraz geç oldu, belki hepimiz de biraz yorgun düştük. İlkin biraz dinlenip kendimize geleceğiz."

Bunun üzerine duvardaki bir oyuktan üç kadehçikle küçük, komik bir şişe ve renkli tahtalardan çatılmış egzotik bir kutu aldı; şişedeki sıvıyı üç kadehe doldurdu ve kutudan ince, uzun, sarı sigaralar çıkardı, ipek ceketinin cebinden bir çakmak alıp bize ateş tuttu. Üçümüz de oturduğumuz sandalyelerde arkamıza yaslanıp, bir buhur gibi yoğun dumanlar çıkaran sigaralarımızı tüttürmeye başladık; bir yandan da o buruk-tatlı, yabancı ve bilinmedik tadı içeren sıvıyı acele etmeden yudumluyorduk. Gerçekten de sıvı alabildiğine diriltti bizi, bize mutluluk bağışladı. Sanki içimiz gazla doluyor, ağırlığımız yavaş yavaş yitip gidiyordu. Böylece oturup ufak ufak sigaralarımızı tüttürdük, dinlendik, kadehlerimizdeki sıvıyı yudumladık, içimizde bir hafiflik, bir neşe hissettik. Bu arada Pablo sıcacık sesiyle usulcacık konuşuyordu:

"Sizi bugün biraz ağırlayabilmekten, sevgili Harry, kıvanç duyuyorum. Yaşamaktan sık sık bezgin düştüğünüz günler oldu, bu dünyadan çekip gitmeye baktınız, öyle değil mi? Bu zamana, bu dünyaya, bu gerçeğe sırt çevirip kendinize daha uygun gördüğünüz bir başka gerçek içinde, zamanın yer almadığı bir başka dünyada yaşamayı özlediniz. Özlediğiniz şeyi yapın şimdi sevgili dostum Harry, sizi bunu yapmaya davet ediyorum. Bu başka dünyanın gizli olduğu yeri, aradığınız dünyanın kendi ruhunuzun dünyası olduğunu biliyorsunuz çünkü. Özlemini çektiğiniz o gerçek, yalnızca kendinizde yaşıyor. Ben size kendi içinizde var olandan başka bir şey veremem, ruhunuzdakinden bir başka resim galerisini buyur edip çıkaramam önünüze. Size sunabileceğim tek şey, söz konusu adımı atmanız için bir fırsat, bir ilk vuruş, bir anahtardır. Kendi dünyanızı görebilmenize yardım edebilirim, o kadar."

Pablo, elini yeniden renkli ceketinin cebine sokarak yuvarlak bir ayna çıkardı.

"Bakın: Şimdiye kadar kendinizi hep böyle gördünüz!"

Pablo, küçük aynayı gözlerimin önüne tuttu. O anda bir çocuk şiirinden bir dize geldi aklıma: "Aynacığım, aynacığım elimde." Aynada bir hayal gördüm, biraz silik ve puslu, korkunç, kendi içinde devingen, kendi içinde fokurdayıp kaynayan bir hayal: Kendimi, Harry Haller'i gördüm aynada ve bu Harry Haller'in içinde Bozkırkurdu'nu, yolunu şaşırmış ve korkuyla bakan güzel ve ürkek kurdu gördüm, gözleri bazen hain hain, bazen mahzun parıldıyordu. Bu kurt hayali, sürekli bir devingenlikle Harry'nin içinden akıp gidiyordu, bir ırmağa karışan ve onu bulandırıp altını üstüne getiren değişik renkte bir çay gibiydi tıpkı, iki hayal birbiriyle boğuşuyordu, acıyla dolu, biri diğerini yiyip yutarak, bir biçim kazanmaya yönelik gerçekleşememiş bir özlemle dolup taşarak. Yarı biçim kazanmış, akış halindeki kurt hayali o güzel ve ürkek gözleriyle aynadan mahzun mahzun bana bakıyordu.

Pablo, "Böylece kendi kendinizi görmüş oldunuz," diye yineledi yumuşak bir edayla ve aynayı tekrar cebine soktu. Minnettarlıkla gözlerimi yumup elimdeki iksiri yudumlamaya koyuldum.

"Eh, dinlendik artık," dedi Pablo. "Toparlandık, kendimize geldik ve biraz gevezelik ettik. Kendinizi eskisi gibi yorgun hissetmiyorsanız, size şimdi benim küçük tiyatromu göstermek isterim. Kabul mü?"

Ayağa kalktık, Pablo gülümseyerek önümüze düştü, bir kapıyı açıp bir perdeyi araladı; kendimizi bir tiyatronun at nalı biçimindeki fuayesinde bulduk; koridor kıvrıla kıvrıla her iki yönde ilerliyor, pek çok, inanılmayacak kadar çok sayıda dar loca kapısı önünden geçip gidiyordu.

"İşte bizim tiyatro," diye açıkladı Pablo. "Eğlenceli bir tiyatro, sizi güldürecek pek çok şeyle karşılaşacaksınız." Bunları söylerken yüksek sesle güldü, kısa bir gülüştü, ama içerdiği birkaç ses ruhuma işledi, daha önce yükseklerde işittiğim o çın çın öten, yabancı gülüştü bu.

"Benim küçük tiyatronun dilediğiniz kadar çok loca kapısı vardır, on, yüz, hatta bin kapı. Her kapının ardında da o anda aradığınız şey sizi bekler. Hoş bir hayal galerisidir, sevgili dostum Harry, ama şu andaki durumunuzla bu galeri içinden geçmeniz bir işinize yaramayacak, kişiliğim diye nitelemeye alıştığınız şey sizi engelleyecek, gözlerinizi kamaştıracaktır. Zamanın aşılmasının, gerçeğe bağımlılıktan kurtulmanın, özlediğiniz şeye ne isim verirseniz artık, bunun kişilik dediğiniz şeyi üzerinizden sıyırıp atma isteğinden başka bir anlam taşımadığını kuşkusuz çoktan sezmişsinizdir. Kişiliğiniz, içine kapatıldığınız bir hapishanedir. Ve şimdi bu halinizle tiyatrodan içeri adım atarsanız, her şeyi Harry'nin gözleriyle, her şeyi Bozkırkurdu'nun eski gözlüğüyle görürsünüz. Dolayısıyla, sizi gözlüğü gözünüzden çıkarmaya ve bu pek saygıdeğer kişiliği dilediğiniz zaman yine buyurup almak üzere vestiyere bırakmaya davet ediyorum. Geride kalan danslı gece, Bozkırkurdu İncelemesi, ayrıca demin yudumladığımız uyarıcı içki sizi bu bakımdan yeterince hazırlamış olmalı. Siz, Harry, değerli kişiliğinizi vestiyere bıraktıktan sonra tiyatronun sol tarafını kullanacaksınız, Hermine de sağ tarafını, içeride yine dilediğiniz kadar buluşabilirsiniz. Lütfen Hermine, şimdilik sen perdenin arkasına geç, ben ilkin Harry'yi içeri alayım."

Sağ tarafa yönelen Hermine, arka duvarı zeminden kubbeli tavana kadar kaplayan devasa bir aynanın önünden geçerek gözden kayboldu.

"Evet Harry, siz buyrun şimdi, keyfiniz iyice yerine gelsin. Sizi neşelendirmek, size gülmeyi öğretmek bütün bu gösterinin amacıdır. Umarım, işimi zorlaştırmazsınız. Kendinizi iyi hissediyorsunuz sanırım. Evet mi? Bir korku falan duymuyorsunuz? O halde iyi, çok iyi. Korkup çekinmeden ve yürekten zevk duyarak bizim hayal dünyasının kapısından içeri gireceksiniz, bunun için âdet gereği küçük bir yalancı intiharı gerçekleştireceksiniz."

Pablo, küçük aynayı yeniden cebinden çıkarıp yüzüme tuttu. Aynada yine kendisiyle boğuşup duran o şaşkın, silik, kurt hayaliyle iç içe geçmiş Harry çıktı karşıma; çok iyi bildiğim, gerçekten sevimsiz bu görüntüyü yok etmekten hiç üzüntü duymayacaktım.

"Artık gereği kalmamış bu hayali şimdi silip atacaksınız sevgili dostum, o kadar. Keyfiniz izin veriyorsa, hayale içten bir gülüşle bakmanız yetecek. Burada bir mizah okulunda bulunuyorsunuz, gülmeyi öğreneceksiniz. Eh, yüksek düzeyde bir mizah yeteneğine kavuşmanın başlıca koşulu da, kendi kendini bundan böyle ciddiye almamaktır."

Gözlerimi dikerek eldeki küçük aynaya baktım, Harry-kurdun çırpınıp durduğu aynacığa. Bir an içimde bir sarsıntı oldu, çok derinlerde, usulcacık, ama sancılı, anımsama gibi, sıla özlemi, pişmanlık gibi bir şey. Daha sonra yüreğimdeki hafif sıkıntı yerini yeni bir duyguya bıraktı; kokainle uyuşturulmuş çeneden hastalıklı bir dişin çekilmesindekine benzer bir duyguydu bu, bir ferahlık, oh diyerek derin bir soluklanma, öte yandan hiç acı hissedilmediği için bir şaşkınlık duygusu. Ve söz konusu duyguya cıvıl cıvıl bir neşe ve gülme arzusu katıldı, bu arzuya karşı duramayarak beni esenliğe kavuşturan bir kahkaha patlattım.

Aynadaki bulanık görüntü parlayıp söndü birden; aynanın küçük yuvarlak yüzü adeta yanmış, gri ve kaba bir görünüm kazanıp saydamlığını yitirmişti. Pablo gülerek kırık dökük aynayı kaldırıp attı, ayna uçsuz bucaksız koridorun zemininde yuvarlanarak gözden kayboldu.

"İyi güldün Harry," diyerek sesini yükseltti Pablo. "İleride ölümsüzler gibi gülmesini de öğreneceksin. Eh, sonunda şu Bozkırkurdu'nun canına okudun. Usturalarla başarılacak bir şey değildir bu.

Dikkat et de dirileyim demesin sakın! Az sonra şu saçma gerçekten de el çekebilecek duruma geleceksin. İlk fırsatta da seninle kadeh kaldırıp kardeş olacağız. Sevgili dostum, senden hiç bugünkü kadar hoşlanmadım. Böyle bir şeye hâlâ önem veriyorsan, seninle dilediğin kadar felsefî söyleşilerde bulunur, tartışmalar yapar, müzik, Mozart, Gluck, Platon ve Goethe üzerine konuşabiliriz. Daha önce bunu neden gerçekleştiremediğimizi artık anlayacaksın sanırım. Umarım üstesinden gelir, bugünlük Bozkırkurdu'nu ölü durumda tutabilirsin. Çünkü doğal olarak senin intihar kesinlik taşımıyor; biz burada büyülü bir tiyatrodayız, yalnızca hayaller vardır burada, gerçeğe yer yoktur. Gönlünü şenlendirecek güzel hayaller seç kendine ve bel bağlanamayacak kişiliğine âşık olmaktan çıktığını kanıtla! Ama ona yeniden kavuşmayı arzuladın mı, sana şimdi göstereceğim aynaya bir kez daha bakman yeter. Ancak, o eski bilgece sözü biliyorsun: Eldeki bir aynacık duvardaki iki aynadan yeğdir. Ha! ha! ha! (Pablo o güzel ve korkunç gülüşüyle yeniden güldü.) – Evet, kala kala ufacık, neşeli bir seremoniyi yerine getirmek kaldı. Şu anda o kişilik gözlüğünü kaldırıp atmış bulunuyorsun; gel de gerçek bir aynaya bak! Hoşuna gidecektir."

Pablo gülerek ve maskaraca küçük okşayışlarla beni tutup arkama döndürdü; kendimi o devasa duvar aynasının önünde buldum, aynanın içinde kendimi gördüm.

Çok kısa bir an, bilip tanıdığım Harry'yi gördüm aynada; ancak şimdi son derece keyifli, aydınlık, gülen bir yüzü vardı. Ama kendisini tanımamla dağılıp parçalanması bir oldu, ikinci bir kişi çıktı içinden, derken bunu bir üçüncü, onuncu, yirminci kişi izledi, devasa aynanın yüzü baştan başa Harry'lerle ya da Harry'nin parçalarıyla doldu, sayısız Harry'ler; her birini ancak bir şimşeğin çakıp sönüşü kadar kısa bir süre görüp tanıyabiliyordum. Bu pek çok Harry'den bazıları ben yaştaydı, bazıları benden yaşlı, yine bazıları dünya kadar yaşlıydı; diğer bazıları ise pek gençti, delikanlıydı bazıları, yeniyetme, okul öğrencileri, küçük afacanlar, küçük çocuklardı. Elli ve yirmi yaşlarındaki Harry'ler karman çorman koşuşuyor, hoplayıp zıplıyorlardı; otuz yaşında ve beş yaşında Harry'ler, ağırbaşlı ve şen şakrak Harry'ler, onurlu ve gülünç, iyi giyimli ve paçavralar içinde Harry'ler, ayrıca çırılçıplak, saçsız ve uzun bukleli saçlarla Harry'ler. Hepsi de bendim bunların, her biri benim tarafımdan hemen görülüp tanınıyor, sonra ortadan kayboluyordu. Çil yavrusu gibi dört bir yana dağılıyor, kimi sola, kimi sağa seğirtiyor, kimi aynadan içeri dalıyor, kimi de aynadan fırlayıp dışarı çıkıyordu. Bir tanesi, genç ve şık giyimli biri, gülerek Pablo'nun göğsüne sıçrayıp ona sarıldı ve onunla birlikte uzaklaşıp gitti. Benim pek hoşlandığım, on altı ya da on yedi yaşında sevimli ve büyüleyici biri apar topar koridora attı kendini, yiyip yutarcasına bütün loca kapılarındaki yazıları okudu, ben de peşinden seğirttim, baktım bir kapının önünde durdu, kapının üzerindeki yazı şöyleydi:

Bütün kızlar senindir! *Delikten atılacak para: Bir mark*

Sevimli delikanlı yaylanıp sıçradığı gibi, başı önde, delikten içeri daldı, kapının arkasında kayboldu.

Pablo da yoktu ortada; ayna da, aynayla bütün o sayısız Harry'ler de gözden kaybolmuştu. Bundan böyle kendi kendimle ve tiyatroyla baş başa bırakıldığımı hissettim. Merakla bir kapıdan öbür kapıya seğirtip her kapıda bir yazı okudum, her kapıda baştan çıkarıcı bir söz, her kapıda bir vaat.

Haydi neşeli ava! *Otomobil avlamaya*

yazısı bana çekici geldi, dar loca kapısını açıp içeri girdim.

Ansızın gürültülü ve telaşlı bir dünyada buldum kendimi. Yollarda bazıları zırhlı arabalar koşturuyor, yayaları avlıyor, onları ezip geçerek pestile çeviriyor, evlerin duvarlarına sıkıştırıp canlarından ediyordu. O saat kavramıştım: İnsanlarla makineler arasında bir savaştı bu, uzun zamandır hazırlanan, uzun zamandır beklenen, uzun zamandır korkulan, sonunda da patlak veren bir savaş. Dört bir yanda ölüler, ezilmiş cesetler görülüyor, dört bir yanda parçalanmış, eğilip bükülmüş, yarı yanmış arabalar duruyordu; bu berbat karmaşanın üstünde de uçaklar dolanıyor, uçaklara pek çok evin çatı ve penceresinden tüfekler ve makinelilerle ateş ediliyordu. Bütün duvarlara yapıştırılmış alabildiğine kışkırtıcı çılgınca afişler, meşaleler gibi yanan devasa harflerle halkı makinelere karşı insanların yanında yer almaya davet ediyor, makinelerden yararlanarak başkalarının kanını emen şık giyimli, güzel kokulu, ensesi kalın zenginleri, aksırıp öksüren, kötü kötü homurdanan, iblisçe vızıldayıp gacırdayan kocaman arabalarıyla birlikte leşini sermeye, sonunda fabrikaları ateşe vermeye ve ırzına geçilmiş toprağı biraz boşaltıp insandan arındırarak üzerinde yeniden ot bitmesini, tozlu beton dünyasından orman, çayır, fundalık, çay ve bataklık gibi bir şeylerin yeniden yeşermesini sağlamaya çağırıyordu. Daha başka afişler de vardı, harikulade boyanmış, görkemli şekilde stilize edilmişti, daha narin, daha az çocuksu renkleri içeriyor, son derece zekice kaleme alınmış esprili yazılarla ötekilerin tersine tüm varlıklı ve aklı başında insanları anarşinin tehlikeli kaosuna karşı harıl harıl uyarıyor, düzende, çalışmada, mülkiyette, uygarlıkta, hak ve hukukta saklı yatan mutluluğu insanı gerçekten duygulandıracak gibi anlatıyor, insanların, kendilerini Tanrılar aşamasına çıkaracak en yüce ve en son buluşu sayılan makinelere övgüler döşeniyordu. Düşüncelere dalarak, hayranlıkla kırmızı ve yeşil afişleri okudum; onlardaki alev alev yanan anlatım gücü, onlardaki karşı durulmaz mantık olağanüstü etkiledi beni; haklıydılar; bazen birinin, bazen ötekinin önünde, haklılıklarına iyice inanmış, dikilip durdum. Gelgelelim, çevredeki yoğun silah sesleri beni hayli tedirgin etmişti. Eh, asıl sorun belliydi: Bir savaş sürdürülüyordu, şiddetli, soylu ve alabildiğine sevimli bir savaş ve bu savaşta imparator, cumhuriyet, ülke sınırları, bayraklar, renkler ve benzeri dekoratif ve teatral şeyler, aslında kepazelik sayılacak böylesi nesneler söz konusu değildi; soluyacağı hava giderek azalıp yaşamdan bundan böyle pek zevk alamaz durumdaki herkesin kızgınlığını çarpıcı şekilde dile getiren ve çelikten uygarlık dünyasının genel yıkımının yolunu açmaya çalışan bir savaştı. Yok etme ve can alma tutkusunun herkesin gözünde ışıl ışıl ve içtenlikle parıldadığını gördüm; benim kendi ruhumda da bu kırmızı yabanî çiçekler filizlenip boy verdi, ötekiler gibi ışıl ışıl parıldamaya başladı. Ben de kıvançla savaşa katıldım.

Ama işin en güzel tarafı, yanı başımda okul arkadaşım Gustav'ın bitivermesiydi; yıllar ve yıllar vardı ki izini kaybetmiştim, bir zaman çocukluk arkadaşlarım arasında en haşarısı, en güçlüsü ve yaşama en çok susamış olanıydı. Açık mavi gözlerini kırpıştırarak bana baktığını görünce, içim şenlendi. Derken bana el etti Gustav, ben de sevinçle peşine takıldım.

"Tanrıya şükür Gustav," dedim mutlulukla. "Seni yine görebildim! Ne işle uğraşıyorsun bakayım?"

Tıpkı çocukluk dönemindeki gibi içerlemiş güldü.

"Salak herif, hemen yine soru, hemen yine boşboğazlık ha? İlahiyat profesörü oldum, evet, öğrendin artık. Ama şimdi çok şükür ilahiyat değil, savaş yapılıyor burada, savaş! Gel haydi!"

Tam o anda soluya soluya karşıdan gelen bir arabanın sürücüsünü ateş ederek deviren Gustav, bir maymun çevikliğiyle sıçrayıp bindi arabaya; sonra onu durdurup benim de binmemi sağladı; kurşun yağmurunun ve devrilmiş arabaların arasından yıldırım hızıyla geçerek kentten ve kentin dış mahallelerinden dışarı çıktık.

"Fabrikatörlerin tarafını mı tutuyorsun?" diye sordum dostum Gustav'a.

"Adam sen de! Bu bir zevk işi, hele kentin dışına kendimizi atalım da düşünürüz. Ama yok, dur bakayım, aslında doğal olarak hiç fark etmese de, ben yine karşı tarafı tutmamızın iyi olacağı görüşündeyim. Ben bir din adamıyım, pirim Luther vaktiyle köylülere karşı prenslere ve varlıklı kişilere yardım etti, bu tutumda şimdi biraz düzeltmeye gidebiliriz. Amma da berbat bir arabaymış, umarım birkaç kilometre daha dayanır!"

Rüzgâr gibi çabuk, tanrısal çocuk, kilometrelerce yolu tangır tungur geride bıraktıktan sonra yemyeşil, sakin bir yere geldik; koca bir düzlükten geçip pek geniş bir dağlık bölgeye vardık. Burada ışıl ışıl parıldayan, engebesiz bir yolda durduk; yol, sarp bir kayalıkla alçak bir koruyucu duvar arasından pervasız dönemeçler çizerek yukarılara çıkıyor, çok aşağılarda mavi bir göl ışıl ışıl parıldıyordu.

"Güzel bir yer," dedim.

"Pek sevimli bir yer. Yola Aks Yolu ismini verebiliriz, pek çok araba aks keser bu yolda sevgili Harry, aç gözünü!"

Yol kenarında ulu bir fıstık çamı ilişti gözümüze; tepesinde tahtadan çatılmış kulübeye benzer bir şey gördük, bir gözetleme yeri, yüksekte çatılmış bir avcı kulübesiydi. Gustav bana baktı, mavi gözlerini kurnazca kırparak tiz bir sesle güldü, apar topar arabadan inip ağaca tırmandık, soluk soluğa kalmıştık, pek hoşumuza giden gözetleme yerine gizlendik. Tüfekler, tabancalar, ayrıca sandık sandık mermi bulduk burada. Biraz nefes alıp avcı kulübesine yeni yerleşmiştik ki, en yakın virajdan lüks bir arabanın klaksonu saltanat düşkünü boğuk bir sesle yankılandı, kaptırmış gelen araba pırıl pırıl dağ yolunda uğultuyla yaklaştı. Tüfeklerimizi çoktan elimize almıştık. Olağanüstü heyecanlı bir andı.

Gustav, "Sürücüye nişan al!" diye emir verdi hemen, o anda ağır araba altımızdan geçiyordu. Nişan alıp tetiği çektim, mermi sürücünün mavi kasketine rast geldi. Adam olduğu yere yıkıldı, uğultuyla yoluna devam eden araba duvara gidip tosladı, ardından geriye sıçradı, sonra da yeniden gelip iri ve tombul bir yabanarısı gibi tüm ağırlığıyla ateş püskürerek alçak duvara vurdu, takla atıp kısa ve hafif bir çatırtıyla duvar üzerinden aşağıyı boyladı.

"Bunun işi tamam!" diyerek güldü Gustav. "Bir sonraki de benim."

O anda yeni bir araba seğirterek geldi aşağıdan, üç dört kişi koltuklarda büzülmüş oturuyordu; bir kadının başındaki bir tül parçası arabanın arkasından gergin ve yatay uçup geliyordu; açık mavi bir tüldü; üzüldüm doğrusu, kim bilir belki de pek güzel bir kadının gülen yüzünü saklıyordu altında. Tanrım, haydut rolünü oynuyorsak eğer, bu alanda ünlü kişileri kendimize örnek alıp, sevimli hanımlarımızı harıl harıl öldürme hevesimizin dışında tutmak belki daha uygun ve güzel bir davranış sayılırdı. Ne var ki, Gustav silahını çoktan ateşlemişti. Sürücü şöylece sarsılıp yıkıldı olduğu yere; araba dik kayalığın önünden geçerek yukarıya doğru fırladı, sonra geri geri gelip güm diye bir ses çıkararak, tekerlekleri havada, yolun üzerine serilip kaldı. Biz bekledik, hiçbir kıpırdanma olmadı; içeridekiler bir tuzağa yakalanmış gibi arabanın altında yatıyor, gıkları çıkmıyordu. Araba hâlâ uğuldayıp çatırdıyor, tekerlekler komik bir şekilde boşlukta dönüp duruyordu. Ama ansızın korkunç bir patlama oldu, araba alev alev yanmaya başladı.

"Ford marka bir araba," dedi Gustav. "Aşağı inip yolu yine trafiğe açmamız gerekiyor."

Ağaçtan inip arabanın yanışını izledik. Bir solukta yanıp kül oldu, biz de bu arada körpe dallardan kaldıraçlar yaptık, arabayı tutup yolun kenarına aldık, oradan da uçuruma uğurladık, uzun zaman ağaçlar arasından gelen çatır çutur sesler işittik. Ters yüz olmuş arabayı döndürürken, ölen yolculardan ikisi içinden düştü, yola serilip kaldı, üzerindeki giysiler biraz yanmıştı. Birinin ceketi ise yangından pek zarar görmemişti; ceplerini karıştırıp kim olduğunu saptamaya çalıştım. Elime kartvizitlerle dolu deri bir cüzdan geçti, kartvizitlerden birini alıp üzerindeki sözcükleri okudum: "*Tat twam asi.*"*

---

* "Bu sensin!" Veda'lar felsefesinde Atman'ın Brahman'la (ben'in evren'le) özde birliğini dile getiren söz. (ç. n.)

"Çok komik," dedi Gustav. "Ancak, canını aldığımız insanların isimleri şu olmuş, bu olmuş, fark etmez. Onlar da bizim gibi zavallılardır, isimler önemli değil. Bu dünya çaresiz yok olacak, biz de beraber. En acısız çözüm, onları on dakika suyun altında tutmaktı aslında. Haydi, iş başına!"

Ölüleri de arabanın ardı sıra uçurumdan aşağı yuvarladık. Tam o sırada yeni bir arabanın klakson sesi geldi kulağımıza. Yolun üzerinden ateş ederek işini bitirdik; araba zil zurna sarhoş biri gibi yolda biraz gittikten sonra devrildi, soluk soluğa yere serildi. İçindekilerden biri arabada kaldı, sesi soluğu çıkmıyordu. Ama şirin ve genç bir kız, beti benzi atmış, tir tir titreyerek de olsa yarasız beresiz indi arabadan. Nazikçe kendisini selamladık, bir yardımda bulunup bulunamayacağımızı sorduk. Kızcağız pek korkmuştu, konuşacak durumda değildi, delirmiş gibi gözlerini dikip bir süre bize baktı.

"Eh, şu yaşlı beye bir bakalım," dedi Gustav, ölmüş sürücünün arkasında hâlâ koltuğa abanmış duran adama döndü. Adamın ağarmış saçları kısa kesilmişti, grimsi gözleri açıktı; ne var ki, hayli yara almış görünüyordu, en azından ağzından kan geliyor, boynu alabildiğine çarpık ve kaskatı duruyordu.

"İzninizle kendimi tanıtayım yaşlı beyefendi, ismim Gustav. Şoförünüzü ateş edip öldürme cüretinde bulunduk. Kiminle tanışmak şerefine nail olduğumuzu sorabilir miyim?"

Yaşlı bey, hüzün kaplamış küçük ve gri gözleriyle soğuk soğuk baktı.

"Ben Başsavcı Loering," dedi ağır ağır. "Yalnız zavallı şoförümü değil, beni de öldürdünüz. Sonumun geldiğini hissediyorum. İyi ama ne diye bize ateş ettiniz?"

"Aşırı hız yüzünden."

"Ama biz normal hızla gidiyorduk."

"Dün normal olan, bugün değildir artık Sayın Başsavcı. Biz, nasıl bir hızla giderse gitsin her arabanın aşırı hızla gittiği görüşündeyiz bugün. Arabaların canına okuyacağız, tümünün de. Öbür makinelerin de tabii."

"Elinizdeki tüfeklerin de mi?"

"Zaman kalırsa onlara da sıra gelecek. Belki yarın ya da öbür gün hepimizin defteri dürülmüş olacak. Siz de biliyorsunuz ki, yeryüzündeki nüfus aşırı derecede fazla. Eh, şimdi dünyanın biraz hava almasına çalışacağız."

"Hiç ayırt etmeden herkesi ateş edip öldürüyor musunuz?"

"Elbette. Bazı kişilere kuşkusuz yazık oluyor. Örneğin, bu genç ve şirin hanımefendi ölseydi üzülürdüm doğrusu. Kızınız sanırım."

"Hayır, sekreterim."

"Daha iyi ya. Şimdi lütfen inin arabadan, ya da izin verin, biz sizi çekip dışarı çıkaralım, çünkü arabayı yok edeceğiz."

"Ben de arabayla yok olayım daha iyi."

"Gönlünüz bilir. İzninizle bir şey daha soracağım. Siz savcısınız. Bir insanın nasıl savcı olabileceğine hiç akıl erdirememişimdir. Başka insanları, çoğunlukla zavallı kimseleri suçlayıp çeşitli cezalara çarptırılmalarını sağlamakla hayatınızı kazanıyorsunuz, öyle değil mi?"

"Doğru. Görevimi yaptım hep. Bu benim işimdi. Nasıl ki ölüme mahkûm ettiğim kişilerin canını almak celladın göreviyse. Siz kendiniz de aynı işi üstlenmişsiniz. Siz de öldürüyorsunuz çünkü."

"Orası öyle. Ancak biz görevimiz olduğu için değil, keyfimizden ya da daha çok hoşnutsuzluğumuzdan yapıyoruz bunu, dünyadan umudumuzu kestiğimiz için öldürüyor, dolayısıyla öldürmekten zevk alıyoruz. Öldürmek şimdiye kadar size hiç zevk vermedi mi?"

"Canımı sıkıyorsunuz. Lütfen işinizi yapıp bitirin. Görev kavramına aşina değilsiniz belli ki..."

Başsavcı sustu ve tükürmek ister gibi dudaklarını büzdü. Ne var ki, sadece biraz kan geldi ağzından ve akan kan çenesine yapışıp kaldı.

"Durun bir dakika," dedi Gustav nazik. "Doğru, görev kavramına aşina değilim artık. Eskiden işim dolayısıyla bu kavramla çok alıp verdiğim oldu, ilahiyat profesörüydüm. Ayrıca askerdim, savaşa ben de katıldım. Bana görev olarak görünen, yetkililer ve üstlerim tarafından yapmam emredilen şeylerin hiçbiri de asla iyi değildi, her seferinde ah bir söylenenin tersini yapabilsem derdim. Ne var ki, artık görev kavramına değilse de, en azından suç kavramına aşinayım. Belki ikisi de aynı kapıya çıkıyordur bunların. Bir annenin beni dünyaya getirmesiyle suçlu biri olup yaşamaya mahkûm ediliyor, şu ya da bu devletin vatandaşı olmak, askere gitmek, öldürmek, silahlanma için vergi ödemekle yükümlü kılınıyorum. Ve şimdi, şu anda, yaşamak borcu beni bir vakit savaşta olduğu gibi yine başkalarını öldürme zorunluluğuyla karşı karşıya bıraktı. Bu kez istemeye istemeye öldürdüğüm yok, suçu tevekkül gösterip kabullendim, bu aptalca, bu aşırı kalabalık dünyanın darmadağın olmasına karşı değilim, onun tuz buz olmasına seve seve katkıda bulunacak, kendim de seve seve dünyayla yok olup gideceğim."

Savcı Bey, kan yapışmış dudaklarıyla biraz gülümsemek için hayli zorladı kendini. Fazla bir başarı sağlayamadıysa da, yine de iyi niyeti açıkça belli oluyordu.

"Güzel," dedi. "Demek meslektaşız. Lütfen görevinizi yapın sayın meslektaşım."

Sevimli kız yol kenarında yere çökmüştü, baygın durumdaydı.

O anda yeniden bir klakson sesi duyuldu ve bir araba tam yol yaklaştı. Kızı biraz kenara alıp yol kenarındaki kayalara doğru çekildik ve gelen arabanın öncekinin enkazı içinden geçişini izledik. Araba sert bir fren yaptı, şahlanıp havaya kalktı burnu, ama sonra sapasağlam durdu. Hemen silahlarımızı elimize alıp yeni gelenlere doğrulttuk.

"İnin arabadan!" diye emretti Gustav. "Eller yukarı!"

Üç adam arabadan indi ve ellerini havaya kaldırdı.

"Aranızda doktor var mı?" diye sordu Gustav.

Adamlar hayır dediler.

"O zaman lütfen bu beyi koltuğundan dikkatle çıkarın dışarı, kendisi ağır yaralı. Sonra da onu arabanıza alıp en yakın kente kadar götürün. Haydi durmayın, iş başına!"

Çok geçmeden yaşlı Savcı Bey yeni gelen arabaya alınmıştı. Gustav'ın emri üzerine araba yola koyuldu.

Bu arada bizim sekreter kız yine kendine gelmiş, olup bitenleri izliyordu. Bu sevimli ganimeti ele geçirmiş olmamızdan mutluydum.

"Genç hanımefendi," dedi Gustav. "Patronunuzu kaybettiniz. Umarım yaşlı Başsavcı Bey'le aranızda başka bakımdan bir ilişki yoktu. Ben sizi yanımızda işe alıyorum; gelin, arkadaş olun bize. İşte böyle. Ancak, şimdi elimizi biraz çabuk tutmamız gerekiyor, çok geçmeden burası rahat bir yer olmaktan çıkacak. Ağaca tırmanabilir misiniz genç hanımefendi? Evet mi? Haydi öyleyse, sizi aramıza alır, gerekirse yardım ederiz."

Bunun üzerine elden geldiği kadar çabuk ağaca tırmandık, kulübemizden içeri attık kendimizi. Kız yukarıda fenalaşınca kendisine bir kadehçik konyak verdik. Az sonra iyileşip kendini toparladı, göl ve dağların görkemli manzarasından övgüyle söz edecek ve isminin Dora olduğunu bize söyleyebilecek duruma geldi.

Çok geçmeden aşağıda bir araba daha göründü, dikkatle yol alarak devrilmiş arabanın yanından durmaksızın geçti, sonra da hızlandı hemen.

"Şu kaçağa bak sen!" diyerek güldü Gustav ve silahını ateşleyip sürücünün işini bitirdi. Araba yalpaladı biraz, derken gidip duvara tosladı, duvarı oyup girdi içeri, uçurumun tepesinde asılı kaldı.

"Dora," dedim, "tüfek kullanabilir misiniz?"

Dora tüfek kullanmasını bilmiyordu, ama bir tüfeğin nasıl doldurulacağını bizden öğrendi. İlkin acemilikten bir parmağını kesip kanattı, ağlamaya başlayarak bizden plaster istedi. Ama Gustav kendisine savaş halinde bulunduğumuzu açıkladı, mert ve yürekli bir kız olduğunu göstermesini istedi. Bunun üzerine iş yoluna girdi.

"Peki ama halimiz ne olacak bizim?" diye sordu Dora ardından.

"Bilmiyorum," diye yanıtladı Gustav. "Dostum Harry kaşı gözü yerinde kadınları sever, sizin dostunuz olur."

"Ama polislerle askerler gelip bizi öldürür."

"Polis falan yok artık. İki seçenek söz konusu Dora. Ya sakin sakin burada, ağacın tepesinde kalacak ve yoldan geçen arabalara ateş edip işlerini bitireceğiz ya da kendimiz bir arabaya atlayıp buradan gidecek, başkalarının ateş edip bizi öldürmesini sineye çekeceğiz. Hangi tarafı tutarsak tutalım, fark etmez. Ben burada kalalım diyorum."

Derken aşağıda bir araba daha göründü, çın çın öten klakson sesi bize kadar geldi. Bu arabanın da çok geçmeden hesabını gördük; tekerlekleri havada, yolun üzerinde serilip kaldı.

"Ateş etmenin insana bu kadar zevk verebilmesi komik doğrusu!" dedim ben. "Oysa daha önce ben savaş karşıtı biriydim!"

Gustav gülümsedi. "Evet, aşırı derecede çok insan var yeryüzünde, ondan. Eskiden pek farkına varılmıyordu. Ama herkesin yalnızca nefes almak değil, bir araba sahibi olmak da istediği şimdilerde, fark ediliyor artık. Bizim burada yaptığımızın mantıklı bir iş olduğu söylenemez kuşkusuz, çocukluk sadece, nitekim savaş da devasa bir çocukluktan başka bir şey değil. İleride mantıklı önlemlere başvurarak çoğalma sürecini dizginlemeyi ister istemez öğrenecek insanlık. Biz şimdilik katlanılmaz durumlara hayli mantıksız biçimde tepki gösteriyorsak da, aslında doğru olanı yapıyoruz. Nüfus sayısını azaltmaya çalışıyoruz çünkü."

"Evet," dedim. "Yaptığımız şey belki çılgınca, ama yine de olumlu ve gerekli bir şey. İnsanların akıllarını fazla zorlaması ve mantıklı bir yaklaşıma henüz kapalı nesnelere mantık yardımıyla çekidüzen vermeye çalışması iyi bir davranış değil. Böyle yapılınca Amerikalıların ya da Bolşeviklerinkine benzeyen idealler doğup çıkıyor ortaya, her iki ideal de mantığa alabildiğine uygun şeyler; ne var ki, pek naif bir yaklaşımla sadeleştirdikleri için yaşamı yaşam olmaktan çıkarıyor, canına okuyor, rezil ediyorlar. Bir vakit yüce bir ideal oluşturan insan imajı klişeleşmek üzere. Biz kaçıklar belki onu yine eski soyluluğuna kavuşturacağız."

Gustav gülerek yanıtladı sözlerimi: "Hey, amma da zekice sözler bunlar; senin gibi bilgelik fışkıran birini kulak verip dinlemek zevk doğrusu, ayrıca yararlı da. Hatta söylediklerinde belki biraz hakkın da yok değil. Ama lütfen şimdi tüfeğini yeniden doldurur musun, biraz fazla hayale dalıyor gibisin de. Her an yine birkaç karaca aşağılardan koşup gelebilir bakarsın, felsefe yaparak onların işlerini bitiremeyiz, silahında mermi olması gerekiyor."

Derken aşağıdan gelen bir araba hemen temize havale edildi, yol trafiğe kapandı. Arabadan sağ çıkan biri, kızıl saçlı tıknaz bir adam, arabanın enkazının yanında çıldırmış gibi elini kolunu oynattı, gözlerini faltaşı gibi açıp bir aşağı bir yukarı bakındı, gizlendiğimiz yeri keşfederek bir kükreyişle seğirtip geldi ağacın altına, tabancasıyla birkaç el ateş etti bize.

Yukarıdan Gustav, "Defol git, yoksa ateş edeceğim!" diye bağırdı aşağıya. Adam, Gustav'a nişan alıp bir kez daha tetiğe dokundu. Bunun üzerine iki kurşunla adamın işini bitirdik.

Daha sonra çıkıp gelen iki arabayı da avlayıp hakladık. Derken yol sessizliğe gömüldü, trafik kesildi. Yolun tehlikeli olduğu haberi ortalığa yayılmıştı anlaşılan. Bu da çevremizdeki güzel manzarayı seyretmek için zaman kazandırdı bize. Aşağılarda, gölün karşı yakasında küçük bir kent seçiliyor, içinden dumanlar yükseliyordu. Çok geçmeden yangının çatıdan çatıya sıçradığını gördük. Silah sesleri de geldi kulağımıza. Dora biraz ağlar gibi oldu, ben de ıslak yanaklarını okşadım.

"Yani hepimiz ölecek miyiz şimdi?" diye sordu Dora. Ne benden ne Gustav'dan bir yanıt çıktı. Bu arada bir yaya, yolu tırmanarak aşağıdan geldi, oracıkta serilmiş yatan hurda arabaları gördü, çevrelerinde dolanıp içlerine bir göz attı; eğilip birinden renkli bir güneş şemsiyesi, deriden bir kadın çantası ve bir şarap şişesi çıkardı. Ardından gel keyfim gel, duvarın üzerine oturdu, bir yandan şarap içip bir yandan cebinden çıkardığı folyo kâğıdına sarılmış yiyeceği atıştırmaya koyuldu, şişedeki şarabı içip bitirdikten sonra şemsiyeyi koltuğuna sıkıştırıp neşeyle yola düştü yeniden. Güzel güzel yürü-yüp gitti. Gustav'a dedim ki: "Gustav, silahını ateşleyip bu sevimli herifin kafasında bir delik açabilir misin? Ben yapamam Allah için."

"Yap diyen yok sana," diye homurdandı dostum. Ama onun da yüreği bu işe elvermemişti. Henüz kimseye zararı dokunmamış, kendi halinde yaşayıp giden barışçıl ve çocuksu bir insanı gördükten sonra, bütün o pek övgüye değer ve zorunlu eylemimizi ansızın aptalca ve iğrenç bulduk. Lanet olsun, onca akıtılan kan! Yaptığımızdan utanç duyduk. Ama savaşta bazen generallerin bile bu duyguyu yaşadığı söylenir.

Derken, "Daha fazla burada kalmayalım," diye sızlanmaya başladı Dora. "Aşağıya inelim, arabaların içinde yiyecek bir şeyler vardır kesinlikle. Siz Bolşeviklerin karnı acıkmadı mı?"

O anda aşağıdaki yanan kentte çanlar çalmaya başladı, telaşla, korkuyla. Ağaçtan inmeye koyulduk. Dora'nın korkuluğa tırmanmasına yardım ederken, dizlerine bir öpücük kondurdum. Dora çın çın güldü. Ama korkuluk birden çökünce, ikimiz de boşluğa yuvarlandık...

Kendimi birden yine tiyatronun yuvarlak koridorunda bulmuştum, av serüveninin heyecanı henüz üzerimdeydi. Sayısız kapıların hepsinde çekici yazılar okunuyordu:

Mutabor *İstenilen hayvan ve bitkiye dönüşüm*

Kamasutra *Hint aşk sanatı* *Acemiler için kurs:* *Sevişmede 42 değişik yöntem*

Zevkli intihar! *Gülmekten kırılacaksın*

Manevi uyanışa istekli misiniz?
Doğu'nun bilgeliği

Ah, binlerce dilim olsaydı!
Yalnızca beyler için

Batı dünyasının çöküşü
İndirimli biletler. Hâlâ daha iyisi yok

Sanatın özü
Müzik aracılığıyla
zamanın mekâna dönüştürülmesi

Gülen gözyaşı
Şaka odası

Münzeviler için oyunlar
Her türlü sosyal yaşama eşdeğer etkinlikler

Kapıların üzerindeki yazılar sonsuz bir dizi halinde uzayıp gidiyordu. İçlerinden biri de şöyleydi:

Kişiliğin kurulmasına rehberlik
Başarı garanti edilir

Bu yazı dikkate değer geldi bana, kapıdan içeri girdim.

Karşıma loş ve sessiz bir oda çıktı, odada bir adam bağdaş kurmuş, Doğu'da yaptıkları gibi yerde oturuyordu, önünde de büyük bir satranç tahtasına benzeyen bir şey vardı. Adamı ilk anda dostum Pablo'ya benzettim, en azından Pablo'nunkine benzeyen renkli ipekten bir ceket giymişti, onunki gibi ışıl ışıl parıldayan siyah gözleri vardı.

"Siz Pablo musunuz?" diye sordum.

"Ben hiç kimseyim," diye açıkladı adam nazikçe. "Bizim burada ismimiz yoktur, burada bizler bir kişilik taşımayız. Ben, bir satranç oyuncusuyum. Kişiliğin nasıl kurulacağını öğrenmek mi istiyorsunuz?"

"Evet, lütfen."

"O zaman bana sizin taşlardan birkaç düzine verir misiniz?"

"Benim taşlardan mı...?"

"Sözde kişiliğinizin dağılmasıyla oluşan taşlardan. Taşlar olmadan oynayamam çünkü."

Bunun üzerine adam yüzüme bir ayna tuttu, aynada kişisel bütünlüğümün dağılarak pek çok ben'e ayrılmış olduğunu gördüm yeniden, hatta bana sayıları daha da artmış gibi geldi. Ama ben'ler bu kez küçülmüştü, ele kolay gelecek büyüklükteydi. Adam, parmaklarının sessiz ve emin devinimleriyle içlerinden birkaç düzinesini çekip aldı ve satranç tahtasının yanı başına koydu. Sık sık yaptığı bir konuşmayı ya da verdiği bir dersi tekrarlar gibi monoton bir sesle şöyle dedi:

"İnsanın sözde her zaman bir birlik ve bütünlüğü içerdiğine ilişkin o yanlış ve sakıncalı görüşü biliyorsunuz. Şunu da biliyorsunuz ki, insan bir yığın ruhtan, pek çok ben'den oluşur. Sözde bütünlüğünü dağıtıp parçalayarak kişiliği pek çok ben'e ayırmak delilik sayılır, bilim şizofreni diye niteler bunu. Belli bir çokluğun belli bir düzen ve gruplandırma olmaksızın denetim altına alınamayacağı düşünülürse, bilim bu tutumunda haklıdır. Ancak, pek çok alt ben'in birkezliğine, bağlayıcı, yaşam boyu varlığını koruyacak bir düzene sokulabileceği inancında da haksızdır; bilimin söz konusu yanılgısı da bazı tatsız sonuçlara yol açıyor; taşıdığı değer, olsa olsa devletçe işe alınan öğretmen ve eğiticilerin çalışmalarını basite indirgeyerek düşünme ve denemelerden kendilerini uzak tutmalarını sağlamasıdır. Söz konusu yanılgının bir diğer sonucu da, aslında şifa bulmaz derecede aklından zoru olan pek çok insana 'normal', hatta sosyal açıdan üstün kişiler gözüyle bakılması, öte yandan aslında dâhi pek çok insanın kaçık sayılmasıdır. Bu yüzden, bizler bilimin kimi boşlukları içeren ruh öğretisini kişiliğin inşa sanatı kavramıyla bütünlemekte, ben'inin parçalanıp dağılması olayını yaşamış kişiye, parçaları nasıl her zaman dilediği düzen içinde yeniden bir araya toplayıp yaşam oyununda sınırsız bir çeşitlilik sağlayabileceğini öğretmekteyiz. Bir yazarın bir avuç kişiden bir oyun yazıp çıkarması gibi, dağılmış ben'imizin parçalarından yeni oyunlar, gerilimler ve sürekli değişen konumlarla yeni gruplar oluşturmaktayız. Bana bakın şimdi."

Adam, sessiz ve zeki parmaklarıyla benim ben'in parçalarını çekip aldı önüne; bütün yaşlıları, gençleri, çocukları, kadınları, neşeli ve üzgün, güçlü ve narin, çevik ve hantal bütün parçaları önünde topladı, onları hemen satranç tahtası üzerinde düzene sokup bir oyun kurdu; oyunda ben'imin parçaları hemen aralarında değişik gruplar, değişik aileler oluşturdular, oyun oynayacak ve savaşacak gruplar, birbirine dost ve düşman gruplar. Sonunda küçük çapta bir dünya çatılıp çıktı ortaya. Adam, büyülenmiş gözlerimin önünde cıvıl cıvıl, öte yandan sıkı bir düzen içindeki küçük dünyayı bir süre hareket ettirdi, oyunlar oynattı bu dünyadakilere, onları savaştırdı, ittifaklar kurdurdu, flört ettirdi birbirleriyle, evlenip çoğalmalarını sağladı. Gerçekten de içinde çok kişinin yer aldığı devingen ve heyecanlı bir seyirlik oyundu bu.

Daha sonra elini neşeyle satranç tahtası üzerinde gezdiren adam, bütün taşları usulcacık devirdi, ardından düşüncelere dalarak titiz bir sanatçı tutumuyla aynı ben parçalarından bambaşka gruplandırmalar, ilişkiler ve çatkılarla yepyeni bir oyun kurdu. Bu oyun da birincisine benziyordu, dünya aynı dünya, kullanılan malzeme aynı malzemeydi, ama modülasyonlar değişik, tempo değişikti; motifler bir başka türlü vurgulanmış, konumlar bir başka türlü sergilenmişti.

Bu zeki mimar, her biri kendi ben'imin bir parçası olan figürlerden art arda yeni oyunlar kurmuştu; hepsi de uzaktan birbirine benzerlik gösteriyor, hepsinin yerinin de aynı dünya olduğu anlaşılıyor, hepsi de aynı kökenden çıkıp geliyordu; ama her biri de yeniydi.

Bir öğretmen edasıyla, "İşte size yaşam sanatı," dedi adam sonunda. "İleride kendiniz yaşamınızın oyununa dilediğiniz biçimi verebilir, onu dilediğiniz gibi canlandırabilir, karmaşık duruma sokabilir ve zenginleştirebilirsiniz, bu sizin elinizde. Nasıl ki delilik yüksek bir anlamda tüm bilgeliğin başlangıcıysa, şizofreni de tüm sanatın, tüm düşlerin başlangıcıdır. Hatta bilginler bile, *Des Prinzen Wunderhorn* kitabında okunabileceği gibi, bunu biraz anlamış durumdadır; söz konusu kitapta bir bilginin zahmetli ve özenli çalışması, cinnet getirip akıl hastanesine kapatılmış bir grup sanatçının dâhiyane katkısıyla soyluluk kazanır. Buyrun, taşlarınızı alıp cebinize sokun şimdi, oyun ileride sizi sık sık eğlendirecektir. Baktınız ki bir figür, bir taş bugün çekilmez bir umacıya dönüştü de oyunbozanlık ediyor, ertesi gün onu ikinci derecede zararsız bir figür konumuna indirgeyebilir, bir süre başına gelmedik kötülük kalmayan zavallı ve gözde bir figürü ise bir sonraki oyunda prenses konumuna yükseltebilirsiniz. İyi eğlenceler size bayım."

Bu yetenekli satranç oyuncusunun önünde bir şükran duygusuyla yerlere kadar eğildim, ben'imin parçaları olan taşları alıp cebime soktum, dönüp dar kapıdan çıktım dışarı.

Doğrusu hemen koridorda yere oturup saatlerce, sonsuz bir zaman taşlarla oynayacağımı sanmıştım. Ne var ki, kendimi tiyatronun aydınlık ve yuvarlak koridorunda bulur bulmaz, karşı duramadığım yeni esintiler önüne katıp sürükledi beni. Bir afiş ansızın gözlerimin önünde acı bir ışıkla parıldadı:

Bozkırkurdu'nun terbiye mucizesi

Bu yazı içimde pek değişik duygular uyandırdı; geçmiş yaşamımdan, geride bırakılmış gerçekler dünyasından türlü türlü korku ve baskı tatsız bir şekilde yüreğimi bunalttı. Titrek bir el hareketiyle kapıyı açıp girdim içeri, kendimi bir panayır kulübesinde buldum. Demir bir parmaklık beni kırık dökük sahneden ayırıyor, sahnede ise bir hayvan terbiyecisi dikiliyordu; biraz şarlatanı andıran, gösteriş meraklısı biriydi adam; palabıyığına, adaleli pazılarına ve soytarıca sirk giysisine karşın pek sinsice, pek iğrenç şekilde bana benziyordu. Bu güçlü kuvvetli adam –içler acısı bir manzaraydı doğrusu!– irikıyım, güzel, ama korkunç sıska ve kölemsi-ürkek bakışlı bir kurdu bir köpek gibi ipinden tutmuştu. Bu acımasız hayvan terbiyecisinin soylu, öte yandan utanç verecek derecede uysal hayvanı bir dizi sansasyonel numara için seyirci önüne çıkarması iğrenç olduğu kadar heyecan vericiydi, tiksindirdiği kadar insanın içini gizli bir hazla dolduruyordu.

Ne var ki adam, benim bir karikatürü andıran bu ikiz kardeşim, kurdunu olağanüstü ehlileştirmişti. Vahşi hayvan, adamın her emrini titizlikle yerine getiriyor, her çağrıya, kamçının her şaklayışına köpeksi bir sadakatle karşılık veriyordu; diz çöküyor, ölmüş gibi yapıyor, susta duruyor, verilen bir ekmeği, bir yumurtayı, bir et parçasını, bir sepetçiği ağzıyla uysal ve uslu taşıyor, hatta efendisinin elinden bıraktığı kamçıyı yerden alarak onun peşi sıra götürüyor, bu arada dayanılmaz bir yaltaklanışla kuyruğunu sallıyordu. Önüne ilkin bir tavşancık, daha sonra beyaz bir kuzu çıkarılan kurt her ne kadar dişlerini gösteriyor, bütün vücudu iştahla titreyip ağzından salyası yere damlıyorsa da, oldukları yere sinmiş hayvanlardan hiçbirine dokunmuyor, verilen emre uyup üzerlerinden zarif bir sıçrayışla atlayıp geçiyordu. Dahası var: Tavşanla kuzunun arasına uzanıp yatarak ön ayaklarıyla her ikisini kucaklıyor, kendileriyle insanı duygulandıran bir aile topluluğu oluşturuyor ve yaptıklarının karşılığında ödül olarak efendisinin elinden bir tablet çikolata yiyordu. Bu kurdun ne akıl almaz ölçüde doğasını yadsımayı başardığına tanık olmak eza veriyordu insana, bu manzara karşısında tüylerim diken diken oldu.

Ne var ki, heyecana kapılmış seyirciler de söz konusu işkenceye katlanmalarının karşılığı olarak gösterinin ikinci yarısında kurt gibi ödüllendirilmekteydi. O çok kurnazca planlanmış gösterinin ardından, kurt ve kuzu ailesinin başında dikilen hayvan terbiyecisi zafer kazanmış bir edayla seyirciler önünde eğiliyor, daha sonra da rollerin değiş tokuşuna gidiliyordu. Birden Harry'ye benzeyen hayvan terbiyecisi yerlere kadar eğilerek kamçısını kurdun ayakları dibine bırakıyor, bu kez kendisi kurt gibi titremeye, kendisi büzülüp sefil bir görünüm sergilemeye başlıyordu. Kurda gelince, gülerek yalanıyor, önceki ezilip büzülmeleri ve yapmacıklıkları silkip atıyor üzerinden, gözleri ışıldayıp bütün vücudu gergin bir durum alıyor, yeniden ele geçirilmiş bir vahşilikle içi şenleniyordu.

Derken kurt emir veriyor, insan verilen emre uyuyordu. Emir üzerine kurt terbiyecisi diz çöküp kurt gibi davranıyor, dilini sarkıtıyor ağzından, dolgulu dişleriyle üzerindeki giysileri parçalamaya başlıyordu. İnsan terbiyecisinin verdiği emre göre iki ya da dört ayak üzerinde yürüyor, susta duruyor, ölmüş gibi yapıyor, kurdu sırtına bindiriyor, kamçısını onun peşi sıra taşıyordu. Köpeksi bir sadakatle her türlü küçülme ve sapıklığı zengin bir hayal gücüyle ustalıklı biçimde gerçekleştiriyordu. Bir ara güzel bir kız göründü sahnede; terbiye edilmiş insana sokuldu, çenesini okşayıp yanağını onun yanağına sürdü, ama hayvan terbiyecisi dört ayak üzerindeki konumunu değiştirmedi, hayvanlığından ayrılmadı, başını sallayıp güzel kıza dişlerini gösterdi, sonunda bunu öylesine korkutucu ve kurtvari şekilde yaptı ki, kız soluğu kaçmakta aldı. Ardından hayvan terbiyecisinin önüne çikolata kondu; ama o, çikolatayı şöyle bir kokladıktan sonra itip uzaklaştırdı. En sonunda beyaz kuzuyla benekli tombul tavşan yeniden ortaya çıkarıldı, zeki insan bütün gücünü harcayarak kurt rolünü öylesine güzel oynadı ki, seyretmek zevkti doğrusu. Parmakları ve dişleriyle çığlık çığlığa hayvancıkları yakaladığı gibi vücutlarından deri ve et parçalarını koparıp sırıtarak ağzında çiğnemeye başladı, gözlerini hazla yumup kendinden geçerek hayvanların sıcak kanlarını içti.

Bunu görür görmez dehşetle fırlayıp çıktım kapıdan. Bu sihirli tiyatro gördüğüm kadarıyla saf bir cennet olmaktan uzaktı, ne kadar cehennem varsa o sevimli dış görünümünün altında yatıyordu. Aman Tanrım, burada da insan için bir kurtuluş söz konusu değil miydi?

Korkuyla bir aşağı bir yukarı gidip gelmeye başladım; kan ve çikolata tadını ağzımda hissediyor, biri kadar öbüründen de tiksinti duyup bu bulanık dalgadan kurtulmaya can atıyor, içimde daha katlanılabilir, daha güler yüzlü görüntüler elde edebilmek için savaşıyordum. Kafamda "Aman dostlar, bırakın böyle davranmayı!" sözleri yankılanıp duruyordu. Aklım savaş sırasında bazen gözüme çarpan tüyler ürpertici resimlere gitti dehşetle, gaz maskelerinin yüzlerini sırıtan şeytan suratlarına çevirdiği, birbiriyle kenetlenip yumak olmuş ceset yığınlarını anımsadım. İnsan dostu, savaş karşıtı ben bu resimlerden dehşete kapıldığım günlerde ne aptalca, ne çocukça davranmışım meğer! Bugün biliyordum artık, bir hayvan terbiyecisinin, bir bakanın, bir generalin, aklından zoru olan bir kimsenin beyninde üreteceği hiçbir düşünce ve görüntü yoktu ki, ben onu aynı şekilde tüyler ürpertici, aynı şekilde vahşi ve hınzırca, aynı şekilde hoyrat ve aptalca içimde barındırmayayım.

Rahat bir nefes alarak o yazıyı anımsadım, tiyatronun başında o sevimli delikanlıyı rüzgâr gibi peşinden sürüklemiş,

Bütün kızlar senindir

yazısını; bana öyle geldi ki, bunun kadar arzulanmaya değer bir başka şey yoktu. Kahrolası kurt dünyasından yakamı yine kurtardığıma sevinerek kapıdan girdim içeri.

Şaşılacak şekilde –öylesine inanılmayacak gibi, öte yandan öylesine aşinaydı ki, ürperdim– burada gençliğimin kokusunun, çocukluk ve delikanlılık dönemimdeki havanın karşıdan bana doğru esip geldiğini hissettim, damarlarımda söz konusu zamanların kanı dolaşmaya başladı. O günlerden bu yana ne yapmış, ne düşünmüş, nasıl bir yaşam sürmüşsem hepsi gerilerde kalmış, yine eskisi gibi gencecik biri olup çıkmıştım. Daha bir saat, daha birkaç dakika önce sevginin, isteğin, özlemin ne olduğunu çok iyi bildiğimi sanmıştım, ama bunlar yaşlı bir adamın sevgisi ve özlemiydi. Oysa ben yine genç biriydim, içimde duyumsadığım şey, içimde bir kor gibi yanan ateş, büyük bir güçle beni önüne katıp sürükleyen bu özlem, mart ayında esen ılık bir rüzgâr gibi buzları çözüp eriten bu tutku körpeydi, yeni ve gerçekti. Aman Tanrım, unutulmuş ateşler nasıl da birden alevlenmişti gönlümde, gerilerde kalan sesler nasıl da yükselip kabararak, nasıl da hüzün vererek yankılanmaya başlamıştı! Kan nasıl titrek bir alevle yanmaya, ruh nasıl bağırıp çağırarak ezgiler söylemeye koyulmuştu! On beş-on altı yaşlarında bir çocuktum, kafamın içi Latinceyle, Yunancayla ve şairlerin güzel dizeleriyle, düşüncelerim özlem ve hırsla, hayallerim sanatçı düşleriyle dolup taşıyordu; ne var ki, sevgi ateşi, cinsellik açlığı, şehvetin insanı yiyip bitiren sezgisi bütün bu alev alev ateşten çok daha derin, çok daha güçlü ve korkunç şekilde yanıyor, içimde çırpınıp duruyordu.

Doğup büyüdüğüm kentin kayalık bir tepesinde dikiliyordum, havada ılık rüzgârın ve ilk açan menekşelerin kokusu vardı, aşağıda akan ırmak ve evimizin pencereleri ışıl ışıl parıldıyordu. Bütün bunlar işte öylesine uğuldayarak, öylesine yeni, yaratma isteğiyle öylesine sarhoş akıyor, yankılanıyor ve kokuyor, öylesine bir renk yoğunluğuyla parıldayıp bahar rüzgârında esiyor, öylesine gerçeküstü ve nurlu bir görünüm taşıyordu ki, tıpkı ilkgençliğimin alabildiğine zengin şairane saatlerinde dünyayı görüşüm gibiydi. Tepede dikilmiş duruyordum, rüzgâr uzun saçlarımın arasından geçip gidiyordu; derken, düşlü bir sevi özleminde yitik, sağa sola gidip gelen elimle henüz yeşermeye yüz tutmuş çalılıktan yarı açılmış bir yaprağı kopararak gözlerimin önüne tutup kokladım (koklar koklamaz da bir zamanki tüm yaşantılar alev alev aklıma geldi), henüz hiçbir kızı öpmemiş dudaklarımla küçük yeşil tomurcuğu yakalayıp ağzımda çiğnemeye başladım. Baharatlı bir acılığı içeren buruk tadını hisseder hissetmez o anda neler yaşadığımı açık seçik kavradım ansızın, bir zaman yaşadıklarım yine içimde boy gösterdi. Çocukluk yıllarımın sonlarında geçen bir saati yeniden yaşamaya koyuldum. İlkbahar başında bir pazar günü ikindi vaktiydi, yalnız başıma gezerken yolda rastladığım Rosa Kreisler'i büyük bir çekingenlikle selamlamış, kendisine fena halde gönlümü kaptırmıştım.

O zamanlar tek başına, düşlere dalmış, tepeye doğru çıkıp gelen, beni henüz görmemiş Rosa'yı ürkek bir bekleyişle izlemiştim. Başının üzerinde saçları kalın örgüler halinde bir araya toplanmıştı, ama örgülerden iki yanağına taşmış saç telleri rüzgârda oynaşıyor, akıp giden bir ırmağı andırıyordu. Rosa'nın ne kadar güzel olduğunu ilk kez görmüş, rüzgârın nazlı saçlarındaki oyununun çarpıcılığını ve düşsülüğünü, ince ve mavi giysisinin gencecik bedeninden aşağı dökülüşündeki büyüleyiciliği ve insanın gönlünü özlemle dolduruşunu ilk kez fark etmiştim. Ağızda çiğnenmiş tomurcuk halindeki yaprağın buruk-baharatlı tadıyla birlikte baharın bütün o ürkek, tatlı isteğinin ve korkusunun içime üşüşmesi gibi, Rosa'yı görür görmez sevginin ölümcül sezgisi, kadınsallığın sezgisi, alabildiğine geniş olanakların ve sözverilerin, isimsiz hazların, akla gelmeyecek şaşkınlıkların, korkuların ve acıların, alabildiğine içten esenliklerin ve alabildiğine derin suçlulukların sezgisi içimi kapladı. Aman Tanrım, ilkbaharın acımsı tadı nasıl da dilimde yanıyor, oynaşan rüzgâr Rosa'nın kırmızı yanaklarına düşmüş saç tellerinin içinden nasıl da akıp gidiyordu! Derken Rosa bana yaklaşmış, başını kaldırınca beni görmüş, bir an hafifçe kızarıp gözlerini yana kaçırmıştı; sonra da ben şapkamı çıkarıp onu selamlamıştım. Hemen yine kendini toparlayan Rosa gülümseyerek ve biraz hanımefendi edasıyla gözlerini kaldırıp selamıma karşılık vermiş, ağır ağır, kendinden emin ve üstünlük okunan adımlarla yürüyüp gitmişti, peşinden yolladığım binlerce sevgi dileğiyle, binlerce istek ve iltifatla sarılıp sarmalanmış.

İşte böyle olmuştu o zaman, otuz beş yıl önce bir pazar günü. Ve o zaman ne olmuşsa şimdi yine dönüp gelmişti: Tepe ve kent, mart rüzgârı ve tomurcuk kokusu, Rosa ve onun kumral saçları, gönülde şişip kabaran özlem ve insanın gırtlağına sarılan o tatlı korku. Her şey bir zamankinden farksızdı ve bana öyle geldi ki, hayatımda hiç kimseyi o zaman Rosa'yı sevdiğim kadar sevmemiştim. Ama şimdi Rosa'ya bir başka türlü yaklaşabiliyordum. Beni tanır tanımaz yüzünün kızardığını ve bunu benden gizlemeye çalıştığını gördüm; benden hoşlandığını, benim için söz konusu karşılaşma nasıl bir anlam taşıyorsa, onun için de aynı anlamı taşıdığını sezdim hemen. O zamanki gibi Rosa önümden geçip gidene kadar şapka elimde dikilip duracakken, bu kez içimdeki korku ve sıkıntıya aldırmayıp ruhumda yanan tutku ateşinin benden istediği şeyi yaparak ona şöyle seslendim: "Rosa! İyi ki geldin güzeller güzeli. Seni öyle seviyorum ki." Bunlar belki o anda söylenecek en akıllıca sözler değildi; ne var ki, aklın yeri yoktu burada, ağzımdan çıkan sözler tümüyle yeterliydi. Rosa bu kez yüzünde bir hanımefendi ifadesiyle yoluna devam etmedi, olduğu yerde durup bana baktı, öncekinden daha da çok kızararak şöyle dedi: "Selam Harry, gerçekten seviyor musun beni?" Bunları söylerken sağlıklı yüzündeki kahverengi gözlerinin ışıl ışıl parıldadığını gördüm, içimde birden şu duygu uyandı: O pazar ikindisi Rosa'nın önümden sessiz sedasız geçip gitmesine izin vermemden sonra tüm yaşamım, tüm sevgim hatalı ve karışık bir akış izlemiş, aptalca mutsuzluklarla dolup taşmıştı. Ama şimdi yapılan yanlış düzeltilmiş, her şey değişip yoluna girmişti.

Ellerimizi uzattık birbirimize ve el ele acele etmeden yürümeye koyulduk, anlatılmaz ölçüde mutlu; apışıp kalmış, ne yapacağımızı, ne söyleyeceğimizi bilemiyorduk; şaşkınlıktan koşmaya başladık derken, soluksuz kalıncaya kadar koştuk ve ister istemez durduk sonunda, ama ellerimiz birbirini bırakmamıştı. İkimiz de henüz çocukluk çağını yaşıyor, birbirimize nasıl davranacağımızı pek bilmiyorduk. O pazar birbirimizden ilk öpücüğü bile almayı becerememiştik, ama işte öylesine mutlu hissediyorduk kendimizi. Soluk soluğa dikilmiş duruyorduk, derken otların içine oturduk, ben Rosa'nın elini okşadım, o da boştaki elini çekine çekine benim saçlarımda gezdirdi. Sonra yine ayağa kalktık, hangimizinki daha uzundur diye boy ölçüştük, Rosa'nın boyu benimkinden bir parmak kısaydı, ama bunu açığa vurmayarak ikimizin de boyunun aynı uzunlukta olduğunu, aziz Tanrının bizi birbirimiz için yarattığını, ileride birbirimizle evleneceğimizi söyledim. Rosa burnuna menekşe kokusu geldiğini belirtince, ilkbaharın henüz güdük otları içine diz çöküp menekşe aramaya başladık, kısa saplı birkaç menekşe bulduk ve bulduklarımızı birbirimize armağan ettik, hava serinleyip de güneşin ışığı kayalara eğik vurmaya başlayınca, Rosa artık eve dönmesi gerektiğini söyledi, ikimiz de buna pek üzüldük, çünkü eve giderken kendisine eşlik edemeyecektim, ama artık paylaştığımız bir giz vardı aramızda, bu da sahip olduğumuz her şeyden daha güzeldi. Ben yukarıda, kayalık tepede kaldım, Rosa'nın armağan ettiği menekşeleri kokladım, derin bir uçurumun kenarına yüzüstü uzanıp aşağılara baktım, gözlerimi kente dikip bekledim; derken aşağıda tatlı, minyon vücuduyla Rosa göründü, çeşmenin yanından geçip köprüye çıktı. Az sonra evlerine vardığını canlandırdım hayalimde; evde odalara girip çıkıyor, bense tepede, onun çok uzağında yere uzanmış yatıyordum; ama bir bağ vardı benden ona uzanan, akan bir ırmak, esen bir giz vardı.

Daha sonraları yeniden buluştuk Rosa'yla, orda burda, kayalık tepede, bahçe çitlerinin yanı başında bütün bahar boyu buluşup görüştük. Ve leylaklar açmaya yüz tutmuştu ki, korka çekine ilk öpücüğü aldık birbirimizden. Biz çocukların birbirine verebileceği fazla bir şey yoktu, öpücüğümüz de henüz ateşli ve dolgun nitelik taşımaktan uzaktı, Rosa'nın kulağının çevresinde boşlukta sallanan perçemlerini ancak usulca okşamayı göze alabilmiştim, ama sevgi ve neşe konusunda ortaya koyabileceğimiz her şey bizimdi, ürkek her dokunuşla, henüz gereken olgunluğu kazanmamış her sevi sözcüğüyle, birbirimizi tasa dolu her bekleyişle yeni bir mutluluğu yaşıyor, aşk merdiveninde bir basamak daha yukarı çıkıyorduk.

Böylece Rosa'yla ve menekşelerle başlayarak bütün sevi yaşamımı baştan sona, daha olumlu koşullar altında bir kez daha yaşadım. Rosa ortadan kaybolup Irmgard aldı yerini ve güneş daha bir kızgın, yıldızlar daha bir sarhoş parıldadı, ama ne Rosa ne Irmgard benim oldu, aşk merdivenini basamak basamak çıkmam, çok şeyler yaşayıp çok şeyler öğrenmem, Irmgard'ı da Anna'yı da yine kaybetmem gerekiyordu. Gençliğimde sevdiğim her kızı yeniden sevdim, ama artık her birinin gönlünde aşk ateşini tutuşturabiliyor, her birine kendimden bir şeyler verebiliyor, her birinden bir şeyler alabiliyordum. Bir zaman yalnızca hayalimde yaşamış istekler, düşler ve olasılıklar gerçekleşiyordu şimdi, her biri yaşanıyordu. Ey siz güzel çiçekler, Ida ve Lore! Ve siz hepiniz, benim bir yaz boyu, bir ay boyu, bir gün boyu sevdiklerim!

Az önce sevgi kapısına doğru harıl harıl koştuğunu gördüğüm, gönlünde ateşler yanan şirin, küçük delikanlıydım artık. Şimdi ben'imin bu parçasını, varlığımın ve yaşamımın ancak onda bir, binde bir oranında hakkı teslim edilmiş bu parçasını dolu dolu yaşıyor, onun, ben'imin öbür parçalarının engellemesinden, Bozkırkurdu'nun eza ve cefasından, kişiliğimin düşünür, şair, hayalci, ahlakçı parçalarının vereceği rahatsızlık ve eziyetlerden uzak serpilip büyümesine çalışıyordum. Hayır, bundan böyle seven biriydim sadece, sevginin mutluluğundan başka mutluluk, sevginin acısından başka acı tanımıyordum. Irmgard'dan dans etmesini,

Ida'dan öpmesini öğrenmiştim; en güzelleri Emma ise bir güz akşamı bir karaağacın rüzgârda esen yapraklarının altında esmerimsi göğüslerini öpmeme ve haz kadehini yudumlamama izin veren ilk kadın olmuştu.

Pablo'nun küçük tiyatrosunda pek çok şey yaşadım, bunların binde biri bile sözle anlatılacak gibi değil. Sevdiğim bütün kızlar benim olmuştu şimdi, her biri kendisinden başka kimsenin veremeyeceği şeyi bana sunuyor, ben de her birine kendisinden başka kimsenin benden alamayacağı şeyi sunuyordum. Pek çok sevgiyi, pek çok mutluluğu, pek çok şehveti, öte yandan pek çok tedirginliği, pek çok acıyı tattım, yaşamımda elden kaçırılmış tüm sevgiler bu düş saatinde sihirli bir şekilde bahçemde açtı; tiril tiril nazlı çiçekler, alev alev göz kamaştıran çiçekler, bir anda sararıp solan mahzun çiçekler, titrek yanan şehvet, sıcak düşler, kor gibi hüzünler, korkuyla ölmeler, ışıl ışıl yeniden doğuşlar. Öyle kadınlar gördüm ki, ele geçirilmeleri aceleyi ve baskın tarzında saldırıyı gerektiriyordu. Yine öyle kadınlar gördüm ki, kendilerine uzun süre ve özenle kur yapmak bir mutluluktu. Yaşamımın bir zaman, bir dakika boyunca olsun, şehvetin çağrısının işitildiği, bir kadın bakışının içimde sevgi ateşini tutuşturduğu, bir kızın ak teninin pırıltısının beni büyülediği tüm loş köşeleri yeniden boy gösteriyor, kaçırılmış bütün fırsatlar yeniden değerlendiriliyordu. Kızların kadınların hepsi benimdi, her biri kendi tarzında benim oluyordu. Örneğin, bir zaman seyir halindeki bir ekspresin koridorunda, bir pencere önünde on beş dakika yanı başında dikildiğim, sonradan sık sık rüyalarıma giren, keten sarısı saçları ve ilginç koyu kahverengi gözleriyle o kadın – hiçbir şey söylemeden akla gelmedik, korkutucu, ölümcül sevişme hünerlerini öğretti bana. Sonra, pürüzsüz cildi ve sessiz, kristal gülümsemesi, düz taranmış simsiyah saçları ve ıslak gözleriyle, Marsilya limanındaki o Çinli kadın da kimsenin duyup işitmediği şeyler biliyordu. Her birinin kendine özgü bir gizi, kendine özgü bir toprak kokusu vardı; her biri ötekilerden ayrı bir öpüşle öpüyor, ötekilerden ayrı bir gülüşle gülüyor, her biri kendine özgü bir utangaçlığı, kendine özgü bir arsızlığı sergiliyordu. Geliyor ve gidiyorlardı; ırmak onları sürükleyip bana getiriyor, beni sürükleyip onlara götürüyor, sonra yine onlardan alıp uzaklaştırıyordu; şehvet ırmağında oyunsu ve çocuksu bir yüzmeydi bu, güzellikler, tehlikeler ve şaşırtmacalarla dolup taşan. Ve ben yaşamımın, görünürde alabildiğine yoksul ve sevimsiz Bozkırkurdu yaşamımın sevgilerden, fırsatlardan ve ayartılardan yana ne kadar zengin olduğunu görüp şaşırıyordum. Bunların hemen hepsini elden kaçırmış, hepsinden kaçmıştım; sendeleye sendeleye üzerlerinden atlayıp geçmiş, bir anda hepsini unutmuştum. Ama hepsi burada saklanmıştı, eksiksiz buradaydı hepsi, yüzlercesi bir arada. Ve şimdi görüyordum onları, kendimi onlara teslim ediyor, kapılarımı onlara açıyor, pembe bir boşluk içindeki yeraltı dünyalarına dalıyordum. Pablo'nun bir vakit bana sunduğu o ayartıcı öneri de yeniden çıkıp geldi karşıma; zamanında pek akıl erdiremediğim, daha öncelerde kalmış başka önerileri de, üçlü ve dörtlü fantastik sevi oyunlarını da yine karşımda buldum, gülümseyerek beni de aralarına aldılar. Pek çok şey oldu, pek çok oyun oynandı, sözle anlatılacak gibi değildi.

Ayartıların, rezilliklerin, tatsız yaşantıların sonsuz ırmağından boy verip çıktım yeniden, sessiz, suskun, donanımlı, bilgiyle doyurulmuş, bilge, yeterince pişip Hermine için yeterince olgunlaşmış. Bin yüzlü mitolojimde son kişi, bitimsiz uzayıp giden dizide son isim olarak Hermine boy gösterdi. Birden yine kendime gelip bu aşk masalına son verdim; çünkü burada, büyülü bir aynanın loşluğunda Hermine'yle yüz yüze gelmek istemiyordum, satrancımdaki yalnızca tek bir taş değil, Harry tümüyle onundu. Aman Tanrım, bundan böyle satranç oyunumu öylesine değişik biçimde kuracaktım ki, her şey Hermine'ye bağımlı duruma gelecek ve tüm özlemlerim gerçekleşecekti.

Irmak beni sürükleyip kıyıya atmıştı, kendimi tiyatro localarının sıralandığı suskun koridorda buldum yeniden. Peki şimdi? Elim cebimdeki satranç taşlarına uzandı, taşlara uzanmama yol açan dürtü hemen yine silinip gitti içimde. Koridordaki kapıların, kapılar üzerinde yazıların ve büyülü aynaların sınırsız dünyası çevremi sarmıştı. Kararsız, ilk gördüğüm yazıyı okuyunca ürperdim:

Sevgi için nasıl öldürülür

Çakan bir şimşek gibi ansızın bir anı parıldadı içimde: Restoranda bir masada oturuyorduk. Birden şarap yudumlamayı, yemek yemeyi bırakıp derin bir konuşmaya dalmıştı Hermine; bakışlarında korkunç bir ciddilik, benim elimden ölümü tatmak için beni kendisine âşık etmek istediğini söylemişti. Korku ve karanlık karışımı güçlü bir dalganın kalbimin üzerine gelip kapandığını hissettim; ansızın yine her şey karşımda belirdi, ansızın varlığımın alabildiğine derinliklerinde çaresizlik ve yazgının yeniden sesini yükselttiğini duydum. Umutsuzluk içinde elimi cebime attım, taşları çıkarıp biraz sihirbazlık yaparak satranç tahtasındaki taşların konumunu değiştirecektim. Ne var ki, cebimdeki taşlar kayıplara karışmıştı. Taşların yerine bir bıçak geçti elime. İçime ölümcül bir korku düştü, koridorda seğirtmeye başladım, kapıların önünden geçtim koşa koşa, devasa aynanın karşısında ansızın durup aynaya baktım. Aynada, boyum kadar, devasa güzel bir kurdun hayali ilişti gözüme; sessiz, oracıkta dikiliyor, tedirgin gözleri ürkek ürkek ışıldıyordu. Bana göz kırpıp güler gibi yaptı, bu arada ağzı aralanıp kırmızı dili göründü.

Pablo neredeydi? Hermine neredeydi? Neredeydi kişiliğin kurulup çatılmasından güzel güzel konuşup durmuş o bilge adam?

Bir kez daha baktım aynaya. Aklımı kaçırmış olmalıydım. Çünkü yüksek camın gerisinde ne kurt vardı, ne kurdun ağzında dönüp duran dili. Aynada ben dikiliyordum, Harry dikiliyordu, kül rengi bir yüzle, tüm oyunlar tarafından terk edilmiş, tüm rezilliklerden yorgun düşmüş, benzi solmuş. Ama her şeye karşın bir insan, her şeye karşın kendisiyle konuşulacak biriydi.

"Harry," dedim, "ne yapıyorsun orada?"

"Hiç," diye yanıtladı Harry aynadan. "Bekliyorum sadece. Ölümü bekliyorum."

"Ölüm nerede peki?" diye sordum.

"Yolda," dedi Harry. Ve o anda tiyatro içindeki boş odalardan bir müzik yankılandı, güzel ve korkunç bir müzik, *Don Giovanni* operasında taştan konuğun ortada boy gösterişine eşlik eden müzik. Öbür dünyadan, ölümsüzlerden gelen dondurucu sesler hayalet binada insanın tüylerini ürperterek yankılanıyordu.

"Mozart!" diye geçirdim kafamdan, böylece içimde yaşayan en gözde, en yüce görüntüleri belleğime davet ettim.

Derken arkamda bir kahkaha sesi duydum; insan kulağının işitemeyeceği bir başka dünyadan gelen, çekilmiş çilelerden ve Tanrılara özgü bir mizahtan doğup çıkarak çın çın öten buz gibi soğuk bir kahkaha. İliklerime kadar üşümüş, öte yandan mutluluğa boğulmuştum; arkama dönüp baktım, ileriden Mozart geliyordu; gülerek yanımdan geçti, hiç istifini bozmadan ağır ağır yürüyüp loca kapılarından birine yaklaştı, kapıyı açarak girdi içeri; ben de büyük bir istekle onun, gençliğimin bu Tanrısının, kendisine yaşam boyu kaybolmayacak bir sevgi ve hayranlık duyacağım bu insanın peşinden yürüdüm. Müziğin yankılanması sürüyor, Mozart locanın korkuluğunun önünde dikiliyordu. Tiyatrodan hiçbir şey seçilmemekteydi, sınırsız mekânı karanlık kaplamıştı.

"Görüyorsunuz işte," dedi Mozart, "saksofonsuz da oluyor. Ama bu yaman saza haksızlık da etmek istemem doğrusu."

"Neredeyiz?" diye sordum ben.

"*Don Giovanni*'nin son perdesindeyiz. Leporello dize geldi şu sıra. Eşsiz bir sahne; müziğe de diyecek yok, evet. İnsanlara özgü pek çok öğeyi kendisinde barındırıyorsa da, yine de öbür dünyanın havası hissediliyor; kahkaha örneğin, öyle değil mi?"

Ben, bir öğretmen gibi resmî bir edayla, "Şimdiye kadar yazılmış büyük müziklerin en sonuncusu," diye yanıtladım. "Doğru, Schubert geldi daha sonra, Hugo Wolf geldi; o zavallı harika Chopin'i de unutmamak gerekiyor. Kaşlarınızı çatıyorsunuz Maestro – ah evet, Beethoven'ı saymadık, o da olağanüstü. Ama ne kadar güzel olursa olsun, bu üstatların müziğinde kırık kopuk bir taraf, kendi içinde bir çözülmüşlük var; *Don Giovanni*'den sonra onun kadar kusursuz bir yapıt insan elinden çıkmadı henüz."

"Kendinizi zorlamayın," diyerek güldü Mozart, müthiş alaylı bir edayla. "Siz de bir müzisyensiniz sanırım. Şey, ben bu işi bıraktım artık, emekli oldum. Sırf eğlence için zaman zaman biraz ilgileniyorum."

Bunun üzerine, orkestrayı yönetiyormuş gibi ellerini kaldırdı Mozart. Bir ay ya da soluk bir yıldız doğdu bir yerde; korkuluk üzerinden önümdeki mekânın dipsiz derinliklerine diktim gözlerimi; sis ve bulutlar gökyüzünde oradan oraya sürükleniyordu. Dağlar ve deniz kıyıları ışımaya başladı derken, aşağımızda dünya kadar geniş bir ova uzanıyordu. Bu ovada uzun sakallı, yaşlı, saygıdeğer bir adam gördük, siyahlar giyinmiş on binlerce kişilik bir kafileye mahzun bir yüzle önderlik ediyordu. Acılı ve umutsuz bir hali vardı. Mozart şöyle dedi:

"Bakın, bu Brahms işte. Esenliğe kavuşmak için çaba harcamakta, ama bunun için daha bir sürü zamanın geçmesi gerekiyor."

Mozart'ın dediğine bakılırsa, siyahlar giyinmiş binlerce kişi, tanrısal yargıya göre Brahms'ın partisyonlarında gereksiz olan seslerin ve notaların okuyucularıydı.

"Fazla saza yer verilmiş, fazla malzeme harcanmış," diyerek başını salladı Mozart.

Aradan çok geçmedi, yine büyük bir kafilenin başında Richard Wagner'in yürüdüğünü gördük, binlerce kişinin nasıl bütün ağırlığıyla Wagner'e sarılıp onunla beslendiğine tanık olduk; çilekeş birinin adımlarıyla Wagner'in de yorgun argın sürüklenip gittiği gözümüzden kaçmadı.

"Benim gençliğimde," dedim üzülerek, "Brahms'la Wagner birbirine akıl almayacak kadar karşıt iki besteci sayılırdı."

Mozart güldü.

"Evet, hep öyledir zaten. Biraz uzaktan bakıldı mı, böyle karşıt kişilerin zamanla birbirine benzediği görülür. Öte yandan, aşırı orkestrasyon Wagner'in ya da Brahms'ın değil, yaşadıkları dönemin bir kusuruydu."

"Nasıl? Şimdi o kusurun böylesine ağır şekilde cezasını çekmeleri mi gerekiyor?!" diye sesimi yükselttim yakınarak.

"Pek tabii. Yargılama usulü böyle. Ancak dönemlerinin borcunu ödedikten sonra geride kendilerine ait bir şey kalıp kalmayacağı, dolayısıyla kişiliklerini değerlendirme zahmetine değip değmeyeceği anlaşılacaktır."

"Ama bu onların suçu değil ki!"

"Elbette değil. Âdem'in elmayı yemiş olması da onların suçu değil, yine de bunun cezasını ister istemez çekecekler."

"Korkunç bir şey bu."

"Kuşkusuz; zaten yaşam her zaman korkunçtur. Bizim suçumuz da değildir böyle oluşu, ama yine de sorumlusu bizleriz. İnsan doğuyor, hemen o anda da suç yükleniyor üzerine. Bunu bilmiyorsanız, tuhaf bir din dersi almış derim sizin için."

Büyük bir mutsuzluk duygusu üzerime çullanmıştı. Kendimi ölesiye yorgun biri olarak öbür dünyanın çölü içinden geçerken görüyor, şimdiye kadar kaleme aldığım pek çok gereksiz kitabı, pek çok yazıyı, pek çok incelemeyi sırtlanmış yürürken görüyordum; arkamdan da söz konusu yazılarda emeği geçmiş bir dizgiciler ordusu, yazdıklarımı okuma zahmetine katlanmış bir okuyucular ordusu geliyordu. Aman Tanrım! Âdem ve elma duruyordu daha, atalardan gelen günahlar duruyordu. Yani bütün bunların cezasını çekecektim, sonu gelmeyen bir cehennem ateşinde yanacak, ancak daha sonradır ki kişisel bir şey, kendime özgü bir şey ortaya koyabilmiş miyim, yoksa tüm yaptıklarım ve bunların sonuçları sadece deniz üzerindeki önemsiz bir köpük, olaylar ırmağında sadece anlamsız bir oyun mu olmuştur sorusu sorulabilecekti!

Suratımın asıldığını gören Mozart yüksek sesle gülmeye başlamıştı. Gülmekten havada taklalar atıp bacaklarını titretiyor, bir yandan bana şöyle diyordu: "Hey, evlat, dilin ısırıyor mu seni, ciğerin çimdikliyor mu? Okuyucularını, leş kargalarını, pisboğazları mı düşünüyorsun? Dizgicilerini mi, zındıkları mı, melun kışkırtıcıları mı, hançer bileyicilerini mi? Gülmemek elde mi, ey canavar adam, kahkahayla gülmemek, gülmekten kırılmamak, gülmekten altına yapmamak?! Ey saf adam, matbaa mürekkebiyle, ruhunun acısıyla, buyur bir mum sana, şaka yalnızca. Allahın emri, şeytan seni alıp götürecek, sonra bir temiz kötek, yazdıkların sağdan soldan aşırma, seni bir güzel benzetecek."

Bu kadarı da fazlaydı, içimdeki kızgınlık kendimi hüzne kaptırmama fırsat tanımadı. Saç örgüsünden yakaladım Mozart'ı. Mozart uçup gitti havada, saç örgüsü bir kuyrukluyıldızın kuyruğu gibi uzadıkça uzadı, ucunda da ben asılıydım, orası senin burası benim, fırıl fırıl döndürülüp durdum boşlukta. Allah kahretsin, bir de soğuktu ki! Bu ölümsüzler buz gibi havaya katlanabiliyordu. Öte yandan dondurucu hava neşelendiriyordu insanı, aklım başımdan gidene kadar geçen o kısa sürede bunu hissettim. Dondurucu neşe, acı-keskin ve çelik mavisi, işledi içime. Birden Mozart gibi öylesine çın çın, delice ve dünyada eşine rastlanmayan bir gülüşle gülme isteği duydum. Ne var ki, o anda soluksuz kaldım, bilincim kaybolup gitti.

Kendime geldiğimde elim kolum tutmuyordu, şaşkındım. Koridorun beyaz ışığının parlak zeminde yansıdığını gördüm. Ölümsüzlerin arasında değildim, henüz değildim. Hâlâ bilmecelerin, çilelerin, bozkırkurtlarının, eziyetli güçlüklerin dünyasındaydım. İyi bir yer değildi, katlanılacak gibi bir mesken değildi bulunduğum yer. Duruma bir son vermem gerekiyordu.

Karşımdaki kocaman duvar aynasında Harry dikiliyor, pek iyi görünmüyordu; profesörü ziyaretinden sonra Kara Kartal'daki danslı geceye geldiği o akşamki hal vardı yine üzerinde. Ama o günler çok gerilerde kalmış, yıllar, yüzyıllar öncesinde kalmıştı. Arada Harry yaşlanmış, dans etmesini öğrenmiş, sihirli tiyatroyu görmüş, Mozart'ın kahkahasını işitmişti; danslardan, kadınlardan, bıçaklardan korkusu kalmamıştı artık. Sıradan biri bile birkaç yüzyıllık bir koşudan sonra olgunlaşır. Aynadaki Harry'ye uzun uzun baktım, hâlâ iyi tanıdığım biriydi, bir mart günü kayalık tepede karşılaştığı Rosa'yı şapkasını çıkararak selamlayan on beş yaşındaki Harry'ye az da olsa benziyordu. Ama yine de o günden bu yana birkaç yüz yıl yaşlanmış gibiydi, o günden bu yana kanıksayıncaya kadar müzik ve felsefeyle ilgilenmiş, "Çelik Miğfer"de bol bol Alsace şarabı yudumlamış, babacan bilginlerle Krişna üzerine söyleşilerde bulunmuş, Erika'yı ve Maria'yı sevmiş, Hermine'nin dostu olmuş, elde silah otomobilleri avlamış ve kadife tenli Çinli kızla yatmış, Goethe ve Mozart'la karşılaşmış, hâlâ içinde tutuklu yaşadığı zamanın ve düzmece gerçeğin ağında çeşitli delikler açmıştı. O sevimli satranç taşlarını sonradan yine kaybetmişse de, cebinde şimdi hatırı sayılır bir bıçak vardı. İleri, kocamış Harry, kocamış yorgun herif!

Allah kahretsin, nasıl da acı bir tadı vardı yaşamın! Aynadaki Harry'nin yüzüne tükürdüm, bir tekme atıp tuzla buz ettim onu. Çın çın öten koridorda usulca yürüdüm, daha önce bana pek çok güzel şey vaat etmiş kapıları dikkatle gözden geçirdim; hiçbirinde bir yazı yoktu şimdi. Sihirli tiyatronun yüz kapısının tümünü de ağır ağır yürüyerek geride bıraktım. Bugün bir maskeli baloda bulunmamış mıydım? Balodan bu yana yüz yıl geçmişti. Çok sürmeden yıl falan kalmayacaktı artık. Ama önce bir şeyin yapılması gerekiyordu, Hermine bekliyordu henüz. Tuhaf bir izdivaç olacaktı bu. Bozbulanık bir dalganın içinde yüzüp duruyor, bozbulanık sürükleniyordum, ben köle, ben Bozkırkurdu. Lanet olsun!

En son kapının önünde durdum. Bozbulanık dalga beni sürükleyip buraya getirmişti. Ah Rosa, ah uzaklarda kalan gençlik, ah Goethe, ah Mozart!

Kapıyı açtım. Sade ve güzel bir manzara beni karşıladı. Yerdeki halıların üzerinde iki çıplak insanın yattığını gördüm, güzel Hermine'yle güzel Pablo, yan yana, derin uykular içinde, doyumsuz görünen, ama çarçabuk insanı doyuran sevi oyunundan alabildiğine yorgun düşmüş. Güzel ve yakışıklı insanlar, şahane görüntüler, harikulade bedenler. Hermine'nin sol göğsünün altında yeni oluşmuş yuvarlak bir leke, morarmış bir yer vardı, Pablo'nun ışıl ışıl parıldayan güzel dişlerinden kaynaklanan bir sevi ısırığı. Lekenin bulunduğu yere bıçağımı sonuna kadar sapladım. Hermine'nin narin ak teni üzerine kanlar boşandı. Her şey başka türlü olsaydı, biraz başka türlü bir seyir izleseydi, bu kanı öpe öpe uzaklaştırırdım aktığı yerden. Ama şimdi böyle bir şey yapmadım, kanın akışını izledim yalnızca, Hermine'nin gözlerinin kısa bir süre için acıyla, derin bir şaşkınlıkla açıldığını gördüm. "Neden şaşırdı böyle?" diye geçirdim içimden. Sonra, gözlerini kapamam gerektiğini düşündüm. Ama Hermine'nin gözleri kendiliğinden kapandı. Bu iş de olmuştu. Sadece biraz yana dönmüştü Hermine, koltukaltından göğsüne doğru ince ve nazlı bir çizginin oynaştığını gördüm, bana bir şeyi anımsatmak istiyordu. Neydi, unutmuştum. Derken hareketsiz kalakaldı Hermine.

Uzun uzun ona baktım. Sonunda bir uykudan uyanır gibi ürperdim ve çekip gidecek oldum. Derken Pablo'ya ilişti gözüm; Pablo gözlerini açtı, gerinip uzandı, sonra cansız yatan Hermine'nin güzel vücudunun üzerine eğildi ve gülümsedi. Bu adam ciddilik nedir asla bilemeyecek, diye geçirdim içimden, her şey onu gülümsetiyor. Pablo, halının bir ucunu dikkatle kaldırıp Hermine'nin üzerine örttü; göğsü halının altında kaldı Hermine'nin, yara görünmez oldu. Bunun üzerine Pablo sessizce locadan çıkıp gitti. Nereye gitti Pablo? Herkes beni yüzüstü mü bırakıyordu? Hermine'nin sevip kıskandığım, üzeri yarı örtülmüş cesediyle baş başa kaldım. Soluk alnına oğlansı saç buklesi sarkmıştı; sapsarı kesilmiş yüzünde biraz açılmış ağzı kırmızı kırmızı parıldıyor, saçları burcu burcu kokuyordu; bir biçim zenginliği içeren küçük kulağı bir bölümüyle saçlar arasından ışıldayarak öne çıkmıştı.

İsteği yerine gelmişti Hermine'nin. Henüz büsbütün benim olmaya kalmadan sevgilimi öldürmüştüm. Akıl almayacak bir şey yapmıştım; diz çöküp gözlerimi Hermine'nin cesedine diktim; gerçekleştirdiğim eylemin ne anlama geldiğini bilmiyordum, iyi ve doğru bir eylem miydi ya da tersi mi, onu bile bildiğim yoktu. O zeki satranç oyuncusu ne diyecekti bu yaptığıma, Pablo ne diyecekti? Hiçbir şey bilmiyordum, bir şey düşünebilecek durumda değildim. Sönüp giden yüzde boyalı ağzın yangını büyüdükçe büyüyor, giderek daha kırmızı bir görünüm kazanıyordu. Tüm yaşamım, birazcık mutluluğum ve sevgim de bu kaskatı ağza benzemişti: Biraz kırmızılık, ölü bir yüze sürülmüş.

Ve Hermine'nin ölü yüzünden, ölü ak omuzlarından, ölü ak kollarından ağır ağır, sinsi sinsi ilerleyen bir ürperti, nefes gibi çevreye yayılıyordu, kış havasına bürünmüş bir ıssızlık ve yalnızlık, yavaş yavaş, yavaş yavaş şiddetlenen bir soğuk. Ve bu soğukta ellerim ve dudaklarım adeta buz kesmişti. Güneşi mi söndürmüştüm? Tüm yaşamın kalbinin canına mı okumuştum? Evrenin ölüm soğukluğu mu dolmuştu içeriye?

Ürpererek gözlerimi dikip Hermine'nin taş kesilmiş alnına, kaskatı saç buklesine, sarı soğuk parıldayan kulak kepçesine baktım. Bunlardan çevreye yayılan soğuk hava öldürücü, öyleyken güzeldi, harikulade yankılanıyor, titreşiyordu; müzikti kısaca!

Eskiden bir ara yine bu ürpertiyi hissetmemiş miydim? Aynı zamanda mutluluk gibi bir şey olan bu ürpertiyi? Yine eskiden bir ara bu müziği duymamış mıydım? Evet, Mozart'ta işitmiştim onu, ölümsüzlerin yanında.

Dizeler geldi aklıma, eskiden bir ara bir yerde rastladığım dizeler:

Oysa bizler bulduk birbirimizi
Yıldızların aydınlattığı buzunda havanın,
Ne gündüz biliriz ne saat tanırız,
Ne erkeğiz ne kadın, ne genç ne de yaşlı...
Soğuk ve değişimsizdir sonsuz varlığımız,
Soğuk ve yıldız yıldız sonsuz gülüşümüz...

Birden locanın kapısı açılıp Mozart girdi içeri, ilk bakışta tanıyamadım, saç örgüsü yoktu başında, dize kadar inen pantolonu ve tokalı iskarpinleri yoktu, modern bir kıyafet içindeydi. Hemen yanı başıma oturdu, Hermine'nin göğsünden yere akmış kanla üstünü kirletmemesi için nerdeyse tutup çekecek oldum kendisini. Mozart, sağda solda duran bazı küçük araç ve gereçlerle harıl harıl ilgilenmeye koyuldu. Çok önemli bir iş üzerinde uğraşıyordu adeta, önünde çekip çekiştirdiği bir nesneye vidalar takmaya çalışıyordu. Benim gözüm, parmaklarındaydı, piyano çaldıklarını görmeyi çok arzuladığım usta ve çevik parmaklarında. Düşünceli düşünceli Mozart'a bakıyordum, daha doğrusu düşlere dalmış, güzel ve zeki ellerinin manzarasında yitik, yanı başımda bulunduğu duygusunun sıcaklığını hissederek, öte yandan bu duyguyla biraz tedirgin. Onun aslında ne yaptığına, vidaladığı şeyin ne olduğuna, ne üzerinde çalıştığına hiç dikkat etmiyordum.

Ama derken ortaya koyup çalıştırdığı şeyin bir radyo olduğunu anladım; Mozart, hoparlörün düğmesine basarak şöyle dedi: "Burası Münih, Händel'in *Fa Majör Concerto Grosso*'sunu dinliyorsunuz."

Gerçekten o şeytanî teneke huninin vakit geçirmeden, gramofon sahipleriyle radyo abonelerinin görüş birliği içinde müzik diye nitelediği, çiğnene çiğnene cılkı çıkmış sakız ve balgam karışımı nesneyi kusmaya başladığını görerek anlatılmaz bir hayret ve dehşete kapıldım. Gerçekten de o bulanık sümüksü nesnenin ve cızırtının gerisinde, kalın bir toz tabakası altındaki eski ve şahane bir resim gibi, bu tanrısal müziğin soylu yapısı, eşsiz mimarisi, serinletici engin soluğu, yaylı sazlarının tok ve geniş sesi işitilmekteydi.

"Tanrım!" diye sesimi yükselttim dehşetle. "Ne yapıyorsunuz Mozart? Kendinize ve bana bu kepazeliği reva görmekte, bu iğrenç aygıtı üzerimize salmakta ciddi misiniz? Çağımızın bu başarısını, onun sanatı yok etme savaşına soktuğu en son, en etkili silahını? Bunu yapmasanız olmaz mı Mozart?"

Aman Tanrım, o korkunç adam nasıl da güldü bunun üzerine, nasıl da soğuk ve hayaletimsi bir gülüşle güldü, sessiz bir gülüşle, öyleyken gülüşüyle her şeyi kırıp dökerek! İçten bir zevkle, üzüntüden kahrolan bana baktı, lanet olası vidaları döndürdü, teneke huniyi salladı. Gülerek çirkin, ruhsuz ve hastalıklı müziğin locanın içine sızmasını sağladı, gülerek yanıtladı sözlerimi:

"Lütfen abartmayın dostum! Siz onu bırakın da, şu Ritardando'ya dikkat edin. Esin dediğin böyle olur, değil mi? Evet, şimdi, siz sabırsız dostum, Ritardando düşüncesine açın gönlünüzün kapısını – basları işitiyor musunuz? Tanrılar gibi görkemle yürüyüp gidiyorlar – ve yaşlı Händel'in bu esininin tedirgin yüreğinize sızıp onu yatıştırmasına izin verin! Coşkudan ve alaydan uzak, bu gülünç aygıtın gerçekten alabildiğine aptalca örtüsünün gerisinde önünüzden akıp giden bu tanrısal, bu uzak müziği dinleyin! Açın gözünüzü, bu müzikten bir şeyler öğrenebilirsiniz. Şuna dikkat edin ki, bu saçma ses borusu görünürde dünyanın en aptalca, en yararsız ve en yasak işini yapıyor, herhangi bir yerde çalınan müziği gelişigüzel, aptalca ve hoyratça, üstelik içler acısı biçimde çirkinleştirerek yabancı bir mekânın, o müziğe ait olmayan bir mekânın içine fırlatıyor, ama yine de müziğin öz ruhunu yok edemeyerek kendi zavallı tekniğini ve ruhsuz etkinliğini gözler önüne seriyor! İyi kulak verin zavallı dostum, bu size gerekli çünkü! Haydi, açın kulağınızı! Evet. Şimdi, radyo tarafından onuru ayaklar altına alınmış, bu alabildiğine çirkin görünüşünde bile tanrısallığını koruyan bir Händel'i işitmekle kalmıyor, aynı zamanda, benim pek değerli dostum, tüm yaşamın kusursuz bir simgesini de görüp işitiyorsunuz. Radyoya kulak verdiniz mi, düşünce ile görünüş, sonsuzluk ile zaman, tanrısallık ile insanlık arasındaki o ezeli savaşı işitip göreceksiniz. Nasıl radyo, sevgili dostum, dünyanın en harikulade müziğini on dakika süresince akla gelmedik mekânlar içine, küçük burjuva evlerinin salonlarına, tavan aralarına, çene çalan, tıkınan, esneyen, uyuyan aboneleri arasına fırlatıp atarak bu müziği duyusal güzelliğinden yoksun bırakırsa, onu berbat edip çıkararak kazıntı ve sümüksü bir duruma sokarsa, bütün bunlara karşın yine de onun ruhunu tümüyle öldürmeyi başaramazsa, yaşam da, gerçek denilen şey de aynısını yapar bunun, dünyanın o şahane görüntü oyununu saçıp savurur, Händel'in müziğinin ardından orta ölçekli işletmelerde bilançonun nasıl şişirileceğine ilişkin bir konuşma yayınlar, o sihirli orkestra nağmelerinden iğrenç bir çorba hazırlayarak düşünce ile gerçek, orkestra ile kulak arasına kendi tekniğini, kendi işgüzarlığını, kendi pisliğini, kendi büyüklenmesini sokar. Bütün yaşam böyledir evlat, en iyisi bizim de onu öylece bırakmamız ve eşek değilsek buna gülmemizdir. Radyoyu ya da yaşamı eleştirmek sizin gibi insanların harcı değildir asla. Önce siz dinlemesini öğrenin lütfen! Ciddiye alınmaya değer şeyleri ciddiye almasını öğrenin! Siz daha mı iyi davrandınız sanki, siz soylu, siz akıllı, siz beğeni sahibi beyefendi? Ne gezer Monsenyör Harry, hiç de böyle davranmadınız. Yaşamınızı berbat bir hastalık öyküsüne, yeteneğinizi baş belasına dönüştürüp çıktınız. Ve gördüğüm kadarıyla, öylesine cana yakın, öylesine büyüleyici genç bir kızı vücuduna bıçak saplayıp işini bitirmekten başka bir amaç için kullanamadınız! Peki, doğru mu bu yaptığınız?"

"Doğru mu? Ah ne gezer!" diye sesimi yükselttim umutsuzlukla. "Tanrım, her şey öylesine yanlış, öylesine aptalca ve berbat ki! Bir hayvandan kalır yanım yok Mozart; budala, azılı, hasta ve sefil bir hayvandan. Bu bakımdan yerden göğe haklısınız. Ama kıza gelince, kendisi böyle istedi, ben yalnızca onun isteğini yerine getirdim."

Mozart sessiz gülüşüyle güldü yeniden, ama büyük bir lütufta bulunarak radyoyu kapatmıştı.

Daha az önce doğruluğuna saf saf inandığım, kendimi savunmaya yönelik sözler ansızın kulağıma pek saçma geldi. Bir ara Hermine –birden anımsamıştım– zaman ve sonsuzluktan söz açmış, onun bu konudaki düşüncelerine hemen kendi düşüncelerimin yansıması gözüyle bakmaya hazır bir tutum takınmıştım. Oysa kendini bana öldürtmek düşüncesinin Hermine'nin gönlünden doğup kendi isteği olduğunu, benim bunda en ufak bir etkimin söz konusu edilemeyeceğini doğallıkla varsaymıştım. Peki ama, öylesine korkunç, öylesine yadırgatıcı bu düşünceyi niçin o zaman kendi düşüncesi diye kabullenip ona inanmış, hatta bunu önceden sezmiştim? Benim kendi düşüncemdi de onun için belki. Sonra, Hermine'yi neden başka zaman değil de, bir başkasının kollarında çırılçıplak gördüğüm an öldürmüştüm? Ansızın Mozart'ın sessiz gülüşünün her şeyi bilen bir edayla alaylı alaylı yankılandığını işittim.

"Harry," dedi Mozart, "siz soytarının tekisiniz. Gerçekten bu güzel kızın sizden bütün istediği kendisini bıçaklamanızdı, öyle mi? Bunu siz benim külahıma anlatın! Eh, hiç değilse bıçağı doğru dürüst saplamışsınız göğsüne, zavallı yavrucak hemen ruhunu teslim etmiş. Bu hanıma centilmence davranışınızın sonuçlarının bilincine varmanızın vaktidir sanırım. Yoksa davranışınızın sonuçlarından kaçıp kurtulmayı mı düşünüyorsunuz?"

"Hayır!" diye haykırdım. "Bu kadar anlayışsız biri misiniz Tanrı aşkına? Davranışımın sonuçlarından kaçıp kurtulmak, öyle mi?! İstediğim tek şey, işlediğim suçun kefaretini ödemek, ödemek, ödemektir; başımı giyotinin altına koymak, kendimi cezalandırtıp yok ettirmektir."

Dayanılmaz alaylı bir ifadeyle bana baktı Mozart.

"Nasıl da hep böyle ansızın alevleniyorsunuz! Ama mizah denilen şeyi de öğreneceksiniz Harry. Mizah her zaman için kara mizah, darağacı mizahıdır; başka türlü olmadı mı, darağacında öğrenirsiniz bunu. Hazır mısınız? Evet mi? Güzel, o zaman savcıya gidip mizaha yer vermeyen mahkemenin eline teslim edin kendinizi ve sabahın erken vakti cezaevinde başınızın vücudunuzdan koparılmasını bekleyin. Demek hazırsınız."

O anda bir yazı ansızın parıldadı gözlerimin önünde:

Harry'nin idamı

Başımı sallayarak kabul ettiğimi bildirdim. Parmaklıklı küçük pencereleriyle dört duvar arasında çıplak bir avlu, güzelce hazırlanmış bir giyotin, cüppeli ve redingotlu bir düzine bey; ortalarında da soğukta üşüyerek bir sabah vaktinin bozbulanık havasında ben dikiliyordum, kalbim içler acısı bir korkuyla büzülmüş, ama ölmeye hazır ve razı. Emir üzerine öne çıktım, emir üzerine diz çöktüm yere. Savcı şapkasını çıkardı ve ufak ufak öksürdü; öbür beyler de hafifçe öksürdüler. Savcı, resmî bir belgeyi açıp okumaya başladı:

"Baylar, karşınızda Harry Haller duruyor; kendisi, bizim sihirli tiyatromuzu bile bile kötüye kullandığı için yargılanıp suçlu bulunmuştur. Haller, hayal galerimizi gerçekle karıştırıp hayalî bir kızı hayalî bir bıçakla öldürerek yüce sanatımızı küçük düşürmekle kalmadı, mizahtan yoksun bir davranışla tiyatromuzu intihar aygıtı olarak kullanma hevesine kapıldı. Bu yüzden kendisini sonsuza dek yaşamakla ve tiyatromuza giriş iznini on iki saatlik bir süre için geçersiz kılmakla cezalandırıyoruz. Ayrıca, kendisiyle birkezliğine alay edilme cezasını bunlara ister istemez eklememiz gerekiyor. Baylar, haydi başlayın şimdi gülüp alay etmeye: Bir – iki – üç!"

Savcının üç demesi üzerine oradakiler hep bir ağızdan kusursuz bir uyum içinde bir kahkaha attılar; yüce koroda bir kahkaha sağanağı, insanların pek kolay katlanamayacağı, öbür dünyanın korkunç kahkahası.

Kendime geldiğimde Mozart eskisi gibi yanı başımda oturuyordu. Derken omzuma vurup şöyle dedi: "Hakkınızda verilen yargıyı işittiniz. Buna göre, yaşamın radyo müziğini ileride de kulak verip dinlemeye ister istemez kendinizi alıştıracaksınız. Size iyi gelecektir. Olağanüstü yeteneksiz birisiniz sevgili budala dostum, ama sizden ne istendiğini yavaş yavaş anlamış olacaksınız sanırım. Gülmeyi öğreneceksiniz, sizden bu isteniyor. Bu yaşamın mizahına, bu yaşamın kara mizahına akıl erdirmeniz gerekiyor. Ama siz doğal olarak dünyadaki her şeye hazırsınız da, yalnızca sizden istenileni yapmaya hayır! Bıçağınızı saplayıp kızları öldürmeye hazırsınız örneğin, resmen kendinizi idam ettirmeye hazırsınız. Yüz yıllık bir süre için çile doldurmanız ve kendinizi kamçılamanız istense, ona da hayır demezdiniz kuşkusuz. Yoksa yanılıyor muyum?"

"Evet, evet, bütün kalbimle hazırım buna!" diye sesimi yükselttim o perişan durumumda.

"Elbette! Tüm o mizahtan yoksun, aptalca gösterilere varsınız âlicenap beyefendi; espriden uzak, dokunaklı her şeye varsınız! Ancak ben yokum, o romantik tövbe ve pişmanlığınız bir metelik etmez benim paramla. İdam edilmek istiyorsunuz, başınızı vücudunuzdan ayırsınlar istiyorsunuz, sizi azgın savaşçı! Bu budalaca ideal uğruna on cinayet daha işlerdiniz. Ölmek istiyorsunuz ödlek herif, yaşamak değil. Lanet olsun, işte şimdi yaşayacaksınız! En ağır cezaya çarptırılmayı hak etmiştiniz aslında."

"Nasıl bir ceza?"

"Örneğin kızı yeniden diriltip sizi onunla evlendirebilirdik."

"Hayır, buna evet demezdim. Bir felaket olurdu bu."

"Sanki yaptığınız şey yeterince büyük bir felaket değil! Ama o heyecan, coşku ve öldürme işi bundan böyle son bulacak. Aklınızı başınıza devşireceksiniz artık! Yaşayacak ve gülmesini öğreneceksiniz. Yaşamın lanet olası radyo müziğini dinlemesini öğrenecek, onun altında saklı ruhu ululamasını öğrenecek, ondaki zımbırtıya gülmesini öğreneceksiniz. Hepsi bu kadar, sizden daha fazla bir şey istendiği yok."

Sıkılmış dişlerimin arasından usulcacık sordum: "Peki ya söylediklerinizi yapmaya yanaşmazsam? Ya sizi, Sayın Mozart, Bozkırkurdu üzerine karar vermeye ve yazgısına burnunuzu sokmaya yetkili görmek istemezsem?"

"O zaman," dedi Mozart tatlılıkla, "sana nefis sigaralarımdan bir tane daha içmeni öneririm." Bunları söyleyip de yelek cebinden el çabukluğuyla bir sigara çıkararak bana uzatırken, baktım Mozart olmaktan çıkmış, koyu egzotik gözleriyle sıcak sıcak bana bakan bir başkasına dönüşmüştü; karşımdaki, dostum Pablo'ydu şimdi, öte yandan ben'imin parçalarıyla satranç oynamayı bana öğretmiş adama öylesine benziyordu ki, ikiz kardeşiydi adeta.

Birden ürküp sıçrayarak, "Pablo!" diye bağırdım. "Pablo, neredeyiz?"

Gülümseyerek, "Benim sihirli tiyatroda," dedi Pablo. "Baktın ki tango öğrenmek, general olmak ya da Büyük İskender'le sohbet etmek istedin, tiyatrom bir dahaki sefer yine emrine hazırdır. Ama söylemeden duramayacağım Harry, beni biraz düş kırıklığına uğrattın. Kendini fena halde unuttun, benim küçük tiyatronun mizah havasına ters davrandın, çirkin bir davranışta bulunup bıçaklarla saldırarak sevimli hayal dünyamızı gerçeğin lekeleriyle kirlettin. Bu yaptığın hoş bir şey değildi doğrusu. Umarım Hermine'yle beni oracıkta yatıyor görüp kıskandığın için bunu yapmışsındır. Satrançta bu taşı nasıl kullanacağını yazık ki bilemedin; ben sanıyordum ki, iyi öğrendin oyunu. Eh, düzeltilemeyecek bir hata değil."

Bunun üzerine, parmaklarında hemen küçülerek bir oyun figürüne dönüşen Hermine'yi alıp daha önce sigarayı çıkardığı yelek cebine soktu.

Sigaram tatlı, ağır ve burcu burcu kokuyordu; içimin yavaş yavaş oyulduğunu hissettim, bir yıl hiç uyanmadan uyumaya hazırdım.

Tanrım, anlıyordum her şeyi; Pablo'yu anlıyor, Mozart'ı anlıyordum ve arkamda bir yerde onun korkunç kahkahasını işitiyor, yaşam oyununun yüz binlerce figürünü tümüyle cebimde biliyordum; bir şok geçirmiş, oyunun anlamını kavramıştım ve onu yeniden oynamaya, acılarını yeniden tatmaya, saçmalığı karşısında yeniden ürperti duymaya, ruhumdaki cehennem içinden bir kez daha ve sık sık bir kez daha, bir kez daha geçip gitmeye hazırdım.

Bir gün gelecek, ben'in parçalarıyla oynanan bu satranç oyununun daha iyi üstesinden gelecektim. Bir gün gelecek, gülmesini öğrenecektim. Pablo beni bekliyor, Mozart beni bekliyordu.

YAPI KREDİ YAYINLARI / YENİLERDEN SEÇMELER

Oktay Rifat
Elleri Var Özgürlüğün
Perçemli Sokak
Yaşayıp Ölmek Aşk ve Avarelik Üstüne Şiirler

Oliver Sacks
Bilinç Nehri

Ali Özuyar
Hariciye Koridorlarında Sinema

İpek Çalışlar
Latife Hanım

Jean-Louis Fournier
Otopsim

Betül Tarıman
Maksatlı Makastar

Cemal Süreya
Göçebe
Beni Öp Sonra Doğur Beni

Arthur Schopenhauer
Aşkın Metafiziği

Haz. Sula Bozis, Seza Sinanlar Uslu
İvi Stangali – Ressamı Hatırlamak

Bella Habip
Kültür ve Psikanaliz – Sinema, Edebiyat ve Güncelin Psikanalizi

Benny Anderson
İşte Söyledim – Seçilmiş Şiirler

Claudio Magris
Tuna Boyunca

Donald W. Winnicott
Piggle – Küçük Bir Kız Çocuğunun Psikanalizle Tedavisinin Öyküsü

Publius Ovidius Naso
Dönüşümler I-XV

Rachel Cusk
Övgü

Sue Gerhardt
Sevgi Neden Önemlidir? – Şefkat Bir Bebeğin Beynini Nasıl Biçimlendirir?

David Lewis -Williams
Mağaradaki Zihin

Hasan Gören
Altı Yaprak Üstü Bulut

Marianna Warner
Bir Zamanlar Bir Ülkede... – Masalların Kısa Tarihi

David Wootton
Bilimin İcadı – Bilim Devrimi'nin Yeni Bir Tarihi

Edip Cansever
Kirli Ağustos

Furuğ Ferruhzad
Rüzgâr Bizi Götürecek – Toplu Şiirler

Nasser Saffarian
Ah Ayetleri – "Furuğ Ferruhzad Hakkında Söylenmemiş Sözler"

Orhan Duru
Bırakılmış Biri

Ralf Rothman
Baharda Ölmek

Enis Akın
Müjgan

Joseph Kessel
İblisin Oyunu

Lâle Müldür
Tehlikeliydi, Biliyordum

Marc Augé
Biri Sizi Bulmaya Çalışıyor
Unutma Biçimleri

Erlend Loe
Kadının Fendi

Evangelia Balta
Karamanlı Yazınsal Mirasının Ocaklarında Madencilik

Tarık Dursun K.
Alo, Harika Hanım Nasılsınız?

William Carlos Williams
Seçme Şiirler

Faruk Duman
Kaptan Kanca'nın Bir Macerası

Halit Ziya Uşaklıgil
Saray ve Ötesi

Megan Hunter
Sondan Sonra

YAPI KREDİ YAYINLARI / YENİLERDEN SEÇMELER